タイガー田中

松岡圭祐

角川文庫
24412

目次

タイガー田中　7
解説　吉野仁　489

オープン当時の神戸ポートタワー

トヨペット・クラウン

ダットサン・フェアレディ（SP310）

プリンス・スカイライン（初代）

1

夜明けの埠頭《ふとう》に、冷たく澄んだ空気が流入し、潮の香りを運びこむ。陽の射す前の静寂が港を包み、薄い霧がゆっくりと海面を漂う。

漁船が停泊する波止場で、錆《さ》びた金具やロープが風に揺れ、微妙にきしむ音が響く。鮮魚の搬出を控えたトラックが並ぶ。漁師たちは網を点検し、魚籠《びく》の準備に追われる。

海鳥が無数に飛び交うなか、空が薄紅いろに染まりだした。シルエット状に浮かぶ低い山々を背に、沿岸の広々とした平地が、徐々に照らしだされていく。ほぼ全域がコンクリートに覆い尽くされていた。

巨大な稚内《わっかない》港は、最北に位置する指定重要港湾だった。いくつもの突堤が海原の上に延びている。漁船が集うのはそのうちの数か所にすぎない。

灯台が照らす遠方の桟橋には、あきづき型護衛艦が停泊中だった。ここ稚内には陸海空の自衛隊分屯基地がある。

注視すべきは、それよりいくつか手前の突堤に係留された、連絡船の第四夔濵丸《きひんまる》になる。旅客の定員は九十七名、乗組員は七名。鋼船で全長二十七メートル、全幅七・一〇メートル、深さ三・三七メートル、一五九・七〇総トン。速力十二ノット。船体には塗装の剝《は》げと錆《さび》がある。

汽笛が鳴り響く。季節がもう春でもこの地域は寒い。スーツに厚手のコートを羽織っていても、空気の冷たさが地肌まで沁《し》みてくる。白く染まる吐息をまのあたりにした。周りが明るくなるにつれ、外に立ちつづけたのでは人目につく、そう思えるようになった。

三十二歳の宮澤邦彦《みやざわくにひこ》は、埠頭に停めたトヨペット二代目クラウンに引きかえした。漁船専用の波止場で、鮮魚搬送のトラックに紛れていれば、関連企業の人間に見えるだろう。へたに第四夔濵丸に近づくのは好ましくない。

運転席に乗りこみ、ただちにドアを閉める。とたんにウィスキーのにおいが鼻をついた。

後部座席におさまる大柄なオーストラリア人は赤ら顔だった。サントリーの角瓶を手に、シート越しに身を乗りだしてくる。白髪まじりのちぢれ毛が、中年という世代を物語る。スーツに筋肉が浮きあがって見えるほどの巨漢だが、愛嬌《あいきょう》のある青い目と低い鼻が、かろうじて脅威を軽減している。

オーストラリア大使館文化部二等書記官、リチャード・ラヴレース・ヘンダーソンが、訛《なま》りの強い英語で問いかけた。「魚釣りにでもでかける気か？　連絡船の乗客はこっちを歩きゃせん。うかうかしてるうちに船に乗りこまれちまうぞ」

宮澤も英語で応じた。「埠頭を横断する人影なら、ここからでもはっきり見えます」

「もっと近くに寄せたらどうだ。あいつの目が気になるからって……」

「気にしているのは人でなく犬です」宮澤は振りかえらずにいった。「くだんの人物は、あなたの持ち物をひとつぐらい、くすねているかもしれません。においをおぼえさせたドーベルマンを、あらかじめ埠頭に放つことも考えられます」

ヘンダーソンが真顔になった。「そんな例が前にあったのか？」

「戦時中イギリスのスパイが使った手です。魚のあがる波止場にいれば問題ありません。においが攪乱《かくらん》されるうえ、犬は漁師たちに追い払われますから」

「……あんたらはいつも細かいことまで気がまわるな」ヘンダーソンはシートの背に身をあずけた。「もっとも、それが徹底できてりゃ、タイガーみたいな不祥事はしでかさんわけだが」

「タイガーとおっしゃると、うちの田中《たなか》ですか」

「そう。きみの上司、田中虎雄《とらお》だ。長年の友情をご破算にした裏切り者、真珠湾《しんじゅ》攻撃並みの卑怯《ひきょう》な不意打ち、恩を仇《あだ》でかえすタイガー田中のことだ」

これまでにもこのオーストラリア人は、話しているうちに何度となく激昂《げっこう》し、すさまじい剣幕で怒声を浴びせてきた。いまは神経を逆撫《さかな》でしたくない。宮澤は慎重に言葉を選んだ。「田中はおおいに責任を感じ、公安の総力を挙げ、イギリス人の行方を追っています」

「責任だと」ヘンダーソンはさして面白くもなさそうに笑った。「ききたいんだがね。田中が五十八……今年五十九歳になるというが、嘘だろう。ちがうか？」

「あなたに五十八とおっしゃったのであれば、きっとそうなのでしょう」

「とぼけるなよ。今年五十九なら辰年《たつどし》生まれじゃないか。あいつが寅年《とらどし》生まれなら六十一だ。なんで二歳サバを読んでる？　どっちにしろこの国じゃ五十五で定年だろ？」

「民間企業ならそのとおりです。公務員にはいまのところ定年がありません」

「戦争で学んだはずだがな。年寄りが幅をきかすとろくなことがない。老いぼれには引退してもらって、あの魅惑の娘さんに婿でもできしだい、道を譲ってやりゃ……」

ふいにヘンダーソンが言葉を切った。窓の外を眺めながらヒューと低く口笛を吹く。

宮澤はずっと埠頭に目を向けている。こちらに歩いてくる痩身《そうしん》の女性には当然気づいていた。

第四夒濵丸の女性乗務員の制服は、紺のジャケットに金いろのボタン、襟もとに巻く純白のスカーフから成る。肩章《エポレット》に会社のロゴマークが刺繍《ししゆう》してあった。華奢《きやしや》な長身が、膝丈《ひざたけ》のタイトスカートのせいか、より引き締まって見える。すらりと伸びた脚は半分イギリス人の血だからだろう。長い黒髪は純和風だが、九頭身の小顔や整った目鼻立ちが、やはり日本人離れしている。正直なところ公安外事査閲局の職員向きではない。それでも彼女はこの役割を譲らず、ついに父親を説き伏せてしまった。

二十五歳の田中斗蘭《とらん》は、クラウンの近くで歩を緩め、なにげなく辺りを見まわした。漁船がエンジン音を響かせ、続々と海に繰りだしていく。あわただしい朝の埠頭では、幸いにも美人に関心を寄せる者はいない。

斗蘭が助手席のドアを開け、すばやく乗りこんできた。車内に充満するウィスキーのにおいに、端整そのものの横顔がやや険しくなる。しかし斗蘭は前を向いたまま、淡々と事務報告を始めた。「海路に異状なし。予定どおり七時に出航」

後部座席のヘンダーソンがまた身を乗りだした。バックミラーを通じ、斗蘭の目もとを眺めると、一転して快活な声を響かせた。「あんたはやり手だな。早く世代交代したほうがいいって、いまも話してたところだ」

車内に沈黙が下りてきた。斗蘭の大きな瞳《ひとみ》が、冷やかないろを帯びつつ、宮澤を横目に見つめる。

宮澤は肝を冷やし、日本語で斗蘭にささやいた。「あくまでヘンダーソンさんのご意見で……」

斗蘭が興味なさそうな反応をしめし、ダッシュボードのグローブボックスを開けた。

なかにはオープンリール式のテープレコーダーが収納されている。配線でつながれたマイクを手にした。録音スイッチをいれると、ふたつのリールが回転し始める。磁気テープが左から右のリールへ巻きとられていく。

マイクを口もとに近づけ、斗蘭が低く日本語で喋《しゃべ》った。「一九六三年四月十八日、木曜。田中斗蘭、記録。北海道稚内市、稚内港にて監視続行中。末広《すえひろ》地区寄りに待機。第四夔濵丸は港地区の北洋《ほくよう》埠頭に停泊中……」

ヘンダーソンが日本語でがなり立てた。「息を潜めてジェームズ・ボンドが来るのをまっとる。以上だ」

斗蘭が表情を硬くした。テープレコーダーのスイッチを切ると、ため息とともに後ろを振りかえる。流暢《りゅうちょう》な英語で斗蘭はいった。「ヘンダーソンさん。記録は義務ですから、どうかご理解ください」

「ディッコと呼んでくれ」ヘンダーソンが目を細めた。「友達にはそう呼ばせとる。あんたの親父さんにもだ」

「ヘンダーソンさん」斗蘭の物言いは変わらなかった。「仕事です。ご協力ください」

むっとしたようすのヘンダーソンが、急に皮肉な物言いに変わった。「父親似の気立てのいい娘さんだな。私をどう呼ぼうと勝手だが、そもそもこっちは大変な迷惑をこうむったうえ、こうして最果ての地までひっぱりだされとる。きみの父上とのあいだに信頼を築いてきたと思っとったのに……」

「父の不手際は謝罪します。申しわけありません」

斗蘭は頭をさげず、ただじっとヘンダーソンを見つめていた。助手席から後方を振りかえった姿勢では、ろくに礼をしめせない、そんな理由もあるのだろう。だがその射るような目つきには、父親譲りの頑固さがのぞいている。

宮澤はふたりを無視し、埠頭《ふとう》の監視を続行していた。斗蘭は直属の部下にあたるが、こういう我の強さは苦手だ。

ヘンダーソンは戸惑いぎみに口ごもった。「いや……。タイガーも誠意をもって収拾にあたると誓ってくれたしな。実の娘に一任したのも、その証《あかし》だろう。私も彼の実直さには心打たれとる」

「ありがとうございます」斗蘭が仏頂面のまま前に向き直った。

「ただ、そのテープレコーダーはいただけんな。記録するにしてもコードネームや隠語、暗喩《あんゆ》を使ったらどうだ？」

斗蘭は巻き戻しボタンを押した。リールが高速で逆回転する。停止ボタンを経て、録音を再生した。スピーカーからきこえてきたのは、ストリングスの響きに似た不協和音の連続だった。斗蘭が停止ボタンを押すと、耳障りなノイズがやんだ。

無表情のまま斗蘭が説明した。「このテープレコーダーは音声に特殊な変調を加えて記録します。どんなイコライザーでも元に戻せません。マジック45だけが分析可能です」

ヘンダーソンが面食らったようすで、頓狂《とんきょう》な声を発した。「マジック45？」

「暗号解読機マジック44の後継機で、電子暗号化された音声にも対応する仕組みです」

「そ……そうかね。マジック44が最新だと思ってた。なにしろイギリスが喉《のど》から手がでるほど欲しがったしろものだからなぁ。それがもう後継機か。まるで松下《まつした》電器のテレビだな。どんどん新しいのがでてくる。さすが日本だ」

宮澤は斗蘭とともに黙って前方を眺めた。ヘンダーソンはおそらく、田中虎雄が詫《わ》びのしるしに差しだしたマジック44を、まだイギリスに渡していないのだろう。なにか有利な交渉に活用しようと企《たくら》んでいたところ、マジック45があると知り、にわかに焦りだしたらしい。

ヘンダーソンが咳《せき》ばらいをした。「音声記録に漏洩《ろうえい》の心配はないんだな？　ではあらためて私の立場をはっきりさせとこう。半年前イギリス情報部が、日本の優秀な暗号解読機マジック44をなんとか入手できないかと、ひとりの男を寄越してきた。私は彼を迎えた。なにしろ私は日本に長く住み、この国の事情に詳しかったから、仲介者として選ばれたんだ」

斗蘭が微妙にうんざりした表情で埠頭を眺める。宮澤もそれに倣った。これまでの経緯なら承知済みだ。だがヘンダーソンはあくまでこの場を仕切りたがっているようだ。

友好ぶりをアピールするようにヘンダーソンが笑いだした。「日本で電子機器の研究が進んどるのは知っとるが、高度な暗号解読機まで発明するとはな！　戦時中は米軍に暗号を暴かれっぱなしだったというのに」

宮澤はいった。「本来は戦時中も高水準の暗号機を設計していたんです。でも手間を惜しんだ外務省と海軍技術研究所が、仕組みを簡略化してしまったので」

「同情するよ。それはともかく、戦後日本といえばアメリカの縄張りだが、イギリスはどうしてもマジック44がほしかった。派遣されてきた男は英国海外情報部員で777のコードナンバーだった。私は彼をタイガーに引き合わせた。簡単に済む取引のはずだったんだ。にもかかわらず……」

「ええ」宮澤は振り向かず、ただうなずいてみせた。「うちの局長である田中虎雄が、あなたに内緒のうちに、そのイギリス人相手にマジック44を譲るための代償を提案した」

「そうとも」ヘンダーソンが苦々しげに唸《うな》った。「あろうことかタイガーは、マジック44をくれてやる代わりに、彼に殺人を依頼した。九州にいるガントラム・シャターハントという博士を殺せば、マジック44をやるとな。きくが、宮澤君。ここは法治国家だろう？」

「もちろんです」

「あとで一部始終を知った私は、タイガーに腹を立てた。と同時に、まったくナンセンスな話だとも思ったよ。現代日本で暗殺の依頼とはな。ところが当のイギリス人にしてみれば、そうありえん依頼でもなかったんだ。なぜなら彼は……」

斗蘭がつぶやいた。「７７７７は日本に派遣される直前に割り振られた、単なる便宜上のコードナンバーだったんでしょう。本当のコードナンバーは００７。殺しの許可証を持つ、英国海外情報部《MI6》のスパイです」

車内は静まりかえった。ヘンダーソンがもったいぶって強調しようとしたくだりを、斗蘭があっさりと簡潔にまとめて終わらせた。ヘンダーソンは拍子抜けしたように言葉を濁した。

状況があきらかになったのは、シャターハント博士の居住地と怪しげな植物園が、水蒸気爆発により壊滅して以降のことだった。すべては公安査閲局の全員が知るところとなった。

ジェームズ・ボンドは行方不明。一時は死亡とされた。

ところが実際には、事件現場の近海にある黒島《くろしま》で、若い海女《あま》とこっそり暮らしていた。その後、ボンドは海女の助けを借り、遊覧船で福岡に渡ったと判明。それ以降は単身、列車で北上し、北海道の稚内をめざした。海女がサハリン行きの航路についての新聞広告を目にしていたらしく、そのことをボンドに教えたからだ。

ヘンダーソンはシートに巨体をうずめた。「晴れた日ならここからサハリンが見える。たった四十三キロしか離れてないからな。第四夔濵丸が行くコルサコフまでも百六十キロだろ？　八時間の航海で着く。ソ連に渡るならこれしかない」

宮澤は応じた。「ですが一般の渡航は禁じられています。旅客は外交やビジネスで特別なビザが発行された者にかぎられるんです。ボンドはどうやって乗船するつもりでしょう」

「斗蘭はどう思う？」ヘンダーソンがまた軽い口調に戻った。「タイガーは何回も結婚と離婚を繰りかえしたが、寅年《とらどし》に生まれた子はきみだけだといっとった。それで名前にToraをいれたんだろうなぁ。あの男も開戦前のロンドンでやりたい放題……」

ふいに斗蘭が前かがみになり、フロントウィンドウ越しに遠方を凝視した。表情を硬くした斗蘭が鋭くいった。「だしてください！」

当惑は一秒足らずだった。宮澤はとっさにエンジンをかけ、クラッチとブレーキを踏みこんだ。ギアをいれつつアクセルに踏み替える。クラウンは急発進した。手早くシフトアップし、みるみるうちに加速させる。

どちらへ向かうのか問いただしたりはしなかった。斗蘭の視線が行き先をしめしている。彼女は第四夔濵丸になんらかの異変を見てとった。そこかしこに停車するトラックを避け、積みあげられたコンテナ類の谷間を突っ切り、猛然と埠頭を駆け抜ける。クラクションは鳴らさない。ハンドル操作だけであらゆる障害物を回避していく。

後部座席でヘンダーソンがぼやいた。「なんだ⁉　人目を避けたいんじゃなかったのか。漁師どもが美貌《びぼう》に見向きもしなかったからって、そう短気を起こすな」

視力検査で一定の水準以上でなければ、公安外事査閲局の職員には登用されない。宮澤も第四夔濵丸の船首近くの側面に、へばりつきながら登る小さな人影を、運転中の一瞥《いちべつ》のみで視認した。

対象の不審人物は、頭部を含め全身を黒のウェットスーツですっぽり覆っている。水中から這《は》いあがって数秒、もう甲板に達しようとしていた。乗務員はみなキャビン内にひっこんでいるらしい。悪いことにデッキへの侵入者には誰も気づかない。

宮澤は目を疑った。資料によればジェームズ・ボンドは一九二二年生まれ、現在四十一歳ではないのか。まるで二十代のロッククライマー並みの身のこなしだった。人影がもうデッキの手すりを乗り越えた。それもおっくうそうにまたぐのではない。跳馬のように身体を回転させ、たちまち船上に姿を消した。

「乗った」宮澤は早口にいった。「ウェットスーツを脱ぐまで推定で三十秒。このクルマは四十五秒で船の近くに着けられる」

目算をわざわざ口頭で報告したのは、助手席の斗蘭がもう前方を見ていないからだ。視線を落とした斗蘭は、パンプスの踵《かかと》に手をかけ、靴底ごと一気に引き剝《は》がした。その下から現れたゴム製のソールは、スニーカーのように平らなうえ、滑りどめの凹凸付きだった。両足とも一瞬にしてスポーツシューズと化した。公安外事査閲局の女性職員には御用達《ごようたし》の装備だった。

次いで斗蘭はシートの下に手を突っこんだ。黒光りするオートマチック拳銃《けんじゅう》をとりだす。スミス&ウェッソンM39。全長十九センチ、重さ八百グラムていどとあつかいやすい。公安の極秘任務に重宝する。朝鮮戦争後に米軍から大量に中古品が卸されたものの、一般の制服警官に支給するわけにもいかず、公安の装備にまわってきたというのが、正確な経緯ではあった。

宮澤はステアリングを大きく切った。タイヤをきしませ、クラウンを北洋埠頭《ふとう》に突入させた。間近に見る第四夔濱丸は小ぶりだった。船上に人影は見あたらない。突堤のそこかしこで作業服が立ち働くほか、男性乗務員の制服もうろつく。いずれも体形からひと目で日本人だとわかる。搭乗橋が架かっていたが、まだ付近に旅客の姿はない。

ブレーキペダルを踏みこんだ。クラウンが急停車すると、埠頭にいた人々がいっせいに振り向いた。衆目を集めた状態だった。ここから隠密《おんみつ》行動を開始するのは困難きわまりない。どうするべきか宮澤は迷った。そのときいきなり助手席側のドアが開け放たれた。

女性乗務員の制服姿の斗蘭は、手にした拳銃を隠そうともせず、搭乗橋へと駆けていった。スカートの後ろのスリットは、実際の制服よりも縦に長く裂いてあり、全力疾走に支障がない。

ヘンダーソンが驚愕《きょうがく》の声を響かせた。「本気か⁉ あの女、親父譲りのカミカゼか」

宮澤は歯軋《はぎし》りしつつエンジンを切った。急ぎドアを開ける。コートの胸もとに軽く触れ、スーツの下のホルスターに吊《つ》られた、M39の感触をたしかめる。降車しながら宮澤はヘンダーソンにいった。「ここにいてください。勝手に動かないように」

返事をまたずドアを叩《たた》きつける。宮澤は走りだした。斗蘭の背が搭乗橋から船内に消えていく。埠頭の男性乗務員や作業員らが、怪訝《けげん》そうな視線を向けてくる。宮澤は歩を緩めざるをえなかった。船員の制服を着ていない宮澤は、斗蘭のあとを追うことができない。

宮澤は苛立《いらだ》った。ここでまたもジェームズ・ボンドを取り逃せば、日本の対外的な威信が大きく揺らぐ。田中虎雄局長が実娘に任務をあたえたのは正しかったのだろうか。手段を選ばずボンドの身柄を確保しろと局長はいった。斗蘭は父の言葉を額面どおりに受けとめすぎではないのか。

2

斗蘭は船内通路に足を踏みいれた。手もとのM39のスライドを引く。マガジン内の八発のうち、最初の一発が薬室に装塡《そうてん》された。安全装置は解除しておく。

射殺が目的ではないが、英国海外情報部員007の資料を読んだ斗蘭は、発砲をためらうなど自殺行為だと考えていた。00《ダブルオー》課は殺人のあらゆる手段を体得している。記録によれば彼はこれまでにも、幾多の経験を積んでいるという。

通路にはまだ照明が灯《とも》っていない。円形の小窓が随所にあり、脆《もろ》い朝方の陽射しをとりこむ。縦横に張り巡らされた配管は、動力がディーゼルではなく蒸気タービン機関なのをしめしていた。随所にある回転式ハンドルは、緊急時に蒸気の圧力を逃がすための排気弁だ。戦前から使われている船によく見られる。旅客船に改造される以前、全国各地を航海してきた船体なのだろう。

蒸気タービンのリズミカルな駆動音が耳に届く。すでにエンジンがかかっている。船長らは操舵室《そうだ》にいるにちがいない。いまのところ通路にはひとけはなかった。

拳銃を右手のみで水平に構え、ほの暗い通路に歩を進める。全長二十七メートル、幅七・一〇メートルの船体は、内部もさほど広くない。ほどなくキャビンのドアに達した。警戒しながらドアを開ける。

誰もいない。列車やバスと同様に、座席が何列も並んでいる。旅客の搭乗前だけに無人だった。事故防止のためかがらんとしている。壁面の下部に消火器が備え付けてあるのみだ。おかげで物陰はほとんどなく、容易に隅々まで見通せた。

斗蘭は姿勢を低くした。床にも濡《ぬ》れている箇所は見あたらない。ウェットスーツを脱ぎ捨てた男がうろついたのなら、こんなに乾ききったキャビンはありえない。

奥にもうひとつのドアがあった。斗蘭はドアに歩み寄り、レバーをつかむと、そろそろと手前に引いた。向こう側は通路だった。

誰もいないようだ。斗蘭はゆっくりと通路にでていった。板張りの床はやはり乾いていた。

通路の行く手には、甲板へ上がる階段があった。頭上から陽光が射しこんでいる。

船内を隈《くま》なく巡回してから上るべきだろうか。あるいはデッキの確認が先か。侵入者がまだ甲板に留《とど》まっているとは考えにくいが……。

唐突に靴音が響いた。特に警戒する歩調でもない。何者かが軽いステップで駆け下りてくる。

外気温は低いが、男はネクタイのないワイシャツにスラックス姿だった。南国の船旅を彷彿《ほうふつ》させる。まったく寒そうにはしていない。背の高い西洋人で、光沢のある革靴を履き、靴下ものぞく。服は乾燥しきっているどころか、すべて下ろしたての新品に見えた。スラックスにもプレスした折り目がきれいについている。

黒髪は濡れていないというより、整髪料をつけることで潤いをあたえ、巧みにごまかしている。紳士の身だしなみとばかりに、櫛《くし》を通したばかりの七三分けで、右の眉《まゆ》にひとふさ垂らしている。小顔はやや面長で、鼻が高く、大きな口をりりしく結んでいた。

斗蘭は衝撃を受けた。マジック44が解読した、ソ連KGBのボンドに関する資料。外見上の特徴を綴《つづ》った項目に、〝残忍そうな口〟なる表記があった。まさにこの男のことではないのか。

右頰に七、八センチほどの、薄い縦傷の痕《あと》。青灰色の目とともに、資料に記述されたとおりだとわかる。なにより父が隠し撮りしたイギリスからの来訪者、コードナンバー7777、ジェームズ・ボンドの写真と共通していた。

公安は7777の訪日よりずっと前に、KGBの暗号資料を解読していたにもかかわらず、007なる男と同一人物だとは気づかなかった。戦時中の海軍並みのへまだ。ジェームズ・ボンド、英語圏でごくありふれた氏名。日本でいうなら佐藤一郎《さとういちろう》。同姓同名など枚挙にいとまがない、上がそう判断し、それ以上の吟味や追究を怠った。

いまボンドは意外にも、特に警戒したようすもなく、飄々《ひょうひょう》と階段を下りてくる。獣《けもの》のように鋭いはずのまなざしも鳴りを潜めていた。まるでひと仕事終えた運送業者のように、やれやれと安堵《あんど》のいろを漂わせる。事実として、船への潜入を果たした直後、そういう心境なのだろう。ここにはもう脅威はない、そんなふうに舐《な》めきっているのがわかる。

あと数段で階段を下りきるというところで、ボンドはふと足をとめた。だが斗蘭に向けられた目は、まだ恐るべき殺人鬼の眼光を帯びていない。女性乗務員と判断したからだろう。むしろ柔和で気さくな微笑すら漂わせる。四十一歳にしては若さがのぞく反面、どこか老練で狡猾《こうかつ》な印象もある。

妙に愛想はよかった。男性の理想像ともいうべき、みごとに整った顔立ちに浮かぶ、いかにも恋人ぶったような態度。それが斗蘭の神経に障った。たぶんこの男は、女を見るやいつもこの表情で、たちまち懐柔させられると学習している。

しかしボンドのそんな女たらしな態度は、ほんの一秒で消え去った。ボンドの目が斗蘭の拳銃《けんじゅう》をとらえたからだ。次いで斗蘭の顔に視線が移る。

その瞬間の面持ちさえも、斗蘭の予想とは異なっていた。ボンドは真顔になったものの、丸く目を瞠《みは》り、ただ鳩が豆鉄砲を食ったような表情をしている。いかにも人間的な反応だった。これが資料にあった、イギリスきっての恐るべき殺人スパイだろうか。

斗蘭は英語で警告を発した。「動かないでください。あなたをこの場で拘束します」

ボンドの表情は硬くなったものの、すぐにまたおどけたような笑いが浮かぶ。女を誘うときの学生のようなふざけた態度。斗蘭は面食らったが、直後のボンドの行動は想像もつかなかった。

ふいにボンドは片手を側面の配管に伸ばし、回転式ハンドルを勢いよく回した。

旅客搭乗前のためか、船内緊急排気弁はロックが解除されていた。階段に横殴りのごとく蒸気の白煙が噴出する。肌を焼くような熱さに、斗蘭は後方に飛び退いた。たちまち濃霧が通路じゅうにひろがり、視野を覆い尽くす。

それでも頭上から降り注ぐ陽光のおかげで、階段がうっすら透過して見えていた。そこを人影が駆け上っていった。ボンドが甲板へと逃走していく。

斗蘭は物怖《ものお》じせず熱風のなかに飛びこんだ。全身が発火しそうに思えるほどの高温を突破した。一気に階段を駆け上りつつも、片頰が軽い火傷《やけど》にひりつく。甲板に躍りでた。稚内の潮風は四月でも冷たかった。ひとけのないデッキにすばやく視線を走らせる。

はっとして船首方向を振りかえる。間近に人影をまのあたりにしたからだ。銃口を対象にまっすぐ向ける。トリガーにかけた人差し指に力が籠《こ》もりかけた。

そこまでわずか一秒、斗蘭は失態を悟った。背後に別の階段を駆け下りる靴音をきいたからだ。目の前にある人影の正体は、前部マストの支柱にひっかけられたウェットスーツだった。素材ゆえ両腕と両脚が左右に広がり、あたかも人体の直立姿勢に見える。むろんボンドがあらかじめカカシがわりにセットしたにちがいない。

ウェットスーツの下には、ゴム製のバックパックが投げだされていた。床でひしゃげているからには空っぽとわかる。中身は着替えと靴だったと考えられる。ふざけたことに整髪料のチューブと櫛までが落ちていた。

そこまでの確認に要したのは数秒だった。斗蘭は身を翻した。ボンドの消えた階段を駆け下りる。通路内に降り立つや、四方八方に目を配った。

またも人影はなかった。突き当たりにドアのない出入口がある。斗蘭がなかをのぞいてみると、清掃道具を載せたワゴンが放置してあった。狭い部屋の奥に、丸窓つきの鉄扉がある。その向こうは船外で、稚内の海が見えていた。

鉄扉のハンドルレバーに手をかけたが、しっかり施錠されている。ここからの脱出は可能にならない。

注意を払うべきは別の場所だった。出入口の前から船内に延びる二本の通路のうち、船尾方面から蒸気の噴出する音がきこえる。行く手に白煙も漂っていた。またほかのバルブが開栓されたようだ。

ボンドが新たな煙幕を張った可能性が高い。斗蘭は拳銃を構え、そちらへと歩きだした。

ところがまたも後方に靴音をきいた。思わず息を呑《の》み、斗蘭は振りかえった。人影がさっきの出入口に駆けこんでいく。斗蘭の人差し指はトリガーを引き絞った。銃火が薄暗い通路を一瞬照らす。同時にけたたましい銃声が轟《とどろ》き渡る。てのひらに発砲の反動を感じた。

静寂が戻った。硝煙のにおいが鼻をつく。排出された薬莢《やっきょう》が床に跳ね、うつろな金属音を響かせる。人影はとっくに出入口のなかに消えていた。弾はかすりもしなかった。

威嚇目的の射撃ではあった。命中させるつもりはなかった。けれども狙い澄ましたとしても、きっと外れただろう。ボンドの身のこなしはそれぐらい俊敏だった。機転もきいている。甲板でウェットスーツ、ここでは蒸気。巧妙に注意を逸《そ》らし、その隙に活路を切り拓《ひら》く。

だがもう逃げ場はない。斗蘭は拳銃を出入口に向けつつ、ゆっくりと歩み寄った。出入口のなかは行き場のない狭い部屋でしかない。とうとう追い詰めた。

諜報《ちょうほう》活動に身を捧《ささ》げる者どうし、氏名やコードナンバーで呼びかける愚行などしでかさない。ボンドとも007とも口にすべきではない。否定されるのが当然なうえ、こちらの得ている情報を先方に明かしてしまうも同然だからだ。

斗蘭は出入口の数歩手前に立ちどまった。見えない室内に話しかける。「こそこそ逃げまわらないでもらえますか」

かすかに物音がした。ボンドは姿を見せないまま、低い声の英語を響かせた。「悪いな。ネズミ年生まれの性分なんでね」

妙だ。ボンドは一九二二年の戌年《いぬどし》生まれだろう。だが素性を偽ろうとするのは当然かもしれない。斗蘭は呼びかけた。「でてきてください」

「この船ではパーサーが武装してるのか？」

「旅客でなきゃ容赦しません」

「ああ。そうだな……。旅客じゃない。無銭乗船を認めるよ」

「潔さには敬服します。では本名を明かしていただけますか」

「轟太郎《とどろきたろう》でないことは自覚できてる。俺も鏡は見るんでね」

斗蘭は面食らった。スパイの常識に反し、ボンドは初対面の相手に、情報の一部を開示した。

福岡の炭坑夫組合員証にも記載された氏名、轟太郎。斗蘭の父がボンドに暗殺を依頼した際、九州に潜伏させるため授けた偽名だった。

炭坑夫には大柄な男が多いが、明るい場所で見れば、むろん異国の男性と一見してわかる。容姿を目撃された場合は、帰化した外国人と判断されるだろう、そんな目論《もくろ》見《み》だったらしい。

斗蘭がタイガー田中の娘だと気づいているのだろうか。いや、いきなり出会っておいて、そこまでの洞察は考えられない。

偽名を明かす掟破《おきてやぶ》りも意外だが、ボンドの意図が読めなかった。あるいは冗談まじりの物言いでしかないのか。のらりくらりとはぐらかす気だろうか。西欧人がよく使う手だ。

斗蘭はきいた。「わたしたちの国民性が比較的、生真面目なのはご存じですね？　あなたのお国に顕著な皮肉や嫌味、言葉遊びなどはお控えください。両手をあげ、通路に歩みでてもらえますか」

いっこうに姿を見せないまま、ボンドの声だけが応答した。「そうしたいのは山々なんだが、教えてくれないか。きみらの同胞、轟太郎でない俺は、ウラジオストクにいる連中の仲間なのか？」

「冗談はやめてくださいといったでしょう」

しばし沈黙があった。当惑するような間にも思える。だがそれすらもジョークの一環かもしれない。

ボンドの声が同じトーンで告げてきた。「ウラジオストクに行かなきゃならない。便宜を図ってもらえないかな」

斗蘭は苛立《いらだ》ちを募らせた。踏みこみたい衝動に駆られる。だが狭い場所で武器を奪われたが最後、女の斗蘭に勝ち目はなくなる。出入口と一定の距離を保ち、斗蘭は警告を繰りかえした。「左右のてのひらが見える状態で、肩より高くあげ、全身を見せてください。急な動きは命とりになります」

「したがわないとどうなる?」

「あなたはもう追い詰められてます。逃げられません」

「それがどうもね。閉塞《へいそく》的な状況だとわかってはいるんだが、それを打開すべく、自然に身体が動くんだよ。どうしてこんなことを思いつくんだか」

またボンドが言葉を切った。斗蘭が耳を澄ましているうちに、なにやら刺激臭が漂ってきた。

異様なにおいに鼻がひくつく。そのうち斗蘭ははっとした。まさか。しかしこの臭気に関するかぎり、化学反応はひとつしか考えられない。斗蘭は出入口に駆け寄った。

鼓膜を破るほどの爆発音が反響した。船体が突きあげるように振動する。斗蘭は思わず悲鳴を発し、その場にうずくまった。

脈動が異常なほど亢進《こうしん》する。焦燥感に駆られながらも、斗蘭は拳銃《けんじゅう》の狙いを出入口から逸《そ》らさなかった。爆風が噴きだした形跡はない。警戒しながら出入口への距離を詰めていった。

狭い部屋をのぞきこむと、にわかに外気が吹きこんできた。潮の香りに刺激臭が掻《か》き消されていく。

外に面した鉄扉が開け放たれていた。施錠部分がライフルに撃ち抜かれたかのごとく、直径五センチほどの穴が開いていた。変形したシリンダーやタンブラーが露出している。床には破裂したガラス瓶の残骸《ざんがい》が散らばる。

清掃用具を詰めこんだワゴンのわきにも、複数のボトルが投げだされている。即製爆弾だった。塩素と酸性の液体洗剤を混ぜ、硫黄《いおう》いり洗浄剤を加え、ガラス瓶に密閉した。塩素ガスと硫化水素ガスの混合気体が、窓から射しこむ陽光の紫外線に反応し、数秒のうちに起爆する。

的確な調合なら破裂時、手榴弾《しゆりゆうだん》並みの爆速を生じる。彼は目分量でそれをおこない、ガラス瓶を鉄扉のハンドルレバーに挟みこみ、錠を破壊した。

斗蘭は開放された鉄扉に駆け寄った。外を見下ろすと、海面に白い泡が立っていた。ボンドがそこに飛びこんだのはあきらかだった。

襟もとのスカーフを取り払った。着水の衝撃で首が絞まるのを避けるためだ。拳銃をスカートベルトに挟みこんだ。斗蘭は船外の空中に身を躍らせた。

跳躍したのち頭を下方に向ける。両手の指先から足の爪先《つまさき》までまっすぐに伸ばす。

風圧とともに海面が迫った。ザブンという音が水中に籠《こ》もった。瞬時に視野が泡だらけの水面下に変わる。

海底が見えるほど深く沈んだ。斗蘭はただちに泳ぎだした。視野を覆い尽くす無数の泡を避け、海のなかを見通せるよう、深度と位置を変えた。

稚内の海水は淀《よど》みなく透明に近い。しかしどんなに目を凝らそうとも、魚一匹見つからない。船底を向こう側までまわったのだろうか。時間的に考えられない。では飛びこんだのは見せかけにすぎず、ボンドはまだ船内のどこかに潜んでいるのか。

それもありえなかった。あの狭い部屋に身を隠せはしない。唯一の搭乗橋は押さえられている。宮澤が乗務員にうったえれば、侵入者を乗せたまま出航はしない。

彼は九州の黒島でも、負傷しながら一キロ近くを泳ぎきっている。いまどこへ逃げおおせたか、痕跡《こんせき》が見つからない以上、斗蘭がむやみに泳ぎまわるのは無意味だ。

憤懣《ふんまん》やるかたない思いとともに浮上していく。斗蘭は水面から顔をだし、立ち泳ぎに転じた。潮風を頬に受けたとたん、急に水の冷たさを感じた。流氷が溶けたとはいえ、稚内の海はやはり水温が低かった。

頭上を仰ぎ見る。開け放たれた鉄扉から、船長らしき制服が身を乗りだしていた。呆気《あっけ》にとられている。斗蘭は埠頭《ふとう》に目を転じた。作業員や乗務員、旅客らが鈴なりになっている。どの顔も狐につままれたような面持ちだった。

そんななかに宮澤が立っていた。しかめっ面でこちらを眺めている。大目玉を食らうのが斗蘭ひとりで済むはずがない、そう顔に書いてある。宮澤の隣にヘンダーソンも姿を現していた。ヘンダーソンはただ首を横に振るばかりだった。

斗蘭はため息をつき、陸に向かって泳ぎだした。なるほど、ボンドの気持ちがわかる。地元警察にでも詰問されたら、終始とぼけまくるしかない。冗談一辺倒でやりすごしたい。

3

公安外事査閲局長、西欧の友人からタイガーと呼ばれる田中虎雄は、ハイフレックス船型のモーターボートに揺られていた。オープンカーに似た四人掛けの後部座席におさまり、午前の陽射しと吹きつける潮風を、白髪頭に浴びている。

めだたないことを念頭に置くのなら、漁船に乗るのが適している。だがスーツにネクタイ姿である以上、このほうが好ましかった。多くの部下を現地に先行させている。行政査察という名目の偽装こそ有効だった。

波は高くない。青く澄んだ海を眺めるたび、複雑な思いがひろがる。終戦直前、神《かみ》風《かぜ》特攻隊の訓練が自然に想起されてくる。

いくつかの基地を転々とした。どれも南九州だった。鹿児島、宮崎、熊本。海流が速いため濁りにくい。ここ北九州、福岡の近海にも似ている。強くそう感じる。仲間たちが飛び立っていき、二度と帰らなかったのは、こんな紺碧《こんぺき》いろの空と海だった。憲兵隊にいた田中は戦争末期、大西瀧治郎《おおにしたきじろう》提督の腹心に昇進していた。神風特攻隊の創始者のひとりでもある大西は、敗戦とともに自決したが、玉音放送をきく一年も前の段階で、田中もとっくに思いを同じくしていた。

四十過ぎだったが、特攻隊パイロットを志願し、田中は飛行訓練を重ねた。いかにして敵陣に突入し、敵艦に最も甚大な被害をあたえうるか、それしか考えなかった。ところが田中の出撃寸前、終戦の報《しら》せが入った。田中よりずっと若い、四千もの命を散らしながら、日本は敗北を喫した。

いまモーターボートを操縦する部下を見ると、そんな仲間たちを思いだす。部下が風圧にスーツをはためかせながら振りかえった。サングラスが田中をとらえる。エンジン音に掻き消されまいと、部下が声を張った。「間もなく着きます」

行く手に黒島が見えてきた。海面から隆起した火成岩の塊だった。ただし不毛ではなく、面積の大半は豊かな緑に覆われている。背の高い木々が風を受けるたび、枝葉を擂《す》りあわせ、いっせいにざわつく。古びた家屋が目につくものの、人の営みはあまり感じられない。木造家屋の苔《こけ》むした屋根や、風化した壁が自然に溶けこみつつある。

モーターボートが接近する小さな浜辺には、漁村の気配が残っている。港と呼ぶほどの規模ではない。手漕《てこ》ぎ舟がいくつか陸揚げされていた。使いこまれた網や道具が無造作に放置してある。

浅瀬から突きだした木製の桟橋に、モーターボートが横付けされた。田中は腰を浮かせると、船体の縁をまたぎ、桟橋に降り立った。

年配の島民らが遠くから眺めている。ただし誰も浜辺までは下りてこない。田中を出迎えたのはスーツ姿の部下ばかりだった。そこかしこに要人警護のごとく散開し、辺りに警戒の目を配る。田中を見ると会釈した。みな素手だったが、スーツの下の胸もとには、むろん拳銃を吊《つ》っている。

彼らは早朝から島を隈《くま》なく捜索した。成果なしとの報告はすでに受けている。よっていまさら言葉を交わす必要もなかった。どこへ行くべきかもわかっている。田中はごつごつとした岩場に歩を進めた。

全国のあらゆる空港や港湾に厳戒態勢を敷いた。ボンドの国外脱出の手段は封じてある。彼は日本のどこかにいる。いまどこでなにをしているのだろう。

海岸沿いの黒ずんだ岩々は、長い年月に風雨や波の浸食を受け、奇怪な形状をなしている。苔や海藻が生え、総じて滑りやすくなっていた。波が岩場に打ちつけるたび、白い飛沫《しぶき》が舞いあがっては、陽光を浴び虹《にじ》いろに輝く。塩の結晶が微細に煌《きら》めいていた。余波が岩の隙間に入りこみ、小さな潮溜《しおだ》まりを満たす。どの潮溜まりにも、蝦《えび》や貝がひっそりと生息する。

海女《あま》の島だ。自然の宝庫なのは当然のことだった。行く手に神社の鳥居があった。斎服姿の年老いた神主が頭をさげる。田中は無言でおじぎをかえした。神社の敷地には足を踏みいれず、まっすぐに集落をめざす。

神主も事情を知っていたのだろう。にもかかわらず、なんの報せも寄越さないままだった。田中は快く思わなかった。

それでも叱責《しっせき》はできない。人は秘密を抱えて生きるものだ。人生の本質だけに避けられない。わかりすぎるほどわかっている。

戦前の田中は、第一回交換留学生としてオックスフォード大学に学んだのち、ロンドンで大使館付き海軍武官補に就任した。しかしじつは日本のスパイだった。英海軍の重要な情報をつかんでは、東京に暗号電文を打っていた。開戦後、イギリスのシンガポール守備隊が日本軍に降伏したのは、田中が流布した偽情報によるものだった。正体はいちどもばれずにいた。トリニティー・カレッジ出身の田中虎雄ゆえ、イギリスの官憲は疑いもしなかった。

集落の路地にも部下たちが立っていた。支配下に置かれたような島民らは、たまに粗末な家屋から顔をのぞかせては、恐縮したようすでおじぎをする。田中の目の前を、若い海女ふたりが会釈しながら、小走りに横切っていった。日焼けした肌に白いビキニ、白木綿のほっかむりに水中眼鏡をつけ、桶《おけ》を手にしている。海女が暮らしを支える集落。島を覆う素朴さに、島民はみな人畜無害にちがいない、以前の田中はそんなふうに心を許していた。裏切りなど無縁としか思えなかった。

鈴木《すずき》家はほかの家屋と比較し、少しばかり立派なたたずまいを誇る。七年前に娘のおかげで高収入を得たからだった。優れた容姿がハリウッドの映画プロデューサーの目にとまり、たった一回きりの脇役出演でも、日本の芸能界では考えられないような高額のギャラが支払われた。

鈴木きす。ここに住む海女の本名だった。漢字はなく、きすという平仮名が名前になる。シロギスという魚は、海の貴婦人と呼ばれている。苗字《みょうじ》の鈴木にも絡め、スズキ目スズキ亜目キス科、鱚《きす》にちなんで鈴木きす。洒落《しゃれ》た名ではある。ハリウッド映画のクレジットではKissy Suzukiとなっていた。ジェームズ・ボンドにもそのように紹介した。キッシーという名は彼にとって発音しやすかったからだ。映画デビュー時に英語を教えこまれた彼女は、ボンドとの会話も支障なくこなせた。この家はボンドの潜伏先に最適だった。

言葉が通じあうボンドとキッシーの関係に、一抹の不安を感じなくはなかった。ボンドの女好きはそれまでの国内旅行でもあきらかだった。

とはいえ田中は、依頼した内容をボンドがこなしてくれれば、なんら問題はないと考えていた。たとえキッシーと親密になろうとも、それはプライベートに属することでしかない。

キッシー鈴木は公安査閲局の職員ではなかった。シャターハント博士を暗殺するのも、ボンドにとって英国海外情報部の正式な任務ではない。すなわち同僚とのロマンスを原則禁じる、スパイの普遍的な掟《おきて》には該当しない。そのはずだった。ところが……。

玄関先でキッシーの両親が、板張りの床に両手をつき、深々と頭をさげた。迎えの挨拶《あいさつ》というより土下座だった。謝罪の意思はしめされて当然といえる。田中は黙って靴を脱ぎ、鈴木家にあがった。部下たちに片手をあげ、外で待機するよう指示しておく。

ひとり縁側をぐるりとまわりこんでいく。庭先に小さな鳥屋《とや》があり、低く笑うような鳴き声がきこえた。においがきつい。キッシーの飼っている鵜《う》だ。名前はたしかデイヴィッド。そんな名をつけたがるあたり、すっかり西洋にかぶれている。もっと警戒すべきだっただろうか。

閉じきった障子の前に着いた。足音はきこえていただろう。わざわざ声をかける必要はない。田中は障子を勢いよく左右に開け放った。

部屋のなかには三面鏡ぐらいしかなかった。きれいに掃除してある。塵《ちり》ひとつない畳の上で、着物姿の痩身《そうしん》が深く座礼をしていた。やはり土下座そのものだった。

苛立《いらだ》ちが募る。田中は立ったままいった。「面《おもて》を上げろ。腹のなかの子に悪い」

キッシー鈴木こと鈴木きすが、ゆっくりと上半身を起こした。黒く長い髪が後方に戻り、背中に流れ落ちる。絹のように柔らかい髪だった。おぼろな明かりを受け、自然な光沢を浮かびあがらせる。キッシーはなおもうつむきがちに目を伏せていた。

映画出演が舞いこむほどの美人顔に、いまは憂いのいろが満ちている。西欧人に好まれる東洋風の目鼻立ちが、色白の小顔のなかにおさまっていた。じっとしているだけでも色気を放つ。

だがそれだけでボンドが理性を失ったとは思えない。いかに女好きといえど、欲望にあっさり敗北してしまうほど、意志の脆弱《ぜいじゃく》な男ではなかったはずだ。

田中は静かにきいた。「帯の締め付けも身体に悪いんじゃないのか」

「適度に緩めております。お心遣いをありがとうございます」

「いいからもう少し身体を起こせ。腹部を圧迫するな」

キッシーがためらいをしめしつつも背筋を伸ばした。依然として視線は畳に落ちている。

この二十四歳の海女は、田中の役職について正確なところを知らない。アメリカへ行ったことはあっても、鈴木きすが政治や国際情勢を学ぶ機会などなかった。黒島に住む海女なら当然のことだ。二分間の素潜りや、海洋環境と海産物こそ、彼女たちが必要とする知識だった。

戦前の特別高等警察の後継組織で、公安調査庁と警察庁警備局を表の窓口にしつつも、実態は非公表の公安査閲局。そんなものに関心を持つ人間はこの島にいない。鈴木家と交流のあった福岡県警の安藤《あんどう》警視と同様、田中虎雄も島を訪ねてきた役人にすぎない、キッシーの認識はそれだけだろう。

ただしボンドがなんらかの隠密《おんみつ》行動をとるために、この島に潜伏していることは、キッシーと両親も承知済みだったはずだ。〝役人〟に迷惑をかけるべきでないのも、常識で考えれば理解できて当然だった。

「きこう」田中はいった。「ここに預けたイギリスの客人が、どういうわけか消息不明になった。私や部下たち、オーストラリア人のヘンダーソンにも、きみらは知らぬ存ぜぬを貫いた。ところがその男が北海道の稚内に現れた。なぜだ」

重い沈黙があった。キッシーがおずおずとたずねかえした。「彼は船に乗ったんでしょうか……？」

「いや。コルサコフとの連絡便は月にいちどしかない。港での張りこみは容易《たやす》かった。彼らしき西洋人男性が、ここから連絡船で福岡に渡り、列車で北海道に向かったのは、私たちの内偵で判明していたからな」

「……あの人とは」キッシーの小声は喉《のど》に絡んでいた。「特別な仲になったと思っていました」

「特別な仲とは？」

「一生を添い遂げる仲かと」

「彼がそう望んだのか。ジェームズ・ボンドがきみと結婚したいといったのか」

キッシーは辛《つら》そうに声を震わせた。「あの人は教えてくれました。どんな仕事のためにここに来たかを」

「ボンドはなにを明かした？」

「海の向こうのお城に、薄気味悪い外国人が住み着いてるのは、わたしも神主さんからきいて知ってました。あの人はお城に乗りこむって……。きっとあの薄気味悪い外国人を退治しに行ったんでしょう」

ここから洋上約八百メートルの距離に、福岡県の榮留《えいどめ》海岸がある。切り立った崖《がけ》に石垣が築かれ、その上に朽ち果てた天守閣が建つのが、ここ黒島からも眺められる。

正確には本物の城ではない。かつて朝鮮からの攻撃に備え、対馬《つしま》海峡沿いにいくつも建造された、見せかけだけの城のひとつだった。君主が統治した拠点ではないため、国宝や重要文化財に指定されず、観光名所でもない。本来ならとっくに崩壊しているはずが、岸壁の上のひと棟だけは、戦後も存続してきた。戦前に紡績業界の富豪が居住した際、補強工事をおこなったからだ。

そこを購入したのがシャターハント博士なる変わり者だった。周辺の沼から噴きあがる間欠泉のせいで、天守閣は常に水蒸気に包まれ、遠目にも異様な光景に見えていた。黒島集落に対岸を忌避する伝承が根づいたのも無理はない。

田中はキッシーを見下ろした。「ボンドがいったのか。あの城に住む外国人を退治すると」

「いえ」キッシーが首を横に振った。「彼がはっきりそういったわけじゃありません。でも神主さんもおっしゃいました。彼は六つのお地蔵さんが遣わした人にちがいないって」

思わずため息が漏れる。島の海女《あま》は迷信深い。この島では海に向いて立つ六体の地蔵が、守護神のように崇《あが》められている。六地蔵の見つめる先に対岸の天守閣がある。だが田中のなかで猜疑心《さいぎしん》が募りだした。キッシーはハリウッドに渡った経験を持つ現代っ子だ。まやかしめいた話で煙《けむ》に巻こうとしているのではないか。無知を装いつつも、あるていどの事情には気づいている、そう思えてならない。

ボンドが暗殺の密命を帯びていたこと。天守閣の住人が国家から敵視される危険人物だったこと。漠然とであっても、それらについてキッシーは真実を悟っているのではないか。

田中は畳の上に正座した。キッシーと同じ目の高さになった。困惑ぎみに視線を逸《そ》らしがちなキッシーを、田中はまっすぐ見つめた。「ボンドが対岸に潜入した日を知っとったか」

「……はい」キッシーは力なくうなずいた。「わたしが案内したんです。海の流れが急なところがあるし、あの人ひとりじゃ危なかったので……。夜間に一緒に泳ぎ着きました。石垣を登るところからは、あの人だけです」

「きみは石垣の下でまっとったのか」

「そうです。しばらくして、お城のあった辺りに噴火が起きて……。あんなことは初めてです。辺り一面が真っ赤になって、火の粉が降り注いできて……。あの人も落ちてきました。溺《おぼ》れそうになってるあの人を、わたしは背泳ぎで上に抱えて、黒島へ引きかえしました」

「……きみひとりの力で泳ぎきったのか」

「あの人は失神状態だったし、わたしも無我夢中で……。浜辺に着いたときには力尽きて、ふたりとも倒れこみました。でも話しかけたら、あの人は答えてくれて……。なにもおぼえていないって」

田中のなかに微量の電流が駆け抜けた。「おぼえていない?」

「ええ……。ふしぎでした。英語で喋《しゃべ》ってるのに、あなたは轟太郎さんといったら、それをすなおに受けいれてくれて。だから神主さんや、父や母にも協力してもらって、あの人を島民ということにしようって」

「たぶらかしたわけだ。彼がきみひとりを頼るように仕向けたんだな」

キッシーの目が潤みだした。「あの人が生きてると知ったら、どこの誰が現れるかわかったものじゃありません。薄気味悪い外国人の仲間が殺しにくるかも。だから守ってあげなきゃと思ったんです」

「その結果が」田中はキッシーの腹に視線を投げかけた。「それか?」

気まずそうにうつむいたキッシーが、手で軽く腹をさすった。「あの人をお医者さんに連れていきました。記憶を取り戻すには、何か月も何年も必要だって……。脳の側頭葉ってとこに損傷があるといってました。とにかくなにかを思いだすように、過去の記憶の手がかりを、絶えず目に触れさせなきゃならないって」

「きみはそうしたのか? ちがうだろう」

「……彼の記憶が戻ったら、きっとまた恐ろしい仕事に駆りだされるんです。そうじゃないんですか? だから思いだせないかぎり、あの人に新しい幸せをって……」

「周りとの交流を遮断し、島内に匿《かくま》い、外部の目に触れないようにしたわけだ」田中はため息まじりにつぶやいた。「だが日本語を喋れない彼を、轟太郎なる炭坑夫と自覚させつづけるなど……。無理があっただろう」

「それはわかってました。でもわたしはあの人と……。一緒になりたかった」

室内に沈黙がひろがった。ようやく本音に行き着いた、田中はそう思った。キッシーは肩を落としている。瞬《まばた》きとともに瞳《ひとみ》に大粒の涙が膨れあがった。ほどなく表面張力の限界を超え、雫《しずく》が頰を流れ落ちた。

「わたし」キッシーがささやきを漏らした。「別れ際まであの人を太郎さんと呼んだんです。ボンドさんなんていえなかった。おかしな話ですよね。どう見たって日本人じゃないのに」

田中は居住まいを正した。「お腹の子をどうする?」

「産もうと思います」

「父親の顔も知らない子を、女手ひとつで育てるのか」

「神主さんも父母も納得済みなので……」

思わず小さく唸《うな》った。事実を詰問に来たはずが、同情心に流されつつあるのではないか。悪くとらえるべきではないのかもしれない。もとはといえばボンドをここに預けた田中の責任だ。

「キッシー」田中は提言した。「子育てについて、できるだけの援助はする」

目を赤く泣き腫《は》らしたキッシーが見かえした。「お気持ちはありがたいですが、施しを受けなくとも、立派に育ててみせます」

「施しと受けとられるのは心外だが……。ひとつききたい。ボンドはなぜ旅立った？」

指先で涙を拭《ぬぐ》ったキッシーが、一礼してから腰を浮かせた。三面鏡へと赴き、台座の引き出しを開ける。小さな紙切れを手に戻ってきて、また正座した。深く頭をさげつつ、畳の上に置いた紙片を、そっと田中のほうに押しやる。「ある日、あの人がこれを見て、行ってみたいといって」

新聞の切れ端だった。田中は手にとった。記事の部分は日本語だった。同棲《どうせい》生活を送るうち、ボンドは多少なりともキッシーから言葉を習ったかもしれない。しかし習得できるほどの日数があったとは思えない。問題は裏側に掲載された写真だった。Vladivostok と書かれた看板が写っている。

太平洋に面したソ連最大の港、ウラジオストクの英語綴《つづ》り。これがボンドの記憶を刺激したか。

だがどうも奇妙に思える。海面に強く叩《たた》きつけられ、頭を打ったとしても、こんな記憶喪失がありうるだろうか。側頭葉に損傷があるのか。あくまでキッシーが連れていった町医者の意見だろう。稚内でボンドはみごとに追跡の手を逃れたという。おそらく行動に支障はない。にもかかわらず自分の素性に関することのみ、認知からすっぽり抜け落ちているというのか。いまもそんな状態のまま逃亡しつづけているのだろうか。

英国海外情報部の長、Mなる人物が、幕僚主任のビル・タナーを通じ返事を寄越してきた。彼らはボンドが殉職したという認識のままだった。ボンドに殺人を依頼した田中に対し、むろんのことMは立腹しているらしい。これはわが国の沽券《こけん》に関わる問題だ。田中個人にも大きな責任がつきまとう。ボンドが日本国内を逃げまわっているのだとしたら、なんとしても発見せねばならない。

田中はキッシーにささやいた。「こんなことはいいたくないが……」

「ええ。わかってます」キッシーは顔を伏せ、涙声で応じた。「なにがあったかけっして口外しません。生まれてくる子にも」

遣《や》る瀬ない思いに心が細ってくる。キッシーの決意を信じればこそだった。彼女だけでなく島民はみな、今度こそ約束を守り通すだろう。

そう思えるだけの確証はある。対岸で噴火さながらの水蒸気爆発が起き、天守閣と植物園が全滅したのち、この島にもマスコミが山ほど押し寄せた。だがキッシーはいっさいの取材を拒みつづけた。島民も誰ひとり、異国からの訪問者について明かさなかった。

田中はゆっくりと立ちあがった。「賢い子が生まれてくるといいな。幸せを祈ってる」

キッシーがもういちど深く座礼した。肩を震わせながら嗚咽《おえつ》を漏らす。援助を断った彼女に無理強いはできない。黒島に関わるのはこれが最後だろう。ボンドならきっと目くじらを立てるにちがいない。酷《ひど》い仕打ちだと罵《のの》り、キッシーがみずから命を絶ちはしないかと心配し始める、そんな彼のようすが目に浮かぶようだ。

退室しながら田中は思った。西洋人はいつも日本人の死生観を誤解する。夫を失った妻が自害するときめてかかってくる。そんなに簡単に死を選ぶ風潮などない。それが真実なら、現代日本が一億人近くもの人口を抱えるはずもない。

縁側を足ばやに玄関へと戻りながら、デイヴィッドの鳴き声をきいた。また低く笑うような声の響きだった。鵜《う》にすらからかわれていると感じる。

MI6の大物スパイに、身勝手な仕事を押しつけた結果、取りかえしのつかない事態におちいった。Mのようなイギリスの古株にとって、戦前スパイだった田中は、そもそも裏切り者でしかないのだろう。自分を棚に上げ、キッシーを裏切り者とみなした田中こそ、デイヴィッドにとって嘲笑《ちょうしょう》の対象にちがいない。

玄関で部下が頭をさげた。「どちらへ行かれますか」

「対岸へ行く。天守閣と植物園のあった跡地だ」

「立入禁止区画ですが……。火山性ガスが発生しがちだとか」

「かまわん。県警の安藤警視に連絡をとれ」田中は靴を履いた。「ブロフェルドという男の死に場所をしっかり確認しておきたい」

4

荒寥《こうりょう》とした大地に田中は立った。広々とした一帯に残るのは無数の岩塊ばかりだった。生命の息吹はほとんど感じられない。かろうじて岩々の隙間で乾燥に耐え抜く、低木や苔《こけ》が見てとれる。

そこかしこに白い湯気が緩やかに立ち上る。まるで地面からあふれでる霧のようだが、硫黄《いおう》のにおいもあいまって、別府《べっぷ》の温泉地を彷彿《ほうふつ》させる。

もともとここに間欠泉などなかったことが判明している。例の悪趣味な植物園の工事に際し、地面に埋めこんだ配管に水蒸気を無理やり集約させ、バルブの開閉で調整できるようにしたにすぎない。考えるまでもなく危険な施工だった。ボンドが暴れまわらなくとも、遅かれ早かれここは吹き飛ぶ運命だったかもしれない。

海を見下ろす切り立った崖《がけ》には、まだ石垣がへばりついている。ほぼ垂直で凹凸が少なく、よじ登るのはきわめて困難だった。いまさらながらボンドにどれだけの無理を強いていたかを痛感させられる。

田中は遠方に目を向けた。青く澄んだ海原に、さっき訪ねた黒島が、ぽっかりと浮かんで見えている。約八百メートルと数字できくより距離があった。泳ぎきるだけでもかなりの体力を奪われそうだ。そのうえ石垣の崖が侵入を阻む。すべてを成し遂げたボンドに畏敬《いけい》の念を抱かざるをえない。

いま田中が立つのは、かつて天守閣のあった辺りになる。周辺には田中の部下たちが散開し、警戒にあたっている。広大な植物園ももはや見る影もない。あの晩に発生した火災のみならず、地元の保健所が徹底的に除草剤を撒《ま》き、あらゆる毒草や毒花を根枯らしにした。

年配のスーツが歩いてきた。部下たちよりずっと年上で、若いころ従軍の経験を持つ者にありがちな、きびきびした歩調が特徴的だった。頭髪が薄くなっているものの、縁なし眼鏡の奥には鋭い眼光が宿る。

とはいえ人当たりは常に穏やかだった。福岡県警刑事部捜査一課長、五十代の安藤宏明《ひろあき》が声をかけてきた。「きょうは硫化水素も二酸化硫黄も基準値以下でよかった。

濃い日はこんなふうにのんびり散策なんかできませんよ」

田中は鼻を鳴らしてみせた。「幸運ってことだ。別府の地獄めぐりとたいして変わらん」

安藤が近くで足をとめた。「あのイギリス人の行方を追ってるんですか」

「ああ。彼は私たちの期待に応《こた》えてくれた。たったひとつの悲劇は彼が戻らなかったことだ」

「イギリス側に死亡を伝えたのちに、まさか黒島で海女《あま》が匿《かくま》ってたと発覚するとは。まったく想定外でした」

「きみらの責任じゃないさ。私や部下も何度となく黒島に足を運んだが、事実を見抜けなかった」

「鈴木家を紹介したのは私です」安藤の顔に翳《かげ》がさした。「潜伏先に黒島を推薦した私が責めを負うべきです」

「だからそんなに思い詰めるな。ボンドの生存が判明しただけでも喜ばしい。世のなかはわからないことばかりだしな」

事実として安藤にもすべては知らせていない。ここに住んでいた危険人物と、死の私設植物園、それらを排除するため公安が極秘に動き、例のイギリス人を連れてきた。

安藤が知るのはそこまでだった。

なぜジェームズ・ボンドは日本へ来たのか。じつはボンドは英国海外情報部の凄腕《すごうで》スパイだった。田中も最近になってようやく全容を把握した。ここ数年のボンドはスペクターという国際犯罪組織を追っていた。〝Special Executive for Counter-intelligence, Terrorism, Revenge and Extortion〟の略でSPECTRE《スペクター》。〝対敵情報活動、テロ、復讐《ふくしゅう》、恐喝のための特別機関〟という意味になる。

取り寄せたアメリカ中央情報局《CIA》の資料では、略称の最後のふたつについて、順序が逆になっていた。そちらでは〝恐喝、復讐〟との記載だった。事実確認におおいに手間どったが、じつは略称になぞらえた幽霊《スペクター》の綴《つづ》りが、イギリスではSPECTREなのに対し、アメリカではSPECTERであるため、そこに由来する誤記だとわかった。正しいのはイギリスのほうだった。

つまりスペクターはヨーロッパ系の組織と考えられた。情報に信頼性の高いＣＩＡでも、資料に表記揺れが生じるほど、謎に包まれた組織だったようだ。

いまでは組織の内情について、かなり詳しいところまで判明している。リーダーはエルンスト・スタヴロ・ブロフェルド。一九〇八年五月二十八日、ポーランドのグディニア生まれ。享年五十四ということになる。

ブロフェルド率いるスペクターは、アルプス山中のアレルギー研究所から生物兵器をばら撒き、イギリスに混乱をもたらさんと図った。だが犯行はボンドの活躍により阻止された。

ボンドは事件で知り合ったフランス人女性と結婚した。一九六二年、去年のことだ。妻のトレーシーは、ユニオン・コルスというマフィア組織の首領、マルク＝アンジュ・ドラコの娘だった。ところが結婚式を挙げた直後、ブロフェルドに急襲され、トレーシーは銃殺されてしまった。

失意のボンドは酒浸りになったらしい。任務にも失敗を繰りかえすようになり、Mは解雇も考えたようだが、ボンドの主治医の勧めで荒療治に賭《か》けてみることにした。その荒療治とは、命の危険がないていどに難しい任務をあたえ、ボンドに自信を取り戻させること。

殺人許可証を持つ者だけが所属する００《ダブルオー》課からは、一時的に左遷となった。７７７なる番号を割り当てられ、ボンドは日本へ派遣された。

公安査閲局が活用する高性能暗号解読機、マジック44の噂は、遠くイギリスまで届いていたらしい。マジック44を日本から譲り受けるのが、ボンドにあたえられた任務だった。仲介役として、まず日本滞在のオーストラリア人外交官、ヘンダーソンと接触した。ヘンダーソンは田中の友人でもあったため、彼の紹介でボンドと会うことになった。

同じ西側陣営に属する日英は、むろん友好関係にある。とはいえ戦後日本は、ほぼ完全にアメリカの縄張りだった。CIAを脇に置いて、マジック44をイギリスのスパイに譲るのは、倫理面からも問題があった。

イギリスにとっては、よほどうまく日本側と交渉しないと、マジック44は得られない。命の危険がないていどに難しい任務とはそういう意味だった。あいにくイギリスが手土産にボンドに持たせた情報は、日本にとってなんら耳新しいものではなかった。日本がマジック44をイギリスに提供するには、イギリスからもっと価値あるものを受けとる必要があった。

田中は総理大臣の池田《いけだ》勇人《はやと》に直談判《じかだんぱん》した。九州に住む厄介な外国人、シャターハント博士の暗殺を、ボンドに依頼してはどうかと。

池田は驚いたが、田中にはそう提案するだけの理由があった。じつはその時点で、田中はひそかにボンドの正体に気づいていた。マジック44で翻訳したソ連の暗号資料にある、007ことジェームズ・ボンドなる英国秘密情報部員。外見上の特徴も詳細に記述してあった。7777と同一人物にちがいなかった。

この事実は公安外事査閲局の部下たちにも伏せた。イギリス政府の名のもと、殺しの許可証を持つスパイと知っておきながら、日本人が非公式に暗殺を依頼したとなれば、まちがいなく国際問題になる。ボンド本人にも、きみは007かと問いただしたりはしなかった。ただ田中はボンドが凄腕の殺し屋だと気づき、利用しない手はないと考えていた。

安藤警視がきいた。「あのジェームズ・ボンドという男は何者だったんです？　機密事項なのはわかってますが、こうして一帯を跡形もなく吹き飛ばしちまうなんて、ただ者じゃありませんよね」

田中はふと我にかえった。荒れ地にたたずんでいたのを思いだす。田中は応じた。「暗殺や破壊活動に秀でた男だということは一目瞭然《いちもくりょうぜん》だろう。きみがそれ以上知る必要はない」

マジック44の存在すら知らない安藤は、ボンドが純粋にシャターハント暗殺のためだけに派遣された、イギリス政府公認の殺し屋という認識にちがいなかった。それを否定したくはない。

安藤はボンドの敵地潜入にあたり、この一帯の航空写真や地図を準備したり、鈴木家のキッシーを紹介したりしてくれた。ここから目と鼻の先にある黒島は、ボンドが潜伏するのに最適の拠点だった。つまり安藤は警視の立場にありながら、国益優先の暗殺計画に共犯者として加わっていた。それが正義だととらえている。違法ではあっても政府がひそかに立案した計画だと信じているからだろう。

しかしそこも事実とはちがう。これはあくまで田中が思いつき、総理を説き伏せ、半ば強引に実行した計画だ。

情報を制限されるのは、やはり安藤にとって不本意らしい。どこか不満げに安藤がいった。「ボンドはあなたに妙なことをいってましたね。ナイムショーとか」

英会話のなかで告げられた日本語を、安藤は耳ざとく聴きとっていたようだ。田中は内心驚きながらも笑ってみせた。「ああ。彼には内務省の人間だと告げていたんだよ。いまの日本に内務省などありゃしないがね」

「コウアンチョウサチョーとも……。公安調査庁なんて、ただの役所仕事をこなす官僚の集まりでしょう。あなたにとって窓口以外の意味なんかないはずですが？」

「そうとも。しかしスパイどうしは、ろくに腹を割って話すことも少なくてね。所属機関についての言及はいつも曖昧《あいまい》にとどまる。詮索《せんさく》しあわないのもこの業界の鉄則なんだよ」

お互い様だと田中は思った。向こうも海外情報部といってみたり、ユニヴァーサル貿易という架空の民間企業を装ってみたり、MI6とはあまりいいたがらなかったり、あやふやな言動に終始していた。国家機密に属する組織図をつまびらかにすることは日英どころか、同盟国である日米でも避けあうのがふつうだ。

日本の諜報《ちょうほう》機関においては、CIAにあたるのが公安外事査閲局、FBIが公安内事査閲局で、両者を総称して公安査閲局と呼ぶ。外事であっても国内捜査が可能なあたりが、アメリカとは少し事情がちがう。しかしなんにせよ、それらの名称を認識しているのは総理と閣僚のほか、アメリカ側でも大統領と補佐官ぐらいだろう。日本においてスパイ組織の実態を伏せるのは、GHQの時代から織りこみ済みだった。諜報機関の存在は日本国憲法に抵触してしまうからだ。

安藤が澄まし顔でたずねた。「シャターハント博士については、なにかもっと詳しい素性が判明してるんですか」

田中はまたとぼけてみせた。「きみがこれまで知ったとおりだよ。シャターハント夫妻はスイスのパスポートで入国してきて、ここで天守閣と周辺の土地を買い、亜熱帯植物の栽培を始めた。植物学者を自称しとったが、アマチュアだから正確には園芸家と呼ぶべきだろうな。日本で優雅な余生を送るために引っ越してきたんだ」

「毒花や毒草を山ほど植えるのに、途方もない費用をかけてですか……?」

「この辺りの地熱が亜熱帯植物を育てるのに適しとった。めずらしい亜熱帯植物には偶然、毒を持つものが多かった」

「それはシャターハントの供述じゃないですか。彼の植物園に勝手に入りこむ自殺志願者があとを絶たなくて、福岡県警でも何度か任意の事情聴取をおこなったんです」

「実際、評判が評判を呼んで、自殺者が続出したしな」

「富士《ふじ》の樹海に代わる、国内最大の自殺の名所ですよ。たった数か月でそんな悪名を轟《とどろ》かせたんです。あの男の目的はなんだったんでしょう」

「さあな。当局が締めつけようとすれば、シャターハントは日本の植物研究機関に自由な出入りを許しとるとか、製薬会社にも好きなだけ草花を提供しとるとか、社会貢献を盾にしてくる。きみら警察もお手上げだったな」

「日本の製薬会社はなぜ毒草や毒花をほしがったんでしょうか」

「薬っていうのはぜんぶ毒薬だよ。毒を薄めれば薬になる。ベラドンナの成分であるアトロピンは、鎮痙剤《ちんけいざい》や農薬中毒の解毒に役立っとる。トリカブトの子根は鎮痛作用を持ち、漢方薬に使われとる」

「でもぜんぶ無償提供だったんですよ。儲《もう》けが目的でもなく、毒性植物の森で天守閣を囲んで、そこに住むことになんの意味が？　しかも池にはピラニアを放ち、草むらでコブラや毒サソリを飼ってましたし」

「異常だな。不法侵入して命を落とす自殺者が四百人にのぼり、とうとうきみらもガサいれの準備に入ったわけだ。だが危険が多すぎて、捜査員といえど容易に立ち入れない。さらには……」

「ええ」安藤が苦々しげにうなずいた。「シャターハント夫妻は黒竜会《こくりゅうかい》出身者を雇うようになった。なぜ元ヤクザどもに植物園を見張らせたんですか。おかげで任意の事情聴取すら求めにくくなった」

「貴重な植物を持ち去られては迷惑だとか、自殺者の不法侵入を防止するのに協力しとるとか、そのためにも屈強なガードマンが必要だったと、いちおう筋の通った弁明があったよな」

「福岡県警にしてみれば頭の痛い問題だったんです。なにしろここのおかげで自殺者数が全国一位、不名誉な記録に今後も歯止めがかかる見こみがないときた」安藤が眼鏡の眉間《みけん》を指で押さえ、小声で告げてきた。「だからあなたからの提案は大歓迎でした。われわれ日本人の手を汚さず、外国人にシャターハント博士を始末させるという計画……」

「警官のきみがいうべきことじゃないな。もう忘れたほうがいい」

「より正しいことのために法を曲げるのも、ときと場合によってはやむなしでしょう。公安はそういうお立場だと思いましたが?」

「ああ」田中はため息をついた。「シャターハントを逮捕するのが不可能だとわかった以上、ほかに方法がなかった。弁護士によれば、シャターハントが私有地で有毒植物を栽培してるだけでは、自殺教唆にも幇助《ほうじょ》にも該当しないとのことだったからな。勝手に立ち入るほうが悪いと」

法で裁けない以上、非合法手段で危険人物を排除するしかない。安藤のいうとおり、公安査閲局はそんな判断を辞さない組織だ。いまでも暗殺という決定がまちがっていたとは思わない。ボンドのおかげでこの地にも平穏が戻った。

しかしシャターハントの真の目的はなんだったのだろう。自殺者の死体を発見するたび、通報し救急車を呼んでいたのだから、解剖など非人道的な狙いではなかったとわかる。名もなき日本人が命を絶つために迷いこんでくるのを、天守閣から眺めて悦にいる、そんな異常な支配欲ゆえの行動だったと、犯罪心理に詳しい専門家は分析した。

それなら元黒竜会の連中を雇ったのはなぜなのか。やはり異常な支配欲を満足させるためだというのか。黒竜会はかつて福岡を拠点にする一大ヤクザ組織だった。表向きは戦前に解散させられたものの、現在もなお残党が暗躍しつづけている。元黒竜会構成員出身者らの凶悪さは、現行の暴力団員をはるかに凌《しの》ぐ。シャターハントがそういう人間ばかりを集めていたこと自体が深刻な問題だ。というのは……。

安藤が念を押してきた。「シャターハントとその妻は、ただ気まぐれに自殺の名所を作りだした、富豪の異常者にすぎなかった。そういう認識でいいんですね？」

田中はうなずいてみせた。「死者に動機をたずねることはできないが、状況からみてそう考えるよりほかにないだろう」

「植物園の一角に埋まっていた金属部品類は？　あれはなんだったんでしょう」

「ああ、あれか」

「熱で変形してたせいで、うちの鑑識ではお手上げでして。公安の要請で引き渡しましたが、その後はどうなりましたか」

「まだ報告があがってきていないな。調査中だ」

配管の残骸《ざんがい》や、地下にそれらを張り巡らせるためのコンクリート壁と鉄筋の破片なら、まだ敷地じゅうに埋まっている。しかしそれらとは別に、原形を留《とど》めない約一トンぶんの金属部品が、なぜかまとまって一か所から発見された。しかも天守閣のあった場所ではない。

安藤が内ポケットから写真をとりだした。航空写真だった。天守閣と植物園を上空から撮影している。赤いペンで丸がつけてあった。そこを指さしながら安藤がいった。

「これと照合してみたんですが、金属部品が密集して埋まってたのは、どうやらこの辺りなんです。見てのとおり花が群生してます。かなり広い花壇でしょうか」

田中はポケットのなかに老眼鏡を常備していた。眼鏡をかけると写真を眺めた。

「ふうん。建物は見あたらないな」

「花壇の下に鉄屑《てつくず》が埋めてあったわけではないでしょう。なにかあったんですよ」

「情報提供ありがとう」田中は安藤の手から写真を受けとった。「これはもらってていいな？」

「該当地点を掘るなどして、もうちょっと調べましょうか」

「その必要が生じたら頼む。現時点では自殺の名所跡地に出土した、単なる鉄屑だ」

「……そうですか」安藤の笑わない目が、腑《ふ》に落ちない気分を物語っていた。内心に反することを、いかにもぶっきらぼうに口にする。「ほっとしましたよ。地下に施した不適切な工事による水蒸気爆発により、天守閣と植物園に火災が発生、全焼。夫妻は行方不明、おそらく死亡。福岡のみならず国家的な懸念はきれいに消滅」

安藤の立場ならそれで納得してもらうしかない。シャターハントの正体など知ったところで、県警の手には負えない。

公安外事査閲局では事実をつかんでいた。シャターハント夫妻の写真を、英国海外情報部に照会したとたん、真実が発覚した。

ガントラム・シャターハントはエルンスト・スタヴロ・ブロフェルド、すなわちスペクターの首領だった。妻として入国したフラウ・エミー・シャターハントを名乗る、醜悪な外見の中年女性は、イルマ・ブント。スペクターでブロフェルドの最側近的役割を果たす女だったという。

シャターハントの暗殺計画に先立ち、標的となる夫婦の写真をボンドに見せた。ボンドはなにもいわなかった。だがじつは思わぬ復讐《ふくしゅう》の機会の到来に、ひそかに闘志を燃えあがらせていたにちがいない。

ボンドはなぜ田中たちに、写真の人物が宿敵ブロフェルドとイルマだと打ち明けてくれなかったのか。MI6やCIAが介入してくるのを嫌ったからか。おそらくそうだろう。ブロフェルドに対しても暗殺ではなく、身柄を拘束せよとの命令が下る可能性もあった。ボンドは自分の手で、亡き妻の無念を晴らそうとしたにちがいない。

安藤が腕組みをした。「シャターハント夫妻はどうして日本に来たんでしょう。悪趣味な余生を送りたいのなら、ほかにふさわしそうな国もたくさんあるはずですけどね」

アルプス山中での犯罪計画が水泡に帰し、組織としてのスペクターは消滅したと伝えられる。ブロフェルドとイルマだけが日本に逃げ延びた。ヨーロッパを遠く離れた東の果てで、隠居することがふたりの目的だったのだろうか。周囲に猛毒を張り巡らせ、暗殺者が訪れるのを防ごうとした。そう解釈すれば辻褄《つじつま》が合わなくもない。

元黒竜会にしても、スペクター再建と呼ぶには、あまりに雇用人数が少なすぎる。調べによれば、ブロフェルドが雇った黒竜会出身者は、総勢わずか二十人足らずだ。せいぜいボディガードと監視要員として雇用したと考えるべきだろう。自殺者が来るにまかせていたのは、そのついでにすぎないのか。

もやもやしたものが尾を引くものの、福岡県警の警視とは、真相をめぐる議論を戦わせることもできない。田中は軽く頭をさげた。「ここへの立ち入りを許可してくれて感謝する。急なお願いをきいていただき、本当に恐れいる」

自分を追い払うひとことだと気づいたらしい。安藤警視は醒《さ》めた顔でおじぎをかえした。「なにかありましたらいつでも」

安藤が踵《きびす》をかえし立ち去っていく。行く手に制服警官がふたり待機していた。パトカーは荒れ地の外に停めているのだろう。そこまでは徒歩での移動を余儀なくされる。

周囲に散っている田中の部下たちのなかに、さっきはいなかった顔が含まれている。歩み寄ってくる三十代前半のスーツに田中は気づいていた。「宮澤」

宮澤が神妙に一礼した。「いま着きました」

「稚内の後始末は？」

「幸いにも道警と稚内署の協力が得られましたので」宮澤はちらと遠方に目を向けた。立ち去る安藤警視の後ろ姿を確認したのち、また田中に向き直る。「植物園だった場所の一角から出土した金属類ですが、分析が終わりました」

スーツの内ポケットからとりだした紙を、宮澤が田中に手渡してくる。田中はまた老眼鏡をかけた。

金属部品さえも原形を留めないほど高温の熱が、長時間にわたり一帯を覆った。敷地内のあちこちで部分遺骨も発見されたが、大半は溶けきっていた。ブロフェルドかイルマか、元黒竜会の連中かわかったものではない。ボンドも当初は死亡とみなさざるをえなかった。

田中は書面を目にした。「鉄軸とローラー……。シリンダー類、カッティング用の刃？　なんのことだ」

宮澤が口を開きかけた。すると女の声が代わりに告げた。「印刷機」

はっとして田中は顔をあげた。近くに宮澤の戸惑った表情がある。宮澤は気まずそうな態度をしめし、遠慮がちに一歩退いた。

その向こうにいた女がぼんやりと見える。顔がはっきりしないのは老眼鏡のせいだと気づいた。田中は眼鏡を外した。

華奢《きゃしゃ》な身体をレディススーツに包んだ、二十代半ばの女性。赤の他人でもないのに、他人行儀にしかとらえられない理由は、当然ながら自覚できていた。

同じ職場にもかかわらず、ひさしぶりに顔を見た。向こうも落ち着かないようすで目を泳がせる。田中虎雄が三十六歳だったころ、寅年《とらどし》にロンドンで生まれた娘、斗蘭がそこに立っていた。

5

博多《はかた》市内にある福岡県警本部の会議室で、斗蘭は黒板の前に立った。大きく引き伸ばした写真を数枚、マグネットで貼り付ける。

父の田中虎雄はむすっとした表情で、円卓を囲む席のひとつにおさまっている。不機嫌なのも無理はない、斗蘭はそう思った。さっき父が現場から追い払ったばかりの安藤警視を、斗蘭はまたこの会議室に呼び戻した。しかも安藤の部下たち、捜査一課の主要な人員が顔を揃えている。

地元の警察には極力情報を明かさない、それが父の方針だろう。斗蘭の考えはちがっていた。公安査閲局が頼るべきは、公安調査庁や警察庁警備局にかぎらない。刑事警察と協調して捜査に臨まねば非効率だ。広く一般社会に直結しているのは都道府県警察なのだから。

斗蘭の上司、宮澤も円卓についているが、気が気でないようすだった。また親子喧《げん》嘩《か》の板挟みになるのではと肝を冷やしている。そんなに心配しなくても、と斗蘭は内心つぶやいた。この場では冷静さを貫いてみせる。公私混同はしない。

掲示した写真のうち一枚は、現場から出土した金属類。どれも熱で変形し丸くなっているが、かろうじてなんらかの部品だったことが見てとれる。もう一枚には該当すると考えられる部品一式が写っていた。

斗蘭は黒板の写真を指ししめした。「ご覧のように変形した金属のうち棒状の物は、両端が二段階に細くなっていて、中央に穴が開いているのがわかります。これはローラー芯《しん》棒側面のセンター穴です。溶解していますがウレタンの痕《こん》跡《せき》も見当たります。

圧力をかけるシリンダーも活版印刷機に似ていますが、形状とサイズが独特です」

安藤警視が眉《まゆ》をひそめた。「なんの印刷機なんだね？」

「適合するあらゆる部品を調べた結果、民間の印刷所で使用する機器には該当しませんでした。対象の範囲を広げ、一般に非公開の各省庁の資料を紐解《ひもと》くと、大蔵省印刷局の紙幣印刷機製造部品一覧と適合しました」

ざわっとした驚きがひろがる。父の虎雄も絶句する反応をしめしていた。

捜査一課の警部が身を乗りだした。「紙幣印刷機？　するとまさか……」

斗蘭はうなずいた。「原版は溶解し跡形もないのですが、大判の和紙に縦横複数の紙幣を同時印刷、断裁する仕組みが整っていたと考えられます。本物の紙幣を印刷する工程と寸分たがわない以上、きわめて精巧な偽札が印刷可能だったでしょう」

安藤が驚嘆の声を発した。「チ－37号事件か!?」

ざわめきはどよめきに近くなった。チ－37号事件。一昨年《おととし》から発生した精巧な偽札の連続使用事件、その総称だった。チは警察のコードで紙幣偽造事件における千円紙幣を意味する。その三十七番目にあたる事件だが、過去の例とは偽札の完成度が段ちがいだった。

最初に偽札が見つかったのは一九六一年十二月七日。秋田県秋田市の日本銀行秋田支店で、廃札係にまわされた廃棄予定の紙幣のなかに、千円紙幣の偽札が紛れこんでいた。

非常に精巧な出来で、紙の厚さや手触りには若干の差があったものの、日常生活での使用では確実に見過ごされるレベルだった。日本の偽札史上、最高の芸術品とまで謳《うた》われた。現在までに二十二都府県から三百四十枚以上が発見されている。実際に流通する偽札は途方もない数と推察された。

マスコミは偽札の特徴を報じたが、犯人はそれを参考に修正を施した。当初の偽札は、通し番号がWR789012Tで統一され、しかもやや数列が右下がりに傾いていた。ところが五か月後にはDF904371Cと水平に印刷された偽札がでまわった。聖徳太子《しょうとくたいし》の目尻《めじり》が下がりぎみという欠点が報じられると、そこもたちどころに手直しされた。

警察は紙幣偽造の前歴がある者を中心に、約十五万人の行方を追った。のみならず印刷機約二万台の所有者と用途も調べあげた。しかし現在のところまったく手がかりがつかめていない。政府はやむをえず新千円札の発行を決定、今年の十一月から流通が開始される。肖像が聖徳太子から伊藤博文《いとうひろぶみ》に代わることは、すでに通達されていた。

捜査一課のひとりが疑問を呈した。「チ－37号の犯人が、壊れた印刷機を、シャターハント博士の植物園に埋めたとか？」

別のひとりがいった。「偽札偽造犯が元黒竜会とつながっていて、投棄する場所を探していたとも考えられる。なにしろ航空写真によれば、なにもない花壇だった場所に部品が埋まっていたのだからな」

「いえ」斗蘭は新たな写真を黒板に貼りつけた。「こちらをご覧ください。該当箇所からはコンクリート片と鉄筋が、ほかよりも多く掘り起こされています。破片のうちいくつかは、このように直角で構成された二面を有します。これは階段の一部だったと考えられます」

「すると」警部が目を瞠《みは》った。「地下室が？」

斗蘭はうなずいてみせた。「そう考えられます。発見された金属部品は約一トン。インクが蒸発しきっているため、印刷機が直前まで稼働していたかどうかはわかりません。しかし大蔵省印刷局の機械と同じ造りであれば、四機が地下室に並べてあったと考えるのが自然です」

「そこがチー37号事件の真犯人の拠点だったのか。シャターハント夫妻が実行犯か？」

「いいえ。チー37号事件は夫妻の来日前から発生していました。黒竜会の元構成員を通じ、印刷の拠点が夫妻の私有地内に移されたとみるのが妥当です」

「少なくとも夫妻は、偽造犯に土地を提供した共犯者なわけだ」

「それ以上かもしれません。印刷機には大幅な改良が施されていたと考えられます」

「改良？」

斗蘭はまた写真を指さした。「このチューブとタンクの一部とおぼしき破片は、印刷機に当てはまりません。大蔵省印刷局にある叩解《こうかい》用の機械と推察されるのです」

宮澤が一同に説明した。「紙幣の強度を高めるため、パルプ繊維を細かく磨《す》り潰《つぶ》し、絡みやすくしておく工程です。薬品とともに調合し、紙料ができあがります」

「紙料というと」警部があんぐりと口を開けた。「犯人は偽札の印刷だけでなく、紙から作っていたっていうのか」

「はい」斗蘭は応じた。「原材料と調合が正確なら、紙質はまったく本物と変わらないでしょう。抄紙機で抄造をおこなったとすれば、その段階で透かしもいれられます」

「では」警部がつぶやいた。「番号がどれも同じという点を除き、本物と区別がつかないわけか」

斗蘭は黒板に向き直った。「こちらの大蔵省提供の写真、右下に集中するゼンマイ状の部品をご覧ください。一般非公開の記番号印刷工程の部品です。ゴム製のアルフアベットと数列の組み合わせが、印刷するたびひとつずれていき、連番を構成します」

「番号が一枚ずつちがってるというのか」

「そうです。チ－37号事件の犯人グループが何者であるにせよ、シャターハント夫妻に招かれ、新たに資金と知識をあたえられ、より本格的な偽札製造に入ったと思われます」

捜査一課の面々の喧噪《けんそう》が大きくなった。安藤警視は腕組みしながら、さも感心したようすでいった。「さすが田中局長の娘さんだ」

だが田中虎雄はさも不快そうに疑問を呈した。「一般非公開の大蔵省の資料を、どうやって入手した？」

室内が静まりかえった。宮澤があわてぎみにいった。「それにつきましては、私が田中から相談を受け……、あ、つまり田中斗蘭からですが、上司としてことの重大さに鑑《かんが》み、調査を許可したしだいでして……」

「私はなにもきいていない。省庁職員に接触するのなら報告するのが筋だ」

斗蘭は平然と父親に申し立てた。「いま報告していますが」

父の虎雄が怒りのいろを漂わせた。「こんな場でか」

「こんな場？　どんな場ですか。シャターハント夫妻居住地は県警の管轄です。捜査一課の皆さんにも情報を共有していただく必要があります」

「それは私が判断することだ。だいたい大蔵省への訪問など寝耳に水だ」

「北海道から九州まで移動する途中で都内に立ち寄っただけです。いちいち出張の届け出なんかしません。ご不満ですか」

「なんだその口の利き方は。ここは家じゃないんだぞ」

「家におられたことがありますか」

「機密保持の重要性を認識できていないのなら、公安外事査閲局の職員失格だぞ」

気の短さは父親からの遺伝かもしれない。おろおろとする宮澤を横目に見ながら、斗蘭はそう思った。黒板を振りかえり、写真の一枚を引き剝《は》がすと、斗蘭はふたたび父親に向き直った。「この変形した部品に残るギザギザは、版面にインキを供給するノズルの列です。見てのとおり九個も並んでいます。インキのうち一色は記番号用で別工程としても、千円札なら主模様一色、地模様二色、印章一色でノズルは四個に留《とど》まります」

安藤警視が泡を食う反応をしめした。「九種類のインキ？　ということは……」

斗蘭はいった。「主模様二色、地模様六色、印章一色。印刷されたのは一万円札の表面《おもてめん》です」

捜査一課の面々に動揺がひろがった。父の虎雄も憤りのなかに焦燥のいろをのぞかせている。

一万円札が発行されてから、まだ五年しか経っていない。それまでは千円が最高額紙幣だった。千円札で充分にこと足りる。なにしろ大卒の初任給は現在でも、いちばん高くて一七一〇〇円だ。庶民が一万円札など持ったとしても、すぐに千円札十枚に両替しなければ、ふだんの暮らしのなかで遣いようがない。チ-37号事件の犯人が当初、千円札しか偽造しなかったのも、自然の成りゆきといえる。一万円札は当面、あくまで商取引に用いることを前提に発行された。

ところがシャターハント夫妻の敷地内で製造されていたのは、ほかならぬ一万円札の偽造紙幣だった。四機が稼働していたからには量産体制だったと考えられる。斗蘭は円卓から航空写真を手にとり、黒板に貼りつけた。「植物園への出入りを許されていた製薬会社の社員によれば、この花壇を埋め尽くすように咲いていたのは、ゲルセミウムエレガンスです」

「毒花だ」捜査一課のひとりが慄然《りつぜん》とつぶやいた。「それもとてつもない猛毒……」

宮澤がうなずいた。「ゲルセミウム科または、マチン科ゲルセミウム属のつる性常緑低木です。東南アジアや中国南部で自生しています。有毒成分はゲルセミンやゲルセジン、ゲルセミシン、ゲルセヴェリン、コウミン、フマンテニリンなどのアルカロイドです」

「しかし」安藤警視が宮澤を見つめた。「口にいれなきゃだいじょうぶなんだろう？」

「製薬会社の社員の話では、品種改良が施されていたようで、花粉からも毒性が検出されたと……。近づいてにおいを嗅《か》ぐだけでも、延髄の呼吸中枢が麻痺《まひ》しかけ、息苦しくなったそうです。薄めれば喘息《ぜんそく》の治療薬や解熱剤、鎮痛剤の原料になるので、マスクと防護服を着用し、花壇の外側から慎重に少量を摘んだとか」

「人を寄せつけないために毒花を密集して植え、地下室に偽札の印刷工場を設けたのか」

「ええ」宮澤がうなずいた。「せいぜい二十坪もあれば、偽造紙幣の工程をおさめるには充分です。この花壇は百坪以上あります。地下への階段は花壇の真んなかあたりでしょう。蓋《ふた》の上に鉢植えの花を並べるなどして、航空写真でも識別できないようにしてあったんです」

「大変なことだ」安藤が頭を掻《か》きむしった。「東京オリンピックを来年に控え、大規模なインフレが発生したらどうする。日本円が紙くず同然と化せば、わが国の経済は壊滅だ」

田中虎雄がじれったそうにいった。「安藤警視、そう慌てるな。私も東京に戻りしだい、総理や警察庁長官と話し合う」

福岡県警を軽んじる発言に受けとったらしい。安藤が表情を硬くした。「お言葉ですが、ふだん市民の手から手へ渡る紙幣について、流通の健全性に目を光らせるのは、ほかならぬ所轄警察の仕事でしてね。私たちに情報をお伏せになるつもりだったのは感心しませんな」

斗蘭は淡々と同意を口にした。「チ－37号事件を全国の警察が追っています。紙幣偽造が新たな段階に入っていた事実を、各都道府県警察に共有していただかなくては、流通済みの偽札発見も困難です。秘密にするのはただの悪手です」

虎雄がまた怒りをしめした。「聞き捨てならん。印刷工場が壊滅したのなら、現時点以上の偽札流通はもはやありえんだろう。製造済みの偽札も地下室で丸ごと燃えてしまったのかもしれん。実際に印刷されたかどうかも根拠がない。いまインフレが急速に進んだとの報《しら》せも受けていない。火急といえるほどの事態ではない」

「呑気《のんき》すぎます。大量生産された偽札がどこかに保管されていたら？　オリンピック開催寸前に一気に解放される可能性もあります。やはり全国の警察署の協力が不可欠です」

「公安査閲局の役職序列を無視する気か。まずは報告を上にあげろ！」

安藤警視が片手をあげ、田中虎雄を制した。「まってください、局長。娘さんにうかがいたいことがあります。田中斗蘭さん。さっきチ－37号事件の犯人グループは、シャターハント夫妻から新たに資金と知識の提供を受けた、そういったな。資金というのはわかるが、知識とは？」

斗蘭は答えた。「偽札をより精巧にするための印刷機の改良手段です。事実として、この大蔵省印刷機と寸分たがわぬ部品の数々は、高度な設計に基づくものと考えられます」

「知識は誰があたえたんだね？　夫妻か？」

「いえ。しかしシャターハント夫妻が来日した直後、ヘルマン・ヴェーラーという、五十一歳のドイツ人が羽田《はねだ》に到着しています」

虎雄が咎《とが》める声で呼びかけた。「斗蘭」

安藤警視は身を乗りだした。「そのヘルマン・ヴェーラーとは何者かね？」

斗蘭はあっさりといった。「本名はディートリヒ・クンツェンドルフ。ドイツ警察が国際指名手配する偽札製造の達人で、一九六一年五月時点でのスペクターのナンバー6です」

「よせ！」田中虎雄が両手でテーブルを叩《たた》き、跳ね起きるように立ちあがった。

会議室は水を打ったように静まりかえった。列席する捜査一課の誰もが面食らった顔で虎雄を見上げる。

虎雄はばつの悪そうな顔になったものの、不機嫌さを隠そうともせず、周りに呼びかけた。「すまないが退席してくれ。斗蘭と話がある」

一同はみな腰を浮かせようとしなかった。親子で内密に話したいのなら、ふたりのほうがでていくべきだろう、誰もがそういいたげだった。

だが公安査閲局の常識としては、そういうわけにいかなかった。たとえ警察本部内とはいえ、通路で言葉を交わしたのでは、立ち聞きされる恐れがある。公安の抱える国家機密は、あくまで刑事警察の理解をはるかに超えたレベルに該当する、虎雄はそういう認識のようだった。

安藤警視が渋々といったようすで席を立った。特に挨拶《あいさつ》もなくドアへ向かう。ほかの面々もそれに倣った。どの顔にも不満のいろがありありと浮かんでいる。

ドアが閉まった。室内には公安外事査閲局の三人だけが残された。黒板の前に立つ斗蘭。円卓で立ちあがったままの虎雄。宮澤は身を硬くして座っていたが、ひとり着席しつづけるのはまずいと思ったのだろう、あわてたようすで起立した。

田中虎雄が斗蘭を睨《にら》みつけてきた。「どういうつもりだ」

斗蘭は半ばうんざりしながら応じた。「さっきもいったとおり、偽札捜査には広域にわたる警察の協力が……」

「情報を垂れ流しにする必要がどこにある！　国家がなんのために公安査閲局に多額の活動資金をあたえていると思っとる。道楽じゃないんだぞ」

「印刷機の残骸《ざんがい》部品を発見したのは福岡県警です。偽札製造機と気づいていなくても、捜査をつづけるうちに危険な目に遭うかもしれません」

「一味は全滅したんだ。なんの危険がある」

「発見された部分遺骨が誰なのかもわからないのに？　ブロフェルドもイルマもクンツェンドルフも、生き延びていないとどうしていいきれますか？」

「その名前を口にするな！」虎雄は怒鳴ったものの、まだ報告を受けていない事柄について、問いたださねばならないと思い直したらしい。苦い顔ながら冷静に努めつつ、斗蘭にたずねてきた。「クンツェンドルフという男の情報はどうやって得た？」

「大蔵省印刷局の職員と会い、金属部品が紙幣印刷機だった可能性が高いと知ってから、国際指名手配中の偽札犯をあらためて洗いだしました。ＩＣＰＯによれば、クンツェンドルフが偽名で日本へ入国した形跡があるものの、その後の消息が不明だとか」

「一九六一年五月時点でのスペクターのナンバー6というのは……？」

「解散前、スペクターの幹部は二十一人いて、順繰りに毎月ふたつずつコードナンバーがずれていく規則でした」

「そんなことは知っとる。どこから得た情報かときいてるんだ」

「スメルシュの暗号電文をマジック44で解読した資料のなかにありました。スペクターが偽ルーブル紙幣をソ連国内に流通させた過去があり、スメルシュがクンツェンドルフの暗殺を謀ったものの、失敗した経緯があったようです」

虎雄がしかめっ面で唸《うな》った。「スメルシュだなんていうな」

「どういえばいいんですか。ソ連国家保安委員会の傘下にある殺人工作機関とでも？」

また虎雄の額に青筋が浮きあがった。「いい加減にしないか！　守秘義務違反で謹慎処分にするぞ」

斗蘭のなかに憤りの感情がこみあげてきた。「そうやって休職者や退職者を増やしてばかりで、現場の職員にどれだけ皺寄《しわよ》せがいってるか、お父さんは気づいてないでしょう！　どこへ行こうと地元の所轄警察に睨まれ、逮捕される危険と隣り合わせ。

どうして連携しないんですか。少人数体制じゃやれることはかぎられてます」

「お父さんとは呼ぶな。いいか、斗蘭。たとえ司法の側にいる人間だからといって、むやみに信用はできん。国家機密を無制限に明かせば、いつ中ソのスパイの耳に入るかわからん。向こうも日本国内のあらゆる省庁に密偵を送りこんでいるのだしな」

「日本じゅうを逃げまわってるイギリスのベテランスパイを、わたしたちだけでどうやって捕らえるんですか。公に指名手配まではできなくても、全国警察官の協力があれば、少なくとも随時手がかりは得られます」

「不可能だ。ボンドの存在こそ機密中の機密だ」

もとはといえば父がボンドに非公式の暗殺を依頼したせいだ。斗蘭は苛立《いらだ》ちを抑えきれなくなった。「このままじゃ永久にボンドを見つけられません」

「捕り逃がしたのはおまえの失態ゆえだ」

荒々しいものが疾風のように胸のなかを満たした。怒りのあまり言葉を失うとは、まさにこの瞬間にちがいない。

宮澤がおずおずと弁護した。「局長、稚内で斗蘭は規定にしたがい、張りこみと監視をおこなっていました。第四夔濵丸の船内における銃撃は、威嚇に必要だったと解釈できます。ボンドの逃げ足はじつにすばやく、とても側頭葉にダメージを受けた男とは……」

虎雄がドアに顎《あご》をしゃくった。「宮澤、外にでてろ。誰も聞き耳を立てていないか探れ。東京とも連絡をとれ。新しい情報は漏れなく最高機密あつかいで暗号化し、管共課に伝達しとけ。現場の職員だけで抱えこむなといっとるはずだ」

「……わかりました。ただちに」宮澤は戸惑い顔で斗蘭を一瞥《いちべつ》したのち、局長の虎雄に頭をさげた。ドアへと歩き去っていく。

宮澤が退室すると、ついに親子ふたりきりになった。より気まずい空気が室内に充満しだした。

斗蘭は沈黙を破った。「本気ですか」

「なにがだ」

「さっきの発言です。ボンドを捕り逃がしたのはわたしのせいですか」

女はすぐこれだ、感情面でむきになって本質を見失う。父の顔はいかにもそういいたげだった。むかし斗蘭の母に対しても、何度かそんな暴言を吐くのをきいた。

虎雄はさも煩わしそうにうなずいた。「ああ、そうだ。おまえのせいだ」

鋭い刃《やいば》で胸を抉《えぐ》られるような気がした。期待はしていなかったが、娘の身を案じる気持ちなど、やはり皆無のようだった。斗蘭はたずねた。「ならどうすればよかったんですか」

「命に替えてでも標的の身柄を確保する。そういう覚悟が足らん」

また怒りの炎が燃えあがりだす。斗蘭は父を睨みつけた。「死んだら標的にしがみつくこともできませんが？」

「どう捕らえるかは現場の判断にまかせる。私がいっとるのは姿勢の問題だ。命懸けで臨むのがこの職務だ。死の危険に身を投じるつもりがないのなら、潔く退職しろ」

「またそんな言い方。戦時中でもないのに」

「戦時中だ。戦争はずっとつづいとる。諜報《ちょうほう》の世界でな。敵や味方は変化したが、われわれは国家を守る名誉を誇りとして生きる。よっていつでも命を差しださねばならん」

「お父さんはいつもそう。神風特攻隊で死んでいった人たちは気の毒でしかない。でも出撃しなかったお父さんはそこまででもない。自殺志願者がブロフェルドの植物園をめざしながら、臆病風《おくびょうかぜ》に吹かれて侵入するのをやめた例とそう変わらない」

父が顔面を紅潮させた。「おまえはなぜ公安査閲局の職員になった!?　俺はおまえに強制などしなかった。おまえが入りたいといったんだぞ」

「わたしが就職を望んだのは、日本の平和を維持するための崇高な任務の担い手、お父さんが常々そういってたから。死ぬのが前提の人身御供《ごくう》になりたいなんて思ったことはいちどもない」

「そんなものは甘えだ。いざというとき我が身を投げだす決断がなければ……」

「お父さんは稚内でわたしが死ねばよかったとでもいうの!? お母さんとわたしをロンドンに残して、ひとり勝手に帰国しておきながら、日本が枢軸国側で参戦するのに反対もしないなんて」

「おまえはなにもわかってない」

「なにが？ イギリス人を手玉にとるなんて、お父さんにとってはなんら気が咎《とが》めることでもなかったんでしょうね。ヒトラーの同胞だもんね」

虎雄が目を怒らせ、円卓の外側をまわりこみ、つかつかと歩み寄ってきた。「いっていいことと悪いことがあるぞ」

「ボンドをお客さんあつかいするフリをして、本当は道具のようにしか思ってなかったんでしょ？」

「お客あつかいだと？ 俺は彼を日本の風習に馴染《なじ》ませるため、国内を丁寧に案内した。シャターハントの敷地に潜入するまで、隠密《おんみつ》行動に苦労しないよう訓練したんだ」

「訓練がきいてあきれる。伊勢志摩《いせしま》のミキモト真珠島に案内したり、お座敷で芸者を交えて野球拳《けん》に興じたり、娘としてこんなに恥ずかしいことはない。接待観光旅行をしまくって、００７に人殺しを引き受けてもらうなんて、外交手段でもなんでもない！」

「いわせておけば勝手なことばかり……」目を血走らせた虎雄の平手打ちが、斗蘭の頬めがけて飛んできた。

明治生まれの父親が、いまどきの娘に手をあげるのは、忌まわしいことだが世間にもよくある。ただし元軍人将校にして柔道七段、公安外事査閲局長のタイガー田中だけに、繰りだす平手打ちの風圧は凄《すさ》まじかった。身体の動きにも無駄がなく、腕の振りも迅速だった。空手の掌底打ちにも近かった。

しかし斗蘭のほうもただ父親に反抗する娘ではなかった。すばやく前腕を立て、父の手首を遮ると同時に、突っぱねるように撥《は》ね除《の》けた。前腕の外側に当てるのは手首でなければならない。てのひらに当たればつかまれ、投げ技を放たれる恐れがある。手首より上の前腕どうしがぶつかれば、双方に骨折の危険が生じる。斗蘭は瞬時の判断により、打撃箇所を調整し、ダメージを受けることなく防ぎきった。

平手打ちを撥ね除けられた父は重心を崩し、わずかにふらつきかけた。それを見て斗蘭の鼻息は荒くなった。小さいころから何度となく体罰を受けてきた。だが斗蘭は公安外事査閲局に採用されるため、苛酷《かこく》な訓練に耐え、筋肉と瞬発力を鍛えあげた。一方の父は年老いていた。頑固さは変わらないものの肉体面では衰えつつある。そういえばいつの間にか、父を大きく仰ぎ見ることもなくなっていた。

斗蘭は前後左右のフットワークでリズミカルに弾みつつ、父親を挑発した。「いまのなに？　まさかぶつつもりだった？　やってみたら、ほら？　六十一じゃ無理きかないでしょ。それとも二歳サバを読んでるのが、まだ世間に通用すると思ってる？」

虎雄が苦々しい顔で矛をおさめた。「なにを馬鹿な。親子で本気で争ってどうする」

「勝ち目がないから怖いんでしょ。頭もボケてきてない？　寅年生《とらどし》まれだから虎雄でタイガーなのに、五十九なのは変だって、ディッコも怪しんでるよ。ボンドにバレたくないから、干支をふたつずらさなきゃいけないと思って、彼がネズミ年生まれだといったんでしょ。四十一歳の彼は戌年生《いぬどし》まれなのに」

「黙らないか」

「でもお父さんがサバを読んだぶんをごまかすのなら、干支《えと》を前にふたつ戻さなきゃいけないのに、勘ちがいしてボンドについては干支をふたつ先に進めちゃったんだよね。申年《さるどし》といっとけばまだ凌《しの》げたかもしれないけど、ネズミ年はまずかったでしょ。

ボンドが記憶を失ってくれて幸いだったと思ってない？」

「戯言《ざれごと》ばかりほざくな！」虎雄が両腕を振りかざしてきた。怒りに我を忘れたのか手刀を浴びせようとしてくる。

斗蘭は反射神経にまかせた機敏な動きで、絶えず縦横に回避した。女であっても鍛えた二十五の身体、一方の父は盛りをとっくに過ぎている。六十一のわりには動けるほうだが、もう斗蘭の敵ではなくなっていた。

やはりボンドに干支を教えたのは父だったか。つきっきりでボンドの教育係を担当した以上、ほかには考えられないと思っていた。稚内の船内でボンドはネズミ年だといった。本当の干支とふたつずれている。サバ読みの父からきいたのではと斗蘭は推測した。

父がキッシー鈴木から得た情報によれば、ボンドは記憶喪失だというが、完全にないにも思いだせないわけではないらしい。ウラジオストクというキーワードを機に、少しずつ想起できる事柄が増えてきているのかもしれない。

あるいは記憶が戻ったにもかかわらず、そうでないフリをしているのか。いや、それならウラジオストクをめざす理由がない。ＭＩ６に連絡をとらないのも変だ。ボンドはいまどこにいるのだろう。

斗蘭が身を躱《かわ》しつづけるうちに、父の息は切れてきた。ぜいぜいと呼吸しながら、虎雄は動きを鈍らせた。

「やめだ」虎雄は吐き捨てた。「こんな馬鹿なことにつきあってられるか」

しかし斗蘭のほうは、これまで鬱積《うっせき》していた憂さを晴らす機会を、むざむざ捨てる気はなかった。「わたしが〝ただいま〟という前に、〝おかえり〟というべきだった」

「なんだと？　なんの話をしてる」

「わからない？　わたしの十代の終わりまでの話。学校から帰って、お父さんがいたことなんて数えるほどしかないけど、〝おかえり〟なんて言葉いったおぼえある？」

「くだらない。そんなものは……」

「わたしが〝ただいま〟といったあとにさえ、〝おかえり〟はなかった！　そういうとこから親子の関係が始まるんじゃなくて？　お父さんは歩み寄ることさえ拒否してた」

「おまえの生活費や学費を工面したのは誰だと思っとる！　いちいち言葉なんかで揚げ足をとろうとするな」

斗蘭は子供じみているのを自覚しながらも、父を侮辱しつづけた。「お母さんが生きてたら、いまのお父さんなんて簡単に倒せそう」

「なにをくだらないことを。お母さんは平和主義者だった」

「そう、お父さんの嘘に翻弄《ほんろう》された可哀想な人」

「おまえの教育を誤った。嫁のもらい手などいなそうだな。男に一歩下がってついていく奥ゆかしさもつつましさも、おまえには皆無だ」

「はん」斗蘭は鼻で笑ってみせた。「女に一歩下がれなんて口がきける男は、ホームにいる駅員だけでしょ。お父さんの感性は古すぎ」

「父親を嘘つき呼ばわりして、勘当されないだけでもありがたく思え」

「嘘つきじゃないって？　戌年生まれは愛想よくて親切だけど用心深い。真面目な努力家で、人から頼まれたことを最後まで忠実にやり遂げる、粘り強い人。まさしくボンドそのものでしょう。そんな彼をお父さんはだまして利用した」

「高度な国家間の駆け引きだ。なにも知らない分際でわかったようなことをいうな」

「なにが国家間の駆け引きよ」斗蘭は思わず激昂《げっこう》した。「一九四四年の九月八日、玉砕つづきの日本軍が連戦連勝だって嘘をついて、お父さんがなにも知らない若者たちを鼓舞してるあいだに、ナチスのV2ロケットがロンドンを襲った。お母さんはその犠牲になった！　わたしひとりを逃がしたあとで……」

「あれは……。嘆かわしいことだ。戦争とはそういう不条理なものなんだ」

「不条理で済ませる気なの？　あの戦争中、お父さんは平和を取り戻すために、どこかで腐心しながら努力してるって、お母さんはいってた。戦争が終わってからも、お父さんはわたしにそういったでしょう」

「まちがってはいない。平和のために戦ったんだ。あのときはそれが正義だった」

涙に視野が揺らぎだす寸前を自覚した。悲哀にとらわれそうになるのを怒りの感情で払拭《ふっしょく》する。斗蘭は声高に問いかけた。「爆弾を積んだ戦闘機で特攻するのが、なんで平和のための戦いになるの!?　嘘で塗り固められた国の、嘘つき放題の手先。それがお父さん」

父は憤怒《ふんぬ》に身を震わせていた。「侮辱するのをやめないか。やめないと……」

「なに？」斗蘭は泣いているのを自覚しながらも、悠然と距離を詰めていった。「ぶん殴りたい？　投げ飛ばしたい？　やれるもんならやればいいでしょ。命を捨てる覚悟とやらで向かってくれば？　結果がどうなろうと文句はないんだよね？」

「この……」虎雄も憤然と詰め寄ってきた。一瞬のちにはつかみあいになる。まさに一触即発の状態だった。

ところがふいにドアが開いた。ふたりともびくつきはしなかった。注意が逸《そ》れれば相手の先制攻撃を浴びる。格闘における原則だった。

驚いたようすなのは、むしろドアを開けた宮澤のほうだった。親子喧嘩《げんか》がすでに本格的な対決に発展しているのを目にし、ひどく戸惑いをしめしている。

「あ」宮澤がうろたえながら声をかけてきた。「あのぅ。局長……」

虎雄が顔をしかめ、振り向きもせずにいった。「ノックしろ」

「申しわけありません。東京と連絡をとったところ、緊急の報告がありまして」宮澤が入室したのち、後ろ手にドアを閉めた。「あるアメリカ人が来訪し、極秘裏に接触してきました。観光ビザでの入国ですが、じつはボンドの生存を受け、CIAから派遣されたと」

親子の睨《にら》み合いにいったん終止符が打たれた。虎雄がため息とともに宮澤を振りかえった。「ありえん。CIA職員なら入国前に本部から打電がある」

「正規の職員じゃないみたいです。現在はピンカートン探偵局勤務ですが、過去にCIAのために働いていて、いまは予備役として招集されてるとか」宮澤がマッチを擦り、手もとのメモ用紙に火をつけ、円卓の灰皿に投げだした。「フェリックス・ライターという名だそうです」

6

札幌《さっぽろ》の中心街を外れた西創成《にしそうせい》は、路地を一本裏手に入ると、安い木造アパートが建ち並ぶ。日本でいうアパートは、ロシア語のクヴァルチーラとも、英語のアパートメントとも大きく異なる。ここもみすぼらしい二階建てで、室内は薄汚れた六畳一間、隙間風が常に口笛のような音いろを奏でる。

三十八歳のロシア人、アキム・アバーエフは、洗面台の前に立っていた。鏡のなかの自分を眺めながら、うっすら生えてきた無精髭《ぶしょうひげ》を剃《そ》る。それが終わると部屋の真んなかに引きかえし、畳に腰を下ろした。

粗末な仕立ての灰いろのスーツを着ている。日本製の安物だった。高身長のアバーエフに合うサイズが見つかっただけでも、幸いと思うしかない。あまり人目を引かずに済むのも長所といえる。極東ではあっても西側陣営の国に潜伏するには、重要な利点だった。

戦利品ともいえるキューバ産の葉巻に火をつける。たっぷりと煙を吸いこんだのち、畳に直置《じかお》きした灰皿に載せる。アバーエフは一枚の便箋《びんせん》を引き寄せた。

モスクワのシレテンカ・ウリーツア通り十三番地、スメルシュ本部からの命令書だった。電信を日本に潜伏中の同志がタイプしたものだとわかる。ロシア語を簡単な暗号に置き換えているが、ふつうに読みこなす訓練は受けてあった。多少読みづらい外国語に目を通すときの感覚とそう変わらない。

同志アキム・アバーエフ

MI6の7777として来日したイギリス人、007ジェームズ・ボンドを抹殺せよ。死体は五月二十二日午前八時、小樽《おたる》港を発《た》つ貨物船トゥマーノフ号に載せ、わが国へ搬送のこと。乗員のメロツァロフがしかるべき手筈《てはず》を整える。同志アバーエフは乗船せず、メロツァロフから更新されたパスポートを受けとり、新たな氏名で日本における潜伏を継続せよ。それまでいっさいの連絡を禁ずる。

スメルシュ。スメイエルト・シュピオナム、〝スパイ殺し〟を意味するロシア語の短縮形だった。アバーエフらスメルシュ所属の対外要員は、敵地での潜伏と標的殺害を任務とする。

MI6の00《ダブルオー》ナンバーは同業だ。向こうも政府が一部のスパイに殺人の許可証をあたえている。むろんそれはイギリスの身勝手な権限の行使にすぎない。ソ連からすれば00ナンバーを課せられたイギリス人など、死刑の対象以外のなにものでもない。

アバーエフもジェームズ・ボンドという名は知っていた。スメルシュの全職員の脳裏に刻まれた名だ。『タイムズ』紙に死亡記事がでていたが、じつは生存していたらしい。

殺害後の死体をわざわざソ連に搬送させるのは、長官みずからボンドの命が絶たれた事実を、その目で確認したいからだろう。いちど死んだとされた男だけに、念をいれたがるのは当然だった。

便箋を遠くへ押しやる。アバーエフは手もとの銃器類の清掃に入った。

PMと呼ばれるマカロフはスメルシュの標準装備だった。形状がドイツのワルサーに似ているが、PPK以前のPPをベースに模倣し、独自の進化を遂げた部分もある。

PPKにそっくりの安全装置レバーだが、機構が逆になっていてややこしい。上げれば撃てなくなり、下げれば解除というメカニズムだった。とはいえ分解方法はほぼ同じだった。リリースのスイッチを押し下げながら、スライドを後方にめいっぱい引く。外れたスライドは内側を上にし、畳に敷いた新聞紙の上に横たえた。小瓶のオイルに綿棒の先を浸したのち、金属の接合部分に塗り、摩擦を軽減させる。

傍らにはドラグノフ狙撃銃《そげきじゅう》が横たえてある。全長約一・二メートル。これも英米への潜伏が多かったアバーエフにしてみれば、四フィートという単位のほうがしっくりくる。ずいぶんスマートで装飾の類《たぐ》いがいっさいなく、まるで競技用ライフルのような素朴さだった。部品が少ないため分解清掃も楽だった。七・六二ミリ弾が箱形弾倉に十発入る。試し撃ちしてみないとわからないが、射程は八百メートルぐらいか。どれぐらいの厚みの障害物をぶち抜けるだろう。

ふと部屋の壁に目が向く。木造ボロ屋のこのアパートは、壁も床も遮蔽《しゃへい》物になりえない。屋外や階下から銃撃されれば蜂の巣にされる恐れがある。空き家に勝手にあがりこんでいる身で文句はいえない。鉄筋コンクリート造の手ごろな隠れ家は見つからなかった。

また葉巻を口にくわえ、畳に散らばった書類を一か所にまとめる。いちど敵に奪われたパスポートは取りかえした。赤表紙を開くと、アバーエフの顔写真と氏名が現れる。さっき鏡で見たばかりの自分の顔がそこにあった。のみならずソ連のパスポートは詳細な身分証になっている。

まずどの民族かの記載がある。それから居住登録《プロピスカ》のスタンプ。婚姻状況欄は独身。

社会的地位欄は勤め人。勤務先のガヴリィル・チェレーシェンコ運輸というのは、スメルシュの所属人員が海外活動時に用いる偽企業名のひとつだった。学歴欄はモスクワ国際関係大学となっているものの、実際には入学も通学もしていない。

犯罪歴欄は空欄だった。これもスメルシュによる隠蔽《いんぺい》にあたる。じつのところアバーエフは世界各地で、数多くの敵国スパイを葬ってきた。いちいち顔や名前は想起できないが、ナイフを人体に突き刺すときの手ごたえや、狙撃時に鳴り響く銃声は、ごく当たり前の日常として馴染《なじ》んでいる。

命令書にもういちど目を向ける。ボンドの殺害方法には特になんの指示もない。スメルシュのいまは亡きメンバー、ローザ・クレッブとレッド・グラントのまわりくどいボンド抹殺計画が失敗し、本部も考えをあらためたようだ。今回は〝辱めて殺すべし〟ではなく、ただ〝殺害せよ〟となっている。面倒なやり方を好まないアバーエフにはありがたかった。

便箋を丸め、灰皿に載せると、葉巻の先を押しつけた。たちまち命令書は灰と化していった。ほかにも書類が何枚かある。アバーエフとは別に活動する、日本に潜伏中のKGBスパイが調べあげた、ボンドの居場所を追うための手がかりだった。それらはもう少し深く目を通してから処分する予定だ。

ボンドは公安外事査閲局のタイガー田中と接触し、九州の福岡に向かったことが判明している。いちどは死亡認定されたが、生存が確認され、いま日本側が躍起になって行方を追っているという。

アバーエフが福岡へ派遣されていたのも、ボンド暗殺の任務が前提だったのだろう。のちにスメルシュ本部からの命令書を読み、その任務があきらかになった。ところがボンドは移動し、列島を北上していった。それがわかったとき、アバーエフもボンドを追い、北海道をめざした。

数日前に燃やした別のKGB報告書に、ボンドが稚内港から第四夔濵丸に乗り、コルサコフへ渡ろうとしているとの分析があった。ボンドはなぜソ連へ行こうとするのか。第四夔濵丸の出航日、アバーエフも稚内に赴いたが、ボンドは逃亡済みだったらしく、姿をとらえることはできなかった。公安外事査閲局の職員らしき若い男女を見かけただけだ。

じれったさが募ってくる。ドラグノフ狙撃銃を手にとると、アバーエフは窓辺へとにじり寄った。木枠に擦りガラスの引き違い窓を、横滑りにわずかに開ける。二階の高さから外を見下ろした。

路地は狭く、舗装は剝《は》げていた。砂利や土が混ざりあった地面がのぞく。向かいには似たような二階建てアパートのほか、瓦屋根《かわらやね》の平屋建てが並んでいる。どの家の前にも小さな庭や鉢植えがある。軒先には洗濯物が干されていた。近所の主婦らしき話し声がきこえる。子供たちは路上で遊んでいた。きのうはゴム跳びだったが、きょうは缶蹴《かんけ》りに興じている。自転車で通り過ぎる配達員の姿もあった。後ろの荷台には牛乳瓶が積んである。

葉巻をくわえたまま、アバーエフはライフルを俯角《ふかく》に構え、自転車に積まれた牛乳瓶に狙いを定めた。配達員がペダルを漕《こ》ぐ自転車は、かなりの速度がでていたが、アバーエフののぞく照準の十字は標的をとらえつづけた。

トリガーを引き絞った。弾をこめていないライフルは、ただコッキングレバーが戻る音を響かせるのみだった。

アバーエフは鼻を鳴らした。不案内な異国、言葉もほとんど通じない。いっさいの連絡を禁ずると命令書にあった。いろいろわからないことだらけだ。詳細は不明であっても、任務が明示されたからには、それを完遂するしかない。すべてを終わらせ小樽港に赴かねば、同志に質問さえできない。いつ帰国できるのだろう。その後はどこに住めばいいのか。

幻想のような東洋の異文化に紛れて暮らすのはもうたくさんだ。個人的にはなんの恨みもないが、なんとしてもジェームズ・ボンドを殺す。己の人生を取り戻すにはそれしかない。

7

新宿御苑《しんじゅくぎょえん》に柔らかな午後の陽射しが降り注ぐ。芝生の広場の周りを花壇や木立が彩る。毒々しいブロフェルドの植物園とは根本的に異なる。いろ鮮やかな絨毯《じゅうたん》のようだった。平日だけに閑散としているものの、遊歩道を散策する人々の姿がちらほら見える。

敷地内の西寄りは日本庭園、東寄りには薔薇《ばら》の花壇と洋風庭園がひろがる。周辺道路の路肩に停めたセダンから、田中斗蘭は降り立った。父の虎雄や上司の宮澤とともに、園内の遊歩道に足を踏みいれ、洋風庭園をめざす。宮澤は大判の封筒を携えていた。

そこかしこに公安外事査閲局の職員が立っている。誰もがなにげなく振る舞っていた。服装もスーツから軽装までさまざまだった。きょうは局長を見かけても会釈をしない。警護と周辺の監視を兼ねる任務が人目を引いてはならない。

歩きながら斗蘭は思いのままを口にした。「こんな開けた場所、狙撃してくださいといわんばかりでしょう」

虎雄は部下たちに存在を誇示するように、堂々と胸を張っていた。「見通しがよければ、こちら側も不審人物に気づける。我々の地元だぞ。居心地を悪くして手をこまねくのは外来種のほうだ」

斗蘭は横目に宮澤を見た。宮澤は当惑の面持ちで見かえしてきた。課長の役職にある宮澤こそが局長にものをいうべきだが、あいかわらず言い淀《よど》んでいる。

やれやれと思いながら斗蘭は歩きつづけた。職場が重なろうとも、局長など雲の上の人で、顔を合わせることなどまずない。採用試験の担当官はそういっていた。ところが父はやたら現場にでばってくる。これでは神経を逆撫《さかな》でされるばかりだ。

洋風庭園に着いた。プラタナスの並木が左右対称に連なっている。花壇を取り巻くように、白い外壁の洋館や、ヨーロッパ式の小屋が点在する。もっとも、本物の西洋建築ではなく、あくまで洋風に留《とど》まる。明治時代に設計された庭園だけに、和洋折衷の趣を濃くしている。

芝生のベンチに西洋人らしき後ろ姿があった。ずんぐりとした体形が背をこちらに向けていた。褐色のジャケットを羽織っている。斗蘭は父と顔を見合わせた。どうも奇妙に思える。写真で見たフェリックス・ライターは痩《や》せ型だった。CIAを辞めてから太ったのだろうか。

三人はそこに歩み寄っていった。太った男はまだ振りかえらない。座ったまま居眠りしているのかもしれない。

「バン！」いきなり陽気なアメリカ英語が飛んできた。「駄目だなぁ、噂にきく田中父娘《おやこ》ともあろうもんが。ここに暗殺者が隠れてたら即死だろ？」

小屋の陰から歩みでてきたのは、麦藁《むぎわら》いろの髪をきちんと整え、肩幅の広いスーツを着こなした、気さくなテキサス風の男だった。写真の人物だと一見してわかる。フェリックス・ライター、四十七歳。本人である証拠はもうひとつあった。ふざけて拳《けん》銃《じゅう》のごとく突きだした右手だ。そこには本来の手の代わりに、鉄鉤《てつかぎ》の義手があった。左脚をわずかにひきずる跛《は》行《こう》もみられる。

斗蘭は心を痛めた。CIAを辞めざるをえなかった理由は、その甚大な負傷にあったと、資料にも記載されていた。鮫《さめ》に襲われたせいだった。

ライターのしめす明るさは、同情の拒絶かもしれない。斗蘭に愛想よく会釈してから、局長と課長におじぎをし、ライターが笑いながらいった。「日本式の挨拶《あいさつ》はいいですね。イスラム圏では左手で握手しようとしたもんなら、不浄とか叫ばれて、たちまち刀剣を振りまわされちまうんです」

　虎雄は怪我を茶化すのは無礼と感じたらしい。たとえ本人が冗談めかしていても、日本人にとっては笑えない。神妙な顔で虎雄が頭をさげた。「心よりお見舞い申しあげます。どうかお大事になさってください」

　父はライターに英語で〝I would like to express my heartfelt sympathy. Please take care of yourself〟といったのだが、日本語の曖昧《あいまい》さとちがい、やや堅苦しく受けとられたらしい。ライターは当惑のいろを浮かべ、斗蘭に顔を近づけてくると、わざと虎雄にもきこえる声量でささやいた。「父君を生真面目な人と解釈していいのかな。病人への見舞いみたいな言葉はひさしぶりでね」

　斗蘭も笑っていいかどうか戸惑うしかなかった。「誠実にあなたを気遣っての発言ですので……。他意はありません」

　ベンチにいた太った男が、いつしか振りかえっていた。なんとディッコことヘンダーソンだった。「俺にも慰めのひとことぐらいあってもいいと思うぜ、タイガー」

「ディッコ」田中虎雄が面食らう反応をしめした。「なぜここに？」

　周囲に公安外事査閲局の職員らが包囲網を狭めていた。揉《も》めごとかと駆けつけてきたらしい。宮澤が顔をしかめ呼びかけた。「それぞれ持ち場に戻ってください。監視を続行」

宮澤が一同を追い払っているうちに、ライターがいったん小屋のわきに引きかえし、アタッシュケースに似た荷物を左手で提げてきた。タイプライターのケースよりひとまわり大きい。

それがなんであるかはひと目でわかった。暗号解読機マジック44だった。虎雄が訝《いぶか》しげな顔になった。「はて。どうしてそれがあなたのもとに」

ヘンダーソンがあわてたように立ちあがり、へらへらと笑いながら駆け寄ってきた。「俺はMI6にすぐ渡すつもりだったんだよ。でもただ郵送するんじゃ危険だし、ロンドンへ持っていこうにも、あんたの娘さんにも稚内に呼びだされたりで、いろいろ忙しくて……」

ライターがマジック44を足もとに置いた。「これは私が責任を持って、ロンドンのMに渡します。ボンドとは十年来の友人だったので」

虎雄がヘンダーソンを一瞥《いちべつ》した。ヘンダーソンはきまりが悪そうな態度をしめした。

父も事情を察したらしい。虎雄が預けたマジック44を、ヘンダーソンはイギリス相手の商売に使おうと画策していた。金銭の要求もしくは、なんらかの便宜を図ってもらおうとしたのだろう。

しかし虎雄もライターを前に、体裁悪そうにしていた。もともとアメリカを差し置き、日英がマジック44の譲渡を相談しあうこと自体、諜報《ちょうほう》の世界における重大な倫理違反だった。

虎雄は頭をさげた。「面目ない」

ライターは苦笑に似た笑いを浮かべた。「だからそんなに堅苦しく考えないでください。私も現役のCIA職員じゃないから、こういう橋渡しにはうってつけの人材でね。CIA本部もまだ前長官《ダレス》の影響力が残ってるし、ボンドに免じて許してくれますよ。合衆国もジェームズには恩があるんだし」

父はまた深々とおじぎをした。部下の宮澤がそれに倣う。すると斗蘭も頭をさげねばならなかった。赦《ゆる》しを受ける立場ではけっして笑えない。

とはいえ空気が和んだのはありがたい。斗蘭は顔をあげるとライターを見つめた。

「ボンドさんとは十年来の友人とおっしゃいましたね」

「ああ。正確には十二年かな。フランスのロワイヤル・レゾー、カジノ・ロワイヤルで知り合って以来の、長いつきあいでね」ライターは義手を持ちあげた。「あのころはまだカード片手に一杯やるのにも支障がなかった」

また反応に困りつつも、斗蘭はライターにきいた。「するとボンドさんの思考や行動について、あるていど推測できるでしょうか」

「もちろんだよ。そのために飛んできたんだ。CIAから彼が生きてるとの報《しら》せを受けて、どうしてもあなたがたに協力したくてね。現役の職員らに無理をいって、私ひとり先行させてもらった。なにしろボンドは神出鬼没の男だろ。手をこまねいてるんじゃないかと思ってね」

「おっしゃるとおりです……」

「私も彼にはずいぶん振りまわされたよ。とはいえ私はこの国のことをよく知らないし、新聞に載ってることだけじゃ、彼の考えを推し量れない。よければ頼んでおいたものを拝見したいんだが……」

虎雄が宮澤を目でうながす。宮澤は携えてきた大判の封筒を差しだした。

封筒の中身は、福岡にあったブロフェルドの本拠と植物園、その捜査資料一式だった。天守閣があったころの航空写真と地図、現状との比較図、植物園内の毒草や毒花の分布図。判明した事実を時系列に沿って箇条書きにした報告書。それに出土した金属類の写真まで揃っている。

ライターは一枚ずつじっくりと注視していった。右手の不自由なライターのために、斗蘭は資料の束を持ち、指示にしたがって写真や図面を次々と入れ替えた。

　ピンカートン探偵局はアメリカの大手調査会社であり、警備会社でもある。浮気調査ばかりの日本の探偵事務所とは性質がちがう。もともと身辺警護から軍の請負仕事まで幅広く運営している。私立探偵自体、法の番人の一翼を担うアメリカにあって、CIAやFBIの実質的な下請けでもある。ライターのピンカートン探偵局への転職は、いわば天下りに類するものだが、けっして批判するには値しない。負傷にともなう名誉の栄転といえる。

　ライターの鋭い目が資料を吟味していく。飄々《ひょうひょう》とした態度はすっかり鳴りを潜めていた。

「しかし」ライターが眉間《みけん》に皺《しわ》を寄せた。「まさかブロフェルドが日本にいたとはな……。ジェームズは災難つづきだ」

　斗蘭は遠慮がちにいった。「ブロフェルドとイルマに妻を殺されたとか……」

「報《しら》せをきいてショックだったよ。ここ一年間、何度か電話したが、ジェームズとは連絡をとれずじまいだった。アルコールにすっかり依存しちまってたらしい」

「女性にはもてるようですから、また誰かと新しい関係もあるんじゃないでしょうか」

ライターはふっと笑った。「きみにとっては他人《ひと》ごとか？　あいつと面と向かった女性にしちゃめずらしいな。むしろきみにききたいよ。彼に会ってどう思った？」

「……結婚を考えるような男性ではないんじゃないかと」

「正解だよ。彼はずっと心に空いた虚無を埋めるために、かぎられた甘美な時間を求めつづけてるにすぎないのさ。ヴェスパーへの未練を断ったあたりからずっとだ」

斗蘭が読んだ資料のなかにヴェスパーという名はなかった。日本に明かされることのない極秘事項のひとつなのだろう。詮索《せんさく》はしたくなかった。ライターの口ぶりからすると、おそらくボンドにとって、公私の境を越えたできごとがあったと考えられる。諜報員《スパイ》なら誰でも思い当たる、掘り起こされたくない過去に類するものにちがいない。

ヘンダーソンがライターに横槍《よこやり》をいれた。「ほんとにマジック44をあっさりイギリスに渡す気か？　じつはCIAでさんざん使いまくってからの話だろ？」

ライターは資料から顔をあげなかった。「ボンドが命に替えて持ち帰ろうとした宝だ。一日も早くMに献上するさ」

「それでいいのかい？　親会社のCIAが黙っちゃいないかもな」

「問題ない。この協力によりマジック45の借用を日本に要請する」

ヘンダーソンが絶句する反応をしめした。宮澤が狼狽《ろうばい》をしめし、虎雄は唇を固く結んだ。斗蘭は思わず吹きだしそうになった。

「ふうん」ライターは唸《うな》った。「ボンドの潜入後、ほどなくして水蒸気爆発が起きたのは、まず偶然ではないんだろうな」

宮澤がうなずいた。「ブロフェルドが配管施工させた人工間欠泉について、ボンドが強引に閉栓したのではと推察されます。出口を失った水蒸気が途方もない圧力に達し、配管を破断させ、一気に噴きだしたんです」

「ボンドはどうやって脱出した？」

「日本のアドバルーンをご覧になりましたか？　欧米では横書きなので、気球ふたつを係留しながら浮かせ、あいだに広告の横断幕を張りますよね。縦書きの日本では一個の気球の下に、縦に幕を吊《つ》るすんです。そういうアドバルーンが、ブロフェルドの植物園の上空にも、随時あがっていました」

「スペクターの人員募集広告じゃないだろ？　なにが書いてあったんだ？」

「危険、立入禁止という真っ当な警告文です。ただし遠方から来た自殺志願者に死に場所を教えてしまう、まさしく呼び水になってしまっていたのですが……。とにかくボンドは、人工間欠泉を閉栓したのち、その気球にぶら下がって脱出した可能性が濃厚です」

「気球で脱出……。あいつらしいな」

「係留ロープをほどき、気球を地面から解放したのち、ロープにつかまって空へ舞いあがったんです。風は陸から海へと吹いていました。遠方からの観測でも、水蒸気爆発より早く気球が飛んだことが確認されています。ですが地上の爆風に煽《あお》られ、ほどなく海に落ちたようです」

ライターがまた資料に目を落とした。「敷地の航空写真に気球なんかあったっけ」

斗蘭は航空写真をいちばん上にした。「写っています。この左上の隅に」

「ボンドが天守閣のなかにいたとして、ここをこう走ったわけか……」ライターの左の人差し指が、植物園にうっすら走る小径《こみち》をたどった。「偽札製造工場の地下室があったとされる、ゲルセミウムエレガンスの花壇からは離れてるな」

「ええ」斗蘭はうなずいた。「近づくだけで花粉の毒を吸いこんでしまいますから、ボンドさんもけっして寄りつかなかったでしょう」

「小径はここで途切れてる。その先の雑木林と花畑は突っ切らざるをえないようだ。ここにはどんな花が生えてた？」

斗蘭は植物園内の分布図をライターにしめした。「その辺りの花は……。ブルグマンシア属となってますね」

花の写真が添えてあった。下向きに咲くラッパ形の花びらが特徴的だった。

それを見るうち、斗蘭のなかで胸騒ぎが生じてきた。「まさかこれ……。エンジェルストランペットですか」

「そうとも」ライターがいろめき立った。「こいつは大きな発見かもな」

虎雄が眉《まゆ》をひそめた。「なんのことだ？」

ライターが虎雄を見つめた。「ご存じない？　ナス科の属のひとつで、低木または高木です。スコポラミンを多く含むんです」

「スコポラミン？」虎雄が驚きをしめした。「記憶障害や認知障害を引き起こすあれか」

斗蘭は父に説明した。「エンジェルストランペットとは、キダチチョウセンアサガオ属のことです。地下茎の成分により、聴覚性幻覚や急性痴呆《ちほう》、行動異常が引き起こされます。アセチルコリンのムスカリン受容体への結合を阻害することで、抗コリン作用を有し、自律神経系の副交感神経の働きを抑制するからです」

「ああ」虎雄が納得顔になった。「それなら知っとる。KGBが用いる自白剤の主成分だ。体内できれいに消え去り、なにひとつ検出できんから、証拠も残らん」

毒花ではあっても、例によって少量なら薬に使える。薄めれば乗り物の酔い止め薬や、内視鏡検査時の麻酔になる。製薬会社はこの植物園を肯定的にとらえていただろう。けれども多量になれば恐ろしい毒と化す。

ヘンダーソンが小馬鹿にしたようにいった。「花や茎を煎《せん》じて飲んだり、注射したりしなきゃいいだけの話だろ?」

斗蘭は首を横に振った。「ゲルセミウムエレガンスと同じように、これも品種改良により毒性を強めていたら……。スコポラミンを帯びた花粉が散布されていたと考えられます」

ライターがつぶやいた。「ボンドはその群生してる場所を突っ切っちまったんだ。ここで脳をやられた可能性が高い」

同感だと斗蘭は思った。「脳の側頭葉じゃなく、おもに前頭前野と海馬の機能に支障を生じます。過去に見たことがあるものを認識できても、それをいつどこで見たのかは思いだせません。と同時に、新たな情報は記憶できますが、系統立てて学習するのは困難です」

ボンドは第四夔濵丸で問題なく英語を喋《しゃべ》っていた。危機的状況にも条件反射的ながら、すばやく適切に対処した。あらゆる記憶はそのまま脳内に残っていると想定される。だがそれらの記憶どうしを結びつける地図的機能が失われている。前頭前野と海馬の働きを鈍らせるのは、まちがいなくスコポラミンの作用によるものだった。

記憶の地図的機能が失われると、ひとつの記憶から別の記憶への連想が絶たれる。犬という動物の存在と、ワンワンという鳴き声、どちらも知っているのだが、両者を結びつけられなくなる。

ただしそこにも程度があるようだ。ボンドは第四囊濵丸にいた制服姿の斗蘭を、女性乗務員と見なした。パーサーがふつう拳銃《けんじゅう》を携帯しないのも認識できていた。轟太郎という氏名が日本人を意味し、鏡のなかの自分が日本人であるはずがない、そこもわかっていた。

しかしボンドは、自分がウラジオストクにいる連中の仲間なのか、そう疑問を呈した。ウラジオストクへ行くことも切望しているようだった。

斗蘭はつぶやいた。「たぶん敵味方の区別がつかなくなってる……」

ライターがため息をついた。「可能性はある。CIAにいたころ学んだが、前頭前野は社会的文脈を理解する部位だよな。状況の評価だとか、他人の意図の推測だ。スコポラミンがそれらを狂わしちまう」

「そうです」斗蘭はライターを見つめた。「海馬の働きもです。過去の対人関係での経験や学習を蓄積する部位なのに」

「前頭前野と海馬が同時に鈍れば、敵か味方かの概念があやふやになっちまう」

宮澤がうったえた。「まずいですよ。ジェームズ・ボンド生存の情報は、ソ連にも伝わってるでしょう。スメルシュが暗殺要員を送りこんできます」

「ああ」ライターが深刻な面持ちになった。「いつものボンドなら罠《わな》にも敏感に気づくだろうが、ふらふらと相手の誘いに乗っちまうかもな……」

ヘンダーソンがおどける反応をしめした。「スメルシュ？　〝スパイに死を〟の集団か？　伝説の類《たぐ》いかと思ってた」

虎雄が渋い顔で応じた。「伝説ではない。うちの職員も何人も殺《や》られとる」

「そうかい……。そりゃお気の毒様だな。オーストラリア大使館の外交官にすぎない俺には、なんの関係もないが」

宮澤が恐縮しながらいった。「スメルシュの暗号文書に、日本滞在中の西側スパイとして、あなたの名も記載がありました」

「な」ヘンダーソンが目をぱちくりさせた。「なんだって？　嘘だろ。殺されはしないよな？」

斗蘭は頭のなかで情報を整理していた。「ライターさん。スコポラミンは強烈なぶん耐性がつきやすいといいます。KGBでもスコポラミンを使った自白尋問は、いちど失敗すると二度目は効きにくくなるため、初回で確実に成功させろという厳命があるとか」

「ああ、知ってるよ。もともとCIAがそのあたりのことを研究してたのも、朝鮮戦争での例の事件があったせいだからな。米軍兵士が中国軍の捕虜になって、収容所から帰ってきたときには、すっかり共産主義の信奉者になってた。思想を塗り替えさせるにあたり、まず敵味方の区別をなくさせるため、スコポラミンが使われたようだ」

「その後CIAは、元捕虜にもういちどスコポラミンを投与し、催眠療法で思想をふたたび修正しようとしたんですよね」

「ところがうまくいかなかった。スコポラミンにつく耐性のせいだ。いちどきりしか効かないが強烈な作用ってことだ。催眠療法で妙な思想を吹きこまれなくても、スコポラミンで敵味方の区別がつかなくなっただけで、ボンドはかなり危険な状態にある」

現状でも極めて深刻なレベルで、脳の前頭前野と海馬の働きを失っている。敵を敵と認識できない。スパイにとっては致命的だ。まして世界じゅうに敵がいるであろう、殺しの許可証を持つ007にとっては。

斗蘭のなかで焦燥感が募りだした。「すぐにでもボンドさんの身柄を確保しないと。スメルシュの暗殺者を前に無防備も同然です」

虎雄が険しい表情でいった。「空と海の便に目を光らせとる。外事内事問わず、公安査閲局が全力で臨んどる。ボンドが出国しようとすればきっと見つかる」

気にいらないと斗蘭は思った。「そんなていどじゃ不充分でしょう。全国の警察署に彼の写真を提供して、発見しだいただちに捕まえられるよう……」

「論外だ」虎雄が遮った。「指名手配犯も同然のあつかいをしろと？　写真を大量に焼き増しして、警官という警官に持たせようというのか？　馬鹿げた話だ。彼はＭＩ６のスパイだぞ。広く普遍的に顔を宣伝してどうする。イギリス側の怒りを買うだけだ」

「英国海外情報部員の００７だと吹聴するわけじゃありません！　ジェームズ・ボンドという氏名も伏せて、顔だけ手配すればいいんです。写真も通達書も、彼を発見後すみやかに処分するよう呼びかけておくか、すべて回収すればいいでしょう」

「彼は女王陛下に仕える情報部員だぞ。勝手な真似をするな」

「勝手な真似？」斗蘭はたたみかけた。「誰の勝手な真似で、こんな状態が引き起こされたと思ってるの？　お父さんのせいでしょ！」

ライターが両手をあげた。「おやおや！　クイーン検察局ばりの親子関係かと思ったら、いっちゃ悪いが日本にも父と娘のいがみ合いはあるんだな。穏やかにいこうぜ」

ヘンダーソンも割って入った。「そのとおりだよ。カリカリしてちゃ男も寄ってこなくなるぜ？　俺に酌してくれる芸者はみんなおしとやかで……」

斗蘭はヘンダーソンに視線を向けた。よほど尖《とが》った目をしていたのだろう、ヘンダーソンは肝を冷やしたようすで小さくなった。

宮澤が中間管理職特有の物言いで仲裁を始めた。「この場で議論するのはどうも……。本部に持ち帰って詳細に検討してですね、まず公安調査庁と警察庁警備局に相談、それから刑事警察へのアプローチを……」

胸がむかむかする気分で、斗蘭は宮澤を見やった。ところがそのとき宮澤の肩越しに、周囲の光景をまのあたりにし、異変に注意を喚起された。

警備の職員がいない。辺りを見まわすとひとりだけいた。ところがそのひとりは呻《うめ》き声とともに、不自然に身体をまっすぐに伸ばしたまま、前のめりに倒れた。斗蘭が注視すると、花壇や植えこみの向こう側に、ほとんど隠れるように職員らが突っ伏しているのがわかった。

斗蘭はとっさに父を突き飛ばした。「狙われてる！」

仰向《あおむ》けに倒れつつも虎雄は、娘の言葉を即座に理解したとわかる。転倒の勢いを和らげようとはせず、自分の背が地面に叩《たた》きつけられるにまかせた。むろん柔道の受け身のように顎《あご》を引き、後頭部が地面に衝突するのを防いだ。

ライターの行動もすばやかった。もうヘンダーソンを庇《かば》いながらベンチの陰に伏せている。斗蘭と宮澤はそれぞれ片膝《かたひざ》立ちに姿勢を低くし、胸のホルスターからM39を引き抜いた。

遠方の花壇や芝生で、俯《うつぶ》せた人影のいくつかが、わずかに上半身を浮かすのを見た。迷彩柄の帽子とつなぎに身を包み、顔も緑いろに塗っている。奇襲のわりにはまだ距離があった。護衛の職員らを仕留めたのち、匍匐《ほふく》前進で接近したあと攻撃するはずが、早めに気づかれたからだろう。緑いろの人影が間髪をいれず、いっせいに銃撃してきた。サイレンサーつきの拳銃が立てつづけに火を噴く。弾はつい一秒前まで田中虎雄が立っていた場所をかすめ飛んだ。

斗蘭と宮澤は猛然と反撃した。人差し指を小刻みに動かし、トリガーを矢継ぎ早に引く。視野いっぱいに銃火が閃《ひらめ》き、けたたましい銃声が轟《とどろ》く。

敵が揃って伏せた。斗蘭は思わず歯軋《はぎし》りした。状況は不利だ。サイレンサーは銃声を消去するわけではなく、音圧をあるていど軽減させるに留《とど》まるため、本来なら音で位置を判別できる。けれども斗蘭自身がサイレンサーなしで銃撃するいま、敵側の発射音のほうが小さく、こちらの銃声により掻《か》き消されてしまう。硝煙が立ちこめるうち、見えづらくなる一方の視界では、緑地に突っ伏す迷彩服は識別困難だった。ろくに狙いをさだめられない。

それでもがむしゃらに撃ちかえすうち、斗蘭は部分的に有利を悟りだした。サイレンサー付きの銃身は長くなるうえ、照星と照門を合わせにくくなるがゆえ、敵の弾は逸《そ》れがちだった。接近しきれていない敵勢は、誰ひとり遮蔽《しゃへい》物に身を隠せず、ただ伏せて緑に紛れるだけでしかない。斗蘭や宮澤の側はそのかぎりではなかった。銃撃しながら小走りに移動し、コンクリート製の造形物の陰に潜んだ。

父親を必要以上に庇《かば》わないのは薄情だからではない。虎雄はもう仰向けから俯せに体勢を変え、拳銃《けんじゅう》を抜いていた。匍匐前進で位置を変えつつ敵勢に発砲する。ひるまない姿勢はさすがに元軍人だった。顔の前に左前腕を横たえ、その上に拳銃を握った右手を載せることで、わずかに高さを作りだしている。いかにも陸戦での歩兵の戦い方だった。斗蘭もそのやり方に倣ってみたところ、たちまち敵に狙いをさだめやすくなった。顔をあげた敵の頭部を、斗蘭は容赦なく撃ち抜いた。

血飛沫《ちしぶき》が舞ったのは一瞬だった。敵のひとりが脱力し、そのまま動かなくなった。

息絶えた。即死だろう。斗蘭が人を死なせたのはこれが初めてではない。砂を嚙《か》んだような嫌な気分が尾を引く。だが幸か不幸か、いまは嚙み締めてはいられない。怒濤《どとう》の勢いで敵勢が銃弾を浴びせてくる。

ベンチの陰にかがんだライターが叫んだ。「畜生、飛び道具がなきゃ話にならねえ！」

地面に伏せた虎雄が、ズボンの裾《すそ》に隠れていた足首のホルスターから、小ぶりなリボルバーを引き抜いた。それをライターのほうへ投げる。「使え！」

ライターが近くに落ちたリボルバーに左手を伸ばし、なんとか拾いあげた。ヘンダーソンはびくつきながら、ライターにすがるように身を寄せている。

そのようすを見ていた斗蘭は、だしぬけに耳もとで男の怒鳴り声をきいた。はっとして振り向くと、緑いろに塗られた男の顔が、死にものぐるいの形相で間近に立っていた。撃たれるのを覚悟で突進してきたらしい。腹部に虎雄や宮澤の銃弾を食らったものの、迷彩服の下に防弾チョッキを着ているようだ。男は斗蘭の目と鼻の先で、刃渡りの長いナイフを振りあげた。いまにも振り下ろそうとしている。斗蘭は寒気に凍りついた。

M39より軽い銃声が響き渡った。男の眉間《みけん》が被弾の血飛沫を噴き、仰向けに倒れた。

動かなくなった男の死体をまのあたりにする。眼前の脅威が消え去ったことを、斗蘭はようやく理解した。ベンチのほうを振りかえる。ライターの左手に握られたリボルバーが煙を立ち上らせていた。撃ったのはライターだった。さすが小ぶりなリボルバーなど、あたかも玩具《おもちゃ》のように使いこなしている。

斗蘭は男の死体に視線を戻した。いかつい顔を緑いろに塗ってはいるが日本人だとわかる。さほど若くもなかった。黒竜会の元構成員と考えればしっくりくる。ブロフェルドに雇われた連中の残党だろうか。例の天守閣と植物園で働いていたのだとすれば、崩壊前に脱出できていたのか。ならばブロフェルドやイルマ・ブントも……。

銃声にエンジン音が混ざりあってきこえる。遠くの遊歩道を逃げ惑う人々が見えた。なんとその奥から、公園の敷地内を一台のセダンが暴走してくる。よほど馬力があるのか、花壇も芝生もおかまいなしに突破しまくる。

プリンス自動車のスカイラインだった。公安査閲局の職員らがひとりふたりと、クルマを銃撃しながら追走してくる。新宿御苑の敷地内で、わりと遠方を守備していた職員たちだった。だが誰もスカイラインには追いつけずにいる。暴走車は猛然と接近してくると、迷彩服の仲間たちを庇うがごとく、その手前にまわりこんできて、車体を横向きにして停まった。

斗蘭は鳥肌が立つのを実感した。スカイラインの後部座席におさまった男の顔とともに、重機関銃が窓からのぞく。ガトリング砲を小型化したような設計で、六つの銃身が束ねられ、リボルバーの弾倉のごとく円を描いている。本体の側面から長い給弾ベルトが延びていた。M１３４。本来はヘリコプターに積む武装だった。

「ま」宮澤が跳ね起きた。「まずい。退避！」

田中父娘はほぼ同時に動いた。重機関銃の銃身六本は高速回転しつつ、凄《すさ》まじい勢いで弾幕を張りだした。落雷に匹敵する掃射音が耳をつんざく。造形物がたちまち蜂の巣にされ、地面が着弾に土煙をあげる。空襲の真っ只《ただ》なかに身を投じたようなありさまだった。斗蘭ら三人は必死に逃げ惑い、ベンチの陰に飛びこむと、ライターやヘンダーソンと合流した。

だがスカイラインは走りだし、ベンチの手前側へまわりこもうとしてくる。五人が身を隠すにはベンチは小さすぎた。重機関銃の着弾が容赦なく接近しつつある。徐々に狙いがさだまってきた。

撃たれそうになったそのとき、ライターがマジック44をケースごと持ちあげ、一行の盾に掲げた。銃弾がまとめて数発命中し、金属製のケースが大きく凹《へこ》んだ。精密機械が中身とは思えないほど、ケースは紙のように平らにへしゃげたが、かろうじて弾丸の貫通は免れた。

危なかった。ライターの機転がなければ、ここのひとりかふたりは頭を撃ち抜かれていただろう。犠牲者は斗蘭だったかもしれない。ライターは命の恩人だった。

だがそれと引き換えに、彼のイギリスへの手土産はただの鉄屑《てつくず》と化した。皮肉に顔をひきつらせ、ライターはマジック44の残骸《ざんがい》を放りだした。虎雄の目も神妙にそれを眺めた。

スカイラインが完全にまわりこみ、機関銃の六つの銃口が、いずれも正円を描いて見えている。真っ先に逃げだしたのはヘンダーソンだった。斗蘭も宮澤とともに立ちあがり、スカイラインを銃撃しつつ、虎雄やライターをベンチの逆側に逃がそうとした。

しかしそちらからは、迷彩服の生き残りのふたりが、絶えず発砲しながら駆けてきた。斗蘭は足がすくんだ。味方の職員たちが追いつきつつあるものの、弾が斗蘭たちに当たる可能性があるため、誰も撃てずにいるようだ。彼らが駆けつけるより早く、敵の包囲網が急速に狭まってくる。前にふたり、背後にスカイラインの重機関銃。斗蘭らは袋の鼠になった。間もなく蜂の巣にされる。

ところが突然、迷彩服のひとりの頭部が弾《はじ》け飛んだ。脳髄を撒《ま》き散らし、首から上を失った身体が地面に突っ伏す。

もうひとりの迷彩服がぎょっとした顔で立ちすくむ。愕然《がくぜん》とした面持ちは、虎雄やライターらばかりではない。スカイラインに乗る敵も息を呑《の》み、固まっているのがわかる。

斗蘭は衝撃とともに辺りを見渡した。いまのは誰がどこから撃ったのか。

8

新宿区内藤町《ないとうまち》一丁目、新宿御苑の外側すぐに建つ七階建ての勘耶《かんな》ビル、その屋上にアキム・アバーエフはいた。

キューバ産の葉巻をくわえ、手すりぎりぎりに腹這《はらば》いになり、ドラグノフ狙撃銃《そげきじゅう》の照準をのぞく。洋風庭園の修羅場が見えていた。

やれやれとアバーエフは思った。暗殺任務を果たすため、タイガー田中の行方を追ってきたが、密会相手はジェームズ・ボンドではなかった。後ろ姿しか見えないが麦《むぎ》藁《わら》いろの髪の男、右手が鉄鉤《てつかぎ》の義手だった。たしかＣＩＡ関連と記憶していたが、あまりはっきりしない。アメリカの手先であっても、スメルシュ本部から暗殺命令は下りていなかった。

横浜《よこはま》にある全アジア民俗学事務局なるビル、そこからつながっている地下鉄工事現場に、公安外事査閲局の本部がある。アバーエフはなにもかも承知済みだった。タイガー田中を含む一行が、けさクルマで都内方面へ向かったのも、遠目に確認できた。ボンドに会うにちがいないと確信し、こうして見晴らしのいい場所に陣取ったが、きょうは当てが外れたようだ。

照準のなかで迷彩服の生き残りが、途方に暮れたようすをしめしたものの、標的を仕留めるべきと思い直したらしい。奴らの狙いはタイガーのようだ。ふたたび拳銃《けんじゅう》を構えようとしている。

アバーエフはすかさず狙いを定め、ライフルのトリガーを引いた。ストックの肩当てが強い反動を生じる。迷彩服の男の緑に塗った顔面は、破裂するように消し飛んだ。辺りに赤ペンキのような血をぶちまけ、男の身体がつんのめった。

タイガー田中ら一行は動揺したようすで立ちすくんでいる。辺りをしきりに見まわすため、こちらにも顔が向いた。ようやく数人のツラを拝むことができた。一緒にいる肥満体は、オーストラリア大使館文化部二等書記官という触れこみのヘンダーソンだ。稚内でボンドを捕り逃がしたとおぼしき、日本人の若い男女もいる。女は第四夔濵丸の船内にいるのを見かけた。あのときは乗務員の制服姿だったが、公安外事査閲局の職員なのは確実だった。

機関銃の掃射音が、アバーエフのいる場所まで届いた。田中らがまた姿勢を低くした。スカイラインが狼狽《ろうばい》したがごとく、弾幕を張りながら逃走し始めた。遠方からの思わぬ狙撃に取り乱したのだろう。

田中たちを殺してもらっては困る。公安外事査閲局はボンドにつながる唯一の手がかりだ。泳がせておかねば標的にたどり着けない。

アバーエフは冷静に照準でスカイラインを追った。後部のトランクに狙いをつける。ボンネットのエンジンを破壊しようとするのは愚の骨頂だ。ガソリンタンクはトランクの下におさまっている。燃料の残量が少なくなっていれば、むしろ好都合だった。気化したガソリンこそ引火しやすい。タンクが空《から》に近づいたぶんだけ蒸気が充満している。

トリガーにかけた人差し指を引き絞った。ライフルの発射音が轟《とどろ》く。弾丸がトランクの蓋《ふた》を直撃し、確実にタンクまで撃ち抜いた。金属の摩擦に火花が散り、ガソリンに引火する。とたんに炎が噴出した。たちまちボディの全体に燃えひろがり火だるまと化す。

スカイラインが減速したのは、ドライバーがあわてて急ブレーキを踏んだからだろう。だが停車と同時に、巨大な火球が膨れあがり、車内は火炎地獄に包まれた。爆発音は少し遅れて耳に届いた。衝撃波がビルを地震のように振動させる。車体の骨組みは残ったものの、あらゆるパーツが粉々になって吹き飛び、辺りに破片を撒き散らした。田中たちがあわてたようすで退避したのが見える。

御苑周辺の道路沿いで通行人が右往左往しだした。じきにパトカーが駆けつける。長居は無用だった。

アバーエフは立ちあがった。ドラグノフ狙撃銃を毛布にくるみ、葉巻を吹かしながら外階段を下りだす。黒煙が立ち上る新宿御苑を眺めた。

まだチャンスはある。この騒動で田中たちが表舞台から姿を消すとは思えない。大和魂《やまとだましい》を鼻にかける男だ。尻尾《しっぽ》を巻いて逃げだすことなど、万にひとつもありはしない。

9

斗蘭は唖然《あぜん》としながらたたずんでいた。

新宿御苑の洋風庭園は戦場さながらだった。スカイラインが火柱を立ち上らせている。熱風が吹きつけるばかりではない。ガソリンのにおいが濃厚に漂っていた。辺りには頭部を失った屍《しかばね》が累々と横たわる。一面の芝生は血に染まっていた。

公安外事査閲局の職員らは、死体の周りで片膝《かたひざ》をつき、装備品を剝《は》ぎとっていた。素性があきらかになる物を探している。うちひとりが宮澤になにやら報告した。宮澤が田中虎雄局長のもとに駆けてくる。

息を弾ませながら宮澤はいった。「人相が識別可能な死体にかぎりますが、元黒竜会の指名手配犯に該当するようです。ブロフェルドが植物園の警備と管理に雇った人員です」

虎雄が唇を固く結んだ。「首から上を失った奴らも同様だろう。車内にふたり、ほかに四人、計六人か」

「ええ。少なくともこいつらは、植物園で水蒸気爆発が起きたとき非番だったか…

楽観的すぎると斗蘭は思った。「脱出したかです。こんな下っ端が逃げおおせているんだから、ブロフェルドやイルマが退避してないなんて、とても考えられません……」

ライターが左手でリボルバーを虎雄に差しだした。グリップのほうを受けとらせるべく虎雄に向けている。軽い口調でライターがいった。「威力の弱い拳銃でよかった。死体のうち少なくともひとつは、顔の見分けがついたようだからな」

虎雄はむっとした表情のまま拳銃を受けとり、ジャケットのポケットにおさめた。遠くでサイレンが湧いている。ため息とともに虎雄がいった。「撤収だ。全員ばらばらに帰れ。検問にはなるべくひっかからないように努めろ。万一身柄を拘束されても、本庁幹部以外には素性を明かすな」

国家の命運を左右する立場にありながら、またもお尋ね者のごとく逃げ隠れするのか。斗蘭は父に申し立てた。「刑事警察にも情報を開示して、捜査の足並みを揃えたほうが……」

「くどい」虎雄が吐き捨てた。「さっさと姿を消すぞ。文句をいわずに散れ」

斗蘭は燃え盛るスカイラインの残骸《ざんがい》を指さした。「このままほうっておくんですか。警察が事件として捜査を開始するのに、わたしたちはしらんぷりで逃亡するって？」

「そのうち警察組織の上のほうから、現場の捜査員に通達がある」

「揉《も》み消されるまで担当者はみんな必死に捜査するわけですよね？　その後、理由もわからず事件ごと揉み消される」

「たぶん公安に関わることだろうと、現場の刑事たちにも想像がつく」

「不満や反発が鬱積《うっせき》するでしょう。いざというとき公安のトップという素性を明かして、協力を求めようとしても、刑事警察の人たちが従ってくれないかも。ボンドの行方を追うために、捜査員が一丸とならなきゃならないときなのに……」

「いいから早く去れ！　ここで逮捕されて所轄署の留置所に入ってもいいのか」虎雄は憤然とし、部下を引き連れ、その場から立ち去りだした。「行くぞ」

遠ざかる局長一行に、宮澤も困惑ぎみについていく。虎雄はライターを目でうながした。ライターが頭を掻《か》きながら歩調を合わせる。

斗蘭は胸のむかつきを抑えつつ、父の後ろ姿を見送った。これでは単なる治安の悪化を、国内外に宣伝しているようなものだ。事情を知らない警察が、無差別テロの可能性もあると発表し、報道も同調するだろう。国民の不安を煽《あお》るばかりでしかない。スパイの立場ならなにをやってもいいのか。

ヘンダーソンが横に並んだ。ハンカチで額の汗を拭《ぬぐ》いながらヘンダーソンがいった。

「退散するなら、俺はあんたと一緒に行きたい。タイガーのそばにいたんじゃ、命がいくつあっても足りんからな」

「わたしのそばも同じだと思いますよ」斗蘭は苛立《いらだ》ちとともに歩きだした。「いまはなんだか、いくらでも無茶したい気分なので」

10

黄昏《たそがれ》をわずかに残す暗い空に、東京タワーの淡い光を仰ぎ見る。喪服を着た斗蘭は、都心にある増上寺《ぞうじょうじ》の大きな三解脱《さんげだつ》門をくぐった。父の虎雄や上司の宮澤も、むろんのこと黒のスーツにネクタイ姿だった。ライターは身体に合う喪服がなく、持ち合わせのなかから、最も濃いいろのスーツを身につけていた。

徳川《とくがわ》将軍家の墓所も有する、広々とした境内の正面に、大殿《だいでん》と呼ばれる本堂がそびえている。そこからわきに入ると、もう読経《どきょう》の声がきこえてきた。

純和風建築の平屋の内部に薄明かりが灯《とも》っていた。畳敷きの寥廓《りょうかく》たる部屋に木製の棺《ひつぎ》が等間隔に並ぶ。公安外事査閲局は、黒竜会の元構成員らの襲撃により、十一人もの職員を失った。

斗蘭らは畳にはあがらず、手前の土間に整列し黙禱《もくとう》を捧《ささ》げた。経を唱える僧侶《そうりょ》らのほかには、室内には誰もいない。土間に立つのも、斗蘭と同じ生存した職員たちだけだった。犠牲者の身内はひとりもいない。

遺族への通達はこれからになる。公安査閲局は極秘の部署ゆえ、殉職してもすぐには氏名を公表できない。ここで通夜をおこなったのち、遺体は荼毘《だび》に付される。公安調査庁もしくは警察庁警備局の公務員として、それぞれの部署へ遺骨が運ばれる。身内への報《しら》せはさらにそのあとになる。

因果な職業だと斗蘭は思った。驚くべきことに、新宿御苑で発生した銃撃事件は、恐ろしく矮小化《わいしょう》された内容で報じられている。あるていどの距離を置いた銃声は、素人の耳には癇癪玉《かんしゃくだま》か花火ていどにきこえる、そのことを最大限に利用した隠蔽《いんぺい》工作だった。不道徳者の集団が庭園にクルマを乗りいれ、花火遊びを始めたため、警察が逮捕した。新聞の夕刊に載っている記事はそれだけだった。

斗蘭の心配した、所轄警察による無意味な捜査は、始まりすらしなかった。近くの路上に待機していた幌《ほろ》つきトラックの車列が、敷地内の私道に乗りいれ、なにもかも荷台に放りこみ走り去った。公安査閲局では馴染《なじ》み深い秘匿手段だった。過激派の疑いがある者たちを内偵中のできごとだったため、公安で処理した。警察庁警備局から淀橋署《よどばし》へは、そのように伝えられるだけに終わった。

戦後復興を遂げた日本は、治安のよさを誇りにしてきた。吉展《よしのぶ》ちゃん誘拐事件と、例の福岡での水蒸気爆発事故を除けば、列島を震撼《しんかん》させるほどのニュースはほかになかった。今度も平穏は破られなかった。けれども事実はちがう。

斗蘭はつぶやいた。「やはりあんな場所で落ち合うべきじゃなかった」

父が斗蘭を見つめてきた。斗蘭が見かえすと、父は難しい顔で項垂《うなだ》れた。宮澤も同じような反応をしめしている。

ライターが英語でささやいた。「密会場所を指定したのは私だよ。すまないと思ってる」

鈍い驚きが胸のうちにひろがる。斗蘭は小声の英語でライターに問いかけた。「日本語がおわかりになるんですか」

「いや。きみや父上の表情でなんとなく……」

虎雄がささやいた。「斗蘭、知っとるだろう。密会場所はどこでも一長一短だ。閉鎖的な空間なら人目には触れにくいが、こっちからも周りの動きがわからん。壁の向こうに爆弾を仕掛けられても目視できん」

宮澤も静かに告げてきた。「新宿御苑で落ち合ったのは本来、理にかなってた。複数の職員で周囲を固めてあったんだ。襲撃犯は敷地の外から侵入せざるをえない。ライターさんの判断は正しかったよ。それを受諾した局長も」

「では」斗蘭は宮澤にたずねた。「なにが問題だったんでしょうか」

「襲撃犯が捨て身の突撃にでるとは……。死をも恐れない特……」宮澤は虎雄を気にする素振りをしめし、言葉を詰まらせた。「いえ」

神妙に立ち尽くす虎雄の表情が、わずかに硬くなった。宮澤は特攻と口を滑らせかけた。鬱々《うつうつ》とするものを斗蘭は感じた。黒竜会元構成員らの所業をも、父は立派とみなすのだろうか、斗蘭は皮肉にそう思った。

胸のうちに暗雲が垂れこめる。怒りをどこにもぶつけられない、そのせいにちがいない。結局は自分の気分だけだ。ここにいる誰も責められない。

斗蘭はライターに頭をさげた。「申しわけありません」

「きみが謝ることじゃない。私も自分の不運を呪うしかないよ」

自分の不運を呪う。いかにも西洋的なとらえ方だった。なぜか少し心が救われた気がした。

ライターがぼそぼそといった。「こんなときは悪態をつくのが常だが、きみら日本人はどんなときでも、なんていうか……。儀式めいた行儀のよさに、あらゆる情動を埋没させるんだな。なんていうか、感銘を受けるよ。……大人だ」

あるていど気持ちが楽になりつつある。不謹慎ではないかと己れを責めたくなる。

斗蘭はうつむいた。「マッカーサーは日本人を十二歳の子供に喩《たと》えてました」

「語弊があるよ。あれは日本がドイツほど近代文明に接してこなかったから、国際ルールがわかっていなかったのもやむをえないって論調だった。まあ蔑視《べっし》がなかったとはいえないが……」

「この事件の発生で、事実を知る各国の諜報《ちょうほう》機関は、やはり日本人が野蛮で危険な民族とみなすでしょう」

虎雄が異を唱えた。「元黒竜会というならず者たちの犯行だ。日本人全体が不当な評価を受けるわけではない」

斗蘭は父に向き直り、その顔を黙って見上げた。あえて言葉にするまでもないだろう。太平洋《たいへいよう》戦争終結までに父がしてきたことを考えれば、いまの発言は無神経にもほどがある。

むろん通夜の場で声を荒らげるなど言語道断だった。斗蘭はひとり踵《きびす》をかえし、建物の外へと歩きだした。

後方で虎雄とライターが重苦しい表情を突きあわせている、そのようすを背に感じた。親子の溝が深まることへの懸念を、また誰もが感じている。申しわけなさが募る。しかしどうしようもなかった。

斗蘭の後方に靴音がつづく。父やライター、宮澤が一緒に歩きだした。斗蘭はわずかに歩を緩め、一行に合流した。

空は深い藍《あい》いろに染まっていた。木々の枝葉は風にそよぎもしない。眠りについたかのようでもあった。大殿の軒先に吊《つ》られた灯籠《とうろう》が微光を揺らめかせる。地面に薄く伸びた影は水墨画に似ていた。

ふたたび門へと向かいだした。境内を歩きながら虎雄がつぶやいた。「人生は二度《ユーォンリーリヴ》しかない《トワイス》　生まれたときと《ワンスフエンユアボーン》　死に直面したときと《アンドワンスフエンユールックデスインザフエイス》」

ライターがきいた。「誰の詩ですか」

「ボンドだよ」虎雄が足をとめた。「芭蕉《ばしょう》の俳句に倣って、彼が詠んだ」

「ほう」ライターも立ちどまった。一行は境内の真んなかに静止した。

虎雄が説明した。「英訳俳句の定義に、音韻のない十七音節の詩に仕上げるというものがあるが、彼はみごとに詠んだよ」

「たしかに。深みがありますね。リチャード・ライトの晩年の作品みたいだ」

すると虎雄が穏やかな面持ちになった。「日本語に訳すとすると、五七五におさめなくてはいけない。私もいろいろ試したが、残念ながら字数が合わなくてね」

斗蘭は思いつくままにすらすらと詠んだ。「人生は　生まれ死にして　二度かぎり」

沈黙が降りてきた。斗蘭は父親に目を向けず、東京タワーを仰ぎ見ていた。

「さすが」と宮澤が笑顔になった。しかし局長の眉間《みけん》に皺《しわ》が寄っているのに気づいたらしく、あわてたようすで黙りこくった。

歩み寄ってきた虎雄が、斗蘭に並んで東京タワーを見上げた。「季語がないな」

「原文がそうだから。無季の俳句でしょう」

「解釈は？」

「〝生まれ死にして〟。人生の始まりと終わりという重要な節目。〝二度かぎり〟。それらふたつの重要な瞬間により、人生が大きな変化を迎え、二度にわたり新しい段階に入る。生まれることで人生が始まり、死を迎えるときひとつの区切りがつき、新しい次元へと移行する」

父は首を横に振った。「ちがうな。いい線いってるが、新しい次元というのはちがう。彼は死の先にある世界を期待するような男ではなかった」

また静まりかえった。斗蘭にしてみればしらけた気分だったが、宮澤やライターからすると、またぎすぎすしだしたように感じられたのだろう。

ライターがあわてぎみに割って入ってきた。「日本語はわからないが、なにを揉《も》めてる？」

虎雄が英語で応じた。「ボンドが死後を考えていたかどうかという話だよ」

「ああ」ライターは真顔ながら軽い口調でいった。「どうだろな。あいつこそ少年みたいなとこもあったが、たまには年齢不相応に、やけに老練な性格がのぞいたりもしてた。いまの詩……俳句も、よくわかんないとこはあったが、気にいった。それでいいんじゃないか？」

どうやらライターなりの仲裁だったようだが、微妙な空気が漂いだした。互いに視線を逸《そ》らしあう不毛な時間が流れる。斗蘭は罪悪感にとらわれつつも父を恨んだ。こんな雰囲気にならざるをえないのは父のせいだ。

複数の靴音が近づいてきた。厳めしい表情をした黒スーツの男たち三人だった。うちひとりが声をかけた。「局長」

斗蘭も知り合いの三十代、国民情報分析課の沢渡《さわたり》がいった。「襲撃犯の元黒竜会らの行動が一部あきらかになりました。根食修武《ねじきおさむ》と長棹秀生《ながさおひでお》、顔を緑に塗った男のうちふたりですが、ここ数か月間、都内のあちこちに出没してます」

「あちこちじゃわからん」虎雄が問いただした。「具体的には？」

「都民十数名を対象に、その住所だとか職場、学校などを調べまわっています。同様のことは全国各地でも目撃されています。元黒竜会らしき連中が数人ずつ、一般市民の身辺調査をおこなっていたようです。これが調査対象となった人々の氏名一覧です」

数枚綴《つづ》りの書類が虎雄に手渡された。虎雄が老眼鏡をかけ文面に目を通す。「見覚えのない名ばかりだ」

「そうなんですが」沢渡がうなずいた。「うちでも調べてみたところ、全員が行方不明者だと判明しました」

「行方不明？」

「元黒竜会の調査対象は、それ以前に失踪《しっそう》した者ばかりということです。ひょっとしたら、例の植物園で命を落とした自殺者かもしれません」

「それなら自殺者名簿と重なるだろう」

「シャターハントことブロフェルドが通報しなかった自殺者だったとしたら？　もっと大勢いたのかもしれません」

宮澤が意外そうな顔になった。「妙だな。仮にそうだったとしても、植物園への不法侵入で死んだ不特定多数に、元黒竜会の生き残りどもが、いったいなんの関心を持つ?」

「不明だよ」沢渡が宮澤に目を移した。「自殺者のなかに重要人物が紛れていた事実に、あとになって元黒竜会が気づいたとか……。その人物の素性を炙《あぶ》りだすために、片っ端から可能性をあたっているのかもしれん」

ライターが斗蘭にたずねてきた。「なんの話だ?」

斗蘭は英語で応じた。「元黒竜会が世間一般の行方不明者について、身辺調査をおこなっていたそうです。行方不明者というのは、毒性植物園で自殺して、通報されなかった人たちかも」

「なに? 少々理解が追いつかないな。ブロフェルドは居城の周りに毒性植物園を作って、自殺志願者が迷いこんでくるのを面白がってただけじゃないのか」

「まさしくそこが疑問です」斗蘭は日本語に切り替えた。「沢渡さん。行方不明者の身辺調査をおこなっていた元黒竜会というのは、全員きょうの襲撃犯と同一ですか?」

「顔が吹き飛んだ連中については、確たることはいえないが、どうやらそのようだ。植物園があったころは元黒竜会が二十名ほど、壊滅後は六名ほどが、行方不明者について調べまわっていた。ブロフェルドが雇った元黒竜会の全員だろう」

沢渡の同僚がつづけた。「ドイツ語を話せるインテリヤクザの河野元貞や、チンピラの風間達平といった元黒竜会が、植物園に勤務する一方、九州各地で同じように行方不明者の素性を調査していた。河野と風間はふたりとも水蒸気爆発で吹っ飛んだんだろう。その後はどこでも目撃されてない」

宮澤が沢渡にきいた。「連中は行方不明者に関して、どんなことを調べようとしてたんだ？」

「それがたいしたことじゃないんだ。家族構成とか、勤め先とか通学先とか……。ざっと知り合いを訪ねてまわるぐらいの、かなり杜撰《ずさん》な調査でしかない。たぶんそれだけで割りだせる何者かの身元を知りたがっていたんだろうな」

自殺者のなかに気になる人物がいて、元黒竜会がその身元を知ろうと全力を挙げていた。沢渡たちはそう推測している。誰のことだろう。いや、考えられる理由はそれだけだろうか。なにか重要な秘密が潜んでいる気がしてならない。

虎雄が沢渡に書類をかえした。「元黒竜会どもの目的を洗いだせ。先入観にとらわれるなよ」

沢渡が言葉に詰まる反応をしめした。斗蘭は父の指摘が、今度ばかりは正しいと認めざるをえなかった。

先入観にとらわれるべきではない。ブロフェルドが黒竜会元構成員らの雇い主だった以上、なんらかの意図があったのかもしれない。水蒸気爆発ののちもブロフェルドが生存しているとすればなおさらだった。

危惧《きぐ》している点は沢渡も同じらしい。緊張の面持ちで沢渡がささやいた。「局長、充分にご注意を……。元黒竜会の生き残りによる襲撃は、ブロフェルドの差し金かと思われます。つまりブロフェルドが死んでいない可能性が高いかと」

虎雄の表情が険しさを増した。「ブロフェルドが私に復讐《ふくしゅう》したがっとるというのか。私がボンドにシャターハント暗殺を持ちかけたからか？　ブロフェルドはそれを知っとったのか」

「それも考えられますが……。また先入観とのお叱りを受けるかもしれませんが、元黒竜会は局長の殺害が狙いだったのではなく、拉致《らち》したがっていたのではと」

「私を？」

「ボンドが生きているのなら、局長を頼るはずと思っているのです」

宮澤が口をはさんだ。「ブロフェルドがボンドの生存に気づいてるっていうのか？だが記憶喪失までは知らないと？」

沢渡は顔をしかめた。「あくまで可能性の話だ。ただし充分にありうる」

「そうなのかな……」宮澤は疑問のいろを浮かべた。「なんにせよ元黒竜会の生存者は、きょう新宿御苑で全滅したんじゃないのか。ブロフェルドやイルマ・ブントだけじゃなにもできない。実質的な脅威は去ったんじゃないか？」

ライターが義手で頭を掻《か》いた。「やれやれ。ボンドとかブロフェルドとかイルマ・ブントとか、それらしい名前がきこえてはくるものの、話題についていけないのは寂しいね。男は結婚して父親になったら疎外される運命だが、独身の私にはまだ縁遠い話かと思ってた」

斗蘭は思わず苦笑した。「あとでぜんぶまとめて英訳しますよ。いまのところはわからないことだらけですけど」

沢渡は田中虎雄局長に対し、いっそうかしこまった態度をとった。「もう一点、羽田空港の監視班から、重要な伝達があります。公安関係要警戒人物の来日が確認されました」

公安関係要警戒人物。要注意人物よりもワンランク上、公安査閲局が指定する危険分子、絶えず警戒を要する者だ。数はさほど多くない。このタイミングで海外の要警戒人物が日本に来るとは穏やかではない。

そのとき男たちの怒声がきこえてきた。三解脱門を警備する職員らがなにやら騒がしい。無断侵入を図ろうとする集団と小競り合いになっているようだ。一見して相手側の群れが大柄な男揃いだとわかる。元黒竜会の一部に見られるような、ただの巨漢ではない。西洋人に特有の体格のよさが見てとれる。

沢渡があわてたようにいった。「局長、彼らです。来日した公安関係要警戒人物は、あの真んなかにいる……」

ライターが茫然《ぼうぜん》とつぶやいた。「なんてこった。あいつらは……」

斗蘭はライターにきいた。「知ってるんですか」

「ああ。手配写真なら何度も見た」ライターは足ばやに門へと向かいだした。「ボンソワール！　あんたのことはなんと呼べばいいかな。カピューーか？　それともドラコか」

門における小競り合いがふいに沈静化し、職員と外国人の群れ、双方がいっせいに振りかえった。

いまライターが呼びかけたのは、大柄な男たちに囲まれたリーダー格らしき、わりと背の低い男だった。

身体は鍛えあげているとひと目でわかる。仕立てのよさそうな濃紺のスーツから、厚い胸板と太い腕が浮きあがっている。褐色に日焼けした顔には無数の皺《しわ》が刻まれていた。おそらく五十代後半かそれ以上だろうが、正確なところはわからない。

「ああ」男の英語にはフランス語訛《なま》りに、若干イタリア語の響きがあった。「左脚が悪そうだ。右手も……。噂ならきいとるよ、フック船長」

男の取り巻きが下品な笑い声をあげる。そのさまこそ海賊らしかった。さっきまで彼らと押し問答していた公安査閲局の職員らは、みな眉《まゆ》をひそめている。

つまらない冗談にライターが足をとめた。「ジェームズ・マシュー・バリーの戯曲ならそうだろうが、わが国じゃ当てはまらないんでね」

宮澤が妙な顔になった。「どういう意味だろ?」

すると虎雄が仏頂面でつぶやいた。「原作の『ピーター・パン』なら、あいつのいうとおり、フック船長の義手が右手だ」

斗蘭はつづけた。「十年前のディズニー映画じゃ左手になってるって、ライターさんがいいかえした」

謎の男が口もとを歪《ゆが》めた。「俺をひと目でわかるアメリカ人とくれば、大統領の犬にちがいないな」

ライターは首を横に振った。「あいにくCIAは卒業した身でね。とはいえいまの仕事が忙しくて、残念ながらイギリス総領事館での結婚式には出席できなかったが」

ふいに男の表情が硬くなった。「俺の家系はきみを招待したおぼえがない。だとすれば数少ない新郎側の身内か、友人かな」

斗蘭は父や宮澤らとともに、ライターのもとに歩み寄った。虎雄がライターにたずねた。「彼は誰だ」

するとライターに代わり、沢渡が急ぎ報告した。「コルシカを拠点にするマフィアの最古株にして最大手、ユニオン・コルスの首領、カピューと呼ばれる男です。本名はマルク゠アンジュ・ドラコ」

ライターの冷めた顔が振りかえった。「いまの日本語はだいたいわかった。固有名詞が多かったからな。だがそっちよりも、もっと重要な側面がある。ボンドの義父だ。義父になるはずだった男といえばいいか」

斗蘭は衝撃を受けた。ボンドは結婚式を挙げてすぐ、ブロフェルドに襲われ、妻を失った。するとこのドラコなる人物が、ボンドの亡妻の父親……。

「そうとも」ドラコの顔から笑いが消えた。「放蕩《ほうとう》息子が生きてるときいて飛んできた。いまどこにいる？」

11

日没後、横須賀《よこすか》の〝どぶ板《いた》通り〟の賑《にぎ》わいのなかを、アキム・アバーエフは歩いていた。

猥雑《わいざつ》な歓楽街だった。ここが日本とは信じられない。周りを行き交うのは酔っ払いの米兵ばかりではないか。制服姿のまま、露出の多いドレスの日本娘と肩を組み、陽気な声とともに闊歩《かっぽ》している。終戦から十八年が過ぎても、ここの連中はいまだ戦勝祝賀パーティーの真っ最中か。

スーツ姿のアバーエフに対しても、道端に立つ娼婦《しょうふ》らしき女たちが色目を使ってくる。アバーエフは無視して歩きつづけた。任務優先だ。

バーやクラブには英語のネオン看板が掲げてある。RUM BOMBという名の店に、アバーエフは入っていった。

煙草の煙が充満する店内が、濃霧のように霞《かすみ》がかかっている。ジュークボックスから大音量で流れる、かなり耳障りなロックンロールがリズムを刻む。カウンターに座る米兵たちは制服でなく、カジュアルなシャツとジーンズ姿だった。赤ら顔でバーテンダーや女性従業員らと談笑している。

アバーエフはカウンターに歩み寄ると、白人のバーテンダーに声をかけた。「冷えてない、気の抜けたビールを頼む」

バーテンダーの顔がひきつった。グラスを拭《ふ》きながらバーテンダーが低く応じた。

「だいぶお疲れのようすで」

「予定どおりにはいかない。それが海辺の暮らしってもんだ」

「おまちを」バーテンダーが奥へひっこんでいった。

カウンターで若い米兵が、隣に座る女の肩に手をまわしている。アバーエフと目が合うと、米兵は上機嫌そうにグラスを掲げた。いまの会話もろくに耳に入っていないようだ。

KGBの書類のなかに、情報を得るための拠点のいくつかが掲載されていた。この店で通じる合言葉は季節ごとに変わる。なるべくアメリカ英語のアクセントを心がけろとの指示も添えてあった。

奥からでてきたのは坊主頭の肥満体だった。目の細い丸顔がじっと見つめてくる。資料によれば名はルィガロフ。KGBの正規職員ではなく、単に日本に住むロシア人情報屋だ。ルィガロフが二重顎《あご》をしゃくった先にドアがあった。そちらへ入れということらしい。

アバーエフは先にドアを開け、すばやくなかに踏みいった。裸電球に照らされた狭い倉庫だった。壁際にはビール瓶いりの箱がびっしりと積みあげられている。

ルィガロフがつづいて入ってくると、すぐさまドアを閉めた。「アバーエフ《ヴィアバーェフ》か?」

「英語で話せ」アバーエフは小声でいった。

男が鼻を鳴らし、不本意そうに英語に切り替えた。「店んなかを見たろ? アメリカの小僧どもがうじゃうじゃいる。盗み聞きされたいのか」

「ロシア語の響きのほうが酔っ払いどもの注意を引く。横須賀基地に通報されるのはご免だ」

「わかったよ」肥満体は横長の木箱に座ると腕組みをした。「俺もルィガロとでも呼んでくれ」

いちいち名を口にする気などない。アバーエフは用件に入った。「武器と情報がほしい」

手持ちのマカロフもドラグノフ狙撃銃《そげきじゅう》も、弾を切らしかけている。なにより二丁だけでは不足だった。

ルィガロフは自分の顎を撫《な》でまわした。「銃や弾は相場どおりの値で売れる。情報は内容しだいになる」

「ジェームズ・ボンドの居場所を知りたい」

「ああ」ルィガロフが苦笑に似た笑いを浮かべた。「ここに来るまでどうだった?

戦前、この店の前の通りは、真んなかにドブ川が流れてたんだとよ。邪魔だから日本の海軍工廠《こうしょう》がぶ厚い鉄板を提供して、蓋《ふた》をしたからどぶ板通りだとさ。いまはもう川ごと埋め立てられてる」

「英国海外情報部員007。いま日本にいる。なにかきいてないか」

雑談にいっさい興味がないことを態度にしめす。ルィガロフが苦い顔で、仕方なさそうに片手をだす。アバーエフはふたつ折りのドル札の束を差しだした。

受けとったルィガロフが、親指で札束を弾《はじ》き、ざっと確認する。それをポケットにねじこむと、アバーエフに向き直った。「まず銃のほうだが、うちの立地上、米軍の横流し品が主流でよ。わが祖国のってなると、朝鮮戦争の戦利品ぐらいしかねえ」

「いま渡した金で買える上等なやつは？」

ルィガロフはにやりとし、腰を浮かせると、座っていた木箱の蓋を開けた。

藁《わら》の上に黒光りする軍用ライフルが横たわっていた。細身で直線的な外観を持つ自動小銃。全長は五十センチていどで取りまわしが楽そうだった。銃の上部にスーツケースのようなキャリングハンドルが備えてある。銃身は細長く、銃口に発火炎を抑制するフラッシュハイダー付き。マガジンは本体からほぼ真下方向、若干前向きに装着されている。

アバーエフはつぶやいた。「AR15……」

「いや。その改良型のXM16E1ってやつだ。できたてのホヤホヤで、空軍にも入ってきたばかりでよ」

銃を手にとってみた。軽い。銃床が平らで、いっさい弧を描いていないため、かえって肩にしっかりと密着できる。左手で保持するハンドガードに通気孔が連なり、熱の放散も充分そうだった。狙撃には向かないが機動力を発揮しそうな武器だ。

「よさそうだ」アバーエフは銃を近くに立てかけた。

ルィガロフが咳《せき》ばらいした。「拳銃《けんじゅう》のほうはありがちなガバメントで勘弁してくれねえか」

「コルトじゃなくレミントンランド製とかいわないだろうな」

「そんな骨董《こっとう》品じゃねえよ。でも弾もたっぷり必要だろ？　米軍界隈《かいわい》じゃ四十五口径ガバメントがいちばん調達しやすい。いざというとき交換部品も手に入る」

「わかった。それでいい。情報のほうは？」

「ジェームズ・ボンドねぇ」ルィガロフは木箱の蓋を閉め、また上に座った。「ツラは知らないが名前はきいてる。ボンドを殺《や》るわけか。グラントの仇討《かたきう》ちかい？」

「そんなとこだ。グラントを知ってるのか」

「俺も前はヨーロッパを転々としててな。いくつかの仕事で世話した。訃報《ふほう》はきいた。オリエント急行で無残な死を……」

「ああ。ボンドに殺される瞬間をまのあたりにした」

「一緒に潜伏してたのかい？　お気の毒に」

レッド・グラントことドノヴァン・グラント。スメルシュの暗殺者、首席死刑執行官。いわばアバーエフの同僚だった。いまでも顔が思い浮かぶ。彼の上司にあたるスメルシュ第二課の女性チーフ、ローザ・クレッブ大佐もだ。

ふたりの死に感傷はない。ただスメルシュが幾度となく辛酸を舐《な》めさせられた宿敵、ジェームズ・ボンドを排除せねばならない。

カジノ・ロワイヤルでカードの大勝負に敗退したル・シッフル。スメルシュ幹部待遇でアメリカのハーレムを仕切ってきたミスター・ビッグ。莫大《ばくだい》な活動資金の提供者だったオーリック・ゴールドフィンガー。大物が次々とボンドひとりの手で葬り去られてきた。ソ連陸軍の威信を賭《か》けたムーンレイカー作戦も水泡に帰した。冷戦のさなか、全面戦争張りの人的および経済的損失を喫している。スメルシュ本部がボンドの生存を知るや、ただちに抹殺指令を下すのは当然の成り行きだった。白羽の矢が立ったアバーエフは光栄に思うべきだろう。

ルィガロフが煙草を口にくわえた。「それらしい男の噂はきいた。あちこち動きまわってるんだよな。九州の福岡で騒ぎを起こしたと思ったら、今度は北海道の稚内ときた」

「そこまではわかってる。なぜかコルサコフへの連絡便に潜りこもうとしていたらしい」

「へえ。ソ連に侵入するつもりだったわけか。理由は?」

「わからないからきいてる。国外逃亡に失敗したボンドのその後もな」

「情報屋として耳に入ってくる噂話からすると……。まず怪しいイギリス人は、公安外事査閲局のトップと接触してる。タイガー田中って男だ」

「知っている。だがごく最近はタイガーと会ってはいないらしい」

「なら次の噂だ。ほんの二日前だが、江之島《えのしま》観光ホテルってとこに、怪しい長身の白人がチェックインしてる。カウンターに俺の仲間がいて、そいつの話によると、その白人はイギリス英語を喋《しゃべ》るそうだ。その後ずっとひとりきりで連泊しつづけてな」

「どこにある」

「鎌倉《かまくら》のほうだ。神奈川県藤沢《ふじさわ》市。ホテル名とちがって、江ノ島にあるんじゃなくて、片瀬山《かたせやま》って別荘地の丘陵にゴルフコースがあってよ、そのなかに建ってる。外国人が多く泊まってるから、ボンドが紛れるのにもちょうどいい」

「それがボンドだという確証はないんだな？」

「似たような長身の白人が、青函《せいかん》連絡船で本州に渡ったあと、夜行列車を乗り継いで関東《かんとう》入りした経緯も、俺の仲間数人からきこえてきてる。それぞれの日付を考慮すると、稚内で姿を消したあと、関東地方へ南下してきたとみてまちがいねえ」

そこへ行ってみるしかなさそうだ。外国人宿泊客が多い施設なら、アバーエフにとっても好都合だった。ここにもう用はない。アバーエフはルィガロフを急《せ》かした。

「ガバメント。弾。替えのマガジンもだ」

「なあ旦那《だんな》」ルィガロフはおっくうそうに立ちあがった。「任務が終わったら国に戻るんだろ？　本部のほうに取りなしてくれねえかな。俺もただの雇われ情報屋じゃなくて、給料をもらえる身分になりてえ。ここんとこ苦しくてよ」

「考えとく」アバーエフはアメリカ製軍用ライフルを手にした。むろんルィガロフの処遇など頭にない。任務を果たすこと以外なにも考えていなかった。アバーエフはルィガロフにきいた。「これが入るゴルフバッグかなにかあるか」

12

タイガー田中こと田中虎雄は地下射撃場にいた。

全アジア民俗学事務局なるビルの真下、戸塚《とつか》からあざみ野《の》を結ぶ地下鉄が建設中だった。この駅構内にかぎっていえば、ほぼ完成状態に近いものの、路線やほかの駅はまだ着工すらしていない。

市電を廃止して地下高速鉄道を整備すべきとの報告が、運輸調査室を中心とする会議でまとめられたのは、つい最近のことだ。じつは横浜市は経費削減のため、ここ関《かん》内《ない》駅の工事のみを見切り発車で進めていた。間もなく承認が下りると思われたからだった。

ところが軟弱な地盤が問題視され、地下鉄工事自体の検討が先送りされてしまった。この駅の存在は、工事に携わる関係者にはむろん知られているものの、一般には公にされていない。地下鉄線も十年は完成しないと目された。

公安外事査閲局が間借りするには、うってつけの場所といえた。駅構内の広い空洞に、いくつものプレハブ平屋が軒を連ね、各部署の事務室になっている。日本に来たばかりのボンドをヘンダーソンが連れてきた。田中がボンドと初めて会ったのは、プレハブ平屋のひとつ、田中のオフィスだった。

いま田中虎雄がいるのは、そこからさらに階層を下ったホームになる。両脇に線路はまだ敷かれていない。地下鉄の坑道も数メートル先までしか掘られていない。いわば密閉状態の地下空洞だが、まっすぐに延びるプラットホームは、まさしく射撃レーンに適している。陸上自衛隊が演習場に有する射撃場の構成要素を、田中はほぼ丸ごとここに持ちこませた。

頭上には射撃レーンに平行し、標的前後移動用のレールが走っている。電動で標的は遠ざかる。最も距離があるのは百ヤード、約九十一メートル。ライフルの狙撃訓練に重宝する。慣れない場合は五十ヤードでもなかなか当たらない。ハンドガンの場合、初心者は十五ヤードあたりから始める。

いま標的は二十五ヤード先にセットした。約二十三メートルになる。田中は射撃位置に立った。左右にブースの仕切りはない。大人数が横並びで同時に射撃訓練をすることはまずなかった。そんなに大勢がいちどに発砲すれば、地上のビルまでかすかに銃声が届いてしまう。癇癪玉《かんしゃくだま》や花火の音と思われたとしても、工事とあきらかに異質なノイズが、部外者にきかれてはまずい。

スーツ姿の田中は、ヘッドフォンに似た耳当てを装着し、標的に対し半身に構えた。右手に握ったM39をまっすぐに伸ばす。

老眼とは厄介なものだ。照門も照星もぼやけていて、重なりをろくに見極められない。その向こうの標的もなおさらだった。しかし視界が明瞭《めいりょう》でなくとも、長年培った勘がある。

田中はトリガーを引いた。ぼんやりと霞《かす》みがちな標的であっても、十字の真んなか近くに穴が開いたのはわかる。弾の当たった位置を考慮しながら微調整する。さらに連続してトリガーを引く。撃つたび銃火が閃光《せんこう》のごとく閃《ひらめ》き、薬莢《やっきょう》を宙に舞いあがらせる。

換気があまり機能しないため、硝煙が薄らがないまま漂うが、かえって実戦の訓練になる。生きるか死ぬかの瀬戸際で、突き抜けるような見通しのよさが得られた経験など、戦時中と戦後を通してまずない。

拳銃《けんじゅう》のスライドが後退したまま固まった。八発を撃ち終えた。てのひらに軽い痺《しび》れが残る。目の前のカウンターに銃を置き、備え付けのスイッチをいれた。標的が自動的に手前へと迫ってくる。

耳当てを外し、深いため息を漏らす。すると背後から訛《なま》りのある英語が飛んだ。

「その歳にしちゃやるな」

田中は振りかえった。ユニオン・コルスの首領カピューこと、マルク＝アンジュ・ドラコが歩み寄ってくる。生地に細い金線が等間隔に織りこまれていた。天井照明を受け、ストライプが控えめに輝く。カジノやナイトクラブでは映えるだろうが、ここでは場ちがいに見える。

ひとりきりで下りてきたようだ。いつも大勢の手下を取り巻きに連れ歩くかと思いきや、そうばかりでもないらしい。田中はあえてぶっきらぼうにいった。「そんなに歳も変わらないだろうに」

ドラコが鼻を鳴らした。「ここは面白いな。ＣＩＡもＭＩ６も私を中枢に招いたりはしてくれん。ところが日本は尋常ならざる歓迎ぶりで、こんな地の底へ案内してくれるとはな。いまだ硫黄島《いおうじま》の洞窟《どうくつ》での持久戦か？　英米どもは豪華なオフィスをかまえとるよ」

「うちも最初はそうだったが、公安調査庁や警察庁警備局の連中と机を並べていては、機密保持にも限界があるのでね」

「そうかもしれんが、ユニオン・コルスの首領を招待するなど言語道断、諜報《ちょうほう》機関の名折れと諸外国から揶揄《やゆ》されるんじゃないのかね」

田中は思わずふっと笑った。「来たくなかったのか?」

「とんでもない。ただ驚いただけだ」ドラコは葉巻をとりだし、口にくわえると、ダンヒルのライターで火をつけた。煙をくゆらせつつドラコはいった。「私の手土産がわりの情報を重視してくれて助かる。価値のわからない馬鹿には、なにを持っていっても無意味なんでね」

ユニオン・コルスはフランス本土と植民地において、あらゆる非合法事業を一手に担う巨大組織だ。同じ闇稼業ゆえか、ブロフェルドに関する重要な情報を有しているという。日本側の態度いかんによっては、それを提供するのにやぶさかではない、そう持ちかけてきたのはドラコのほうだった。

田中はいった。「歓待がお気に召したのなら、そろそろ情報を明かしてくれてもいいんじゃないかね」

「歓待? この上にある工事現場の空洞で、壁のない茶室みたいな区画に私の部下を押しこんで、畳の上でごろ寝してろとばかりにあつかうのが、歓待とは恐れいった」

「壁のない茶室ではない。あれは小上がりというものだ。職場にあれば労働者が束の間の休息を得られる。福利厚生を目的とする休憩施設は、フランスでも導入が進んでるんじゃないのか」

「少なくともソファとバーカウンター、愛想のいい若い女の接待つきでないとな。娘さんはどこにいる？　斗蘭は？」

「いまの物言いにつづけて娘の名をだされるのは不愉快だ」

「こりゃ失礼」ドラコは多少なりとも悪びれたようすをしめした。

彼らに雑魚寝《ざこね》を強制しているわけではない。全員にホテルの部屋を提供してある。ユニオン・コルスの面々が日本に滞在するようになって、すでに数日が経過していた。むろん監視付きだが、彼らもさほど不自由には感じていないはずだ。公安関係要警戒人物に対しては破格の待遇といえる。こちらからの誠意の証《あかし》でもあった。

ドラコが傍らの鉄棚に向き直り、収納されている拳銃のひとつに手を伸ばす。「私もひとつ試してみよう。M39しかないのか。アメリカのお下がりにもほどがある」

「自国で拳銃所持が許可されていようと、わが国に来たら法律を守ってもらう必要がある。手にするのも撃つのも違法だ」

「固いことというな。ここは存在しないことになってる施設だろう。治外法権じゃないのか」ドラコは装弾済みのマガジンをグリップに叩《たた》きこんだ。耳当てを装着したのち、拳銃のスライドを引く。

田中はむっとしたものの、抗議したところでドラコがしたがうとは思えない。田中自身も耳当てで鼓膜を守らざるをえなかった。

スイッチを操作するドラコが、標的を二十五ヤードに遠ざけた。田中と同じ距離だった。

ドラコの射撃姿勢は自己流にちがいない。自分の筋肉を知り尽くしているのか、弛《し》緩《かん》すべきところは徹底的に弛緩し、けっして力んだようすを見せない。楽に伸ばした右手で拳銃をつづけざまに撃った。多少調子の悪い機関銃と同程度には、すばやく絶え間のない連射だった。

スイッチの操作とともに標的が近づいてくる。ドラコが唸《うな》りながら耳当てを外した。

「こんなもんか。腕が鈍ったな」

十字の中心に一発、あとは付近に分布している。田中の結果とほぼ互角だった。すなわち来客のほうが腕は上と証明された。田中が慣れている射撃場と拳銃。本来ドラコのほうが分が悪い。

田中も外した耳当てをカウンターに置いた。「ビジターのわりに健闘しとる」

「あんたの腕も素晴らしい」ドラコが空になったマガジンをリリースし、拳銃のスライドを元どおりにした。「ボンドが心を許したのもわかる」

「……ジェームズとは呼ばないのか」

「ああ。義理の父親にはなり損ねたからな」

硝煙の香りが漂うなか、微妙な沈黙が流れる。田中はささやいた。「個人的なことをきいてもいいか」

「なんなりと」

「日本にまでボンドに会いに来たからには、再会したらどうするかきめてるのか」

天井から工事の音だけが響いてくる。ドラコが真顔で応じた。「まあな」

澱《よど》んだ空気が充満していく。詳しく問いかけるべきかどうか迷う。ドラコは娘を結婚式から送りだしたその日、たった数時間以内に訃報《ふほう》をきいた。

ボンドとトレーシーは挙式のあと、ふたり乗りのスポーツカーに乗り、幸せなドライブに旅立った。白い車体のランチア・フラミニア・ザガート・スパイダーだときいている。トレーシーのクルマだった。それゆえ新婦がハンドルを握った。あのボンドがおとなしく助手席におさまるとは意外に思える。恋人と結ばれたのち、彼のなかでもなにか変化があったのだろう。

実のところ彼はわりと饒舌《じょうぜつ》だったらしい。助手席のボンドはずっと妻に話しかけていた。とりとめのない話をしたがるのは妻のほうかと思いきや、ボンド夫妻の新婚生活においてはちがったようだ。スパイは無口が多いが、ボンドはそうでもなかった。

世の夫のように、自分で運転したがったり、沈黙をきめこんだりはしなかった。これからの暮らしへの期待感があったのだろう。あのボンドが新妻とふたりきりで過ごす時間に、すっかり心を許していた。

美しい古城に積雪がひろがる渓谷、クーフシュタインで高速道路を降りたのち、後方から迫ってくる赤いマセラティがあった。ボンドは気づいていたものの、任務中でなかったからか、危険はまったく感じなかった。先に行かそうとトレーシーが道を譲った。

追い抜いていくマセラティの車内に、ブロフェルドの顔とサイレンサー付きのオートマチック拳銃を、ボンドは一瞬のあたりにした。

銃火が閃《ひらめ》き、ランチアのフロントウィンドウに亀裂《きれつ》が走った。そこまではボンドもはっきりおぼえていたようだ。道路を逸《そ》れたランチアは雪原を走り、樹木に衝突したらしく、彼は気を失った。

我にかえったとき、運転席で突っ伏す新妻の姿を目にした。トレーシーは血まみれで息絶えていた。

あとのことはボンド本人も事情聴取で語らなかった。事故現場に駆けつけた警察官によれば、ボンドはトレーシーを抱き寄せ、穏やかに語りかけつづけていたという。

それまでの幸せな、ごく短いドライブのあいだ、ずっとそうしてきたように。

田中がすべてを知ったのは、ボンドが福岡で死亡したとされて以降だった。英国海外情報部の幕僚主任タナーは、Mによる激昂《げっこう》のメッセージとともに、これまでの経緯を伝えてきた。

どうしてもドラコにたずねたいことがあった。田中は問いかけた。「その後、ボンドとは会ったのか？」

「いや」ドラコは静かにカウンターに寄りかかっていた。「テレサの亡骸《なきがら》と向きあうだけで精いっぱいだった」

「テレサ？」

「娘の本名だ。あいつは自分のことをトレーシーと名乗ってた。テレサが語源の名だな。聖者という印象が強くて、テレサという名は嫌いだという。私がつけた名なのに」

田中は同じ問いを繰りかえした。「ボンドには会わなかったんだな？」

「彼の顔は見たくなかった。自制できるかどうか怪しかったからな」

「MI6から事情をきかれたりもしただろう」

「私はMと直接面識があった。結婚式での媒酌人は、私とMだったんだよ。だから事件後もボンドを介さず、Mと電話でやりとりできた」

「きみが心を許してくれた諜報機関《ちようほう》の長は、私が初めてではなかったんだな」

ドラコは鼻を鳴らしたが、微笑は浮かんでいなかった。「Mはボンドの上司だ。嫌でも話さないといけないだろう。そういう意味では、あんたとは例外的に仲良くなっとる。マフィアのボスとの親交など、ほんとは望んじゃいないだろうが」

「そうでもない」田中は本心を告げた。「ジェームズ・ボンドの義父になった男だ。人を見る目もあるんだろう。彼を暗殺の道具にすることしか頭になかった、私よりもだ」

「あんたはずいぶん自分を卑下するんだな。ボンドはあんたの頼みをきいたんだろう？　なら信頼しとったんじゃないのか」

「暗殺の標的がブロフェルドだと打ち明けてくれなかった」

ドラコの視線がわずかに落ちた。「あんたを巻きこむまいとしたんだよ。と同時に、彼ひとりで復讐《ふくしゆう》を果たしたかったんだろう」

「知らせてくれればよかった。一緒に行けた」

「私もだ」ドラコの鋭い視線がふたたび田中をとらえた。「あんたより、むしろ私こそ行きたかった。復讐の機会に私を呼ぶことは、結婚式に出席を求めるより重要だったはずだ。これで元義理の息子を恨む理由が、もうひとつ増えた」

遣《や》る瀬なさにため息が漏れる。田中はつぶやいた。「ボンドは自分の責任だと思っとる。きみの手を借りたくなかったんだ」

「なんでそういえる」

田中は口をつぐんだ。心の奥底で田中はボンドの復讐心に深く共感していた。けれども言葉にしたところで、ドラコの理解を得られる話ではない。

鹿児島にある神風特攻隊の訓練基地で、満天の星々を仰ぎつつ、ともに空を飛んだ仲間たちの勇姿を胸に刻んだ。あの静かな夜のことを思いだす。冷たい風が頬を撫《な》でると、かつて笑いあった若者らの顔が、鮮やかに浮かんできた。彼らはみな先に逝《い》ってしまった。けれども記憶として田中の心のなかに生きている。

それが田中を奮い立たせてきた。恐怖などいっさいおぼえなかった。彼らが祖国のために命を捧《ささ》げた瞬間の光景が、いつも脳裏をよぎる。知るかぎり名をひとりずつ呼んだ。みずからが肉体という枠を超え、仲間たちと同じく魂となり、ともに空を駆けめぐる。そんな日を待ち望んだ。復讐の二文字を胸の奥に刻みこんだ。

だが果たせなかった。終戦を迎えたせいもあるが、それだけが理由ではない。大西瀧治郎提督があらゆる手を尽くし、田中の出撃を先送りにしていた。そのことを知ったのは戦後だった。悔しかった。田中が飛び立てずにいるうち、さらに多くの若者が命を散らしてしまった。自害した大西提督を恨んだ。敵艦に体当たりを食らわせたかった。死んでいった同胞たちのために。

いつしか時間が流れていた。ふと気づくと、ドラコが口にする葉巻が、ずいぶん短くなっていた。

その葉巻を床に落とし、ドラコは吸い殻を踏みにじった。さっきよりは穏やかに見えるドラコの顔が、なにかを悟ったように語りかけてきた。「あんたは死んじゃいけない」

「なぜだ」田中の胸は悲哀に軽くむせた。「私は生きとる資格がない」

「娘さんはどうなる。私も生きるか死ぬかの日々を送ってきた。だがテレサのためにも命を落とすわけにいかなかった。こんな私が、いちどきりの結婚を経て……。ろくでなしの男に惚《ほ》れる女がいたからだが、そこに生まれたのがテレサだ」

「きみの妻は？」

「私は女房を十年以上前に亡くした。特にそれからは娘が生き甲斐《がい》になった」

「似てるな」田中は憂鬱《ゆううつ》につぶやきを漏らした。「斗蘭の母もイギリス人でな。もうこの世にはいない」

　厳めしい表情のままのドラコの目に、微妙に波打つものがあった。低く唸《うな》るような声でドラコがいった。「ボンドのおかげで、父と娘の関係に戻れたのはたしかだ。数日に過ぎなかったがテレサの真心に触れた。斗蘭のあんたに対する感情も同じだ」

「それはちがう……」

「どうちがう？」

「きみはいちどきりの結婚だといった。私はそうじゃない。知られとるだけで三度。斗蘭以外にも子供をもうけた」

　ドラコがにわかに苦笑を浮かべた。「恵まれてるな。不埒《ふらち》といいたがる者も多いだろうが、それがあんたの生き方だ」

「子供たちは死んだ。戦時中の空襲だけじゃなく、疫病も飢餓もあった。残ったのは遠くロンドンにいた斗蘭だけだ」

　その斗蘭も命の危険に晒《さら》された。母親だけが戦火の犠牲になった。正妻は戦後も生存していたが別れた。かつての妻たちもみな田中のもとを去っていった。

「……なあタイガー」ドラコは神妙に見つめてきた。「そう呼んでもいいな？」

「ああ」

「あんた、なんで斗蘭を部下として働かせとる？　死と隣り合わせじゃないか」

「きみら親子も同じようなものだったろう」

「私はテレサをユニオン・コルスにいれたいなんて思ったことはない」

「それはそうだ。犯罪集団じゃないか」

「生きるための手段だ。人にはそれぞれ適性がある」

「同一視しないでくれ。公安外事査閲局には正しい理念がある」

「どんな理念だ」

「二度と国を過ちに導かせない」田中はきっぱりといった。「GHQはうまくわが国民をだましたが、日本の本当の姿は独立国家ではない。グアムあたりと同じアメリカの準州のようなものだ。対共産圏の最前線基地として、第三次大戦時には戦場となる前提で、復興支援がなされたんだ」

「それはそうだろうな」ドラコが真顔になった。「日本人は銃どころか短いナイフも持てないんだってな。そんなふうに国民から武力を根こそぎ奪ったのも、アメリカの支配に都合がいいからだ。ここに暮らす人々は地震でも起きないかぎり、平和な国だと信じこんでいるだろうが」

「だから諜報機関が重要なんだ。戦争が起きる前にそれを止められる者たちがいなければ……」

「よくこういう部署が許されたな。戦後日本で」

「憲法にしたがえば日本はスパイ組織を持てない。だが朝鮮戦争で米軍の留守が増えたとき、自衛隊と同じくなし崩しに、戦前の特務機関が復興させられた。極秘のうちにな。私は局長に任命された。これを天職だと思っとる」

「そこにどうして娘を招く？」

「あれは自分の意思で入ってきた」

「なぜだ」

「それは……」田中は口ごもった。ふいに思考が鈍りだしたように思える。答を持っていないからかもしれない。小声でつぶやくしかなかった。「さあな」

硝煙の霧が晴れてきていた。ドラコはアメリカの西部劇のように、手もとの拳銃《けんじゅう》を人差し指で縦回転させると、もとの棚のなかにおさめた。

襟もとを正しつつドラコが表情を和ませた。「あんたはこの国と、それに娘、どっちも守りたいと思っとるんだろう。そこは私がずっと抱いてきた思いと同じだ。だが……」

「なんだ？」

「テレサを失ってからは、ただ虚《むな》しいだけだ」ドラコのまなざしがまた険しさを増した。「絶対に娘を死なせるな」

田中は圧倒されながらも、安堵《あんど》に近いため息をついた。ようやくわかってきた。これはドラコなりの気遣いか。人とのつながりをたいせつにする男なのだろう。ボンドもドラコには心を開いた。トレーシーとの結婚をボンドに勧めたのは、父ドラコだときいている。

しばし静寂があった。田中は笑わずとも冗談めかした。「お互い初老を嘆きあうばかりか」

ドラコのほうは鼻で笑った。「私たちには重大な仕事が残っとる」

「ああ。ボンドを見つけなきゃいけない。ブロフェルドの手下や、スメルシュの暗殺者に見つかる前に」

「ブロフェルドが生きとるのなら、そっちもな」ドラコの顔が凄《すご》みを帯びた。「きっと復讐は果たす」

田中はドラコと顔を見あわせた。ボンドが結びつけたふしぎな縁ではある。だが奇妙な情動の協調や、心の交流を実感させられる。似たところが多々ある。だからこそふたりとも、ボンドという男に引きつけられたのだろう。勝手な思いこみかもしれないが、あの明日の命をも顧みない生きざまは、田中の若いころに似ていた。おそらくドラコにとってもそうにちがいない。

階段を下りてくる靴音がした。田中は振りかえった。

斗蘭が宮澤とともに姿を現した。ふたりとも階段の途中で足をとめた。宮澤が報告してきた。「管共課が録音テープの準備を整えました」

田中はドラコにたずねた。「証言というかたちで情報を提供してくれるな?」

「あんたを信じよう」ドラコが応じた。「日本に来てよかったと思う最初の理由は、あんたに会えたことだ」

ふたりで階段を上りだす。斗蘭は妙な顔で見下ろしていた。いつの間に意気投合したのだろう、そんなふうに訝《いぶか》る目つきだった。

階段は先にドラコが駆け上っていった。斗蘭の前まで達すると、ドラコはいきなり彼女の頬にキスをした。それも吸いあげるようなチュッという音を奏でた。

斗蘭がドラコに両肩を抱かれながら、著しく顔をひきつらせている。田中も絶句せざるをえなかった。英米には抱擁を挨拶《あいさつ》とする文化がある。フランスの場合はたしかに頬にキスだときく。しかし親友もしくは家族間の挨拶ではなかったか。

ドラコはにやりと口もとを歪《ゆが》めたのち、斗蘭のわきを抜け、さっさと階段を駆け上った。

斗蘭の仏頂面が目でたずねてくる。田中虎雄は視線を逸《そ》らしながら、ただ無言で階段を上っていった。ボンドを見つけたら見つけたで、またひと波乱あるのではないか。娘が心配になってきた。

13

いずれ地下鉄駅構内の待合広場になるだろう、広大な空洞の一角だった。窓はいっさいないため、本来なら正午過ぎという時刻を認識しづらい。しかしここにかぎってはそうでもない。

おびただしい数のテレビモニターが縦横に積みあげてある。映っているのは横浜市中区の市街地だった。庶民にとっての憧《あこが》れ、高嶺《たかね》の花のカラーテレビばかりが、昼間の県庁や市役所を映しだす。埠頭《ふとう》の赤煉瓦《あかれんが》倉庫や横浜中華街まで網羅していた。

フェリックス・ライターが近くに立ち、壁を覆い尽くすモニター群を眺めた。「テレビがいっぱいだな」

田中虎雄はライターの背に歩み寄りながらいった。「東芝《とうしば》と日立《ひたち》がブラウン管を山ほど製造しとる。政府機関にも安く提供してくれる」

「色彩や発色がきれいだ」

「きみの国では十年も前にカラー放送が始まっているだろう。なにか国民に変化は？」

「いろ付きの夢を見るアメリカ人が増えたって報告がありましてね。それぐらいかな」

管共課の男性職員、三十代半ばの筒本《つつもと》が咳《せき》ばらいをした。筒本は同僚たちと長テーブルについている。テーブルの上にはオープンリール式の大きなテープレコーダーが据えてあった。筒本が呼びかけた。「よろしいですかな」

田中は応じた。「ああ、頼む」

長テーブルの周りに置かれた椅子に座るのは、田中とドラコ、ライター、斗蘭や宮澤だった。広い空洞内で遠巻きに職員らと、ドラコの部下たちが見守る。

テープレコーダーのスイッチが入った。筒本からマイクを向けられたドラコが、腕組みをしながらいった。「スペクターは解散になったが、犯罪が立証できず、逮捕を免れた幹部も少なくない。うち四人の年配者が、ここ一年のうちに渡米し、そっちで株を買いあさっとる」

ライターが眉《まゆ》をひそめた。「ほんとか。初耳だ」

ドラコが嘲笑《ちょうしょう》に似た笑いを浮かべた。「ピンカートン探偵局はCIAとFBIの下請けだろう。なのにきこえてこなかったのなら、どっちの情報機関もスペクターの残党の動きに疎いな。やはりイギリスのボンドが必要なわけだ」

「うちがつかめない情報を、なぜユニオン・コルスが入手できるのか、そのあたりをききたいね」

「スペクターのオメガ計画に、私の部下が三人出向してた。英米によりサンダーボール作戦という対処が実施された事件だ」

ライターが嫌悪のいろを浮かべた。「あんたたちはスペクターの下請けだったわけだ」

ドラコも不満げに顔をしかめた。「引き抜き工作があっただけだ。三人の動向は私たちにとって把握しやすい。それを通じてスペクターの解散後も、元幹部どもに目を光らせとる」

斗蘭がきいた。「元幹部四人がアメリカで買ったのは、どんな株ですか」

ユニオン・コルスの構成員のひとりが、ドラコの後ろに歩み寄り、書類の束を渡した。ドラコは老眼鏡をかけた。

「まず」ドラコは文面に目を落としながらいった。「ベクテル、フルーア、ケロッグ・ブラウン・アンド・ルート、ターナー・コンストラクション、チャールズ・T・メイン」

アメリカの建設大手ばかりだ。公共施設や交通インフラを手がける、名だたる企業が連なった。田中はドラコに先をうながした。「ほかには?」

「スタンダード・オイル・オブで始まるニュージャージーやカリフォルニア。テキサコ、ガルフオイル、モービル・オイル、フィリップス石油などだ」

「今度は石油会社か」田中は熟考とともにきいた。「建設と石油、それら以外にはどんな業界に手をだしてる?」

「自分で見てくれ」ドラコは書類の束を渡してきた。「ロッキード、ボーイング、ノースロップ・グラマン、レイセオン、ジェネラル・ダイナミクス。そのへんは航空機製造関連だよな」

田中も老眼鏡をかけた。大手有名企業のみで統一されている。アメリカの経済紙の株価欄に並ぶ社名を、そのままリストアップしたかのようだった。田中は読みあげた。

「マクドナルド、バーガーキング、ケンタッキーフライドチキン、ハワード・ジョンソン、イン・アンド・アウト・バーガー、ダンキンドーナツ、ホワイトキャッスル、ジャック・イン・ザ・ボックス……」

ライターが澄まし顔でつぶやいた。「きくだけで腹が減ってきた。ドライブがてら看板を見かける巨大チェーンばかりだな」

見かけない名もある。田中はきいた。「マラックロというのは？」

斗蘭が応じた。「放射性医薬品と造影剤で知られる企業です」

宮澤もうなずいた。「医薬品と医療機器の両方を供給しています」

「医療系か」田中は数枚先の書類まで目を走らせた。「そういえばほかにもジョンソン・エンド・ジョンソンがある。アメリカン・ホスピタル・サプライもな。バクスター、ベクトン・ディッキンソン、メドトロニック、アボット・ラボラトリーズもだ。どれも病院関連だな」

ドラコが見つめてきた。「奇妙だろう。建設やら航空機やらはともかく、食料や医療系の大手にまんべんなく投資するとは、社会福祉にでも熱をあげだしたかのようだ」

ライターがやれやれという顔になった。「アメリカは好景気なんでね。そのなかの大手ばかり節操なく、業種に関係なく株を買いまくってる。ただの手堅い分散投資じゃないのか」

「おい」ドラコが不愉快そうな面持ちになった。「ピンカートンのフック船長。そんなつまらん話を私が持ってくると思うか。元幹部どもは代理人をはさんだり、名義を変えたりしてるから、ＣＩＡやＦＢＩが気づかないのも無理ないがな。とんでもなく大量の株を一気に買い集めたんだよ。信じられない資金力だ」

ライターが反論した。「スペクターは破産状態、残る資産もブロフェルドとイルマ・ブントが日本に持ち逃げし、天守閣購入と毒性植物園造りに費やした。そんな資本が残ってるわけがない」

「きけ。スペクターの元幹部四人は、株の購入前に日本円をドルに替えとる。途方もない金額をな」

「ありえない。そこまで巨額な外国通貨が米ドルに両替されて、ＣＩＡに情報が入らないはずがない」

「だからフック船長、古巣を妄信するのはよくないというんだ。われわれがどこで資金洗浄をおこなっとるか知らないだろう。インドやパキスタンは、工業製品や技術をより安く輸入できる日本との取引に、ドルより円を必要としとる。ブラジルやアルゼンチン、メキシコもそうだな」

「巨万の富を世界じゅうに分散させて、コツコツと円をドルに替えたって？」

「そのとおりだよ。ＣＩＡの管轄外の市場を狙ってな。しかも現地通貨をはさんだりしとる。そうなるともうドルのでどころは誰にもわからん」

「だが」ライターが苛立《いらだ》ちをのぞかせた。「アメリカ大手企業各社の過半数の株が買えるほどじゃないだろう?」

「さすがにそこまでではないよ。企業乗っ取りは夢のまた夢だ。だがスペクターの元幹部どもは、むしろそれぐらいに抑えておいたようにも思える。あまり大きく買いすぎると株価に影響がでる。ほとんどめだたないぎりぎりの線を上限としたんだ」

「まて」田中は気になったことを口にした。「大金がもともと日本円ということは……」

斗蘭が表情を険しくした。「あの偽札製造機です。チ—37号事件の犯人グループが、ディートリヒ・クンツェンドルフの指導を受け、大量の一万円札を印刷したのだとすれば、無限に資金を調達できます」

ドラコが斗蘭に目を向けた。「そんなことがあったのか」

「ええ。ブロフェルドの毒性植物園の地下に印刷工場が」

「なら確定じゃないか。ブロフェルドはかつての仲間に、アメリカの株を買いあさらせとる。きっと近いうちなにかが起こる」

田中は考察した。ブロフェルドは国際指名手配を逃れ、日本の九州に隠居し余生を過ごす、そのつもりではなかったのか。自殺の名所を築きあげたのも、ただの異常な趣味ではなかったというのか。

日本にインフレを起こす気なら、大量生産した偽札を第三国でドルに替えるというのは、まったく理にかなっていない。第三国が日本との貿易に際し、現金で支払いをする過程で、偽札が見抜かれる公算が高いからだ。ただの商取引とちがい、双方の国の銀行が、詳細に紙幣の番号までチェックする。損をして泣きをみるのは第三国ばかりになる。ドルをアメリカでの投資に注ぎこむのも変だ。

ライターはまだ持論を曲げないようすだった。「損をしない大手の株だけを買って、よりしっかりと資金洗浄をしようとしてるのかもな」

ドラコがあきれたような声をあげた。「呑気《のんき》な男だ。きみの国の話だぞ。外国の犯罪者に大手企業が根こそぎ狙われとるかもしれんのに」

「あいにくあんたのリストにある大手企業は、どれも株価が上がりきっていてね。今後もじわじわ上がるていどのことはあるかもしれないが、そんなに儲《もう》けは多くでない。資金洗浄だろう。まちがいない」

「アメリカ人は自信満々で喋《しゃべ》りづらい」ドラコが田中に目を移してきた。「あんたはどう思う？」

「現時点ではなんともいえん。しかし日本国内でプロフェルドが逃走資金を稼ぐために、細々と偽札を刷っていたわけではなさそうだ。元スペクターが巨額の資金を作りだした。これは国際犯罪の前触れだろう……」

ライターが身を乗りだした。「たとえ資金ができても、元幹部らの大半は獄中です。そうでない連中もこっそり株を買うぐらいで、以前のように世界じゅうの犯罪組織から、部下のなり手をひっぱってくるわけにもいかない。それこそCIAやFBIが黙っちゃいない。なにより司令塔のブロフェルドが日本で雲隠れしてる」

だからスペクターの再建は不可能。理論的にはそうなる。国際刑事警察機構の連携により、ブロフェルドが表立って動きだしたり、元幹部らが新メンバーを募りだしたりした場合は、すぐさま情報を把握し、逮捕に乗りだせる体制が整っている。

元幹部ら四人は、ただ今後の人生のために、富を取り戻したにすぎないのか。ブロフェルドは元幹部らに対し、未払いの報酬を充塡《じゅうてん》しただけなのか。ものの見方が楽観的すぎる気がする。やはりなんらかの陰謀が潜んでいる……。

「局長」近づいてきたのは沢渡だった。国民情報分析課の三十代、沢渡がこわばった顔で報告した。「江之島観光ホテルに連泊中のイギリス人……。ウェルバー・エイムズと名乗っている男ですが、部屋から採取した指紋がすべて、ジェームズ・ボンドと一致しました」

一同に驚きがひろがった。田中は思わず立ちあがった。「なに？　たしかなのか」

「はい。うちが向かわせた監視要員は、以前に局長がボンドさんと一緒にいたとき、帯同した者なのですが……。ロビーをうろつく彼を目視で確認しました。まちがいないそうです。ホテルをでようともせず、部屋をでたり入ったりだとか」

周りに着席していた全員がすでに立っていた。斗蘭がいろめき立っていった。「ただちに向かいます」

「まった」沢渡が制した。「スメルシュの殺し屋も現地に赴いたらしい。標的はボンドだ。殺し屋の名はアキム・アバーエフ。三か月前、モスクワから羽田行きの便に乗り、特別ビザで入国したのが判明してる」

ライターが緊迫の声を響かせた。「きいた名だ。スメルシュでレッド・グラントに次ぐ暗殺者だよ。部署内で次席死刑執行官と呼ばれてた」

ドラコも硬い顔でうなずいた。「うちでもふたり殺《や》られとる。アバーエフまで日本にいるのか」

「なら」斗蘭が焦りぎみに申し立てた。「なおさらのこと急がないと」

田中は沢渡にたずねた。「どこから得た情報だ？」

「横須賀どぶ板通りのバーに、ルィガロフというロシア人情報屋が潜んでます。われわれは正体を見抜いていますが、あえて泳がせているのです。そのルィガロフがアバーエフと、どういうわけか英語でひそひそ話をしてたので、盗聴班から連絡が……」

「ちょっとまて」田中は片手をあげた。「静かすぎないか」

全員が沈黙した。空洞内に静寂のみが漂っている。やはり奇妙だと田中は思った。工事の音がまるできこえない。隣の空洞で絶えず掘削工事が進められているというのに。

いや、無音ではない。咳《せき》がきこえる。周りに立つ職員たちが激しくむせていた。喉《のど》を掻《か》きむしり、両膝《りょうひざ》をつく者も現れた。ドラコの部下たちも似たような反応をしめしている。

田中は息苦しさに気づいた。即座に対処すべきと思いながら、なぜか行動を起こせない。ぼうっとしたまま数秒が過ぎ、ふたたび我にかえった。

「窒息する」田中は周りに呼びかけた。「脱出だ。経路イ－2へ向かえ」

斗蘭がドラコとライターをうながす。宮澤もユニオン・コルス一行に手を振り、ついてくるよう合図した。職員らがいっせいに持ち場を離れ、空洞内の一方向へと駆けだす。

警報が鳴った。緊急事態を告げる赤ランプに照明が切り替わる。ドラコがぜいぜいと苦しげに息を弾ませつつ走っていた。ネクタイを緩めたドラコが吐き捨てた。「換気が詰まってないか。お客が増えたせいだなんていうなよ」

斗蘭が併走しながらドラコを支える。「このていどの人数で酸欠になったりしません。換気口が塞《ふさ》がれただけじゃなく、二酸化炭素が送りこまれてるとしか……」

ユニオン・コルスの用心棒らが追いつき、斗蘭に代わりドラコに肩を貸した。先を走るライターが振りかえった。「換気口はどこなんだ？　地上にダクト口があるんなら不用心すぎるだろ」

田中は一行を先導しながら声を張った。「この先だ。埠頭《ふとう》の屋内船渠《ドック》につながってる。ダクト口はそこにある。外に面していないから安全なはずだが……」

坑道を全員が駆けていく。あちこちで倒れこむ者がいた。周りが助け起こし、なんとか必死にひきずっていく。集団の歩調が緩みだした。ふらつく足どりがめだってきた。苦しげな呼吸音が坑道内に響く。田中も目がかすむのを自覚した。この歳でも肺活量にはそれなりに自信があるが、さすがに限界が近い。

半キロ近く進むと上り階段に行き着いた。みな這《は》ってよじ登っていくありさまだった。なんとか海抜の高さまで這いあがろうともがく。転落しそうになる者が発生するたび、周りが急ぎ飛びつき、事故の発生を阻止する。

だが上昇するうち、徐々に自然な呼吸が戻りだした。行く手から陽の光が射しこんでいる。屋内ドックの船舶出入口が開いているようだ。開口部分は充分に広い。屋外同様に空気が流入しているはずだ。

先頭集団は田中のほか、斗蘭やライター、ドラコがいた。ユニオン・コルスの用心棒らに紛れ、宮澤や沢渡がつづく。ようやく階段を上りきった。

横浜港のなかでも、埋め立て地に挟まれた内港に面する、一般立入禁止の屋内ドック。太平洋戦争時に海軍が建造した当時のまま、古びた煉瓦《れんが》造の内壁に囲まれている。中型艦がふたつ並んでドックいりできる広さがあった。

荷役用ドックだけに、外の海とつながるプールがあり、そこに公安査閲局が有する水中翼船、日立造船のPT20が係留してある。七十人乗りで総トン数は約二十トン。いざとなった場合に脱出可能なよう、職員らは年に二度の公開訓練をおこなう。

田中ははっとした。プールのなか、PT20の隣に並び、見知らぬ船体が浮かんでいる。似たような水中翼船だが船体が赤い。船尾に接続したビニール製の簡易ダクトを、ドック内の換気ダクト口につなげてしまっている。エンジンを全力で空吹かしにし、排気の二酸化炭素と一酸化炭素を大量に送りこんでいた。

あれが原因か。赤い船体は容赦なく大量の排出ガスをダクト口に注入しつづける。

この脱出経路がなければ全員が中毒死していた。

いきなりスーツの背をつかまれた。ドラコの声が怒鳴った。「田中、頭を低くしろ！」

赤い船体の甲板に閃光《せんこう》が走るのを見た。と同時に凄《すさ》まじい掃射音がこだまし、周囲の煉瓦壁やタイル張りの床が砕け散った。田中たちはほとんど階段を転げ落ちるように、数段下まで退避した。

エンジン音が甲高く鳴り響いた。水飛沫《みずしぶき》が階段まで降り注いでくる。斗蘭が拳銃《けんじゅう》を抜き、ふたたび階段を駆け上っていく。田中もそれにつづいた。

ビニール製の簡易ダクトはすでに切り離されていた。赤い船体は後方に水柱を立ち上らせ、猛然と海へ飛びだしていった。異常ともいえる加速力。向こうも水中翼船だからだ。しかしゲートから洋上にでても、船体が浮きあがったりはせず、船底にあるはずの翼が水面上に現れたりしなかった。あの赤い船体は、常に翼を水中に没したままの、いわゆる全没翼型水中翼船だった。

ユニオン・コルスの面々がプールサイドへ駆けだす。いっせいに拳銃を抜くと、ゲートの外へと発砲しだした。

田中は声を張った。「よせ！　銃声が一般市民の耳に届く。緊急艇乗員、配置につけ。出航準備」

ドラコが田中にきいた。「追うのか？　私も乗せろ」

ＰＴ20の搭乗橋へ走りだした田中は、ドラコを振りかえっていった。「だめだ。私の部下も大半は退避する。きみらも一緒に逃げろ。ここにどんな破壊工作が施されたかわからん」

返事をまたず搭乗橋を渡り、田中はＰＴ20の甲板に乗った。同じく船上に駆けこんでくるのは斗蘭と宮澤のほか、新田《にった》や入江《いりえ》、尾崎《おざき》といった男性職員たち、総勢二十二名だった。係留ロープがほどかれる。だが搭乗橋が取り払われる前に、ライターが無理やり乗りこんできた。

斗蘭があわてたようすでライターを手で制した。「なにやってるんですか。降りてください」

ライターは鉄鉤《てつかぎ》の義手をしめした。「フック船長だからな。俺なしじゃ敵は沈められん」

「急げ」田中は操縦室に入ると、訓練どおり軍艦のごとく指示を飛ばした。「尾崎、エンジン始動。全システム点検」

尾崎が操舵《そうだ》席におさまった。「燃料、油圧、冷却水、電気系統。異状なし」

航行席から入江がいった。「レーダー異状なし」

田中は振りかえった。「斗蘭。エンジンを見てこい。奴らはきっと爆弾を仕掛けとる。出航したら爆発するだろう。発進前に処理しろ」

斗蘭は苦い顔などせず、ただちに踵《きびす》をかえした。「課長。手伝ってください」

宮澤も斗蘭を追いかけた。「わかった」

「なに？」ライターだけが面食らう反応をしめす。「爆弾があるとわかってて乗ったのか？」

田中は船長席に座ると前方に向き直った。敵は逃せない。新宿御苑で犠牲になった部下たちのためにも、連中を地獄へ追い落とす。

14

斗蘭は宮澤とともに、キャビンから階段を駆け下り、船底の通路を後方に急いだ。ドアを開けると機関室だった。自動車用のエンジンを大きくし複雑化したような、鉄製の部品の集合体が、小部屋のほとんどを占めている。ディーゼルエンジンは絶えず唸《うな》り声をあげていた。ひどく暑い。ここはいま摂氏何度ぐらいだろう。

ライターも室内に入ってきた。「爆弾なんてどこに仕掛けてあるんだ?」

宮澤はすでにエンジンの右側で姿勢を低くしていた。「斗蘭。そっちを見てくれ」

「了解」斗蘭は左側に隈《くま》なく目を走らせた。床に寝そべり、エンジンの下部もたしかめる。

するとライターがぼそりとつぶやいた。「そいつじゃないか?」

斗蘭は上半身を起こした。ライターが指さす壁に、赤十字の描かれた鉄箱が貼りついている。一見、船内のあちこちにある救急箱に思える。だがおかしい。このエンジン室内には、たしかに救急箱などなかったはずだ。

急ぎ跳ね起きながら斗蘭はいった。「よく気づきましたね。初乗船なのに」

「備品にしちゃ煤《すす》がこびりついてないからな」ライターが近くに寄り添った。「気をつけろ」

壁の救急箱。斗蘭はそっと手を伸ばした。前面の蓋《ふた》が浮いているのがわかる。隙間をのぞきこんだ。端子らしきものは見えない。蓋を静かに開け放つ。

中身が医薬品や絆創膏《ばんそうこう》でないのはひと目でわかった。三本の円筒形のプラスチック容器は、いずれも火薬が詰まっているにちがいない。起爆装置はそれぞれにあり、配線で一か所にまとめられていた。スイッチにあたる場所には時計の文字盤があった。

複雑な配線を一本ずつ、すばやく目で読みとり、構造をいったん頭に叩《たた》きこむ。斗蘭は近くの壁から受話器をとった。「局長」

父の声が受話器からきこえてきた。「発見したか」

「エンジンや操舵とは連結されていません。時限式です。文字盤が正しければ、あと四分十七秒。発進してください。航行中に処理します」

「できるのか」

「知りません」

「頼んだぞ」通話が切れた。

斗蘭は受話器を戻した。「課長。工具をお願いします」

「そのへんにあるはずだ。持ってくる」

救急箱が壁にどうやって貼りついているかを横から観察する。接着剤で貼ってあるだけのようだ。斗蘭は箱を両手でつかみ、軽く揺すった。振動を感知する仕組みが内蔵されているようには見えない。引き剝《は》がされる音とともに、救急箱が重く感じられた。無事に壁面から離れた。

これで仮に時限装置を止められなかったとしても、海へ投げ捨てられるようになった。ただしまだ陸が近い。爆発の水柱があがるのを国民の目に触れさせられない。

近くの小さなテーブルから図面をはたき落とし、その上に救急箱を寝かせた。あらためて爆弾の配線を丹念に確認する。最も手前を大きく横断する太めの配線は、どこともつながっていない。中身が箱の外に飛びださないよう、押さえておく以外の役割は考えられない。ストッパーに金具や針金ではなく、わざわざ配線を使って混乱を増やそうとするあたり、性悪の設計だとわかる。残り三分三十一秒。

エンジンが大きく唸った。両耳を手で塞《ふさ》ぎたくなるほどの騒々しさだった。室内にうっすら煙が充満し始める。温度がさらに上昇していく。

船体が動きだした。まさに急発進だった。踏みとどまろうとしたが、床が大きく傾斜したため、ライターとともに倒れこんでしまった。

振動が激しい。海面を滑るように走っているものの、一定のリズムで波を乗り越えているのがわかる。このまま横浜港から東京湾へでていくのだろう。敵船に追いつけるのは、かなり沖にでてからになる。

なんにせよ陸に近い場所では、父が発砲を許可することはない。銃撃戦を目撃されるわけにいかないからだ。東京オリンピックを翌年に控え、いま治安の悪化を世界にしめすわけにいかない。

斗蘭は起きあがった。残り二分五十三秒。なおも揺れつづける室内に立ち、救急箱の内部に手を伸ばす。ストッパーがわりのダミー配線に指をかけ、引きちぎろうと力をこめた。だがびくともしない。

そのとき配線の下に鉄鉤が差しこまれた。鉄鉤が手前に軽く引く。それだけでダミー配線はあっさり切断された。

ライターが苦笑ぎみにいった。「どういたしまして」

斗蘭も思わず微笑した。これであらゆる本配線に触れやすくなった。

宮澤が鉄製のケースを重そうに運んできて、救急箱の横に置いた。「あったぞ」

ペンチをとりだすと、斗蘭はダミー配線を短く三本に切り、両端の銅線を露出させた。これらは迂回《うかい》路用に使える。

残り二分十二秒。起爆スイッチ寄りの配線から順に、常に通電状態を保つように、迂回路用配線を介入させていく。時計につながる一本の配線カバーを、ペンチの先で軽く挟み、銅線を露出させる。電池ボックスにつながるもう一本も同じようにする。両者のあいだに迂回路用配線を渡す。そのうえでスイッチに接続されていた本来の配線を切断する。やり直しの必要が生じたときのために、そちらの配線の端もカバーをペンチで削り、銅線を露出させておく。

船内放送のスピーカーから父の声が響いた。「東京湾にでた。敵船の航跡の泡がかすかに残っている。このままさらに追跡する」

速度がさらにあがったようだ。エンジン音もいっそうけたたましくなった。ライターが顔をしかめながらいった。「こんなにやかましいのにポンポン船並みの速度じゃないだろうな」

作業の手を休めず斗蘭は応じた。「水中翼船は速いですよ。そのため緊急用の船舶として係留してあったんです」

「ああ。水中翼船ならバハマで見た。速いのも知ってる」

あの赤い全没翼型水中翼船に乗っている奴らは何者だろう。黒竜会元構成員はほぼ全滅したはずが、新宿御苑の襲撃と手口が酷似している。わざわざ職員全員を地下からいぶりだし、ドックに水中翼船を待機していた。斗蘭の父を生きたまま連れ去る計画だったとすれば辻褄《つじつま》が合う。敵が究極的に求める情報は、やはりボンドの居場所なのか。

残り一分三十六秒。斗蘭は爆弾に取り組んでいた。「ここのふたつの端子を、通電状態で押さえこんでもらわないと……。スパナかなにかを当ててもらえますか」

宮澤が工具箱をあさるあいだに、ライターがまた鉄鉤《てつかぎ》を差しこんできた。導電性鉄らしい。まさにうってつけだった。斗蘭は思わずふっと笑った。

最後の迂回路ができた。ライターも配線を理解しているらしい。機能を失った本線の切れ目、ふたつの端子から鉄鉤を浮かせた。

時計とバッテリーの配線も断った。文字盤の秒針が動きをとめた。残り四十六秒で凍りついた。

ライターが汗だくの顔で笑った。「やったな」

斗蘭も気づけば汗で全身ずぶ濡《ぬ》れに近い状態だった。壁の受話器をとる手が滑りそうになる。斗蘭は受話器に報告した。「爆弾を解除」

父の声が応答した。「あがってこい。敵船に追いついた」

緊張とともに斗蘭はライターや宮澤と顔を見あわせた。三人はいっせいにエンジン室から船底通路へと駆けだしていった。斗蘭は爆弾いり救急箱を忘れず抱えこんだ。こんな危険なしろもの、さっさと海に投棄してしまうにかぎる。

通路の途中に甲板への上り階段があった。キャビンを経由するより、そちらのほうが早く操縦室へ到達できる気がする。梯子《はしご》のごとくほぼ垂直に近い階段を、斗蘭はよじ登っていった。

右舷《うげん》甲板にでた。強風が吹きつける。後続のふたりが這《は》いだしてくるあいだに、すばやく周りに目を向けた。水中翼船ＰＴ20は猛烈な速度で海上を疾走している。波が高く、船体が繰りかえし弾む。もうかなり遠くまで来ていた。後方には陸も見えない。完全に海に囲まれている。

だが脅威はすでに眼前に迫っていた。右舷の真横に赤い船体がある。横付けするかのごとく、互いの側面が接触せんばかりに距離を詰める。向こうも異常なほどの速度で海面を滑走している。斗蘭は鳥肌が立つのをおぼえた。

絶えず舞いあがる波飛沫《なみしぶき》の向こう、敵船の甲板上にいくつもの人影が連なっている。目を引くのは生え際の後退した金髪に、同じいろの口髭《くちひげ》の男だった。スーツをまとい、ステッキを手にしつつ、甲板の傾斜に倒れまいと踏ん張っている。

ライターが驚きの声をあげた。「クンツェンドルフだ」

宮澤がきいた。「本当ですか」

「まちがいない。手配写真のとおりだ」

悪寒が全身を包みこむ。ディートリヒ・クンツェンドルフ。スペクターの元メンバーにして偽札製造の達人。すると襲撃犯はやはり……。

さらなる驚愕《きょうがく》が斗蘭を襲った。ライターと宮澤も揃って息を呑《の》んでいる。敵船のキャビンから、新たにふたつの人影が甲板へでてきた。

ひとりめはウェットスーツにジャンパーを羽織った、灰いろの髪の中年女性だった。

敵愾心《てきがいしん》をあらわにした黄ばんだ目が、この距離からでも視認できる。ごつごつと角張った顔の輪郭は岩のようだ。ずいぶん日に焼けていた。口の左端には火ぶくれの痕《あと》が見てとれる。

英国海外情報部から送られてきた写真が、斗蘭の脳裏をよぎった。少し痩《や》せてはいるものの、まぎれもなく同一人物だ。イルマ・ブントだった。

もうひとりの存在感は、赤い船体のすべてよりも、はるかに大きく感じられた。背が高く色白で、銀髪を短く刈りこんでいる。顔つきは柔和で白目が多く、鷲鼻《わしばな》に薄い唇がある。情報によれば以前は短く低い鼻だったらしい。鼻が高くなったのは整形手術によるものと考えられている。ただしその後、鼻の骨にゴム腫《しゅ》を発症、周りの細胞や組織が破壊され、部分的に鼻が欠けてしまった。イギリスの資料にはそうあったが、いまはきれいに治っている。体重は二十ストーン、つまり約百二十七キロもあったはずが、スマートな体形に変わっている。身長は百九十・五センチ。やはりウェットスーツを着たうえで、救命胴衣も身につけていた。

斗蘭にとって体内の血管が凍りつくような衝撃だった。エルンスト・スタヴロ・ブロフェルド、スペクターの創始者にして統率者、最高指揮官。やはりイルマとともに生存していた。

ライターが皮肉な口調を響かせた。「だろうな。死体もないうちに、なにも信じられないとは思ったよ」

ブロフェルドの点のように小さな黒目が、まっすぐこちらを凝視する。前歯をのぞかせた。目は笑っていないが口もとを歪《ゆが》めていた。

甲板後部に連なる人影の群れから、男の声が飛んだ。「射击《シャージ》！」

自動小銃の一斉掃射が開始された。斗蘭らの周りでキャビンの外壁が着弾に削られる。無数の木片が撒《ま》き散らされた。三人は倒れこむようにその場に伏せた。斗蘭の手から救急箱が離れた。傾斜した甲板を滑っていく。手を伸ばしたが届かなかった。追いかけることもできない。凄《すさ》まじい銃撃が絶え間なく襲うからだ。アンカーウィンチや備え付けの救命ボートが粉砕されていく。マストの一本が倒木のごとく鈍い音とともに横たわった。

ライターが左手に拳銃《けんじゅう》を握り、敵船に発砲した。「援護する。行け！」

斗蘭と宮澤は船首方面の操縦室をめざし走りだした。ふたりとも拳銃を抜いていた。甲板を駆け抜けつつ、右手のみで敵船に乱射する。援護してくれるライターを、斗蘭からも逆に援護した。「ライターさん、走って！」

敵船ではブロフェルドとイルマが、甲板からキャビンのドアへと、ふたたび姿を消した。ふたりの悠然とした歩調に、拳銃の弾などそう当たりはしない、背中がそう告げていた。斗蘭は唇を噛《か》んだ。

公安外事査閲局の職員らが甲板に繰りだしてくる。こちらも全員が自動小銃で武装していた。ただちに敵船へ銃撃を浴びせる。斗蘭ら三人は操縦室に飛びこんだ。

職員らがそれぞれ配置につくなか、父虎雄は船長席におさまり、旧海軍の戦艦のごとく指揮をとっていた。

虎雄が早口に命令した。「尾崎。面舵《おもかじ》十五度、速度四十ノットを維持」

二隻の水中翼船は息詰まるデッドヒートをつづけている。PT20の出力は大幅に増強してあるが、向こうもそうにちがいない。尾崎がひきつった顔で虎雄を振りかえった。「面舵十五度？　敵船に衝突します」

「いいからぶつけろ」虎雄は艦内放送のマイクに怒鳴った。「衝撃に備えろ。斉藤《さいとう》、武装班を引き連れて右甲板にいるな？　衝突寸前まで敵船を銃撃。ぶつかる瞬間だけなにかにつかまり、離れかけたら敵船の兵隊どもを狙い撃て」

航行席で入江が声を張った。「針路が敵船と交差します。衝突まで三秒」

斗蘭は姿勢を低くし、近くの手すりにしがみついた。ほとんど間を置かず、爆発に等しい轟音《ごうおん》が生じ、船体が激しい横揺れに見舞われた。

頭をわずかに上げ、丸窓から右舷を観察する。衝突の勢いで敵船から何人か海に転落した。残る者たちも斉藤率いる武装班の一斉射撃を浴びている。敵勢はたちまち数を減らした。クンツェンドルフがステッキを甲板につき、傾斜を踏ん張りながら、キャビンに逃げこもうとするのが見える。

「尾崎」虎雄が指揮をつづけた。「速度四十五ノット。離れた状態で蛇行しろ。右、左、右、左。これぐらいのペースでだ」

「了解」尾崎が操舵《そうだ》のハンドルを激しく左右に振りだした。

加速する船体が右へ左へと絶え間なく揺れる。斗蘭は嘔吐《おうと》感に襲われた。立っているのも難しいありさまだ。宮澤も床を転げまわりつつ、この航法になにか意味があるのかと、目で不満をうったえている。

斗蘭は丸窓の向こうに信じられない光景をまのあたりにした。ＰＴ20の蛇行で発生した横波を受け、敵船は転覆寸前の急角度まで傾いたうえ、凄まじい横揺れに見舞われている。絶叫がきこえた。また敵勢が甲板から放りだされた。敵船は減速し、みるみるうちに後方へと遠ざかっていった。

虎雄が命じた。「尾崎、減速。面舵いっぱい。反転して敵船へ向かえ」

ライターが操縦室のわきでパネルにしがみついている。身体を起こしたライターが虎雄ににやりとした。「あんたがいたらミッドウェイも危なかったかもな」

たいした戦法だと斗蘭も舌を巻いた。PT20のような半没翼型水中翼船は、激しい揺れのなかで特に水中翼の制御をせずとも、無難な浮上が保たれる。だが全没翼型はそういう自律的反応に委《ゆだ》ねられず、半没翼型にくらべ安定を失いやすい。父は瞬時にその差を考慮し、敵船を半ば航行不能に陥らせた。

予想もつかない手で活路を切り拓《ひら》くのが、田中虎雄の特徴だった。マジック44を譲る代わりに、シャターハントを007に始末させようとしたのも、父の抜け目なさを表わす一例だろう。結果的に諜報《ちょうほう》の世界における日米英の関係を危うくさせてしまったが、父の狡猾《こうかつ》さは公安外事査閲局にとって不可欠かもしれない。いまも父の指揮なしには窮地を凌《しの》げなかった。

PT20の右斜め前方に、停止状態の敵船の船首が迫ってくる。斉藤ら武装班は、PT20の船首甲板から右舷にかけ鈴なりになり、油断なく自動小銃を構えていた。間もなく船首と船首がごく近くですれちがう。このまま横に並びしだい、敵船へ乗り移る機会を得られそうだ。

斗蘭がそう思ったとき、敵船から小さな物体が投げつけられた。空に放物線を描き、こちらの船首に飛んでくる。

操縦室の窓の外で斉藤が叫んだ。「手榴弾《しゅりゅうだん》だ！」

船首から武装班が左右の甲板へと退避していく。操縦室内でも全員がただちに床に伏せた。

爆発の衝撃波が前方のガラスを割り、熱風が押し寄せてきた。轟音に聴覚が鈍り、甲高い耳鳴りに襲われる。

すぐに爆風はやんだ。斗蘭は咳《せ》きこみながら顔をあげた。操縦室に火の手があがっていた。ガラス片や木片が堆積《たいせき》するなか、埃《ほこり》まみれのスーツらが突っ伏している。

二隻ともエンジンを停止しているものの、互いに慣性で前進しつづけたため、交差した状態からまた横並びになった。さっきとちがうのは、船首が敵船と逆向きになっていることだ。

斗蘭は唸《うな》りながら身体を起こした。自分の呻《うめ》きが籠《こ》もってきこえる。丸窓の外を見るや愕然《がくぜん》とした。敵船の船尾に銃座が備えられている。スカイラインの後部座席に積んであったM１３４に似ているが、今度はもっと本格的なガトリング砲に近い。

砲身が急速回転した。嵐のような機銃掃射が操縦席を襲った。あらゆる場所に跳弾の火花が散り、パネルの計器類が砕け散った。

虎雄はほかの職員らに守られながら、座席の脚近くに身を潜めている。ライターや宮澤、尾崎らが割れた丸窓から、拳銃で反撃を試みる。だが機銃掃射には太刀打ちできない。誰もが数発撃っては、猛反撃を避けるため、ただちに伏せざるをえないありさまだった。

斗蘭のM39はスライドが後退したまま固まっていた。弾を撃ち尽くした。そうでなくとも火力に差がありすぎる。役に立たない拳銃を投げだし、床を匍匐《ほふく》前進していく。斗蘭は反対側のドアから甲板へと這《は》いだした。

立ちあがるや一気に船尾方面へ走る。キャビンをまわりこみ右舷《うげん》に向かった。敵船の船首方面は無人状態で脅威はない。だが船尾の銃座により、こちらの操縦室は猛攻に晒《さら》されている。ほうっておけば操縦室は乗員もろとも壊滅してしまう。

聴覚が戻ってきた。右舷甲板後方で身をかがめ、斗蘭はさっき手放したしろものを探し始めた。このあたりに滑ってきたはずだ。海に落ちていないのを切実に祈った。あった。瓦礫《がれき》の山のなかに、半分埋もれるように救急箱があった。それを抱えあげると、甲板側面の手すり沿いに走った。

味方の武装班は甲板上のそこかしこにいた。みな操縦室が攻撃を受けているのを知りつつも、機銃掃射が張る弾幕のせいで、いっこうに近づけずにいる。斉藤の声が呼びかけた。「斗蘭！　どうする気だ」

斗蘭は怒鳴った。「敵船に爆弾を仕掛ける！　反対側のドアへまわって、操縦室に入って。お父さんに敵船から離れるように伝えて！」

甲板を全力疾走していき、斗蘭は跳躍した。いったん手すりの上に片足をかけ、もういちど膝《ひざ》の力でひときわ高く跳ぶ。敵船との距離は詰まっていた。斗蘭は空中で身体を丸め、背中から敵船の甲板に転がった。

痛みに身体が痺《しび》れたが、横たわっている場合ではない。斗蘭は身体を起こした。船尾方面では機銃が火を噴きつづけている。しかしそれ以外、甲板にはひとけもなくなっていた。

この船を沈めさえすれば機銃の脅威は排除できる。救急箱を甲板の上に置き、蓋《ふた》を開ける。切断した銅線の先、三か所を紙縒《こよ》り状に巻きつけ、接続状態に戻す。迂回《うかい》路の銅線は三つとも外していった。

二隻のうち一隻がエンジン音のピッチをあげた。ＰＴ20が遠ざかっていく。この敵船は動けずにいるが、船尾の機銃掃射は、なおもＰＴ20を追いまわしている。

土砂降りの雨のように海水が降りかかった。逃走するＰＴ20が後方に噴きあげる水《みず》飛沫《しぶき》だった。ずぶ濡《ぬ》れになっても斗蘭は爆弾から顔をあげずにいた。

父の船は退避しなくてはならない。時限爆弾の秒読みが再開されようとも、まだ四十六秒の余裕が生じる。海に飛びこみ全力で泳ぎ、可能なかぎり遠ざかれば、おそらくぎりぎり爆風に呑まれずに済む。

文字盤の秒針が動きだした。残り四十三秒。長居は無用だった。斗蘭は立ちあがろうとした。

ところがふいに背後から何者かが羽交い締めしてきた。真後ろにぴったり身を這わせた人物が、両手のあいだにステッキを横たわらせ、それを斗蘭の喉《のど》もとに押しつけてくる。気管が潰《つぶ》れそうになった。斗蘭は喘《あえ》ぎながら拘束状態を脱すべく身をよじった。

わずかな隙を突き、背後の敵に肘鉄《ひじてつ》を浴びせる。敵の腕力が緩んだ。むせた敵が後ずさり、前屈姿勢になってさらに咳きこむ。

斗蘭は振りかえった。ディートリヒ・クンツェンドルフは早くも持ち直し、ステッキを剣術のように振りかざしてきた。風を切るステッキが斗蘭を直撃した。斗蘭は両腕で敵の連続攻撃をガードしながら激痛に耐えた。するとクンツェンドルフはすかさず斗蘭に足払いをかけた。

年配のクンツェンドルフだが、ステッキ格闘術に通じているのか、重心の見極めは完璧《かんぺき》だった。転倒した斗蘭に対し、クンツェンドルフが矢継ぎ早にステッキを振り下ろしてくる。横たわったまま斗蘭は身体じゅうを滅多打ちにされ、激痛に歯を食いしばった。

　この偽札じじい。斗蘭は猛然と怒りを燃えあがらせ、クンツェンドルフの両足首をつかんだ。いかにしっかりと踏みとどまっていても、左右の脚を同じ方向に崩せば、重心は維持できなくなる。斗蘭が力をこめて引っ張るや、クンツェンドルフは安定を失い、叫び声とともに仰向《あおむ》けに倒れた。

　斗蘭は海老《えび》反《ぞ》りになり、背筋の力で跳躍とともに瞬時に立ちあがった。倒れたクンツェンドルフの手からステッキをひったくる。山中で猪を短棒術で仕留め、食糧を得る方法を、斗蘭は訓練で習得していた。猪殺しと同じやり方でクンツェンドルフを縦横に叩《たた》きのめす。

　力まかせに十数発の打撃を浴びせた。クンツェンドルフは大の字に伸び、口から血を吐いていた。腕や脚の骨折に内臓破裂。まだ死んではいないようだが、この船はじきに爆発する。

　斗蘭はステッキを投げ捨て、よろめきながら歩きだした。救急箱を一瞥《いちべつ》したが、文字盤をたしかめる余裕はなかった。かなりの時間が経過してしまった。だが脱出前にどうしても確認したいことがある。斗蘭はキャビンのドアに近づき、すばやく開け放った。

絶句せざるをえない。さほど広くもないキャビン内に乗員は皆無だった。大きな立方体の貨物が複数据えてあった。半透明ビニールの包装の下に、一万円札がうっすら見えている。札束が縦横に百近くも並び、高さはそれ以上に積まれている。

問題は貨物置き場わきの船倉だった。なんと浸水している。船倉全体が水のなかに没していた。もう少し船体が沈めば、海水がキャビン内にあふれそうだ。

操縦室とのあいだを仕切るドアはガラス製で、向こうにもひとけはなかった。船長も操舵《そうだ》士も姿を消している。むろんブロフェルドもイルマも。

斗蘭はおぼつかない足どりで、ふたたびドアを開け甲板にでた。潮風の塊が殴りつけるように頬に当たる。なにもない海原がひろがっていた。

虚無に思わず言葉を失う。いまから飛びこんでも、爆発の範囲外まで逃れるのは無理だ。

捨て身というより無我夢中の行動だった。命を投げだすことに父なら躊躇《ちゅうちょ》しないだろう。娘がそうしたことに、なんら抵抗なく理解をしめし、船を遠ざけていった。たしかにPT20は難を逃れた。多くの仲間たちの命が救われた。それでよかったと受けいれるしかないのか……。

突然エンジン音が耳に飛びこんできた。左舷《さげん》斜め後方の死角から、ＰＴ20が至近距離に飛びだし、たちまち横に並んだ。甲板には斉藤ら武装班らが連なっていた。ライターが義手を振りながら怒鳴った。「斗蘭！　飛び移れ！」

鋭くこみあげる感情が涙腺《るいせん》を刺激する。だが泣いている場合ではなかった。斗蘭は助走をつけ、手すりで踏みきり、力いっぱい跳躍した。全身で風を受ける滞空は一瞬にちがいない。にもかかわらず数秒つづいたように感じられた。今度は武装班が総出で斗蘭を抱きとめてくれた。

斉藤が受話器に怒鳴った。「斗蘭を確保。離脱してください」

ＰＴ20が急加速する。後方に白い水柱を立ち上らせ、海面を跳ねながら疾走していく。嵐のように強風が吹きつけた。敵船はみるみるうちに小さくなっていった。

真夏の太陽に匹敵する閃光《せんこう》が水平方向に走った。敵船から赤い火球が瞬時に膨張し、一気に甲板を包みこむや、船体そのものが粉々に吹き飛んだ。爆発音は一瞬遅れて耳に届いた。無数の破片が撒《ま》き散らされ、巨大な水柱が立ち上る。爆心から高波が放射状にひろがり、ＰＴ20の船尾にも迫ってきたものの、ぎりぎり追いつけなかった。ＰＴ20は勝ち誇ったように逃げきった。ついさっきまで敵船の浮いていた場所には、黒煙だけが渦巻いている。

ふらつく斗蘭の右腕を、ライターの左手がつかんで支えた。ライターが気遣いに満ちた目を向けてきた。「だいじょうぶか」

斗蘭は小さくうなずき、操縦室のほうへ歩きだした。「ブロフェルドとイルマ・ブントの姿が見あたりませんでした……。なぜか船倉が浸水してて」

「浸水？　ああ」ライターはゆっくりとした歩調に合わせてくれた。「ディスコ・ヴォランテ号と同じだ。水中ハッチだよ」

「水中ハッチ……」

「スペクターの船には標準装備なのかもな。外から見えずに海中と出入りできる。ブロフェルドはそこから逃げたんだ。あいつらのアクアラングには圧縮空気を後方噴射する推進器がついてる。水中をとっくに遠ざかってる」

「偽札も大量に積んでありました……。するとあの船で外国に持ちだしたんでしょうか」

「ありうる」ライターは苦い顔になった。「サンダーボール作戦に参加した米英やNATO各国には、もう通用しない手だが……」

「日本と第三国間の行き来じゃ、わたしたちには気づけません」

「盲点だったな」ライターが間近に斗蘭を見つめてきた。「ずいぶん腫《は》れちまってる」

「そんなに酷《ひど》いですか」

「片方の瞼《まぶた》が開きにくくなってるのが、自分でもわからないか。腫れも痣《あざ》もすぐ引くとは思うが、冷やしておいたほうがいいな」

操縦室に戻ると、乗員たちはそれぞれの持ち場についていた。ガラスが割れ、潮風が強く吹きこんでくるなか、船長席の虎雄が冷静な声で告げた。「海上保安庁に情報を伏せるよう打電しろ。海難事故としての記録も残すなといえ」

「了解」入江が応じた。

斗蘭は父の横顔を見ていた。PT20をいちど離脱させたのは、機銃掃射から逃れるためだったろう。そのまま遠ざかってしまえば、さらなる安全を確保できたはずだ。敵船が爆発するのはもうわかっていたのだから。

しかし父は船を戻した。敵船がいつ爆発するかわからない、そんななかでの危険な賭《か》けだった。もし斗蘭が逃げきれていなかったら。そういう万が一の可能性のためだけに引きかえしてきた。神風特攻隊を崇高なものとして誇りたがる父が、娘を見捨てなかった。

とはいえ複雑な思いが胸をかすめる。部下全員を危険に晒《さら》した。横づけした瞬間に爆発が起きていたら、こちらは船ごと全滅だったではないか。

虎雄が斗蘭を見た。斗蘭は黙って虎雄を見かえした。

やがて父が静かにいった。「おかえり」

娘にかける言葉はそれだけのようだった。父はまた前方に目を向けた。

海水の寒さに凍えていた心が、温かい陽射しに照らされ、ゆっくりと溶けていく。そんなふうに感じる。さっきの戦いで内面まで及んだ傷が、少しずつ癒《い》やされつつある。

ライターが斗蘭をうながした。「救急箱を探そう。今度は爆弾の入ってないやつをな」

斗蘭はライターとともに歩きだした。ふと頬に手をやる。たしかに腫れていた。軽く触れるだけでひりつく。鏡を見ればお岩《いわ》さんのようなありさまにちがいない。

それでも甲板にでたとたん、潮風を心地よく感じる。こんな気分はいつ以来だろう。生まれて初めてかもしれない。

歩きながらライターがいった。「敵船の甲板にいた下っ端どもは、日本人じゃなさそうだ」

「ええ。中国語で〝撃て〟と叫んでました」

「元黒竜会が全滅して、今度は中国人のゴロツキどもを雇ったか。いまだブロフェルド一味がタイガーの拉致《らち》を狙ってる」

「父から情報を得ようとしているってことは、プロフェルドはまだボンドの居場所をつかんでないんでしょう」

「とっくにつかんだスメルシュは優秀だな」

優秀。斗蘭の胸にひっかかるものがあった。本当にそうだろうか。優秀なのは横須賀どぶ板通りのロシア人情報屋ではないのか。公安査閲局とプロフェルド一味、双方が全力で探しても見つからない、ボンドの行方を把握するとは……。

斗蘭ははっとして足をとめた。「すぐ江之島観光ホテルへ行かないと」

ライターが妙な顔で見つめてきた。「むろんそうすべきだ。ボンドがアバーエフに狙われてる。不意を突かれて殺されちまう危険があるからな」

「いいえ。それよりもっと恐ろしいことが」斗蘭はうったえた。「このままだとボンドさんはソ連の手に落ちます」

15

曇り空の下、スメルシュの殺し屋アキム・アバーエフは、ゴルフコースに立っていた。

外国人のゴルフ客が数名、コースにでてプレイをしている。高齢者ばかりだった。丘陵の下方に目を転じる。片瀬山の住宅街の向こうに浜辺があり、海がひろがっていた。江ノ島が見えている。来年の東京オリンピックに備え、島のあちこちで工事が進んでいる。ヨット競技の会場になるらしい。

遠くに富士山も望めるはずが、濃い雨雲のせいで掻《か》き消されていた。本来の眺望のよさは、周囲に高い建物がないことを意味する。好ましい環境だとアバーエフは思った。高い場所からの狙撃《そげき》を警戒せずに済む。

アバーエフは建造物を振りかえった。ガラス張りのコンクリート二階建て、ゴルフコース内に設けられたリゾートホテル。正面玄関には高級車が並んでいる。二階の床面積が一階より大きく、海へと向かい張りだしていた。斬新《ざんしん》で洗練された設計だった。英語を交えたプレートによると、大林組《おおばやしぐみ》による施工だという。

立地は江ノ島ではないが、江之島観光ホテルの名がついている。スーツ姿のアバーエフは正面玄関へと歩を進めた。ここにチェックインしてから、もう数日になる。ベルキャプテンの制服も、アバーエフに愛想よく頭をさげる。

ロビーとそのわきにあるレストランにも目を走らせる。宿泊客は外国人が大半だった。やはりボンドとおぼしき存在は見あたらない。向こうも警戒しているのだろう、呑気《のんき》にふらついたりはしていない。

だが午後のこの時間、宿泊客が観光で出払うがゆえ、アバーエフにとっては動きやすくなる。赤いカーペットの階段を二階へと上り、客室のドアが並ぶ廊下に入った。従業員が清掃を進めているものの、それを避ければ廊下はがらんとしている。

アバーエフが右手を突っこんだポケットのなかには、ホテルのマスターキーがおさまっている。宿泊の初日に盗みだした。空室もしくは留守のドアを片っ端から開け、なかをたしかめる。荷物が置いてあれば点検する。毎日チェックアウトとチェックインが繰りかえされるため、確認した部屋も、翌日には無視できない存在となる。

足ばやに駆けてくる靴音を耳にした。ひとりではなくふたりだ。廊下は一本道で、身を隠せる曲がり角はない。アバーエフは近くの空室を解錠し、すばやくなかに身を滑りこませた。室内に誰もいないことを目で確認したのち、ドアをわずかに開け、廊下のようすをうかがう。

急ぎ足で突き進むスーツは、なんとタイガー田中だった。脇目も振らず一心不乱に廊下を突っ切っていく。一緒につづくのはレディススーツだった。稚内港の第四虁濵丸や、新宿御苑にもいた若い女。なぜか顔に大きな痣ができ、瞼や頬が腫れていた。

ふたりは突き当たりのドアに達した。タイガーがあわてぎみにドアをノックし、声をひそめた英語で呼びかける。「ボンドさん。……いるんだろ。私だ、タイガーだ。心配するな、警戒を解いてくれ。開けてくれないか」

アバーエフのなかに緊張が走った。田中はこちらに背を向けているが、若い女のほうは油断なく周囲を警戒している。そのためアバーエフは廊下に繰りだせなかった。田中がドアをノックしつづけている。

やがて解錠の音がかすかにきこえた。室内にいる何者かがドアを開けた。半開きのため、部屋のなかの人物は見えなかった。田中と若い女はただちに入室した。ドアはまた閉じられた。

静寂を確認すること数秒、アバーエフは廊下にでた。靴音を立てず、すばやくドアに忍び寄る。この突き当たりのドアは211号室だった。きのうは空室に見えた。間取りは頭に叩《たた》きこんである。ドアを開ければソファセットのある居間、右隣りが寝室、左のドアはバスルームだ。

スーツの下からコルトガバメント四十五口径を引き抜く。すでに最初の弾丸を薬室に装塡《そうてん》してある。親指で安全装置を解除するが、いっさい音を立てなかった。手袋はしていない。指先やてのひらの微妙な感覚を失いたくない。瞬時の直感が勝負をきめる。

右手に拳銃《けんじゅう》を握り、左手でマスターキーを鍵穴《かぎあな》に挿入する。解錠音は抑えられない。迅速に行動するしかない。

キーをひねると同時に、ドアを室内側へと蹴《け》りこむ。姿勢を低くし、不意に頭部を狙って撃たれる事態を回避する。部屋のなかから銃撃はなかった。

背を向けて立つタイガー田中、そのわきに若い女が半身に立っている。女のほうの視界には入ったはずだ。だがどちらも銃は手にしていない。

アバーエフは田中の後頭部をまっすぐ狙い澄ました。「タイガー、動くな」

田中の後ろ姿が凍りついた。ゆっくりと両手をあげる。女が瞼《まぶた》の腫《は》れていないほうの目で、じっとアバーエフをとらえた。

左右の物陰にも人の気配があることに、アバーエフは気づいていた。部屋の隅に潜んでいたらしい。左にふたり、右に三人。いずれも拳銃でアバーエフを狙っている。七フィートの距離を置いているのが玄人だと感じさせる。視界の端にとらえた姿は、全員が日本人のようだ。

だがアバーエフが田中の頭に狙いをさだめている以上、誰ひとり発砲できない。田中の向こうには空席のソファだけがある。ボンドの姿は見あたらない。

アバーエフは田中の背に問いかけた。「ボンドはどこだ?」

「この部屋にいる」田中は英語で応じると、両手をあげたまま少しずつ振りかえった。鋭いまなざしがアバーエフをとらえる。「自分でわからないか。ボンドさん」

時間が静止したように感じられた。暗殺に赴いた現場で気が逸《そ》れることなどない。そんな心の迷いはとっくに駆逐した。というより血で血を洗う抗争の末、なにも考えなくなった。標的を仕留める。任務の完了まで決意が揺らいだりはしない。

ところがいまはどうだろう。圧倒的ななにかが脳を掻き乱してくる。これは動揺にちがいない。なぜ取り乱すのか。ガバメントの銃口を田中に向けているものの、こんな狼狽《ろうばい》を一秒でもしめせば、ただちに反撃に遭い射殺されてしまう。それがわかっていながら手の震えがおさまらない。

左右の日本人はアバーエフの隙を突こうとはしていなかった。沈黙したままアバーエフを狙い澄ましている。本来なら彼らの冷静さこそ、アバーエフに備わっているべきものだった。しかしいま心臓が早鐘を打っている。ガバメントのグリップを握るてのひらに汗が滲《にじ》んでくる。

若い女が落ち着いた声できいてきた。「第四夔濵丸で会いましたよね」

暗殺は無言が掟《おきて》だ。必要以外には口をきかない。けれども黙ってはいられなかった。

アバーエフは低く問いかけた。「きみはボンドを捕り逃がしたんだろ」

「いいえ。捕らえる寸前でした。わかりませんか。あなた自身がおっしゃったでしょう。轟太郎でないことは自覚できてるって」

さらなる混乱がアバーエフの頭のなかで渦巻く。動悸《どうき》もいっそう激しくなった。銃を構えたとき、こんな不安定さを晒《さら》すなどプロ失格だ。スメルシュの次席死刑執行官にふさわしくない。

ふと疑念が脳裏をかすめた。スメルシュ。自分は本当にスメルシュの一員なのか。

タイガー田中が両手を下ろした。「ボンドさん。思いだせないか。黒島に潜むにあたり、福岡の炭坑夫組合員、轟太郎の名をあたえたのは私だ。暗い場所では大柄で屈強そうな日本人、顔のわかる明るい場所では帰化人を装えるようにした。きみがキッシーの家に居候するには、それが好都合だったんだ」

田中がひとこと告げるたび、鋭利な尖端《せんたん》が脳幹に突き刺さってくる。前後の脈絡のない瞬間だけが視野に閃《ひらめ》く。他者の人生がふいに意識のなかへ入りこんできたかのようだ。

これは誘導かもしれない。洗脳、再教育のたぐいだ。暗殺者自身を標的と混同させ、自己同一性を崩壊させる。その隙を突き反撃を仕掛けてくる。

そんな仮定の矛盾には即座に気づいた。この日本人たちに反撃の意思があるのなら、もうその機会に恵まれている。彼らの上司に拳銃を向けていようと、動揺にとらわれた暗殺者の頭を撃ち抜くのはたやすい。

田中がいった。「死地に駆りだしてしまったことを、いまでは申しわけなかったと思っている。しかしボンドさん。なぜ教えてくれなかった。シャターハント博士がブロフェルドだと」

鉄槌《てっつい》で頭を殴られたような衝撃が襲う。田中はそれを意図し、あえてその名を口にしたのだろう。そうわかっていても愕然《がくぜん》とせざるをえない。

追い越していくマセラティのサイドウィンドウ、あの醜悪な男の顔。トレーシーの死。記憶が怒濤《どとう》のように押し寄せてきた。

息遣いが荒くなる。震える銃口はもうまともに田中を狙ってはいなかった。ただ凍りついていた。体温が根こそぎ奪われていく。まるで雪山のなかにたたずむかのようだ。

気づけば女がすぐ近くに歩み寄ってきていた。女の手がそっと拳銃を包みこみ、震える腕を下げさせる。穏やかな物言いで女がささやいた。「わたしは田中斗蘭。田中虎雄局長の娘です」

負傷した痛々しい顔は、男女にかかわらずスパイにはつきものだった。海外情報部でもよく目にしてきた。

海外情報部。ＭＩ６。イギリスだ。混乱の荒波が沈静化していき、潮がひいていくのを感じる。

娘から父親へと視線を移した。長い人生の経験を年輪のごとく皺《しわ》に刻んだ、頑固そうな男の顔がそこにあった。日焼けした油断のならない面持ち。しかしいまはその心を許しきれない不信感こそが、かえって安堵《あんど》と懐かしさにつながる気がした。

ガバメントを持つ右手の力が抜け、完全に垂れさがった。ため息とともにボンドはつぶやいた。「タイガー、約束は果たした。マジック44をＭに渡してくれたか？」

16

明治時代に建築されたという博多駅の駅舎は、壮麗かつ本格的なルネッサンス建築だった。名無しの男はそれを見上げたとき、故郷の記憶の断片に触れた気がした。

独特の形状をした破風《はふ》に上げ下げ窓。イタリアの街並みを彷彿《ほうふつ》させる。ただしそこの生まれではないようだ、異国の感覚が常につきまとう。

駅舎のなかに入ると、高い天井の広々としたロビーは、おびただしい数の旅客でごったがえしていた。モダンな洋服と伝統的な和装が混在している。継ぎ接《は》ぎのある服も目につく。みな総じて背が低い。はるか向こうにある切符売り場が、難なく見通せるほどだった。

名無しの男は痛感せざるをえなかった。よそ者だ。黒島でもそれなりに自覚はあった。しかしこうして都会の雑踏に身を置くと、自分がどれだけ浮いた存在かが理解できる。まさしく異質だ。祖国は海を渡った遠くにある。

ここまで案内してきたキッシー鈴木は、身体にぴったり合ったワンピースを着ていた。戸惑いがちに足をとめたキッシーが、名無しの男と向き合った。おずおずとキッシーが風呂敷《ふろしき》包《づつ》みを差しだした。「これを持っていって。着替えが入ってる。お金も……。ほんの少ししか用意できなかったけど」

「雀の涙ってやつだな。でもありがとう。助かるよ」

「……いまなんて？」

名無しの男は風呂敷包みを受けとった。「雀の涙だよ」

キッシーの顔に微笑が浮かんだ。「そんな言葉どこでおぼえたの？　わたしは教えたおぼえがないけど」

軽い戸惑いをおぼえる。そういえばそうだ、キッシーから習ったのではない。するとどこでこんな表現を学びとったのだろうか。自分が誰なのかわかっているころ、キッシー以外の日本人からきいたのか。

名無しの男は小さく頭《かぶり》を振り、その疑念を遠ざけた。思いだせないことならほかにいくらでもある。「きみは俺のことを太郎さんと呼んでた。轟太郎さんか。とりあえずそう呼んだにすぎなかったのか？　迷子の犬を拾って名づけるようなものか？」

キッシーの笑みが消え去り、寂しげな表情だけが残った。「わたしがきめたわけじゃないの」

周りの喧噪《けんそう》が嫌でも耳に飛びこんでくる。飛び交う言語をひとことも理解できない。キッシーだけが、名無しの男に理解できる言葉を喋《しゃべ》る。外国人と意思を通じあえるのは、ごくかぎられた存在にすぎないのだろう。孤島で海女《あま》として働くわりに、キッシーは外の世界を知っているようだった。過去になにがあったか、どうして名無しの男と同じ言語に通じているのか、いっさい語ろうとはしてくれなかったが。

「太郎さん」キッシーはその名で呼んだ。「道中気をつけて」

「ああ。きみも黒島で達者に暮らしてくれ。深く潜るのもほどほどにね。鮫《さめ》に食われちゃ困る」

「鮫って？　黒島の海に鮫なんかでないけど」

……眼前に鮫が迫ったことがあった気がする。キッシーとは何度も漁にでかけ、一緒に潜ったが、あれはほかで経験したことだろうか。

いつしかキッシーは目を潤ませていた。「太郎さん。わたしはあなたに悪いことを……。あなたを無理に引き留めようとしてきた」

「そんなことはない、キッシー。きみはよくしてくれたよ。島のみんなもだ。いい思い出ばかりだった。きみのことは忘れないよ。……俺がいっても説得力ないか」

キッシーは涙を浮かべた。抱きついてきて唇を重ねる。名無しの男もごく自然に応じた。島では夫婦のように暮らしてきた。キッシーの身体の温《ぬく》もり、そこに感じる愛《いと》しさは、いまだ変わりはしない。

抱擁はしばしつづいた。やがてキッシーのほうからそっと身を引いた。感慨深げにキッシーが小声できいた。「そろそろ出発の時間よね」

「都会は時間が速く流れてるようだ。さよなら、キッシー」

ふたりは黙って見つめあった。キッシーの泣き顔がまた近づいてきて、もういちど抱擁を交わした。最後に身体が離れたとき、これが永遠の別離になるかもしれない、そんな思いがよぎった。

キッシーはさよならといわなかった。気遣わしく見送るまなざしだけで充分だった。名無しの男はキッシーに背を向け、雑踏のなかを歩きだした。自分の正体がわからないまま、まったく知らない国で旅にでる。めざすは北の果て。唯一記憶にのぼったウラジオストクなる地を有する、ソ連という国に向かわねばならない。

名無しの男は博多駅から鹿児島本線で、まず門司《もじ》駅へ移動した。そこからは山陽《さんよう》本線に乗り換える。特急列車つばめや、はとに乗れば早いようだが、乏しい旅費で贅沢《ぜいたく》はできない。

岡山駅に着いたときには外は真っ暗だった。列車はそれ以上先へは行かなかった。やむをえず下車し、駅近くの安宿を見つけ、そこの主人となんとか意思の疎通を図った。一夜を明かしたのち、ふたたび列車に乗る。今度の列車はさらに進みぐあいが遅かった。ひと駅での停車時間が恐ろしく長い。しかも京都駅どまりだった。またしても夜更けを迎えている。近隣の安宿探しにもしだいに慣れてきた。

来年になれば夢の超特急、東海道《とうかいどう》新幹線なるものが開通するようだ。駅の売店で買った英字新聞にそう書いてあった。しかしいまのところは特急列車を乗り継いでいくしかない。

そんなふうに何日もかけ、名無しの男はようやく東京駅に到着した。

この先は東北《とうほく》本線で青森駅、さらに青函連絡船で函館《はこだて》に渡る……。見当がついているのはそこまでだった。北海道のどこかからソ連に渡る方法があると、キッシーは広告で見たというが、正確な情報はわからなかった。現地へ行って探すしかない。

東京駅の駅舎も尋常でない混雑ぶりだった。ドーム状のロビーはネオ・バロック様式による建築で、オランダのアムステルダム中央駅に似ている。いや、それよりもセント・パンクラス駅の面影がある。ロンドンからイングランド中東部に向かうときには、いつも足を運ぶ駅……。

名無しの男はふと立ちどまった。ロンドン。なにか胸騒ぎがする。記憶の重要な手がかりに接触したように思える。

だが思考はそれ以上働かなかった。ほかのことに注意を喚起されたからだ。雑踏のなかでいきなり静止したため、後続の人々が背にぶつかりそうになった。日本人の旅客らが迷惑そうに避《よ》けていく。そんななか挙動不審な男がいた。しかも日本人ではない。名無しの男の数ヤード後方で、わずかにうろたえたように足をとめ、周りに目を向けている。

ハンチングをかぶった丸顔に口髭《くちひげ》の白人。セーターに褐色のジャケットを羽織っている。年齢は三十代後半ぐらいか。きのう列車内でも見かけた。名無しの男が突然立ちどまるのを、ハンチングはあきらかに予測できていなかった。少なからず動揺しながらも、なんとかごまかそうとあちこちに視線を配る。

尾行されている。なぜかそう確信できた。気づけば雑踏のなかをすり抜けるように、名無しの男は駆けだしていた。

後方でハンチングがあわてて追跡を開始したのがわかる。名無しの男は踵《かかと》に重心を置きながら走った。行く手を塞《ふさ》ぐ人々の進路を瞬時に見極め、一秒後に生じる隙間を正確に予測、機敏なフットワークでそこへ飛びこむ。名無しの男は混雑をものともせず、すばやく突き進んでいった。

黒島ではずっとキッシーの家に引き籠《こ》もっていた。彼女がそうするよういったからだ。島民はごく少数だったうえ、海女の漁につきあうとき以外、名無しの男に外出する理由はなかった。博多駅で初めて目にした混雑には圧倒された。けれどもいまここ東京駅では、どういうわけか人にぶつかることなく、ぐんぐん追っ手を引き離していく。いったいなぜこんなことが可能になるのだろう。

名無しの男は駅構内の通路を抜けていき、反対側の改札口に行き着いた。看板にはローマ字が併記されている。さっきまでいたのは丸《まる》の内《うち》口、いまいるのは八重洲《やえす》口というらしい。

八重洲口は丸の内口にくらべると、混雑は緩和されていたが、それでも人の往来は途絶えなかった。後方を振りかえるとハンチングが追いついてきていた。名無しの男は歩を速めた。

駅前に工事現場がある。八重洲地下街なるものが、別の場所のローマ字看板で確認できたが、その拡張工事が始まっているらしい。黄と黒のツートンカラーのバリケードを、名無しの男は軽く飛び越えた。きょうは休工日なのか、作業員の姿は見えず、工事にともなう騒音もきこえない。地面が斜め下方へと掘ってある。まだ簡易的な金属製の階段しか設けられていない。名無しの男はそこを駆け下りていった。

下り階段は十ヤードもいかないうちに途絶え、横穴へとつながっていた。その横穴もすぐに行き止まりだった。暗がりのなかに目を凝らす。落盤を防ぐため縦横に組まれた鉄パイプが、剝《む》きだしの土の壁面を覆っている。工事用の機材や資材が置かれているものの、一帯の大部分は池になっていた。

この方向への拡張工事は、着工直後にストップせざるをえなかったようだ。地下水にぶつかってしまったのだろう。井戸を設けられるぐらいの水量があふれている。かなり深いらしく、波立ちぐあいから水流もあるとわかる。

土から地下水が湧きだしているに留《とど》まらず、地中にも多量の水が流れているようだ。

不圧地下水までつながっているのかもしれない。これでは地盤沈下の恐れがある。施工業者も頭が痛いだろう。

　階段を駆け下りてくる靴音がきこえた。ひとりではなくふたりに増えている。名無しの男は横穴への入口で、土の壁に身を這《は》わせた。足もとから鉄パイプを一本、そっと音を立てないように持ちあげる。

　名無しの男は片足を前にだし、いつでも踏みきれるように準備を整えた。人の気配を察した瞬間、右手の鉄パイプを力いっぱい突きだした。角を折れてくる追っ手が、まず拳銃《けんじゅう》を持つ手をのぞかせることは予測できていた。鉄パイプの先端がまさしくその前腕を直撃した。

　苦痛の声が響き、拳銃が宙に飛んだ。地面に転がった拳銃を拾っている暇はない。名無しの男は即座にそう判断し、拳銃を池へ蹴《け》った。水中に没した拳銃はたちまち見えなくなった。

　敵はハンチングとは別の男だった。巨漢が唸《うな》りながら突進してきた。名無しの男は鉄パイプを地面すれすれに下げ、巨漢に対し足払いをかけた。重心を崩した巨漢が派手に転倒する。名無しの男は巨漢に馬乗りになったが、すぐさまもうひとりの人影に気づいた。

ハンチングが至近距離で拳銃を構えている。銃火が閃《ひらめ》く寸前、名無しの男は身をよじり、倒れた巨漢の陰に伏せた。巨漢が被弾し、断末魔の叫びとともに痙攣《けいれん》した。

銃声はけたたましかったが、音量はそれなりに抑えられている。サイレンサーつきのマカロフPMだと名無しの男は直感した。

名無しの男は跳ね起き、ハンチングに猛然と挑みかかった。仲間を射殺してしまった動揺からか、ハンチングは目を瞠《みは》り、反応もわずかに遅れた。名無しの男は身体を深く沈め、敵の拳銃を持った手首を下から掌握すると、脇っ腹に膝蹴《ひざげ》りを食らわせた。

ハンチングが地面に落ちた。白人が鍛えた身体なのは一撃でわかった。苦痛に顔をしかめたものの、ただちに肘《ひじ》を打ち下ろし反撃に転じてくる。名無しの男は肘打ちをもろに受けたが、拳銃だけは逸らしておかねばならない、その鉄則を守った。敵の右腕にしがみつき、もう一方の手で長母指屈筋を圧迫する。ここを強く押さえこむと指先の力が緩む。拳銃を保持しつづけられなくなる。

敵もやわな筋肉ではないため、名無しの男の指先はなかなか肌に食いこまない。しかし敵の震える右手が徐々に開いてきた。名無しの男が力ずくで振ると、敵の右手から拳銃が飛んだ。ほぼ真上に舞いあがった。

すかさず名無しの男は敵に前蹴りを浴びせた。厚い胸板にそれだけで致命傷はあたえられないとわかっていた。敵は数歩後ずさったのみで、憤怒《ふんぬ》のいろとともにふたたび向かってこようとした。だがその目が驚きに見開かれる。名無しの男の手もとに拳銃が落ちてくるのを見たからだろう。

名無しの男は右手だけで、拳銃のグリップを正確に握り、トリガーを引き絞った。赤い閃光《せんこう》とともに抑制された銃声がこだまする。サイレンサーの噴煙孔が煙を排出した。薬莢《やっきょう》が回転しながら側面に飛んだ。

左の胸を撃ち抜かれた敵が、地面に仰向《あおむ》けに倒れた。急に静かになった。名無しの男は油断せず、俯角《ふかく》に拳銃を構え、敵に歩み寄った。

敵は目を剝いたまま脱力しきっている。それっきり動かなかった。

荒い息遣いをきいた。自分の呼吸音だと名無しの男は気づいた。右手に拳銃をぶら下げたまま暗がりにたたずむ。茫然《ぼうぜん》とふたつの死体を見下ろした。

なぜこんなことができるのか。疑問が湧いたものの、ふしぎには思わなかった。これが職業なのだろう。人殺しの勘もコツも備わっている。経験を積んできた実感もある。迷いはなかった。どのように行動すべきかわかっている。死体をどうするべきかも。

巨漢の顔に見覚えはなかった。だがハンチングをかぶっていたほうの男はちがう。どこかで会ったおぼえがある。そんなに昔ではないはずだ。

死体の所持品を探る。ポケットのなかにはクルマのキー、それにパスポートと財布があった。赤い表紙、ソ連のパスポートだ。表紙を開いたとき、名無しの男は目を疑った。

貼られている顔写真は、まさしく名無しの男自身だった。刻印が捺《お》してある以上、本物にまちがいない。

氏名はアキム・アバーエフ。記憶に思い当たる名だ。これが自分の本名なのか。年齢は三十八。勤務先はガヴリイル・チェレーシェンコ運輸。

頭に刻みこまれた企業名だ。実態はスメルシュ。ソ連国家保安委員会直属の殺人組織。そこまで思いだした。自分はその一員だったのか。まだしっくりこない。けれども職種はこれらふたつの死体がしめしている。命を狙ってくる敵を殺すのに躊躇《ちゅうちょ》などない。

財布のほうもたしかめた。中身はアバーエフ名義の各種カード、現金はルーブルと米ドル、日本円の紙幣が均等におさまっていた。

これらは自分のパスポートと財布だ。するとこの敵に所持品を奪われていたのか。

以前に会った記憶があるのは、その際のできごとにちがいない。たしかにこいつとの命の奪い合いは初めてではない。前にも経験している。

巨漢のほうの所持品も探ったが、めぼしいものは見つからなかった。だがふたりを返り討ちにしたことで収穫はあった。名無しの男は自分の名を取り戻した。

アバーエフは死んだふたりに、鉄パイプ数本を抱えこませ、池のなかに沈めた。帯水層のなかの不圧地下水。死体はそれなりの深さに留まるだろうが、いずれ朽ち果てる。それまでに工事で掘り起こされるとしても、先送りになった着工は、早くて数年後だ。身元の確認など現実的に不可能になる。

拳銃を拾いポケットにおさめる。鉄製の階段を上り、アバーエフはまた地上へ戻った。キーはメルセデス・ベンツだった。さっきの工事現場とは別方向に隣接する地下駐車場があった。アバーエフはそこをうろつきベンツを探した。見つかるたび鍵《かぎ》をあてがったが、なかなか適合しない。

そのうちスポーツタイプの300SLが目にとまった。もうずいぶん前からありふれたクルマだと思っていたが、この国では稀少《きしょう》な部類かもしれない。鍵を挿しこんでみると難なく回った。このクルマのドアはカモメの翼のように上へ開く。アバーエフは運転席に乗りこんだ。

助手席にアタッシュケースがあった。なかに書類が複数おさまっている。〝同志アキム・アバーエフ〟に宛てた命令書がいちばん上になっていた。

これも敵に奪われた物だろう。暗殺の標的はジェームズ・ボンド。これまで以上に記憶に刻まれた名だと感じる。スメルシュでさんざん取り沙汰《ざた》された名だからか。別紙の追跡情報によれば、ボンドは北上し、稚内の第四夔濵丸に乗ると考えられるらしい。どうやらボンドはソ連への潜入を図ろうとしているようだ。月にいちどコルサコフへ向かう連絡船こそが、唯一の渡航手段にちがいない。書類にはそうあった。

支給品一覧に、マカロフやドラグノフ狙撃銃《そげきじゅう》のほか、非常食用缶詰、キューバ産葉巻まで含まれていた。これらも敵に奪われたのだろうか。いったんクルマを降り、後ろにまわってトランクを開けた。ソ連製ライフルが横たわるほか、葉巻のケースが積んであった。

そのうちひとつを抱え、また運転席に戻る。紙巻き煙草のほうが好きだった気がするが、いまはとにかく煙を吸いこみたかった。

ケースに備え付けのナイフで先を切り、クルマのライターで火をつける。土臭さに甘いバニラやナッツの芳醇《ほうじゅん》な香りが混ざりあう。正直なところ好きになれない。自分から望んだとは思えないが、本部では支給するほど余っているのだろう。四年前、共産主義に鞍替《くらが》えしたカストロが、モスクワに山ほど送りつけたのかもしれない。何口か吸ううち、濃いコーヒーやビターチョコレートのような重厚感が増してきた。辛さもともなってくる。そんなに悪くないとアバーエフは思い始めた。

葉巻を吹かしたままエンジンをかける。命令書は任務完了まで、本部へのいかなる連絡も禁じている。仕事を果たさねば里帰りも許されない。故郷の土を踏めば、よみがえってくる記憶もあるかもしれない。そうでなければ早めに治療を受けるしかないだろう。

いまは甘えていられる場合ではない。任務が続行できるのなら完遂すること。そんな掟《おきて》を胸に刻みこまれたのをおぼえている。

まだ確証はない、ぼんやりとそう感じる。すべてが腑《ふ》に落ちたわけではない。クルマも葉巻も自分の趣味とは思えない。だが自分がアバーエフと仮定して行動する。みずから歩みださねば、おそらく見えてくるものも見えてこない。

アバーエフはゆっくりとクルマを発進させた。人生を取り戻すためにも使命を果たす。殺すか殺されるかだ。緊張のなかに身を置くのはむしろ心地よい。己の記憶のふたしかさなど、任務の重大さにくらべれば、たいした問題ではない。国家の命運がかかっている。

17

ボンドはソファに浅く腰掛けていた。持っていたコルトガバメントを右手のなかでいじる。

室内にいる日本人たちは、もうボンドに銃を向けてはいなかった。警戒すべきものはなにもない。ボンドは拳銃《けんじゅう》をテーブルに置いた。

マカロフにそっくりのワルサーPPKのほうが手に馴染《なじ》む、そう思えたわけだ。ドクター・ノオへの対処のために、ジャマイカに派遣されて以来、右手がすっかりPPKに順応してきた。

タイガーが歩み寄ってきて、タバコの箱を差しだした。黄いろい箱の〝じんせい〟だった。指でつまみ一本を受けとる。ボンドが口にくわえると、タイガーが火をつけてくれた。ひと息で肺を煙で満たす。

線香花火のような燃えぐあい。アメリカ葉を薄めたような香り、それなりに強めの酒に似た刺激。味わいにあらゆる光景がよみがえってくる。ボンドはふうっと煙を吐きだした。すなおな感想が口をついてでた。「軽いな」

タイガーが穏やかにいった。「わが国では刺激が強いほうなんだよ」

「悪くはない」ボンドはふたたび煙草をくわえた。「自分で街角の煙草屋を訪ねて、何箱か買い足したのを思いだした。きみと福岡へ向かう途中、愛知の蒲郡《がまごおり》で」

「そこまで想起できたのならひと安心だ。ボンドさん、いまはゆっくり休むべきだ」

まだ夢のなかをさまよっているような気がする。ボンドは力なくつぶやきを漏らした。「ふしぎなもんだ。きみのことはずっとわかってた。スメルシュの書類に名があったからかな。でもジェームズ・ボンドはぴんとこなかった。自分のことだと思えずにいた」

斗蘭が気遣うようにささやいた。「敵味方の区別がつかない状態で、あなたの顔写真いりのパスポートを、まず真っ先に入手してしまったわけですから……。ご自身をアキム・アバーエフと信じたうえでは、ジェームズ・ボンドも他者と認識するしかなかったんでしょう」

タイガーがつづけた。「スメルシュの日本活動では顕著なやり方なんだ。距離的に近いからだろうが、死体を本部が確認するにあたり、正規ルートの貨物船で棺《ひつぎ》を運ばせるんだよ。暗殺者の氏名が入った偽身分証を持たせてな。在日米軍の将校が暗殺されたときもそうだった」

アキム・アバーエフの入国記録は、何か月か前に存在するだろうから、その後日本国内で事故死したことにする。ボンドの顔写真を貼ったアバーエフ名義のパスポートを添え、ソ連に送還。アバーエフ自身は新たな偽名をあたえられ、以後も日本に潜伏する。命令書にあったとおりだった。

すなわちあのハンチングの丸顔こそ、本物のアキム・アバーエフだった。ボンドはイスタンブールで渡り合ったことがある。いきなり襲撃してきたアバーエフを返り討ちにした。アバーエフは負傷したものの逃亡していった。ここ数年見かけないと思ったら、日本潜伏の役割を請け負っていたのか。

憂鬱《ゆううつ》な気分がひろがる。ボンドはまた煙草をひと息吸った。「キッシーはいちどもジェームズと呼ばなかった。太郎さん、それだけだ」

「私たちも何度となく黒島を訪ねたんだが……。島民はみんなできみを匿《かくま》ってたようだな。彼女はきみを深く愛していた。帰したくなかったんだ」

「俺をだましていたわけだ」

室内に沈黙が降りてきた。タイガーが当惑をのぞかせた。「諜報《ちょうほう》の世界における欺《ぎ》瞞《まん》とは別だ。わかるだろう」

「ああ。わかるとも。キッシーの場合はただの私欲だ」

タイガーが表情を和らがせた。「愛情なんてぜんぶ私欲だよ」

軽薄なようで深みがあるようにも思える言葉だった。〝しんせい〟の味わいに似ている。知るかぎり三度も結婚を繰りかえした男、それがタイガーだった。婚姻まで至らなかった例を含めると、もっと多くの色恋沙汰《ざた》を経験しているのかもしれない。

ボンドの目は自然に斗蘭に向いた。年齢からするとタイガーがロンドンにいたころの子か。たしかにアングロサクソンの血が混じっているように見える。この娘の母親に対しても、タイガーは愛情を持ちつづけていた、そういいきれるのだろうか。とりわけ日本に帰り、戦争に参加してからも。

娘という立場にあるていどの同情心が芽生えてくる。ボンドのなかにはそんな感情しかなかった。だがどういうわけか、斗蘭はボンドの視線を警戒するように表情を硬くし、わずかに後ずさった。

斗蘭がどう感じたかを察し、ボンドは苦笑してみせた。「私の悪い評判ばかりきいてるようだ」

「日本滞在中、芸者遊びの多さについては、父の接待したことですから気にはなりません」斗蘭は言い淀《よど》んだ。「でもあの……」

タイガーが斗蘭を振りかえった。「失礼だぞ」

れるんでね」

「いいんだ」ボンドはタイガーを制した。「きみが尋ねたいことを、私も職場の勧める精神科医に、何度もきかれたさ。００《ダブルオー》課は仕事の性質上、常に精神面を気にかけられるんでね」

戸惑いぎみに斗蘭がたずねた。「それでどんな診断が……」

またタイガーが娘に苦言を呈した。「ボンドさんは病人じゃないんだ」

ボンドはため息とともに斗蘭を見た。「きみは私の記録に目を通して、たぶんこう思ったんだろう。欲望を満たしては次の女に乗り換える。薄情で飽きっぽいと」

「ちがうんですか」斗蘭がきいた。

「女のほうから寄ってくるだけでね」

軽口に対し、斗蘭の眉間《みけん》に深い縦皺《たてじわ》が刻まれた。しかし非難の言葉が発せられるより早く、父親のほうが空気を中和しにかかってきた。タイガーはあわてぎみにいった。「横須賀どぶ板通りのルィガロフは、ＫＧＢが一目置いてるようだが、実際は胡散臭《うさんくさ》い奴でね。ここ江之島観光ホテルなんてのも口からでまかせだった。きみから情報料をふんだくろうとしてただけなんだよ」

ここへ来ることになった経緯など、もうどうでもよかった。タイガーの娘に本心を明かすつもりはない。それでもさっきの問いかけを受け、ずっと目の前をちらつく光景がある。

婚約指輪を贈ったとき、トレーシーは大泣きした。いきなり子供のように泣きじゃくった。ただ喜んでくれるのを期待していたボンドは面食らわざるをえなかった。

ふたりで結婚指輪をきめたものの、婚約指輪のほうはトレーシーが迷ってばかりいた。そのためボンドがニンフェンブルク・パレス近くのアンティークショップで見つけてきた。ダイヤの嵌《は》まったホワイトゴールドの指輪。少しばかり風変わりなデザインを、トレーシーはきっと気にいる、ボンドはそう予測していた。

大粒の涙を流すトレーシーがつぶやいた。こんな綺麗《きれい》な指輪、世界じゅう探してもほかにない、と。けれどもしおらしく泣きつづける彼女ではなかった。すぐに悪戯《いたずら》っぽい微笑を浮かべ、どこでどんな悪いことをしてこの指輪を手にいれたの、トレーシーはそんなふうに詰問してきた。

ボンドはトレーシーと子供のようにふざけあった。彼女の楽しげな笑い声が、いまも耳もとに残っている。自暴自棄に生きていたころのトレーシーには、けっしてなかった変化だ。

悪夢から覚めて安堵《あんど》したのち、受けいれがたい現実を思いだし、それも夢であってほしいと願う。ずっとそんな日々を送ってきた。いまもまた目覚めのときと同じく気が鬱《うつ》する。トレーシーはもういない。

漂う煙をじっと見つめていると、タイガーがたずねてきた。「ボンドさん、どうかしたのか」

胸のうちを明かしたところでなんの意味もない。ボンドは煙を眺めたまま、ただ本心を偽るため、とりとめもないことをつぶやいた。「グラントが死ぬ瞬間を、アバーエフが見てるわけがない。オリエント急行にはグラントひとりだったんだからな。私が殺したんだ」

「……ボンドさん」タイガーが神妙にいった。「あなたを死地に送りこんだことを、いまでは本当に申しわけなく思ってる」

「あんたが気にすることじゃない」ボンドはあえてぶっきらぼうに応じた。「俺は自分の意思できめたんだ」

「ブロフェルドは生きてる。イルマ・ブントもだ」

奇妙に現実感を欠いてきこえたのは、無意識のうちに理解を拒絶したからかもしれない。室内に張り詰めた空気が漂っている。ボンドは一同を見渡した。どの顔にも真剣かつ深刻ないろがあった。

ボンドの声は喉《のど》に絡んだ。「たしかなのか」

タイガーの目が娘に向く。腫《は》れた片目と片頬の斗蘭が小さくうなずいた。「船上にいるのを見ました。ついさっき」

「それはブロフェルドにやられたのか？」

「いえ。一九六一年五月時点でのスペクターのナンバー6に」

「ディートリヒ・クンツェンドルフか」ボンドのなかで憤りの感情が湧き起こった。

ブロフェルドが生存。鼻を治し口髭《くちひげ》を生やした、あの不快極まりない醜悪な面構え。首を絞めた感触がいまも両手によみがえってくる。

「ボンドさん」タイガーが姿勢を低くした。「クンツェンドルフは死んだ。だがブロフェルドとイルマは、一味の乗る船から脱出したようだ。船倉の水中ハッチから」

「水中ハッチ」ボンドは鼻を鳴らしてみせた。「ロンドンやニューヨークで当たりをとった舞台が、こっちじゃまだ初演で通用するんだな」

タイガーは笑わなかった。「皮肉が口にできるぐらい調子が戻ってきたのは嬉《うれ》しいが、私たちも命懸けで対処してる。いまはただひとことだけいいか」

「なんだ？」

「そのう」タイガーは自分からいいだしておきながら口ごもった。「ごく日常的な言葉でも、なんとなくいいづらかったりすることはあるだろう。私たちは〝素敵だ〟という物言いなら、すんなりこなせるが、きみらは〝素敵だ〟《ユールツグレイト》という言い方にためらいがあるはずだ。アメリカ人なら抵抗はないが、イギリス人には」

イギリス人は相手をストレートに褒めるのが苦手というだけだ。ボンドはきいた。

「それが？」

「つまり……。きみらはWelcome backと人に告げるとき、なんら気恥ずかしさをおぼえないだろうが、日本語では……。少し照れくさく感じるものなんだ。さっきも娘に、おそらく初めてそういったばかりでね」

ボンドではなく斗蘭にきかせているようにも思えてくる。やれやれと思いながらボンドは問いただした。「Welcome backは日本語でなんというんだ？」

「おかえり」タイガー田中が右手を差しだした。「ボンドさん。おかえり」

タイガーの細めた目は、以前の駆け引きでみせた油断ならない顔とは、まるで異なっていた。深い洞察力を有する鋭いまなざしのなかに、どこか無邪気さがのぞく。目の周りに刻まれた数多くの皺が、いまはただ柔らかく微笑んでいる。長い年月を経て、穏やかな湖面にたどり着く、静かな波のようだった。

ディッコことヘンダーソンのいった、恩という日本語を思いだす。タイガーはボンドに恩を感じているようだ。それだけではない。友情をしめそうとしている。ボンドの知るかぎり、タイガーのような男が心を開くのは、容易ならざることのはずだ。嵐のなかで翻弄《ほんろう》され、散々な目に遭い、憔悴《しょうすい》しきった心に、ほんの少し潤いをあたえられた気がした。ボンドはその手を握った。「〝ただいま《アイムバック》〟も日本人には照れくさいのか？」

18

斗蘭も情報のすべてを知らされているわけではない。ボンドが東京大学医学部附属病院で、数日にわたり極秘検査を受けていることはきいた。病院側もごく一部の関係者しか、その事実を知らない。

ブロフェルド一味とスメルシュ、両方に命を狙われているボンドの居場所を、安易に喧伝《けんでん》するわけにはいかなかった。似たようなイギリス人の影武者を、慶應義塾《けいおうぎじゅく》大学病院や日本医科大学付属病院、東京慈恵会《じけいかい》医科大学附属病院、順天堂《じゅんてんどう》大学医学部附属順天堂医院にも入院させている。それぞれ公安査閲局の職員が監視中だった。殺し屋らしき影を察知すれば、ただちに連絡が入る。

地下鉄関内駅の工事現場にあった本部は撤収するしかなかった。結局、霞ヶ関《かすみがせき》一丁目の法務省庁舎内、公安調査庁のある階に間借りさせてもらうことになった。もとはそこにオフィスの一部があったのだから、出戻りというべきかもしれない。

庁舎は東京駅に外観が似ていた。ネオ・バロック様式の赤煉瓦《あかれんが》造、二階建てで左右にひろがっている。明治時代の建造で、戦時中までは司法省だった。空襲で壊れた屋根が、修復時に雄勝石《おがついし》スレートから瓦《かわら》に変わったのが、少々みすぼらしい。

午後二時過ぎだった。建物の裏手にある駐車場を斗蘭は歩いていた。ふとフェリックス・ライターの姿が目にとまった。職員らが旅行用トランクをセダンに詰めこむのを、傍らに立つライターが眺めている。いかにもこれから旅立つといわんばかりの、皺《しわ》ひとつないスーツをきちんとまとっていた。

斗蘭は歩み寄った。「ライターさん」

ライターが振りかえった。麦藁《むぎわら》いろの髪に中折れ帽、鍔《つば》の下の浅黒い顔が、斗蘭を見かえした。陽気な笑顔が宿る。「ああ、斗蘭」

「お帰りになるんですか？　明日にはボンドさんが退院して戻ってきますけど」

「だからお暇《いとま》するんだよ」

「なぜですか……？　まだいちども会われてないのに」

「いまの彼は、私と会ったらよけいに悄気《しょげ》そうに思える。醜態を見せたがらない男だからな」

「そうなんでしょうか。ご友人と会えば元気がでるかと」

「励ましをすなおに受けとらない性格なんだよ。長年つきあってるからわかる。いまは顔を見せないほうがいいんだ。私の判断だけじゃなく、上からの圧力もあってね」

「あー……。CIAですか」

「そう。辞めた私は下請けに勤務の身だから、こうして飛んでこられた。でもブロフェルドが生きてると発覚して、CIAは目のいろを変えてる。正規職員が十人は海を渡ってくるよ」

日米安保条約における、情報に関する取り決めにしたがい、公安外事査閲局が知りえたことは、迅速にアメリカに伝達される。斗蘭の父がマジック44をMI6に、内密のうちに譲渡しようとした過去が、いまになってCIAの怒りを買っている。そんな背景があればこそ、その後はアメリカにいっさい隠し立てはできなかった。

よってボンドの生還についても、CIAはすでに承知している一方、彼の古巣であるMI6にはまだ知らされていない。理不尽な事態だった。CIAからMI6に伝えるぶんにはかまわないが、日本の公安査閲局からの報告は許されない。

イギリスがアメリカと同様に、日本にとって友好国であるという認識は、一般市民を対象にしたまやかしでしかなかった。在日米軍の基地と施設が全国に百以上。沖縄は戦後米軍に占領され、いまもアメリカの施政権下に置かれている。東京西部を中心に新潟県から長野県、伊豆《いず》半島まで広がる横田《よこた》空域は、日本の空ではない。すべて米軍の管制下にある。すなわち日本は完全にアメリカの縄張りであり、イギリスはよそ者だった。

ライターは斗蘭に憂いのいろを読みとったらしかった。「お互いＣＩＡの尻《しり》に敷かれてる身だな」

「あなたはそんなお立場では……」

「いや。考えてもみてくれ。ボンド生存を伝えられて、なぜ私が派遣されたと思う？日本におけるイギリス人スパイの問題ていどなら、ＣＩＡは下請けを出向させるのがふつうと考えてるんだ」

「まさかそんな。ジェームズ・ボンドに関することですよ」

「それでやっと下請けの派遣なんだよ」

「下請けとおっしゃいますけど、ピンカートン探偵局は信頼の置ける立派な企業でしょう」

「そんなふうにいってくれるのは日本人ぐらいかもな。いろんなことに手をだしすぎて、何屋さんかわからなくなって、いまや探偵って言葉も社名から取り除こうとしてる。ピンカートン社だとさ。いっそうわけがわからなくなってきた」

「そうなんですか……」

「CIAはMI6にもまだ情報を伝えちゃいない。盟友なら真っ先に知らせるだろうが、そんなことはしない。イギリスを下に見てるからだ」

「……わたしたちもですよね」斗蘭はささやいた。

米英も諜報《ちょうほう》の世界ではライバルどうしだった。国家機密を馬鹿正直に開示する方針など、両国とも有していない。なんらふしぎなことではなかった。警視庁と神奈川県警ですら、互いに意地を張りあい、情報交換を渋りがちだというのに。

「でも」斗蘭はライターを見つめた。「あなたはCIAの正規職員だったころから、ボンドさんと信頼関係を結んでおられたでしょう」

「いや。当時の私は三十代半ばで、そんなに実績もなかった。ロワイヤル・レゾーに居合わせた英国情報部員のお目付役を、偶然任ぜられただけでね。黒人ギャングの件でジャマイカへ行ったときもそうだった。知り合いになったんだからおまえが行ってこいぐらいの感じだった。鮫《さめ》の腹の肥やしになっても、ろくな手当もなし」

そういいながらライターが鉄鉤《てつかぎ》の義手をかざした。またどう反応していいものか迷う。斗蘭は視線を落とすしかなかった。

ライターが静かにいった。「私はMI6とつながりが深いし、すぐにでもMに電話してやりたいんだが、そうもいかなくてね……。上の意向だ、しょうがない」

職員がライターに声をかけた。「もう出発できますが」

「ありがとう。空港まで頼むよ」ライターは職員にそう応じると、斗蘭に向き直った。感慨深げにライターがささやいた。「きみはたいした女性だ。お父さんもすごい人だが、完全にその血を継いでるな。見た目もきれいだよ」

まだ顔に痣《あざ》も腫《は》れも残っている。斗蘭はただつぶやいた。「アメリカのかたは、ストレートに人を褒めるんですね。イギリスのかたとちがって」

「人によるよ。ボンドはわりと率直《そっちょく》な物言いをするほうだ」ライターはセダンの後部ドアに向かいかけた。「さて。ジェームズをよろしく頼んだよ。私がうろうろしてちゃ、ボンドの居場所がブロフェルドやスメルシュにバレる」

「本当にいいんですか？　おいでになったことだけでもボンドさんに伝えましょうか？」

「そこも伏せといてくれ。彼がまたジャマイカあたりに派遣されれば、どうせ私も行かされることになるだろうよ。馴染《なじ》みの相棒だし土地勘もあるだろうって」

「……お気をつけて。ライターさん」

「ありがとう。きみもな」

　ライターは最後まで快活な笑顔を向けてきた。義手とひきずる足についても、これが本来の自分の姿だ、そういわんばかりの自然さを失わない。後部座席に乗りこむさまも、まったくおっくうそうではなかった。

　ドアが閉じられた。走り去るセダンを斗蘭は見送った。胸の奥に漠然と虚無を感じる。

　右手と左脚の不自由なアメリカ人男性、顔に腫れと痣の日本人女性、両者が知り合うきっかけになったのは、記憶喪失だったイギリス人男性。公安外事査閲局本部には、十一名の殉職者の遺影が並んでいる。諜報活動という職業はそんなものらしい。

　翌日の午前中、ボンドの医療検査が完了したと報告があった。脳に損傷は認められなかったという。また極秘裏のうちに、ボンドの身柄が法務省庁舎内へと移送されてきた。斗蘭はまだ顔を合わせていない。昼食の時間帯に部屋を訪ねることになっていた。

　正午過ぎ、斗蘭は庁舎二階の通路を歩いていた。これから数日ぶりにボンドと顔を合わせる。なんとなく気が重い。

ボンドのいる部屋に着く寸前、通路で父の声が呼びかけた。「斗蘭」

斗蘭は足をとめた。スーツ姿の父、田中虎雄局長が歩み寄ってくる。職場のトップという印象がなお強い。いまも仕事でしか会わないからだろう。

虎雄が近くに立った。「これからボンドと会うんだろう。冷静にな」

「だいじょうぶです」斗蘭は父を見かえした。「なぜそんなことを？　冷静さを失う理由がありますか？」

「ならいいんだが」虎雄は心配そうなまなざしを向けてきた。「このあいだも江之島観光ホテルで、おまえが指摘しただろう。ボンドの、その……。性癖というか」

ああ、と斗蘭は思った。「こんな顔ですから、懸念することもありません」

「だいぶ腫れが引いたじゃないか。痣もめだたなくなってる。化粧のせいか？」

「もう行かないと……」

虎雄は無言のうちに態度で引き留めた。「彼の女性遍歴は、たしかに事件記録にも残ってるが、そこについての追及は避けるようにな。事件ごとに女をとっかえひっかえしてきたといわれても、彼にとっては過去だ。いまさら指摘されても困るだけだろう」

父はなにを弁護したがっているのか。ボンドというより父自身のことかもしれない。

女性遍歴うんぬんはそのまま父に当てはまる。斗蘭はあえて煩わしそうに頭を掻《か》いてみせた。「伝統的な日本人女性の印象にしたがって、ボンドさんに至れり尽くせりの奉仕をしろって？」

「そんなことは……。いや、一部ではたしかにそうしてほしいんだが、君主に仕えるようにすべてを捧《ささ》げろとはいってない」

「ではOLになるのを求めてるとか？」

「なに？」

「OL。オフィスレディ」

「ああ。昨今の流行《はや》り言葉か。BGよりはましだな」

社会にでて働く女性を、日本ではBG、ビジネスガールと呼んできた。英語のわかる斗蘭にはずっと違和感があった。BGは酒場の女《バーガール》という意味のスラングだったからだ。父も同じように思ってきたのだろう。BGは公安内事査閲局がOLという新語を国民に流布した。オリンピックで世界じゅうから報道関係者が集まるにあたり、国家的に恥をかかないよう、いまのうちに手を打ったのはまちがいではない。

父がつづけた。「OLとして奉仕するぶんには問題ない。ああ、奉仕といってもだな、常識的な意味でだぞ。けっしてその、男女の肌が触れあうこととか……」

「もう時間なので行きます」斗蘭は足ばやに歩きだした。

「頼んだぞ」父の声を背にきいた。「彼の機嫌を損ねるな」

そもそもすべて父のせいではないか。平和な任務で派遣されてきたボンドを暗殺に駆り立てた。マジック44も粉々になったときけば、ボンドが不愉快になるのも当然だろう。かといって詫《わ》びのしるしにマジック45を進呈するかといえば、そのつもりはまったくない。これでボンドの機嫌を損ねるなとはふざけている。

ドアの前に着いた。斗蘭はノックした。

返事がない。ふたたびノックする。「ボンドさん。おいでですよね。斗蘭です。入りますよ」

マナー重視という概念はこの職場にはない。常に非常事態への対処が優先される。斗蘭は返事をまたずドアを開けた。

なかは真っ暗だった。映写機のモーターの音が響き渡っている。白い壁に投影されているのは、八ミリの白黒フィルムの映像だった。

音声は記録されていない。水中翼船ＰＴ20の甲板上で、武装班がまわすカメラで撮影した。手ブレがひどいものの、併走する全没翼型水中翼船の甲板をとらえている。ブロフェルドとイルマ・ブント。ふたりの顔が克明に記録されていた。

映写の光線が妙にくっきりと浮かぶのは、煙草の煙が充満しているせいだった。きついにおいから〝しんせい〟だとわかる。父もよく吸っていた。

ボンドは投射された画面の前に立っていた。近づきすぎているがゆえ、ワイシャツの背中に映像の一部が映っている。そのぶん壁の映像のほうは、ボンドの輪郭が黒い人形《ひとがた》になって切り抜かれていた。ブロフェルドとイルマの映っている位置とは重ならない。彼が観たいのはそこだけなのだろう。

室内はそれなりに広く、テーブルやソファが持ちこまれている。ブラインドの隙間から射しこむ線状の陽光が、テーブルの上の食事を浮かびあがらせる。朝食も昼食も食べかけだった。

卵三個ぶんのスクランブルエッグは、半分ほど残っている。マーマレードを塗ったトーストにしても、ひと口かじっただけだった。ボンドの注文どおり、粗麦パンと赤褐色の殻の卵を取り寄せたが、気にいらなかったのだろうか。クリームソースのフランス風蒸し焼き料理、舌平目やカマンベールチーズに至っては、まったく手をつけたようすがない。

紅茶を拒絶したとはきいている。ただしコーヒーもカップに注がれてはいなかった。一方で酒はやけに進んでいる。ヴーヴクリコとテタンジェのシャンパンボトルは、どちらも空になっていた。ヘネシーのコニャック、スリースターも底をつきかけている。

斗蘭は遠慮がちに話しかけた。「あのう……」

ボンドは気づいていないわけではなさそうだった。振り向きもせずにいった。「福岡で会ったときより、どっちも痩《や》せたな。脂肪吸引かもしれない。鼻を治した整形外科医でも連れてきてるのかな」

なにげない言葉のようにきこえるが、どこか凄《すご》みのある声の響き。斗蘭はたずねた。「食事、お口に合いませんでしたか」

「調理に手間をかけてるのはわかるよ。とんでもなく器用なわざだ。ロンドンでもめったに見かけないレベルの食材を使ってる。でも俺にとっては少々まろやかすぎてね」

ぞんざいな言葉遣いになったのは親しみの証《あかし》、とりあえずそう考えて受けいれることにする。斗蘭はささやいた。「帝国《ていこく》ホテルの外国人シェフが、イギリスのお客様向けに作りましたのに」

「蒸し焼き料理ではあるけどココットじゃないんだ。スクランブルエッグももう少し固めがいい」

「よろしければ……。記憶が戻った範囲で、あなただけが知ることをお教え願いたいんです。毒性植物園に潜入して、ブロフェルドと会ったんでしょうか？」

「会ったとも」ボンドは振りかえった。フィルムの映りこむ顔に鋭い眼光がある。指にはさんだ煙草をいちど口もとに運んだ。唸《うな》るような声でボンドが告げた。「ブロフェルドの首を絞め、息の根をとめたと思った。だが脈まではたしかめていない。あいつらは間欠泉を調整するバルブのようなものを設置してた。それを閉栓してやったんだ」

「イルマ・ブントもそこに？」

「いたよ。あの女はぶん殴ったら気絶したが、まだいびきをかいてたから、死んでないのはわかってた。なんにせよ自殺の名所ごと吹っ飛ばしてやる気だったしな」

「そのバルブらしきものを閉栓して、地中で蒸気の圧力が限界に達する前に、ひとり脱出を図ったんですね」

「ああ。アドバタイジング・バルーン……きみらの国ではアドバルーンと呼ぶんだったな。あれにつかまって逃げるのを思いついた」

「その途中でエンジェルストランペットが群生する花壇を突っ切ったんでしょう。もうお聞き及びですよね」

「スコポラミンか」ボンドが忌々しげに、ふうっと煙を吐いた。「KGBの自白剤だな。花粉からも放出されるとは知らなかった」

「ブロフェルドが品種改良で強化したようですから……。脳の海馬に記憶障害が起き、前頭前野の機能不全と併せ、他者の評価が困難になったんです。敵味方が区別できなくなったのはそのためです」

「妙な気分だった」ボンドは映写機に歩み寄り、スイッチを切った。いったん真っ暗になった部屋の明かりを灯《とも》す。煙草を灰皿に押しつけると、残りわずかなヘネシーのボトルをひっくりかえし、グラスに注いだ。それを手にボンドがつづけた。「きみにも経験あるだろう？　現場で敵と鉢合わせしたとき、どんな手を使ってくるか、向こうの立場になったつもりで考えたりする」

斗蘭はうなずいた。「自分が敵側だったらどうするかと想像します」

「その想像ってやつに没入したまま、猜疑心《さいぎしん》が働かなくなる感じだった。絶えず自分に疑いを持とうとするが、信じたほうが楽という気持ちにもさせられる」

「第四夔濵丸でもわたしに問いかけましたよね。あなたがウラジオストクにいる連中の仲間なのかって」

「ジェームズ・ボンドと呼んでくれればよかった」

沈黙が生じた。ボンドの口調はあくまでさらりとしていた。斗蘭を責めるようすもなくグラスを傾ける。

不満がないわけではないのだろう。ただ英国海外情報部に長く勤めた彼が、スパイの鉄則を知らないはずがない。敵の名を呼ぶのは厳禁。まず敵のほうから名乗らせる、それまでは無言を貫くこと。敵方の知りえていない、予想外の手がかりをあたえてしまう、そんな可能性を否定できないからだ。

斗蘭はいった。「医師からもおききになったと思いますが、スコポラミンには耐性がつきます。まったく影響を受けなくなるわけではありませんが、初回ほど脳の働きが鈍ったりしません」

「嬉《うれ》しいね。今度はエンジェルストランペットの花畑を見つけても、きみと手をつないで駆けまわれるわけだ」

皮肉を真顔で言葉にしたがる。本心を明かすときには、むしろ口もとを歪《ゆが》める。なんとも真意の量りにくい男だった。四十過ぎのわりには若々しく、軽薄っぽくもあるが、すべて見せかけではないかという気もしてくる。

ボンドはテーブルにグラスを置いた。「Mに連絡は？」

「……ブロフェルドはあなたの居場所を知りませんでした。だからわたしの父を誘拐し、口を割らそうとしたんでしょう。実際には父さえも、あなたがどこにいるか調べきれずにいたのですが、ブロフェルドはそれすら見抜いていなかった」

「だが俺が生きてることは承知してたわけだ。どこからきいたんだろな」

「公安査閲局はけっして情報を漏らしてません」

「自信があるようだ。きみ個人としてか？」

「組織としてです。漏洩《ろうえい》が絶対にありえない体制を整えてます。スメルシュはあなたの生存を知っていて、暗殺指令をだしたようですが……」

ボンドは首を横に振った。「スペクターがスメルシュの幹部らをメンバーに迎えたのは、ずっと前のことだ。しかも全員逮捕されてる。いまスメルシュの持ってる情報を、ブロフェルドが入手できるとは思えないね」

「同感です。あるいはMI6のなかに、真実に気づいてる人がいて……。わかりますね。わたしたちとCIAの意見は共通してます」

「ああ。MI6にブロフェルドの犬がいると、きみらは思ってるわけだ」

「ちがうんですか」

「わからない。職場にはずっと帰っていないんでね。しかしそう考えるのも無理はない。ブロフェルドは日本円の紙幣を刷り放題だったんだな。莫大《ばくだい》な資金があるなら、賄賂《わいろ》をつかませる相手も幅広く選べる」

「ブロフェルド一味とスメルシュの両方があなたを狙ってます。あなたがわたしたちのもとに帰ったと悟られるのは危険でしょう」

「だから黙って匿《かくま》うしかないってのか。キッシーと同じだな」

女はいつも俺を独占したがる、そうとでもいいたげな、自信満々な目が間近に見つめてくる。斗蘭は反感を抱いた。「父の不名誉を払拭《ふっしょく》するためにも、あなたの無事を早くロンドンに伝えたいと、わたしたちは思っています。でもあなたの安全を考えれば仕方ないんです」

「本音はちがうだろう？　ＣＩＡから圧力がかかったか、それとも……」

「なんですか」

「きみが個人的に俺を匿いたがってるか」

「馬鹿なことといわないでください」

ボンドがふいに距離を詰めてきた。息がかかるほどの近くから、青く澄んだ目が見つめてくる。斗蘭はどきっとした。後ずさろうとしたとき尻《しり》がテーブルに当たった。

脈拍が急激に速まり、顔が火照ってくる。ボンドが右手を斗蘭の腰のあたりに伸ばしてきた。まさか……。

「失礼」ボンドは斗蘭の背後にあるテーブルから、〝しんせい〟の箱を手にとった。煙草を一本とりだし、口にくわえるとライターで火をつけた。

いちど上昇した体温がまた冷めてくる。動揺が顔に表れたのではと不安になる。と同時に腹立たしくなった。自分自身に怒りをおぼえた。いまのはなんだ。なぜさっさと脇に避《よ》けない。

まだ心拍の亢進《こうしん》がおさまらない。斗蘭は空っぽのボトルの数々を眺めた。一杯やりたいのはこちらのほうだ、内心そう毒づいた。

ボンドがいった。「そういえばきみらはフェリックス・ライターと一緒じゃなかったか。新宿御苑にいた気がする。後ろ姿だったし、ライフルのスコープ越しでよく見えなかったが」

あのとき狙撃《そげき》で窮地を救ってくれたのは、やはりボンドだった。しかしライターとの約束がある。斗蘭はボンドを見つめた。「フェリックス・ライターさん？　存じあげませんが」

煙草の煙を吐きつつボンドが苦笑した。「見まちがいだったのかな。まあいい。次に彼と会ったときには、数年ぶりの再会になるわけだ」

なんとなく問い詰められているような気分になる。斗蘭は弱腰になった。「お友達なら、ボンドさんから電話をなさっては……」

「ライターに？　馬鹿いっちゃいけない。どこで盗聴されるかわかったもんじゃないんだ。この建物内の対策は万全でも、途中の電話線や交換台はちがうだろう」

大量のアルコールを摂取したわりには、ボンドはけろりとしている。思考も沈着冷静そのものだった。

ブロフェルドへの復讐心《ふくしゅう》に怒りをたぎらせているのでは、斗蘭はそう思っていた。さっき斗蘭が室内に入った直後こそ、フィルムを見つめるボンドの背に、近寄りがたい気迫が満ちていた。しかしいまはすべてを忘れてしまったかのように、さばさばした態度をとっている。恐るべき自制心のなせるわざか。あるいは……。

また同じ疑念にとらわれてくる。トレーシーの死を、もうさほど気にかけてはいないのでは。

事件のたび、知りあった女と火遊びを繰りかえし、その都度あっさり捨ててしまう。二度と会おうともしない。このイギリスの男性は人並み外れて薄情なのではないか。

そう思える根拠はある。人を人とも思わない性格は、有能な諜報《ちょうほう》員に必須《ひっす》の条件だ。斗蘭たちはやむをえず敵を殺害した場合、のちに弁明書を提出せねばならないが、ボンドは政府から殺しの許可証を授かっている。対人関係はいっそう淡泊かもしれない。ライターのような同性の友人とは、戦友に似た連帯感もありうるだろうが、異性はどうだろう。しょせん欲情の捌《は》け口、使い捨てではないのか。いちど結婚したトレーシーについても……。

電話が鳴った。斗蘭は近くの電話機を見た。内線ボタンが点滅している。受話器をとりあげるとボタンを押した。「田中斗蘭です」

管共課の記録係に属する上司、磯山《いそやま》の声が日本語で告げてきた。「供述記録をとる準備ができた。よければボンドさんをこっちに寄越してくれないか」

「わかりました。いまお連れします」斗蘭は受話器を置くと、ボンドに向き直り、英語でいった。「証言の録音について要請がありました。協力していただけますか」

「行こう」ワイシャツ姿のボンドがネクタイを巻いた。椅子からジャケットをとりあげる。ボンドはドアへ向かいだした。「ネズミが穴から這《は》いだすときがきたか」

「あなたはネズミ年じゃないですよ。本当は戌年《いぬどし》です」

「本当に？　きみの父上が干支《えと》をまちがえていたのかな」

「いろいろ事情が……。戌年生まれは勇敢ですよ」

「そりゃ結構。犬とはいいえて妙だ。首輪を嵌《は》められ、女王陛下に手綱《リード》を握られてる」

反応を迷っていると、ボンドがドアを開け、斗蘭を先に部屋からだした。レディファーストの精神はすなおに素敵に思える。日本でこの仕事をしていると、男のスーツの背中ばかり見ている。

ふたりは廊下へでた。斗蘭はボンドを案内しつつ歩調を合わせた。

歩きながらボンドがきいた。「この仕事に就いてからロンドンへ行ったことは?」

「何回かあります。でもいつも短い滞在で」

ボンドの軽口は斗蘭の不安を裏付けるものだった。「メイフェアに洒落《しゃれ》たレストランがあるんだよ。よければ今度一緒に……」

しかし安手な誘いはそれ以上つづかなかった。ボンドがいきなり足をとめ、硬い顔で行く手を見つめたからだ。斗蘭も立ちどまらざるをえなかった。ボンドの注視する先に目を向け、斗蘭は固唾《かたず》を呑《の》んだ。

初老ながら屈強そうな肉体を高級スーツに包んだ男。マルク=アンジュ・ドラコが葉巻をくわえながら立っていた。

19

ボンドは通路に立ち尽くすしかなかった。

この再会を望んでいたようでもあり、断固として拒否したかった気もしてくる。最後の交流は結婚式だった。Mまでが同席する、ごく私的な集まりだ。あのときドラコは別人に見えるほど柔和な表情を浮かべていた。

いまはちがう。ボンドがドアを蹴破《けやぶ》り、初めて顔を合わせた瞬間の、油断ならないまなざしだけがあった。しかも当時のドラコはまだ口もとを歪《ゆが》めていた。現在はそんなかたちばかりの微笑すらない。

ドラコは葉巻を指先につまみとった。「戻ったか。放蕩《ほうとう》息子」

結婚式場をあとにしドライブにでかけた。その道中でブロフェルドの襲撃に遭った。トレーシーの検死が済んだのち、遺体はすみやかにコルシカ島へ運ばれたときいた。フランスでは死後四十八時間以内の埋葬が義務づけられているが、検死を経た場合は酌量がなされる。

通夜《ヴェイエ》にボンドは招かれなかった。葬儀にもだ。ボンドが島へ行くのを許されたのは、出棺が終わってから半日以上を経た日没後だった。それまではユニオン・コルスの面々が手をまわし、絶えず渡航を妨害してきた。うちひとりの口からドラコの伝言をきいた。日が暮れて以降なら、花を手向《たむ》けることぐらい許してやる。

トレーシーが埋葬された墓の在処《ありか》を、島民はけっして教えようとはしなかった。ユニオン・コルスが箝口令《かんこうれい》を敷いているのは明白だった。代わりにボンドはアジャクシオ大聖堂へ足を運んだ。葬儀がおこなわれた会場だったが、しばらく惜別の儀式として、献花と祈りを捧《ささ》げられるようにしてあった。異例の試みだがドラコが巨額の金で実現させたという。コルシカ島に住む一般市民が誰でも訪ねられる催しだ。ボンドはそのあつかいでしかなかった。

アジャクシオ大聖堂は、ルネサンスとバロックの様式が混在する、繊細な美に満ちあふれていた。ナポレオンが洗礼を受けた聖地としても有名だった。

巨大な聖堂内部には誰もいなかった。ただ無数の蠟燭《ろうそく》が光を放ち、放射状祭室の真んなかにある祭壇に、大きなトレーシーの写真が飾られていた。棺《ひつぎ》があっただろう場所を中心に、幾千もの花が手向けられていた。

ボンドは孤独な祈りを捧げた。そうしているうちにドラコが踏みこんでくるのを、心のどこかで望んでいた。友好的な態度など期待していない。慰めの言葉もなくていい。部下を引き連れ、襲撃でもなんでもしてほしかった。そのほうが納得して死ねる。

しかしドラコは姿を見せなかった。ひと晩かけて島じゅう捜しまわろうかとも思ったが、無駄だとわかっていた。ドラコも部下たちも、島内に長く留《とど》まるはずがない。いま日本の法務省庁舎二階の通路に立つドラコは、部下を侍らせていなかった。ただ敵愾心《てきがいしん》をあらわに仁王立ちしている。なぜ彼がここにいるのだろう。理由はどうでもいい。ドラコに会って、ボンドはなにを伝えるべきなのか。わからない。鉛の弾を食らいたかったのか。それもちがう。正確にいえば、殺されてもかまわないと思った、それは揺るぎない本心だ。だとしてもドラコの真意は知りたかった。彼の言葉を耳にしたかった。

ドラコが不敵な声を響かせた。「死んだときいてほっとしていたが、おめおめと生き延びてるとはな」

なんともいえない複雑な気分にとらわれる。ボンドはつぶやいた。「あんたがこんなところにいるふしぎにくらべたら、俺の生存なんて高《たか》が知れてる」

「義父《とう》さんとはいってくれないのか」

「前からいってない」

「なぜ俺がおまえの生還を知ったか、疑問に思っとるだろうな。MI6ですら知らない極秘情報を、俺たちがどうやって得たか」

「ユニオン・コルスがCIA職員を何人か買収してるのは常識だ。これまでにも裏金を受けとってた職員が懲戒免職になってる」

また葉巻を口に運び、ドラコがじっと見つめてきた。その目がボンドの隣に移る。ドラコが斗蘭に告げた。「うちのじゃじゃ馬娘と結婚してくれたら、百万ポンドやると彼に約束した」

斗蘭が唖然《あぜん》とする反応をしめし、こわばった顔をボンドに向けてきた。

ボンドは横目に一瞥《いちべつ》した。「受けとってない」

ドラコが遠慮なしに声を張った。「受けとってくれなくて正解だった。アジャクシオ大聖堂を長いこと借りきれたからな。葬儀は近親者だけで済ませたが、花はできるだけ大勢に手向けてほしかった。うちの組織、そこにつながりのある者、恩恵をこうむる者すべてに」

「俺はどこに当てはまるんだ？」

「減らず口はよせ」ドラコの面持ちが険しさを増した。「俺がなにをいいたいかわかるか、ボンド」

結婚式までのしばらくのあいだはジェームズと呼んでいた。ひさしぶりに再会したドラコはボンドといった。それがふたりの距離の尺度だろう。ドラコの問いにボンドは答えた。「俺が死んでトレーシーが生きてりゃよかったのに、か」

ドラコは憤然と葉巻を床に投げ捨て、靴の裏で踏みにじった。「侮辱もたいがいにしろ」

その声が合図になったかのように、通路沿いのドアが荒々しく開き、大男どもがぞろぞろと繰りだしてきた。ひと目でユニオン・コルスの用心棒らだとわかる。厳めしい表情の巨漢が群れをなし、ドラコの背後に控えた。

これは驚いた。ボンドは内心つぶやいた。ここは公安外事査閲局の本部ではなかったか。しかも表看板たる公安調査庁と同一の建物のはずだ。これではユニオン・コルスの日本支部さながらだ。

ドラコも騒ぎを起こすのは好ましくないと悟ったのだろう。取り巻きに声をかけた。「だいじょうぶだ、部屋に戻ってろ」

大男たちが退散しつつも無言でボンドに凄《すご》む。アジトの摘発を受けたマフィアが警官相手にとる態度に似ている。そんな光景がしばらくつづき、やがて全員が室内に消えた。ドアが叩《たた》きつけられると、通路はまた三人だけになった。

ボンドは平然といった。「滑稽《こっけい》だな。お互い日本の諜報《ちょうほう》機関でタダ飯にありつき放題の身分だったか」

「なあボンド」ドラコは笑っていなかった。「ブロフェルドと相討ちになって死んだおまえが、じつは生きてるときいて、俺たちは海を渡ってきた。ここの田中局長は俺の情報を高く評価してくれたよ」

「元幹部どもがアメリカの大企業株を買いあさってることだろ。もうきいた」

「ざまないな、ボンド。俺は最愛の娘テレサをおまえに託した。それがむざむざ殺され、ブロフェルドを仇討《かたき う》ちする機会が訪れながら、またも逃した。奴らはなにやら資金を蓄えだしとる。それに引き替え、おまえはどうだ。雇い主に連絡をとる自由もなく、極東の異国で軟禁状態か」

斗蘭がドラコに反論した。「MI6に事情を説明できないのは、諸般の政治的理由によるものです。わたしたちはボンドさんを軟禁してるわけじゃありません」

「だが」ドラコの目はボンドから逸《そ》れなかった。「逃げ隠れはしてるだろう。俺の知るおまえはそんな男じゃなかった。とっくにテレサの無念を晴らしに動きだしとるはずだ」

またも斗蘭が抗議の声をあげた。「ボンドさんに単身危険に飛びこめというんですか。ブロフェルド一味とスメルシュがボンドさんを狙ってるんですよ」

「単身危険に飛びこむのはこの男の人生だ。スペクターとスメルシュに狙われるのもな」

ボンドにはドラコの主張がよくわかっていた。これは嘆きだ。娘の敵を討つべく、死にものぐるいに動きまわってこそジェームズ・ボンドだ、そういいたいのだろう。結果として命を落とすことがあっても、ブロフェルドを葬り去れるならやむなし。ドラコはおそらく、タイムズ紙に載ったボンドの死亡記事を読んだとき、シャターハントがブロフェルドだったという情報と併せ、それなりに安堵《あんど》したにちがいない。トレーシーことテレサを失った哀しみは大きくとも、ボンドがけじめをつけ、いちおうの決着をみたからだ。

ところが両者ともに生きていた。ドラコの心情は苛立《いらだ》たしいとか歯がゆいとか、そんなていどでおさまるはずがなかった。まさに憤激とともに日本へ渡ってきた。

来日したドラコの取り巻きが異常に多かった。用心棒を務めさせるには数分の一でいいはずだ。ユニオン・コルス選《え》り抜きの主要な兵隊を連れてきている。だらしない新郎を許せず、いっそ殺害してやろうと思ったのだろうか。あるいは以前にスイスの山中から、トレーシーを共同で救出したときのように、ブロフェルド討伐に手を貸そうというのか。

通路を塞《ふさ》ぐように立つドラコが腕組みをした。「死亡記事を目にするまでの数か月、俺はおおいに失望した。おまえは酒浸りで職場のお荷物に成り下がっていた。いまも飲んでるな」

「支障はない」ボンドはわざとぶっきらぼうに告げた。「そろそろどいてくれないか、ドラコ。俺にはやるべきことがある」

「俺の顔を見て赦《ゆる》しを乞《こ》うかと思ったが、それすらなしか。いっそ殺してやりたくなる」

「マルク゠アンジュ。語源は戦士と天使か。脅しとは名が泣くぞ」

ドラコの顔が憤怒のいろを帯びた。「見損なったぞ！　テレサひとり守りきれない腰抜けだとはな」

斗蘭が咎《とが》めた。「大声をださないでください！　事情はご存じでしょう。ボンドさんはずっと記憶障害の状態にありました。ブロフェルドをどうするかはこれからの問題です」

「ほう。だがボンドがここに引き籠《こ》もっとる理由は？　大手を振って街なかを歩いたほうが、ブロフェルド一味も飛んでくるんじゃないのか。なにしろ奴らは少人数体制なんだからな」

「スメルシュが狙ってきます」

「ソ連の殺し屋どもか？　どうやってボンドの居場所を知るというんだ？」

ふいに電気ショックを受けたような衝撃がボンドのなかを駆け抜けた。半ば茫然《ぼうぜん》としながらドラコの渋面を眺める。

唐突に湧いた疑問は、ドラコの口にしたこと以前から始まっている。ボンドの生存自体、なぜスメルシュは知っていたのか。奴らはボンドが日本国内を北上する道中、もうアキム・アバーエフを送りこんできた。命令書によれば、ボンドがソ連に渡りたがっているのも、奴らは承知済みだった。黒島ではボンドを匿《かくま》うキッシーが、タイガーからヘンダーソンまで、あらゆる来訪者を追い払っていたというのに。

内なる震撼《しんかん》はいっこうにおさまらなかった。それどころか徐々に亀裂《きれつ》が大きくなり、新たな懸念が頭をもたげてくる。ボンドは半ば放心状態で歩きだした。ドラコのわきを抜け、廊下を足ばやに突き進む。

啞然《あぜん》と見送ったドラコが振りかえった。「ボンド、どこへ行く!?　話はまだ終わってないぞ！」

ボンドは走りだしていた。ドラコは追ってこない。だがヒールの音が追いすがってきて横に並んだ。

斗蘭がきいた。「どうしたんですか」

「タイガーはどこだ」

「そっちです、その三つめのドア。……ボンドさん、落ち着いてください。なにがあったんですか」

ボンドはドアをノックせず、いきなり開け放った。

室内には大勢のスーツが控えていた。会議用の長テーブルが壁沿いに並び、職員らが列席している。真んなかに据えられた事務机にはテープレコーダー。宮澤のほか、音声記録係とおぼしき職員が数名、その傍らに立っている。

タイガー田中は列席者のなかにいた。「ボンドさん、遅かったな。あまり時間もない。早速始めよう」

ボンドは事務机の前にある椅子に向かわなかった。まっすぐタイガーのもとに赴いた。「いますぐ黒島へ行きたい。手配してくれないか」

「なに?」タイガーは驚きのいろを浮かべた。「馬鹿をいうな。危険だ」

「危険でもなんでもいい。なるべく早く着く移動手段を頼む」

「ここをでてはいけない。黒島など論外だ。ブロフェルド一味もスメルシュも、きみがあそこに隠れとったことを知っとるんだぞ」

「それが問題なんだ。なぜスメルシュまで知ってた？　あいつらはもうブロフェルドとのつながりはないはずだ」ボンドのなかでじれったさが募った。「妨害者を全員叩きのめしてでも行ってやる。止めるなよ」

「まて」タイガーが立ちあがった。厄介そうな顔でため息をつき、ボンドを見かえす。その目がほかの職員に向いた。日本語でなにか命じる。ヘリコプターという言葉が含まれているようにきこえた。職員数名が立ちあがり、おじぎをしてから急ぎ退室していった。

タイガーが唸《うな》るような声で告げてきた。「やむをえん。あなたがそういうのなら……。江東区《こうとう》のヘリポートを手配する。クルマで三十分ぐらいだ。斗蘭、ボンドさんを連れて駐車場へ行け。私もすぐ追いかける」

「恩に着る、タイガー」ボンドは踵《きびす》をかえしドアへ歩きだした。呆気《あっけ》にとられたようすで見守る職員一同を尻目《しりめ》に、ボンドはひたすら廊下を急いだ。

斗蘭が必死に追いかけてきた。「スメルシュの情報源って、まさか……」

ほかに考えられない。ボンドは近くの階段を駆け下りた。記憶の再生は忌まわしい。誰も信じられなくなる諜報《ちょうほう》の現実を、また嫌というほど眼前に突きつけられる。

20

永田町《ながたちよう》と霞ヶ関にヘリポートがないのは遺憾だ、タイガーはボンドにそうこぼしてきた。池袋西武《いけぶくろせいぶ》百貨店の屋上ヘリポートを使うこともあるが、そんなところでボンドを人目に晒《さら》すことはできない。江東区で来年開港予定の東京ヘリポートを、政府関係者がたびたび利用する。そこからなら安全に飛べるという判断が下った。

運転手を除き、ボンドに同乗したのは田中父娘だけだった。めだつ大人数での移動はボンドも好まなかった。セダンの助手席に斗蘭、後部座席にボンドはタイガーと並んで座った。むろん警備のクルマは、ひそかに前後の車列に紛れている。

首都高速道路の霞ヶ関入口は建設工事中だった。来年の東京オリンピックまでの全面開通をめざし、急ピッチで整備が進んでいるが、まだ下の道を行かねばならないという。

驚異的な戦後復興を遂げた都心をボンドは眺めた。午後の陽射しのなか、皇居周辺の緑地や堀、石垣がひろがる。銀座《ぎんざ》通りにはカフェやデパートが並ぶ。日本橋《にほんばし》には江戸《えど》時代の木造家屋や、明治期の石造りの洋館がまだ残っている。震災や空襲を免れたらしい。

行く手で勝鬨橋《かちどき》が跳開し、大型貨物船を横断させていた。閉じるまでは通行止めになっている。待機の渋滞にセダンは加わった。ボンドはただじれったく思った。壮観だとは思わない。ロンドンのタワーブリッジで見慣れている。

タイガーがいった。「またせて申しわけない。最近はめったに跳ねあがらないんだがね」

「跳開橋が稼働する時間までは、公安査閲局も把握していなかったわけだ」

皮肉にタイガーが表情を硬くした。「ボンドさん、周りを見てくれ。たった十八年の戦後復興。ビルが林立して、焼け野原の痕跡《こんせき》はほとんどない。工事があちこち目につくが、来年の東京オリンピックのための整備だ」

「それがどうかしたのか。米ソが戦争になればまた蹂躙《じゅうりん》される」

「そうとも」タイガーが真顔になった。「戦後はやたら平和が強調されとるが、日本は東西両陣営にとって戦略的に重要な地点だ。憲法が諜報機関を持つことを禁じるなんて、本来ならありえない話だったんだ」

「GHQは最初から日本国民にまかせたりせず、CIAの縄張りにするつもりだったんだろう。在日米軍と同じように」

「ああ。表向き主権国家でも、結局は戦力も諜報力もアメリカに牛耳られとる。彼らは日本政府より強い権限を有する。自衛隊員は米軍から見下され、日本の地方民からは軍人だと毛嫌いされ、肩身が狭い思いをしとるが、我々も似たようなものだ。CIAには頭があがらん」

公安による諜報活動が充分でないのは、いかにもCIAのせいだといいたげだった。わからないでもない。ボンドは言葉にしなかったが、イギリスも同様の立場だろうと胸の奥でつぶやいた。自動車産業や重工業が活況で経済発展しているものの、労働党と保守党の政権交代が頻繁に起き、政治的に不安定だった。日本も好景気の一方、学生が安保闘争を起こしている。英日どちらもアメリカの第一の友人を自負し、特別な関係を謳《うた》っているが、じつはおおいに蔑《さげす》まれている。諜報の世界では特にそれが露骨にあらわれる。他国諜報機関による縄張りの侵害を、CIAはけっして許さない。

勝鬨橋がゆっくりと下がっていき、道路が水平に連結した。遮断機があがり車列が進む。セダンは隅田《すみだ》川を渡った。眼下には橋をくぐった大型貨物船のほか、小さな漁船が何隻も往来している。

川の向こうでは瓦《かわら》屋根が増え、庶民向けの商店街が目につきだした。店頭に野菜や魚が並べてある。二階の窓に洗濯物を干す家が多い。さらにその先は運河や工場地帯だった。

午後二時過ぎ、江東区なる臨海の一帯は、どこもヘリが離着陸できそうな空き地だらけだ。そんななかコンクリート舗装された区画が東京ヘリポートらしい。仮設の管制塔が建つほかは、見渡すかぎりがらんとしている。ただし待機中のヘリがベル204Bだと知り、ボンドは安心した。機体の形状こそよくあるヘリコプターだが、米空軍用のベルUH1Bの民間仕様になる。結局この国の空を飛ぶのは、いまのところアメリカの翼か。

キャビンには座席が五つずつ二列、向かい合わせに備え付けてあった。ボンドと田中父娘のほか、護衛のクルマから職員三人が乗りこんだ。爆音から耳を保護するためのヘッドフォンを装着し、シートベルトを締める。

ヘリの上昇はスムーズで、エレベーターのような安定感を誇っていた。たちまち東京全域の眺望が目に入るほどの高度に達する。ヘリは一路、南の九州をめざし飛行し始めた。

見下ろすと山岳地帯の多さがわかる。海沿いのわずかな平地に都市が密集している。ヘッドフォンを通じタイガーの声がボンドの耳に届いた。「来年のオリンピックが終わるまで、地震が起きないでくれとみんなが祈っとる」

あいにく頭のなかはほかの懸念でいっぱいだった。ボンドもヘッドフォンに備え付けのマイクにつぶやきを漏らした。「あんたたちなりの悩みがあるのはよくわかった」

斗蘭が向かいの座席から見つめてきた。「ボンドさん。国家の平和を守り抜くにはどうしたらいいですか」

「いま父君がおっしゃったとおりだ。地震発生を食いとめんがため、寺や神社にお参りするんだな」

「真面目にきいてるんですけど」

「きみには勧めない。ただ邪魔者を殺す。俺のやってきたことはそれだけさ」

キャビンは沈黙に包まれた。ボンドは外に目を向けていた。どうせ偉そうにものをいえる立場でもない。ドラコの剣幕をまのあたりにした斗蘭にもわかるはずだ。

トレーシーは父親の手に負えない娘だった。当然の成りゆきかもしれない。マフィアのボスのもとに生まれ、何不自由ない生活を送りつつも、肉親からの愛情に飢えていた。そんなトレーシーとボンドが偶然出会った。トレーシーの心がボンドに傾いているのを、ドラコは敏感に察したようだ。ボンドが英国情報部員なのを承知のうえで、トレーシーと結婚してくれるよう、彼女の父親として求めてきた。百万ポンドという謝礼はそのときドラコから告げられた。

本気の恋が愛に変わる理屈など説明できやしない。自分で振りかえってもよくわからない。強い喪失感のせいでぼやけてしまった。ただドラコの謝礼金は即座に突っぱねた。独力でトレーシーを幸せにできる、ボンドのなかにはそんな自信があった。あの結婚式のあと、悲劇が訪れるまでは。

陽が傾いてきた。ヘリは山中にある民間空港に立ち寄り、給油を済ませるやふたたび離陸した。西日本は緑の占める割合が多く、瀬戸内海《せとないかい》は穏やかだった。西の水平線に太陽が沈んでいくのを、ボンドはじっと見守った。ヘリの速度では追いつけなかった。

闇夜の暗がりにヘリは下降していった。ヘリポートではなく単なる荒れ地のようだ。機体はわずかに傾いた状態で着陸した。側面のドアが横滑りに開け放たれる。ボンドは外に降り立ったものの、なにも見えなかった。波の音がきこえる。近くに海があるのがわかる。丘陵の向こうには蒸気が立ち上り、霧のごとく辺りに漂っていた。

吹きつける潮風の肌触りに、急激に記憶が喚起される。向こうに見えるのは以前、ボンドが来たことのある場所だ。なにもかも焼失しているがまちがいない。踏みしめる土の感触も、よみがえってくる記憶とぴたり重なる。例の毒性植物園の跡地から、ほんの数マイル離れた海辺の暗がりに、ヘリはひそかに着陸していた。

迎えに来たセダンには、ふたりの男が乗っていた。ボンドは田中父娘とともに三人で後部座席におさまった。振り向く助手席の男の顔が、車内灯に照らされる。男は日本語で挨拶《あいさつ》らしきものを口にした。

やはり前に会ったことがある。福岡県警の安藤警視。ブロフェルドの居城の航空写真を提供してくれた、この地元におけるタイガーの協力者だ。黒島のキッシーを紹介した人物でもある。安藤には悪気はなかったのだろう。

周囲になにもない闇のなかを、クルマはしばらく走っていき、やがて緩やかな勾配《こうばい》を下った。その先の海岸にはモーターボートが係留してあった。

全員が車外にでた。タイガーが安藤と日本語でぼそぼそと会話する。それが終わるとタイガーは、ジャケットの下から拳銃《けんじゅう》を抜き、装弾をたしかめだした。娘の斗蘭も同じようにする。

安藤も拳銃をとりだし、グリップのほうをボンドに差しだした。受けとるよう安藤の目が告げてくる。

ボンドはグリップを握った。ありがとう、控えめにそういった。安藤が微笑とともにおじぎをした。

拳銃はリボルバーだった。S&WのM36に近い。回転式弾倉を開けてみる。装弾は五発。弾もS&Wと同じ三十八口径用のスペシャル弾だとわかった。

斗蘭が説明した。「ニューナンブM60です。三年ほど前から日本の警察官に支給されてます。制服警官用の銃身は七・七センチだけど、これは私服用の五・一センチ」

トリガーの遊びを軽く引いてみただけでも、ダブルアクションのコンビネーションがS&Wほどではないとわかる。ボンドは思いを口にした。「西部劇の保安官にうってつけだな」

拳銃の欠点について、斗蘭は百も承知のようだった。「撃鉄は自分で起こしたほうがいいです。命中精度が格段にあがります」

シングルアクションでの射撃を勧めてきた。撃つ前に撃鉄を起こす余裕をあたえてくれる、お人よしな敵との遭遇を願うばかりだった。ボンドはまさしくガンマンのように、拳銃を人差し指で縦回転させ、ジャケットのポケットにおさめた。

モーターボートを操縦するのは、安藤と一緒に来た刑事だった。乗員はボンドと田中父娘のみらしい。ほかの護衛が周囲の闇に散開していく。どこから監視するつもりなのか、気にしたところで始まらない。日本人なりのやり方があるのだろう。

海原は墨で満たしたように真っ黒だった。モーターボートのエンジン音が静寂に響き渡る。後方に水飛沫《みずしぶき》をあげつつ、小さな船体が猛スピードで突き進む。吹きつける潮風に、またも忘れかけていた感覚がよみがえってくる。

まったく別人の生涯が唐突に、自分の記憶に割りこんできた、そんなふうにも思える。キッシーとの暮らしは素朴そのものだった。重要ななにかを忘れていると自覚しつつも、しだいに日常に慣らされ、やがて抵抗なく馴染《なじ》んでいった。

シャターハント暗殺のため、黒島の鈴木家に潜伏していた時期から、似たような生活を送っていたせいもあっただろう。素潜りで貝をとってくる漁の秘訣《ひけつ》は身体がおぼえていた。ゆえにここでの日々に身を委《ゆだ》ねることが、記憶を取り戻すためにも最善と信じた。

キッシーへの愛情は本物だったのだろうか。孤独を紛らわすため、あるいはほかに選択肢がなかったがゆえか。いや彼女は十分に魅力的だった。そのうえ献身的でもあった。ボンドは彼女の愛に応《こた》えようとした。それが思いの通じあった状態というのなら、そうなのだろう。彼女との将来を夢見たのはたしかだ。記憶が戻ったとしても、新たな世界にキッシーを連れていきたい、いちどはそんなふうに心から望んだ。

けれどもウラジオストクという地名に触れたとき、まったく異なる感情が湧き起こった。ひとりで行くしかない、彼女は置いていくよりほかにない。自然にそう決断できた。

なにが人生をさだめるのだろう。運命はどんなことに由来し、どうやって未来に結びついていくのか。ボンドには親はいなかった。ぼんやりと十一歳のころまでの、父母の記憶があるものの、ふたしかな面影だけだ。両親は登山事故で死んだ。ケント州の寒村で叔母《おば》に預けられてからも、将来になんら希望を持てず、投げやりに生きるばかりだった。女癖が悪かったのは否定できないが、のちにトレーシーに共感したのも、当時の生き方のせいかもしれない。

そんなボンドが生き甲斐《がい》を見つけたのは戦争だった。ナチスがソ連に侵攻し、日本が真珠湾攻撃に踏みきった年、十九歳のボンドは海軍に拾われた。いちおう軍人ではあったが、得体の知れない特殊機関への配属を受けた。あらゆる武器の使用法から格闘術、侵入や爆破工作、盗聴から語学まで徹底的に訓練で叩《たた》きこまれた。あとでわかったことだが、ろくに身寄りのない若者を鍛え、諜報《ちょうほう》員の適任者に育てあげるのが、その機関の役割だった。戦時中にMと出会った。戦争終結後、海軍を除隊し、Mのもと海外情報部での勤務が始まった。

血を血で洗う苛酷《かこく》な日々が仕事だった。束の間の休息に女を抱くことに抵抗はなかった。明日には自分もその女も死んでいるかもしれない。寝たことのある女が屍《しかばね》と化す経験も何度かあった。涙など浮かばなかった。

それがトレーシーと出会って変わった。四十を迎えた歳のせいもあったのだろうか。人は護《まも》らねばならない存在ができたとき、いっそう強くなれるものなのか。もしくは弱さを抱えるだけなのか。

モーターボートの上でタイガーがいった。「もう着くぞ」

エンジンを切った船体が惰性で浜辺へと近づく。ボンドと田中父娘は桟橋に降り立った。刑事はここで待機らしい。

やはり真っ暗だったが、ボンドはまったく迷う気がしなかった。集落までつづく岩場だらけの道のりなら、両目を閉じていても行き着ける。

集落の島民は早くも寝静まっていた。足音をききつけたらしく、起きだしてきた高齢者らも、ボンドを見るなりひっこんでしまう。タイガーが強引にひとりを捕まえ、日本語でなにやら詰問した。島民はボンドにおろおろとした目を向けるだけだった。

鈴木家を訪ねると、真っ先に鵜《う》の鳴き声がきこえてきた。ディヴィッドだとわかる。玄関に出迎えたキッシーの両親は、島民以上に戦々恐々としていた。

ただならぬ空気を感じる。ボンドは靴を脱ぎ家にあがると、廊下を足ばやに急いだ。ディヴィッドが鳴きつづける縁側を通り過ぎ、キッシーの部屋の障子を開け放つ。

誰もいない。人がいる気配すらない。ずっと空室だったかのようだ。

キッシーの両親があわてぎみに追いかけてくる。田中父娘がつづいて現れた。タイガーが厳しい口調の日本語で、キッシーの父親に問いただす。夫婦は狼狽《ろうばい》しながら、繰りかえし頭をさげ、しきりに弁明らしき言葉を口にした。

タイガーがため息とともにボンドに向き直った。「先日私はここを訪れたのだが、その後外国人たちが訪ねてきて、キッシーに英語で挨拶したそうだ。彼女はきみの友達が来たと思ったらしい。一緒に話すといって家をでていった」

「それからどうなったんだ？」ボンドはきいた。

またタイガーが日本語でキッシーの父母に問いかける。母親は涙声でひとつの方角を指さした。

斗蘭が深刻そうにつぶやいた。「あっちへ行って戻らないって……。出航した気配はないから、島からでたとは思えないけど、ようすを見にいくのは困難だから、まつしかないといってます。……なぜ困難なんでしょう？」

いまキッシーの母親が指さした方角なら、思い当たるものがある。ボンドはいった。

「島民は迷信深い。小さな島だが禁足地が六つある。あっちなら、そのうちのひとつが怪しい」

ボンドと田中父娘は懐中電灯を手に、島の南東へと足を運んだ。一帯の木々には注連縄《しめなわ》が巻かれていた。ふたつの岬が海原に延びるあいだの入り江、その波打ち際にある崖《がけ》は、けっして下りてはならないとされてきた。

崖下へとつづく小径《こみち》の岩場を慎重に踏みしめる。ボンドは先頭に立っていた。「九州本土に向く別の崖に六地蔵がある。それぞれが島を護るものの、その影に悪魔が宿る場所も六つあるとか……」

タイガーが背後から訂正してきた。「悪魔が宿るという概念はわが国にはない。むしろ地蔵が影を落とす神聖な場所だから、入ったら罰当《ばち》たりという意味だろう」

どうでもいいとボンドは思った。ロビン・フッドの隠された金貨を探しにきたのではない。伝説の解釈が事実を左右することはない。ボンドはいった。「迷信なんて信じてると……」

「なんだね？」タイガーがきいた。「ろくなことがない、とでもいうのかね。矛盾しとると思わないか。迷信なんて信じとると、ろくなことがないってのは」

ボンドは黙っていた。年寄りは概して迷信好きだ。ひとたび否定されると、むきになって減らず口を叩いてくる。タイガーの説教も聞き流すにかぎる。

崖を下りきった。入り江の波打ち際には砂浜がほとんどない。わずかな足場に三人とも寄り添うように立った。泡立つ波が規則正しく打ち寄せては引いていく。海水が崖の真っ黒な壁面に流入していくのを見た。懐中電灯を向けると、人が立ったまま入りこめるぐらいの穴が、ぽっかりと開いていた。

洞窟《どうくつ》があった。ボンドはなかへ足を踏みいれた。田中父娘も臆《おく》したようすもなく、背後につづいてくる。

嫌な悪臭が鼻をつく。ほんの数ヤード先は狭い空洞になっていた。洞窟はそこで行き止まりだった。古びた神棚らしきものがある。ここは祠《ほこら》にちがいなかった。本来なら誰もいないはずだろう。だが……。

懐中電灯で地面を照らす。斗蘭が驚愕《きょうがく》の声を短く発した。

ボンドも愕然《がくぜん》とせざるをえなかった。思わず漏れた自分のささやきを耳にする。キッシー……。

21

深夜一時をまわっている。ボンドはほの暗いキッシーの部屋で、畳に腰を下ろしていた。

行儀などいまさら知ったことではなかった。柱に背をもたせかけ、両脚は投げだしている。藺草《いぐさ》の香りの漂う室内をただぼんやりと眺めていた。

この部屋に身を置くうち、霞《かすみ》がかかったような記憶の断片が、やっと明瞭《めいりょう》になったと感じる。パズルの最後のピースが埋まった気がした。

室内には斗蘭が正座している。しっかり背筋を伸ばしていた。ほかの日本人と同様、その姿勢がまったく苦痛ではないらしい。多少うつむきがちなのは黙禱《もくとう》を捧《ささ》げているからか。ずっと斗蘭はなにも喋《しゃべ》らない。庭のデイヴィッドも沈黙している。虫の音だけが静寂にこだまする。

縁側に立つタイガーは、長いこと外のようすをうかがったのち、部屋のなかに戻ってきた。娘と同じように姿勢正しく正座する。タイガーは薄汚れた小瓶を畳に置いた。洞窟のなかに落ちていた物だった。

タイガーが沈痛な面持ちでささやいた。「ボンドさん。これの分析は朝をまたなきゃいけないが、たぶんスコポラミンだろう。注射液にちがいない」

ＫＧＢによる拷問としか考えられない。キッシーの遺体は腐敗していた。部分的に早くも白骨化しつつあった。裸にされていたのは、まず真っ先に屈辱をあたえるのが、ソ連のスパイどもの常套手段《じょうとうしゅだん》だからだ。

キッシーは口を割らされた。日本に潜伏していたKGBスパイが、なぜ黒島に目をつけたかはまだわからない。奴らが黒島に来て、キッシーに秘密を吐かせようとしたのは、ボンドが稚内まで行き、タイガーがここを訪れたよりもあとのことだ。KGBはとっくに、ボンドがソ連領内をめざし旅立ったのを知っていた。だからこそ同じく日本に潜伏中の殺し屋、アキム・アバーエフに、スメルシュがボンド暗殺指令を伝えた。KGBはキッシーを尋問したところで、新たな情報は得られなかっただろう。せいぜいボンドがめざすのが、ウラジオストクだったという点のみか。

「因果だな」ボンドは静かにつぶやいた。「こんな共産圏の目と鼻の先で、民家に住むひとりの女が、俺を匿うなんてどうかしてる。危険性だけでも伝えてやりたかった」

タイガーが低い声で告げてきた。「朝まで洞窟をあのままにしておくのは忍びないが、いまは福岡県警が大挙して押し寄せる事態は避けたい。日の出までにわれわれだけで、KGBの痕跡《こんせき》の有無をもう少し調べねば」

斗蘭もボンドにいった。「本当はお線香を一本だけでも手向けたいところですけど、明朝には鑑識が入るでしょう。洞窟内の微妙な化学物質の検出に、影響があったのでは困るので……」

線香は死者の供養のため手向ける。ボンドは虚空を見つめたまま、小さく鼻を鳴らした。「俺に事実を伏せて、この家に引き留めていた女を、どうとらえていいものか迷う」

言葉に詰まったようすの斗蘭がささやきを漏らした。「彼女に悪気はなかったと思います。ひとえにあなたへの愛情でしょう」

「いまここへ戻ってくるまで、キッシーが裏切った可能性が半分、拷問で口を割った可能性が半分だった。事実はどっちでもなかった。裏切りではなかったぶんだけ、多少の慰みにはなる」

「あの……」斗蘭がなぜか口ごもった。「ボンドさん」

タイガーが控えめに小声を響かせた。「キッシーは身籠《みご》もっていた」

抑制してきた感情を露呈しそうになる。思い出など突き放しておきたかった。彼女に感じた魅力をいまさら想起してなんになる。

辺鄙《へんぴ》な島に育った、純粋無垢《むく》な若い海女《あま》が、いちどアメリカにひっぱりだされたのち、傷心とともにまた故郷に戻った。外の世界への憧《あこが》れは強まっていたのかもしれない。その理想をボンドに見たのだろうか。英語の習得は彼女にとって幸運だったとはいえない。ボンドと意思の疎通を図れなければ、安藤警視が鈴木家を紹介することもなかった。

「ボンドさん」タイガーが見つめてきた。「きみはさっき因果といったが、まさしくすべてはそこに集約される。私ときみはこうして再会できとる。まわり道はしたが無駄ではなかった」

「まわり道は無駄そのものじゃないか。マジック44は壊れちまったんだろう？」

タイガーが返答に窮するのを横目に見て、ボンドは小さく鼻で笑った。自分への皮肉のつもりだった。

滑稽《こっけい》だとボンドは力なく思った。しかも冗談のように過剰だ。トレーシーを失い酒浸りになった。Mに殺しの許可証を剝奪《はくだつ》された。777なるでっちあげに等しいコードナンバーを与えられ、慰みとばかりに、形骸《けいがい》だけの任務をあたえられた。あのとき即座に辞職するべきだったのかもしれない。

捨て鉢なひとことがボンドの口を衝《つ》いてでた。「恥をかいてまで職場にしがみつくべきじゃなかったのかもな」

タイガーは忍耐強く応じた。「ボンドさん。戦後のわれわれ日本人は、負けて勝つという合言葉を胸に刻んでいる。日本語で〝負けるが勝ち〟という諺《ことわざ》があるが、これは似ているようで少しちがう。Sometimes you win by losing ってことだ」

ボンドはろくにとりあう気になれなかった。「きみらにとってはそうだろうな」

「……敗戦という意味では、きみたちとは逆の立場だが、大英帝国の没落について考えれば、きみにとっても無縁ではない考え方だ」

「よしてくれ。表面的には敗北や損失に見えても、最後には別の意味での大きな勝利に結びつくって？」

「ああ。短期的な犠牲や妥協が、長期的な成功につながる。〝負けて勝つ〟だよ、ボンドさん。本当の勝利をめざせばいいんだ」

日本人にとってそれが座右の銘なのは理解できる。そうとでも考えなければ自己否定に陥るからだ。トルーマンによるマーシャル・プランの延長で、敗戦後の日本は経済支援や技術援助を受けた。戦後十八年、第三次大戦にも地域紛争にも巻きこまれなかった幸運も手伝い、恩恵だけを享受できた。いまのところの話ではあるが。

「〝負けて勝つ〟か」ボンドは吐き捨てた。「しみったれた憂さ晴らしだ」

タイガーがむっとした。「きみらの国にとってダンケルクの撤退は……」

「いうと思った。やめてくれないか。その〝負けて勝つ〟とやらを押しつけないでくれ。Sometimes you win by losing なんて俺には合わない」

「ならどんなフレーズならきみに合うんだ？」

「Always I win by killing」ボンドはつぶやいた。「〝殺して勝つ〟さ」

　冷やかな空気が漂うかと予想したが、そうでもないように感じられる。田中父娘の見つめてくるまなざしに、同情心が籠もっている。あえてなにもいわない配慮が、かえってボンドにとっては神経に障る気がした。

　トレーシーにキッシー、将来生まれてくるはずだった子まで失った、そんなイギリス人を気の毒がろうというのだろうか。まっぴらだとボンドは思った。人には持って生まれた才能と、そこから自然に導かれる運命がある。ボンドにとっては結局、人殺しの才能を祖国に捧げることでしか、己れの存在意義をたしかめられなかった。よくわかっている。いまさら誰にも共感など求めない。

　虫の音だけが厳かに響く。静寂が長くつづいた。だしぬけにデイヴィッドの笑うような鳴き声が耳に入った。

　はっと注意を喚起される。ボンドは開放された障子の向こう、真っ暗な庭先を注視した。黒々とした人影を見つけた。身の屈《かが》め方から両手で自動小銃を構えているとわかる。銃口はあきらかにボンドに向いていた。

　目でとらえたものの意味を理性が分析するより早く、本能が身体を突き動かした。右手がポケットからニューナンブM60を抜いた。条件反射的な俊敏さのなかにあっても、二インチの銃身がポケットの口をでるまでは真上に引き抜いた。パリのリッツホテルでローザ・クレッブを前に、サイレンサーがひっかかったようなへまは二度としない。引き抜きながら親指が撃鉄を起こした。

一秒と経たないうちにボンドはトリガーを引いた。目の高さに拳銃《けんじゅう》を構えたりなどしなかった。標的を見つめる視線と銃身の同調を、瞬時かつ自然に実行できずして、みずからの命などつなげない。

シングルアクションからの銃撃はトリガーが軽かった。と同時に斗蘭の助言が正しかったことをボンドは悟った。撃鉄を起こした状態からの発射時、ブレのなさはS&W以上だった。閃《ひらめ》く銃火が辺りを照らした瞬間、人影が大きくのけぞったのが見てとれる。首筋から血飛沫《ちしぶき》があがっていた。

銃声の音量は近距離の落雷すらうわまわる。だがさらにけたたましい掃射音が、もうひとつの人影の出現とともに、騒々しく奏でられた。庭先から宅内にかけ、せわしなく連続する銃火があった。閃光《せんこう》の激しい点滅のなか、跳弾の火花とともに木片が飛び散った。ボンドは跳ね起きるや柱の陰に退避した。木造家屋の建材が遮蔽《しゃへい》物になりうるか、きわめて怪しいところだが、全身を晒《さら》すよりはましだった。

田中父娘は敏捷《びんしょう》に行動していた。ふたりが弾丸のごとく庭先へ突進する。斗蘭は拳銃でなく、どこに仕込んでいたのか、小刀を逆手に握っていた。ジグザグの走りで自動小銃の掃射を翻弄《ほんろう》すると、銃火を頼りに一気に距離を詰め、小刀を水平に勢いよくひと振りした。斗蘭の黒髪が風圧にそよいだとき、そのわきで喉元《のどもと》を掻《か》き切られた人影が苦しみもがき、ばったりと倒れた。

ボンドも庭先へ駆けだした。靴を脱いでいるため、靴下だけの足が土を踏みしめる。足音を立てずに済む利点はあった。

タイガーが発煙筒に似た物体を右手に握り、空へまっすぐ伸ばした。花火に似た眩《まばゆ》い光が垂直に高々とあがる。照明弾だった。辺りが真昼のように照らしだされた。部下の職員に合図を送ったのだろう。

明るくなった瞬間、間近に大柄な人影が迫っていることに、ボンドは気づいた。とっさに身を退かせたものの、振り下ろされた短棒がボンドの前腕をしたたかに打った。激痛とともに手が痺《しび》れ、拳銃が宙に舞った。

しかし照明弾による光はまだ数秒残っていた。暗闇にフェードアウトする寸前、敵の動きを目でとらえる。渾身《こんしん》とおぼしき短棒の強烈なスイングをボンドは躱《かわ》した。いったん視認できてしまえば、辺りが闇に転じたのちも、人影の輪郭を追うのは容易だった。巨漢が両手に握った短棒を縦横に振りまわしてくる。ボンドは後ずさりながら回避しつづけた。間合いを詰められないよう留意する。ところが巨漢が咆哮《ほうこう》のような叫びとともに両腕を振りあげた。

左右の短棒の軸から、それぞれ刃がバネ仕掛けで跳ね上がり、直角に突きだした位置で固定された。敵の両手にあった武器は短棒から鎌へと変化した。

カマキリのごとく振り下ろされる両手の鎌から、ボンドは急ぎ距離を置くべく、後方へと飛び退いた。接近すれば刃の餌食《えじき》になる。二本の鎌を振りまわす敵から常に数フィート遠ざかった。

ボンドのわきに背丈の低い灯籠《とうろう》があった。石でできた灯籠の蓋《ふた》を両手でつかみあげる。ずしりと重かったが、平らな正八角形で円盤に近い形状をしていた。まさしく円盤投げのフォームで身体を捻《ひね》り、ボンドは敵に灯籠の蓋を投げつけた。横回転しながら一直線に飛んだ蓋が巨漢の腹を直撃する。うっと呻《うめ》いた人影が前屈姿勢になった。

タイガーがすばやく躍りでた。片手で拳銃をトスしてくる。「ボンドさん、受けとれ！」

放物線を描くオートマチック拳銃のグリップを、ボンドは右手でつかんだ。タイガーは植栽用の棒を地面から引き抜いた。長さは三フィートほどで木刀に近かった。両手の鎌で襲い来る敵に対し、タイガーは木刀を巧みに操り、すべての攻撃をすばやく弾《はじ》きかえす。けっして鎌の刃に接触せず、軸棒や手首のみをインターセプトしつづける。

福岡へ行く前、タイガーに強制された訓練で、ボンドは剣術の基礎を教わった。いまタイガーの足さばきはその教義に忠実だった。年齢をまったく感じさせない身軽さで、敵の体力を確実に削りとっていく。巨漢のほうは息切れとともに大振りがめだつようになってきた。

襲撃犯はみな背が低く、アジア系に思えたが、巨漢の発する奇声は日本人とは思えなかった。ボンドに馴染《なじ》みのない、短棒や鎌二本を用いた武術は、大陸か東南アジア由来だろうか。なんにせよタイガーの敵ではなかった。まさしく虎のごとき猛攻でタイガーが反撃にでた。踏みこんで距離を詰めるや、棒で巨漢の胴体を右に左に強打し、さらに軽く跳躍し、脳天に振り下ろす一撃を見舞った。巨漢は静止すると前後にぐらつき、ほどなく地面に突っ伏した。

駆けつけた斗蘭とともに、タイガーが巨漢を引き起こそうとした。拳銃をボンドに預けたのは、この敵を殺さないためだろう。襲撃犯を全滅させたのでは口を割らせるのも不可能になる。

ところが巨漢は咳《せ》きこみだした。タイガーがはっとして巨漢の頭部をつかむ。顔が見えなかったのは黒い覆面をしていたからだった。

あらわになった肥満体の丸顔は、蟹《かに》のように口から泡を噴いていた。白目を剝《む》き、痙攣《けいれん》を起こしたのち、ぐったりと脱力する。そのまま全身を地面に投げだし、ものいわぬ状態で横たわった。

タイガーが荒い息とともに唸《うな》った。「毒だ。覆面の下に錠剤が縫いつけてあった。嚙《か》めば死ねる」

ボンドは死体を注視せずにいた。まだ周りに敵の気配を感じたからだった。暗がりのなかに人影がうっすら見える。今度はスーツのシルエットだった。右手の拳銃は田中父娘の背に向けられている。

とっさにボンドは怒鳴った。「タイガー、避《よ》けろ！」

ふたりは恐ろしいほどの瞬発力で左右に飛び退いた。人影の手もとで銃火が閃く。つづけざまに数発撃ってきたものの、さっきまで田中父娘がいた地面に、着弾の土煙があがっただけだった。

とはいえ敵に一秒の隙でもあたえれば、またふたりに狙いをさだめられてしまう。ボンドはそうさせなかった。すかさずニューナンブで闇のなかを狙い撃った。撃鉄を起こしていなかったため、ダブルアクションでの発砲だったものの、外したりはしなかった。心臓を撃ち抜いた手ごたえがある。

暗がりから呻き声がきこえ、人影がくずおれた。それっきり静かになった。

タイガーが息を切らしながら歩み寄ってきた。「ボンドさん。今度からは私より娘のほうに呼びかけてくれないか。私ならだいじょうぶだ。いまの敵の気配も察してた」

斗蘭が澄まし顔でいった。「わたしもです。案じてもらわなくとも、自分でなんとかします」

ボンドは苦笑してみせた。「両方に呼びかけたんだよ。トラオ・タナカとトラン・タナカ、どっちもタイガー田中だ」

仏頂面になった斗蘭が、死体の覆面を剥《は》ぎにまわった。タイガーは巨漢が腰のベルトに下げていた懐中電灯をとりあげた。近くに横たわる三つの死体を照らす。どれもアジア系の男だが、顔に見覚えはなかった。

奥に倒れるもうひとつの死体が、ボンドは気になっていた。そいつだけスーツ姿だからだ。

縁側に物音がした。タイガーが懐中電灯の光を向ける。キッシーの両親が眩《まぶ》しげに両手を顔の前にかざした。ふたりともすっかり腰が引けている。

タイガーが呼びかけた。「こっちで処理する。あなたがたは部屋に籠《こ》もっていてくれ」

鈴木夫婦が怯《おび》えきったようすで引き揚げていく。あのふたりはまだ娘が死んだことを知らない。洞窟《どうくつ》内での変わり果てた姿を、タイガーが伝えずにいるからだ。明朝、福岡県警の安藤警視から知らせるつもりだろう。ふたりがどれだけショックを受けるか、想像するだけでも気が滅《め》いってくる。

斗蘭は死体のわきで片膝《かたひざ》をついていた。「お父さん。ここを照らして」

タイガーが死体に近づく。ボンドもそこに歩み寄った。

懐中電灯の光が死体の左手首に照射される。小さな入れ墨があった。二本の縦線に屈折した線が絡む独特の図柄。

ボンドは見下ろしながらつぶやいた。「ああ。レッド・ライトニング・トンか」

「詳しいな」タイガーがボンドを見つめた。「いかにもこれは赤雷党《せきらいとう》の印だ。中国資本の犯罪組織で、拠点はマカオ。日本の田舎でも女子供が人身売買の被害に遭ってる」

斗蘭が眉《まゆ》をひそめた。「わざわざ党員なのをしめす入れ墨を……?」

タイガーはうなずいた。「深夜の港で抜け荷に従事する際、両手が塞《ふさ》がっていても相互確認が可能だからだ」

「すると」斗蘭が身体を起こし、ほかのふたつの死体に目を向けた。「全員が赤雷党でしょうか。武闘派の鉄砲玉が専門の組織とか？」

中国とポルトガルの混血、リッペ伯爵のことがボンドの頭をよぎった。「上流階級の金持ちもメンバーに加わってる。もっとも、そいつはスペクターのメンバーでもあった」

田中父娘が驚きをしめした。タイガーがボンドにきいてきた。「赤雷党にスペクターとの関わりが？」

「正確には、スペクターの幹部に赤雷党の大物がいて、そいつの組織も実質的にスペクターの傘下におさまってたって話だ。ブロフェルドは世界の大手犯罪組織から三人ずつ幹部を迎えてた」

駆け寄ってくる複数の足音がきこえた。三人のスーツだった。タイガーが懐中電灯を向けると、部下の職員たちだとわかった。

タイガーは日本語でなにか喋《しゃべ》ったが、あきらかに怒りの響きを帯びていた。部下たちはそれぞれ別方向から島に上陸し、周辺の警戒にあたっていたにちがいない。襲撃を防げなかった以上、タイガーが憤るのも無理はない。

部下のひとりがなにやら弁明した。少し離れた場所に倒れている、もうひとつの死体を指さす。ボンドが最後に射殺したスーツ姿の敵だった。タイガーがそちらに近づいていき懐中電灯で照らす。

息を呑《の》んだタイガーが鋭い声で呼びかけてきた。「ボンドさん」

ボンドは斗蘭とともに歩み寄った。死体は刑事だった。モーターボートで待機していた男だ。

「ふうん」ボンドは低くいった。「俺の居場所がKGBに漏れた、最初のきっかけがこれでわかった」

「まさか福岡県警にソ連の犬が……」

「俺は本当は戌年《いぬどし》だったらしいな、タイガー。スパイにはぴったりの干支《えと》だ」

タイガーが苦い顔になり娘を一瞥《いちべつ》した。斗蘭は平然としていた。部下たちにタイガーが日本語で声を張る。三人の部下はあわてたように散っていった。それぞれ持ち場に戻るよう伝えたのだろう。

斗蘭が疑問を呈した。「ブロフェルドの水中翼船に乗ってた中国人も、赤雷党員だったんでしょうか」

「ありうる」タイガーは三人の死体を順繰りに懐中電灯で照らした。「だとすると深刻だ。党員がひとりやふたりじゃなく、こんなに続々と現れる。どうやって日本に潜めていたんだ？　国内に集団でアジトなど作れない。警察が人海戦術で不審な外国人を片っ端から摘発しとるのに」

しばし沈黙があった。斗蘭がふと気づいたようにささやいた。「戸籍を手にいれているのでは？」

タイガーが息を呑む反応をしめした。「そうだ……。戸籍だ。ブロフェルドは自殺者の戸籍を奪っとったんだ。そのための毒性植物園だ」

ボンドには意味がわからなかった。「コセキ？」

斗蘭が説明した。「わが国や東アジアの数国にしかない制度です。イギリスでは国民が個人単位で登録されるでしょうが、こっちでは家族単位での登録になるんです」

「社会保障番号《ソーシャルセキュリティナンバー》制度みたいなものか」

「いえ、それは日本における年金番号に該当します。家族集団を個の単位として登録するのが戸籍なんです。各個人の家族的身分関係をつまびらかにしたものといえます。運転免許証も保険証も、戸籍簿から住民票を経て作られます」

タイガーがつづけた。「ボンドさん。日本は単一民族国家だし、住民についての情報は行政がしっかり把握しとる。だからよそ者は入りこみにくいんだ。だが戦後は独り暮らしの若者も増えた。家族から独立するときは分籍届をだす」

斗蘭がうなずいた。「親も妻子もいない孤独な人なら、戸籍にはひとりしか記載がありません」

　徐々にわかってきた。ボンドは斗蘭にいった。「孤独な立場にある人間と入れ替わった場合、社会には発覚しづらいってことだな。戸籍さえあれば」

「ええ。自殺志願者は孤独な人が多いと考えられます。ブロフェルドは元黒竜会を使い、不特定多数の国民の身辺調査をおこなっていましたが、たぶん調査対象は毒性植物園で自殺した人たちでしょう。死体が持っていた身分証で身元を知り、家族や友人など、交流関係のなさを調べていたんです」

「なるほど」ボンドのなかで腑《ふ》に落ちるものがあった。「奇妙だとは思ってた。あのブロフェルドが自殺を見物したいがためだけに、毒性植物園を開放するなんてな。自殺者は約四百人と報告されてたが、届け出のない死体がもっとたくさんあったんだ」

「ボンドさん」タイガーが見つめてきた。「わが国全体の去年の自殺者は約一万七千人。男が約九千五百人、女が七千五百人だ。ふつう自殺者の男女比率は、男が少し多いだけになる。年齢も子供から老人までさまざまだ。しかし……」

「ああ」ボンドは腕組みをした。「福岡の難所にある毒性植物園、しかも不法侵入のハードルを多少高くしておけば、入りこむのは一定以上に体力のある成人男性ばかりになる。赤雷党員が成りすますのに適した性別と年齢で、しかも社会から疎外された独り身ってことだ」

ブロフェルドも考えたものだ。自殺の名所を設立したことで、奪える戸籍が次々と手に入る。それも毒性植物園というアスレチックランドに挑戦し、深入りできる自殺志願者といえば、働き盛りの独身男が大半を占める。

戸籍は家族単位が基本だ。住居に引き籠もってさえいれば、独り暮らしの個人であっても、行政からいちいち素性をたしかめられはしない。アジア人か、少なくともアジア系に見える人種の男なら、日本人の姓名で国内に潜伏できる。それどころか戸籍簿から運転免許証や保険証が再発行できるため、個人としても存在証明を確立できる。よそ者が入りこみにくいはずの日本で、誰からも追及を受けず、ぬくぬくと暮らせる環境が手に入る。

戸籍を奪ったとしても使えない自殺者については、シャターハントことブロフェルドが片っ端から通報し、死体を引きとらせてきた。報道があるたび毒性植物園の悪名は広まり、より大勢の自殺志願者が全国から押し寄せる。現地の近くまで到達できれば、もう場所がわからないということはない。立入禁止を告げるアドバルーンが目印となる。

斗蘭が緊張の面持ちでささやいた。「自由にできる戸籍が次々転がりこんでくる…

…。届け出のない自殺が本当は何件あったかなんて想像もつきません。数百か、千を超えてるかも」

タイガーが憂鬱《ゆううつ》そうにボンドを見つめた。「元黒竜会が二十人だとか、赤雷党員が十数人だとか、そんなレベルの話じゃない。偽札で資金も充分ときとる。ボンドさん。こいつは……」

「ああ。深刻きわまりないよ。何百何千もの幽霊が日本に潜めるんだからな」ボンドは脅威を感じずにはいられなかった。「これはスペクターの再建だ」

22

代々木ワシントンハイツ跡地の閑散とした遊歩道に、イチョウの葉が降り積もる。朝の脆《もろ》い陽射しが照らす黄いろい絨毯《じゅうたん》が、微風に吹かれるたび波打つ。かさかさと枯葉の音がきこえる。もの音はそれだけだった。

ボンドはロングコートを羽織り、遊歩道の真んなかに立っていた。道路の向こうに築かれつつある、国立代々木競技場の外観を仰ぎ見る。工事のクレーンが無数にそびえる。コンクリートの巨大な柱の周りを、鉄製の足場が網のように囲む。

ここは戦後、米軍の兵舎および家族用住居の広大な用地だった。それが来年の東京オリンピックを前に返還された。国民は祝賀ムードだ。だが現実にはとんでもない状況といえる。

オリンピック選手団が世界じゅうから来日する。九十以上の国々から押し寄せる人数は、出場選手だけでも五千を超える。屈強な身体つきを誇るスペクターのメンバー候補が紛れこむには、まさに絶好の機会になる。しかも奴らは日本に着いたとたん、用意された戸籍で国内に溶けこみ、すっかり姿を消してしまう。スペクター極東本部は一気に人員を増やし、勢力を拡大する。

ブロフェルドの真意が発覚してから半年が過ぎた。空港や港湾に警察の監視要員が動員され、厳戒体制を敷きつづけている。新聞はオリンピックの準備段階における警備強化と報じていた。そのように政府が発表したからだ。

スペクター再建が確定的となり、CIAは激しく動揺したようすだった。タイガーによれば来日中のCIA関係者は、現時点で千六百人を超えている。正規職員もいれば非正規も含むものの、ピンカートン社の人間は来ていない。下請けや外注には委《ゆだ》ねられない案件だと思ったのだろう。ボンドが知るCIA現職スパイの大物らが、ひとり残らず日本に投入されていた。

肝を冷やしたユニオン・コルスの連中は、早々に日本を発《た》った。極東でのんびり胡座《あぐら》をかいていられたドラコらも、ＣＩＡが来るとなると話は別だった。ドラコはボンドに捨て台詞《ぜりふ》を吐いていった。おまえがまだ女王陛下の秘密情報部員《オンハーマジェスティズシークレットサービス》なら、ブロフェルドを見つけてみろ。そのひとことだけを残し、ドラコは羽田空港へと立ち去った。

日本はＣＩＡの縄張り。いまほどそれを如実に表わす状況はほかにない。タイガーがたびたび嘆くように、戦後の日本国民はうまく欺かれている。経済発展に目を奪われ、国家の主権についてはほとんど疑いを持たない。そもそも政治や思想についての議論は、過去の敗戦に触れざるをえないがゆえ、国民のあいだでタブー視されているからだ。

ボンドが条件つきの外出を許されるようになって数か月。道行く人からも料亭の主人からも、アメリカ人にまちがわれる。というより日本の民衆は、外国人といえばアメリカ人しかいないと思っている。オリンピックの開催が迫れば多少は視野が広がるかもしれない。けれどもそのときにはもう遅い。

Ｍから日本行きを命じられたときのことを思いだす。いつものオフィスでＭは日本について告げた。一九五〇年以来、イギリスは日本に支局も置いてはいないんだ、と。どれだけ日本がアメリカの強力な支配下にあるか、Ｍはさかんに強調してきた。だからこそボンドをわざわざ派遣する、Mからきかされたのはそんな理屈だった。

実のところ日本にMI6のスパイなど来ない。CIAの縄張りを侵すなどもってのほかだ。イギリス大使館は千代田区《ちよだ》にあるが、自国の諜報《ちょうほう》活動にはいっさい協力しないという政府方針に、このうえなく忠実にしたがっている。ゆえにボンドがマジック44獲得をめざし、初めて日本入りしたときにも、相棒となるのはオーストラリア外交官のヘンダーソンだけだった。オーストラリアは英連邦の一国で、地理的にも日本に近い。そんな変化球に頼らないかぎり、縄張りの主CIAの目はかいくぐれなかった。

現在はCIAによる監視がいっそう強化されている。ボンドの帰還どころか生存すら、まだMI6に伝えられていない。MI6内に潜むスペクターのスパイを警戒し、CIAは情報を制限しつづけている。しかしボンドの古巣が蚊帳《かや》の外に置かれているのは、かならずしもCIAのせいばかりではなかった。

イギリスの政府機関は総じて融通がきかない。極秘あつかいの海外情報部で、職員の死亡が断定され、『タイムズ』紙にまで訃報《ふほう》が掲載された以上、故人に対するふたしかな調査に、英国民の税金は割けない。そんな考え方が優勢となる。

とはいえ噂だけは伝わっているらしく、公安外事査閲局にもロンドンのミス・マネーペニーから、何度か問い合わせの電話があったという。Mの指示ではなく、秘書である彼女の独断だろう、ボンドはそう思った。たぶん女に特有の感情的な電話にすぎず、なんの根拠も持ってはいまい。

Mのオフィスでタナーやマネーペニーのほか、ボンドの秘書だったメアリー・グッドナイトあたりが、故人を偲《しの》んだりしたのだろうか。殉職者の追悼にならボンドも何度か参加した。遺影を前にグラスを掲げ、スコッチウィスキーで献杯した。たった数分で終わった。それでいいのかもしれない。ブロフェルドの戸籍収集と同様、MI6も身寄りのない者ばかりが多く採用されている。

「ボンドさん」タイガー田中の声が呼びかけた。

振り向くと黒のロングコートが近づいてきた。タイガーはボンドの横に並び、一緒に代々木競技場の工事を眺めた。吐息を白く染めながらタイガーはいった。「冷える朝だな」

「だが外の空気が吸えるのはいい」

「狙撃《そげき》してくれといわんばかりの格好の場所だが」

「周りの旦那《だんな》らは心からそれを望んでるさ」

CIA関係者の目がどれだけあるか、ボンドも正確には把握していなかった。東京と横浜、大阪、名古屋に、ＣＩＡは支部クラスの極秘拠点を築いた。彼らは国内のあらゆる動向を注視している。八百屋の売れ筋品目まで監視下に置きかねない勢いだった。警察による司法権を無視するどころか、半ば乗っ取っている印象さえある。

タイガーが世間話のような口調で告げてきた。「警察庁長官や警視総監をなだめるのが大変だったよ。主権侵害だとみんな憤慨してる」

「あんたも辛《つら》いな。だが悠長なことはいってられない」

「ああ。この半年間だけでも、偽戸籍を持つスペクターは急増してると考えられる。われわれがいくら追いかけても素性が突き止められない」

「無理だね」ボンドは肩をすくめてみせた。「もともと周りとのつながりがなかったうえ、自殺後も死亡届がだされていない者の戸籍ばかりだ。からくりがわかっても、どこの誰だか知るのは難しい」

「幽霊《スペクター》とは言いえて妙だな。まさに実体のない奴らだ」

だが資金と人員を確立したスペクターは、なんらかの犯罪を画策しているにちがいない。日本でなにを標的にするつもりだろう。オリンピックまでまだ一年近くある。そのときメンバーを大幅増員する機会があるとしても、大規模犯罪の決行はそれ以降とはかぎらない。ブロフェルドがそんなに緩慢なスケジュールを組むとは思えない。

スペクターは核弾頭二基搭載の英空軍機をハイジャックしたのち、ほとんど間を置かず、スイスからの生物兵器攻撃を計画した。

タイガーは憂いのいろを浮かべた。「すまない、ボンドさん」

「謝ってばかりだな。今度はなんの謝罪だ」

「英国海外情報部に対し、きみのことをひた隠しにする私の行為は、前の事例に輪をかけて不義理といえるだろう。Mへの罪悪感ばかりが日増しに大きくなる」

「今度はCIAが真実を知ってくれてる。いずれCIAがとりなしてくれるよ」

「そうかな……。私はやはり不審がられてるんだろう。イギリスにしてみれば恩知らずだからな」

問いかけたいことがふと脳裏をよぎる。ボンドは話しかけた。「タイガー。……いや、よそう」

「なんだ。なんでもきいてくれ」

「スパイになるつもりでオックスフォードに入ったのか？　ロンドンの大使館付き海軍武官補だったころから、裏切るつもりだったのか」

タイガーは険のある表情に転じた。「……日本には資源がなかった。軍事力で満州や東南アジア諸国に領土を広げる方針も、きみら欧米列強のやり方を見習ってきたのだよ。ところがきみらは理不尽にもわれわれを批判した。アメリカも日本への石油輸出を停止した。いずれ戦争になる運命だと誰もが悟った」

「元軍人の自己憐憫《れんびん》をききたいんじゃないんだ。知りたいのはあんたの本心だよ」

「日本は開戦やむなしとなった。祖国のためにスパイにならざるをえなかった。それが始まりだ」

「開戦後もそのままロンドンに残ればよかったじゃないか。オックスフォード出の日本人を妄信してる、単純な英軍上層部がこれ幸いとばかりに、あんたを日本向けのスパイに育てようとする。まんまと二重スパイの甘い蜜《みつ》を吸える」

「妻に気持ちがぐらついた」タイガーが力なく告げた。「もう人を欺くのが嫌になった」

「繊細だな。あんたとは思えない」

「そうかね？　私はそのていどの男だよ。妻の死は戦場できいた。日本人の血を受け継ぐ斗蘭が、幼くして強制収容所に入っていることも」

トレーシーの顔がまたもちらつく。ボンドは思わず吐き捨てるようにいった。「単身帰国後は憲兵隊の一員になって国民を弾圧し、軍人として敵を殺しまくったろ？」

「特攻して散りたいと思ったのも、あらゆるものと決別したかったのかもな」

本音を語っている気がする。タイガーの硬い顔に垣間見《かいまみ》える憂愁のいろが、その証《あかし》に思えてならない。だがボンドには受けいれがたかった。弱腰な言葉を口にしてほしくはない。タイガーの怒りの反応をこそ期待していた。強気で頑固な軍人気質《かたぎ》のタイガーでいてほしかった。

クレーンの稼働音がかすかにきこえる。早くも工事が始まるらしい。造りかけの代々木競技場を眺めつつ、ボンドはタイガーに問いかけた。「斗蘭はなぜ公安査閲局に入った？」

少しばかりためらいを感じさせる間があった。タイガーがささやいた。「戦後になって再会してから一緒に暮らし始めた。私はいま広く国民と平和のために働いているとと強調した。弁解や罪滅ぼしに近い物言いだったかもしれん。だが斗蘭はその影響を受けたようだ」

「公安外事査閲局に入ったのは、あんたを見習ってのことか」

「あるいは反面教師としたか、どっちなのかはわからん」今度はタイガーがふと思いついたようにきいた。「なあボンドさん、斗蘭とはどういう関係だ……？」

「あ？　関係とは？」

「つまりだ。斗蘭はきみの通訳がわりになっとるし、一緒に行動することも多い。もう半年が経っとる。まさかとは思うが……」

「あんたがどっちの答を期待してるかわからないが、娘さんとはなにもない」

「……ほんとか？」

くどい、そういいかけたもののボンドは口をつぐんだ。態度を抑制しながらも鼻で笑った。キッシーが妊娠していたと知って、タイガーの立場で心穏やかではいられまい。

背後から不躾《ぶしつけ》な響きのアメリカ英語が飛んだ。「なんの動きもないな。けさもスペクターは餌に寄ってこないようだ。そろそろ帰っていいぞ、イギリスの迷子犬」

ボンドはタイガーとともに振りかえった。恰幅《かっぷく》のいい身体をロングコートに包んだ、白髪頭の鋭い目つきが歩いてくる。

CIAのサイラス・オルブライト。年齢は確か五十七歳。戦時中に日本に潜入、原爆投下の候補地を探しまわったメンバーのひとり。現在は四か月前から日本に滞在し、CIAの千六百人からなる極秘派遣組を束ねている。いけ好かなさはいまに始まったことではないが、本人は愛想のよさで通じているつもりらしく、いたって始末が悪い。

オルブライトはにやりとし、人差し指と中指に挟んだ紙幣を差しだした。「プレゼントだ。一万円札で焼きそばを買ったら、早くも釣りのなかに交じってた」

ボンドはそれを受けとった。新千円札。これまでの聖徳太子に代わり、初代総理大臣の伊藤博文が印刷されていた。

いつもながら尊大な態度のオルブライトがタイガーを一瞥《いちべつ》した。「日本政府がわが国の助言をききいれてくれて助かった。チ－37号事件の初期段階でただちに新札発行をきめるべきだったが、スペクターが絡んでるとなればなおさらだ。新一万円札もださなきゃな。日本人も世界経済の破綻《はたん》は望んでないだろう？」

タイガーは日本の公務員がよくやるように、きびきびと頭をさげた。そんなタイガーのさまもボンドは好ましく思わなかった。生真面目さを美徳とする国なのはわかっている。だがＣＩＡに媚《こ》びへつらわねばならない図式を、こうしてまのあたりにせねばならないのは、なんとなく不快だった。

しかしこれが現実なのだろう。日本で閣議決定されたと世間が信じる新札発行も、実際にはアメリカの圧力によるものだった。似たような圧力はイギリスもたびたび受ける。

十八年前の戦勝国と敗戦国のちがいから、ＣＩＡを通じて伝えられる意思表示は英日で異なる。ところが結局は、どちらもアメリカの意思に振りまわされている。

「さて、ボンド君」オルブライトは悠然としているようで、どこかそわそわしながら問いかけてきた。「ブロフェルドについてどう思うかね？　半年も水面下に潜ったたまだ。スペクターは本当に日本で再建を図ってるのだろうか」

「もちろんそうですよ」

「ほう。なぜ？」

「公安査閲局と警察が、出国する外国人にしっかり目を光らせていますからね。ブロフェルドたちは逃亡していません。日本にいます」

ボンドはタイガーら日本人の司法組織への信頼を口にした。オルブライトはそれが気にいらなかったらしい。難しい顔で遊歩道をゆっくりとうろついた。

「ふうん」オルブライトは納得しかねるようすで告げてきた。「だがわれわれが人海戦術で探しまわっても、いまだ手がかりひとつつかめん。ブロフェルドはどうでる？　ボンド君ならわかるんじゃないのかね」

「向こうからアクションがあるでしょう」

「というと？」

「連中が核弾頭を奪ったときと同じです。身代金として金塊を要求する手紙がきました」

「今度もブロフェルドからメッセージが来ると？　ならもう届いておらんと変だろう。悠長に手紙をまつなどありえん」

否定するのなら質問しなければいい。ボンドは軽蔑《けいべつ》とともにそう思った。そもそもCIAがボンド生存をMI6にひた隠しにするのが気にいらなかった。MI6にスペクターのスパイがいる可能性を考慮しての判断というが、それが第一の理由ではないのだろう。

過去にスペクター絡みの事件を二度解決したMI6に、CIAは手柄を奪われたと考えているようだ。ボンドが孤立しているのを好都合とばかりに、CIAで囲いこんでしまい、業績を横取りしたいという性根がのぞく。必要ならボンドにギャラをはずんで、MI6からCIAに鞍替《くらが》えさせるのも辞さない勢いだ。いかにもアメリカ流だとボンドは思った。

フェリックス・ライターのような良心の持ち主は、CIAにおいてはもう絶滅寸前にちがいない。今回の来日組にはいっこうに見かけなかった。

オルブライトはタイガーに対し、より見下した態度をしめしていた。「田中局長。なにか意見は？」

タイガーは武士のように平身低頭でありつづけている。「CIAの極秘拠点を、四つの大都市にのみ置くのはどうも……。もう少し地方に分散させてみてはどうでしょうか」

「たとえばどこだ？」

「ブロフェルドが根城にしていたのは福岡だったわけですし……」

「福岡」オルブライトが大仰に顔をしかめた。「毒性植物園を造るのに火山地帯が最適だったというだけだろう。ずっと九州に留《とど》まっとるわけがない。もっと想像力を働かせたらどうなんだ」

タイガーは詫《わ》びと反省をしめすおじぎをした。憤りを堪《こら》えているのはあきらかだった。尊皇攘夷《じょうい》の時代ではなくて、オルブライトは幸いだろうと、ボンドは内心毒づいた。幕末ならタイガーの居合抜きで、オルブライトの出っ腹は横一文字に斬り裂かれている。

オルブライトはなんら気にしていないようすでつづけた。「CIAの主軸が総動員で日本に来とるんだ。スペクター再建という一大事だからこそわが国も動いた。しかるにこの成果のなさは、現場で捜査を担う日本の警察組織と、それをまとめる公安査閲局の力不足ゆえではないのかね」

ボンドはあえてからかうような口調でいった。「スペクターのためだけに千六百人のCIAが来日したとは知りませんでした。てっきり日本から近いベトナムに人員を派遣しやすいからかと」

むっとしたオルブライトがボンドに向き直った。「あえて否定せんよ。きょうは十一月九日だ。南ベトナムのゴ・ディン・ジエム大統領がクーデターにより暗殺されてから、一週間以上が過ぎとる」

「中ソの息がかかった北ベトナムに対抗するには、南のリーダーがアメリカに耳を貸さない独裁者じゃ困るので、さっさと葬り去ったわけですか」

「われわれは手を下していない。むろんクーデターを支援はしたとも。日本のみならず極東全体の平和と安全の維持も、わが国の義務……」

駆け寄ってくるアメリカ人のスーツが、息を弾ませながらオルブライトに報告した。「日本の池田総理宛に怪しい文書が届きました。スペクターからです」

オルブライトが血相を変えた。ボンドやタイガーに一瞥もくれず駆けだす。部下のスーツも後を追った。オルブライトと部下の背中が、敷地外で路肩に停まる大型セダン、シボレー・インパラへと向かっていく。

ボンドはタイガーと顔を見合わせた。手にした新千円札をタイガーに差しだしてみせる。眉間《みけん》に皺《しわ》を寄せたタイガーが、首を横に振り、紙幣の受けとりを拒否した。

ズボンのポケットに新千円札をねじこみながらボンドは思った。オルブライトの馬鹿さ加減を吹聴しない口止め料としては、まあ妥当な金額だ。

23

大会議室の長テーブルのひとつで、斗蘭は頰杖《ほおづえ》をつきながら、新千円札を眺めていた。

思わずつぶやきが漏れる。「愚策だったかも……。見慣れない新札じゃ、国民が偽札と区別できない」

隣に座った宮澤が穏やかにいった。「クンツェンドルフは死んでる。新千円札の図柄も極秘にしてあったし、スペクターも原版なんか作れやしないよ」

「一万円札をなんとかしないと大規模インフレが起きます」

「第三国で偽一万円札は着実に回収されてる。日本国内の流通に戻ってくる可能性はまずない。当面は心配いらないんじゃないかと……」

宮澤が言葉を切ったのは、ふいに大会議室の空気が張り詰めたせいにちがいない。日本人の公安査閲局職員と警察関係者が、まず真っ先に起立し、直立不動の姿勢をとる。それにくらべるとCIA職員らの動きは緩慢だった。誰もがおっくうそうに腰を浮かせ、スーツの前を掻《か》き合わせる。揃っておじぎをする日本人に対し、アメリカ人は背を伸ばしたまま、さばさばした態度をとりつづける。

数百人の列席者が迎えるのは、この日米合同極秘機関のトップたちだった。ひとりはサイラス・オルブライト。もうひとりは斗蘭の父、田中虎雄局長。けさはボンドも一緒に入ってきた。

オルブライトは正面中央の議長席におさまった。情報収集管理官という肩書きになっているが、CIAでの部署内でもそうなのか、この場にかぎってのことかはわからない。オルブライトの右側におさまる、金髪で眼鏡をかけた細面の四十代は、作戦工作指揮官のオーガスト・カークランド。左側の生え際が後退した四角い顔の同世代は、軍事技術担当官のコーディ・ウィーランと紹介されていた。

三人のわきに田中虎雄が立っている。彼の席はそこだった。すなわちCIAより格下のあつかいであることが、会議における序列でも明確にされている。警察関係者らは幹部クラスでも長テーブルに列席するにすぎない。公安査閲局職員もまたしかりだった。斗蘭や宮澤の席ははるか後方、振りかえれば壁しか見えない片隅だった。

唯一のイギリス人にも身の置き場はろくに用意されていない。ボンドは毎朝そうするように、ぶらりと斗蘭に近づいてきた。あの油断ならない目を向け、口もとだけを歪《ゆが》めながら、なにげない動作で空席に座る。飾らないくつろいだ態度が魅力的に見えてくる。斗蘭は顔をそむけた。これまでもずっと視線を向けていると、ボンドの皮肉なまなざしが見かえしてくる。そうなるとなぜか気が散って、会議の内容が頭に入らなくなってしまう。

大会議室の窓の外には、朝の曇りがちな空がひろがっていた。ビルの七階から望む景色は、灰いろの埠頭《ふとう》と濁った海ばかりだった。横浜の帷子《かたびら》川河口付近、行政関係者しか入れない埋め立て地の一角に、このビルは建っている。法務省所管で公安査閲局の出先機関でもある。ＣＩＡが極秘裏に構える四つの拠点のひとつ、横浜支部がここだった。

窓を厚手のカーテンが覆い、にわかに室内が暗くなった。スライドのスイッチが入る。正面のスクリーンに投映されたのは、洋式の横長封筒だった。

和文タイプライターの活字で横書きに、東京都千代田区永田町と、総理官邸の住所が記されている。総理大臣の池田勇人宛になっていた。〝親展〟のスタンプも捺《お》してある。消印は品川《しながわ》だった。

スライドが切り替わった。今度は封筒に入っていた手紙らしかった。やはり和文タイプライターを用いているが、今度は縦書きでしたためてある。

内閣総理大臣　池田勇人殿

第三〇回衆議院総選挙を再来週に控え、お忙しいところ甚だ恐縮ではあるが、我が機関に対しこの際、現実的に向き合っていただきたい。すでにご存じと思うが、我々はこの日本の国土に深く根を下ろしている。ついては日本政府の権限により、我が機関の独占しうる専用の領土をご提供願いたい。

具体的には静岡県全域を所望する。約百九十二万エーカーにおよぶ静岡県内から、約二百九十万人の静岡県民全員に立ち退きを願う。期限は日本時間の十一月九日正午までとする。他都道府県からの出勤・通学・遊興目的での静岡県入りを禁ずる。静岡県内に存在する電気・ガス・水道・交通網、金融機関・医療機関・商業施設、河川・山岳・国有地、伝統文化建造物、在日米軍施設および自衛隊基地に至るまで、すべて我が機関の所有物とさせていただく。該当地域の警察官・自衛官・消防士・在日米軍関係者もすみやかに県外へ退去のこと。

以降、静岡県は我が機関の支配下に置かれ、独立国家と同様に日本の司法権の及ばぬ一帯と定義していただく。我が領土上空の飛行、および領土への侵入を固く禁ずる。

なお静岡県の正午明け渡しにつき、期限超過の場合は同日中、大規模破壊に分類される深刻な人的被害が発生する。

本書状は一回きりの最後通牒《さいごつうちょう》である。当方は静岡県内および周辺各県の動向をつぶさに監視させていただく。

スペクター　——対敵情報活動・テロ・復讐《ふくしゅう》・恐喝のための特別機関

大会議室内にざわめきがひろがった。斗蘭は啞然《あぜん》としながらスクリーンを見つめていた。こんなに突拍子もない要求は初めて目にした。

「静粛に」オルブライトが英語で声を張ったのち、スクリーンを仰ぎ見た。隣に貼られた日本地図に目を移す。「静岡……。中部地区だな。東海地方か。富士山の半分もほしがっているということか」

カークランドが眼鏡の眉間を指で押さえた。「なぜ静岡なんだ?」

田中虎雄が英語で応じた。「港湾と火力発電所、水源が確保されています。日本から独立した場合でも社会的基盤施設《インフラストラクチャ》が機能できるからではないかと」

軍事技術担当官のウィーランがオルブライトにいった。「静岡県内の富士山麓《さんろく》には米海兵隊がいる。もともと日本軍の富士裾野《すその》演習場だった一帯を、戦後われわれが押さえた。近年になって半分は自衛隊に譲ったが」

「キャンプ富士か。武器弾薬は常備してあるのか」

「いや。訓練のたび外から持ちこまれる。自衛隊の駐屯地にもたいした戦力はないはずだ」

カークランドがため息をついた。「なんにしてもスペクターが静岡を入手できなかった場合でも、大規模破壊に分類される深刻な人的被害なるものが発生する、この脅迫文はそう謳《うた》っている」

「ああ」ウィーランがうなずいた。「静岡県内にある武器弾薬を活用するのではなく、もうすでに大規模破壊が可能であるとうそぶいているわけだ」

オルブライトが正面に向き直った。「スペクターと関わり合った経験の豊富な人物にきこう。ボンド君、なにか意見はあるかね」

ボンドは脚を組んで座っていた。「金をいくらでも刷れる奴らが土地をわざわざ要求する。馬鹿げてますよ」

するとオルブライトが冷やかかな目をボンドに向けた。「静岡県全域が買えるだけの金とは、いったいいくらだね？」

室内が静まりかえる。ボンドは黙ったものの、まだ顔に微笑が留《とど》まっている。見当ちがいなのはオルブライトのほうだと斗蘭は思った。ボンドがいいたかったのは、静岡を金で買えたはずだとか、そんな話ではない。スペクターのメンバーが大勢いようと、自殺者から奪えた戸籍はせいぜい千数百人ぶんだろう。毒性植物園が存在した期間を考えれば、それ以上はありえない。たったそれだけの人数が潜むには、全国各地での土地の購入も含め、充分すぎるぐらいの自由がスペクターにはある。にもかかわらず、なぜ静岡県全域をほしがるのか。割譲を受けたとして少人数で県境をどう警備し、どう運営するつもりか。

この要求は現実的でないとボンドは指摘したかったにちがいない。わざと曖昧《あいまい》な物言いに留めたのは、彼流の悪ふざけだろう。CIAをからかっているとしか思えない。

オルブライトは意に介さないらしく、真剣に周りにささやく声が、大会議室の隅まできこえてきた。「ブロフェルドはたぶん本気だろう。これまでも伯爵の称号にこだわったり、福岡で城主を気取ったり、偏執狂的な権力志向をしめしてきた。あいつは国家を樹立したがっとる」

「ありうる」カークランドが同意した。「ブロフェルドは若いころ、ポーランドの郵便電信省で機密を盗み、その情報をもとにワルシャワで株を売り買いし、独立できるだけの財産を築いた男だ。ポーランド軍の情報をナチスに売り、ドイツの侵攻を助けたのち、スウェーデン経由でトルコに逃亡した」

「ああ。トルコではラジオ局勤務を隠れ蓑《みの》に、独自の私設諜報《ちょうほう》機関を持ったとか。すでに王になりたがる片鱗《へんりん》があった。奴の諜報機関は連合国軍と枢軸国軍の双方を手玉にとった。両方に情報を売って戦争を激化させたんだ。ブロフェルドの節操のなさが表れとる」

「しかし戦局が連合国に傾いたので、戦争終盤には米英露に肩入れした。ブロフェルドは終戦までに数々の勲章を受ける始末だった。各国からの信頼まで獲得したうえで、南米でスペクターを結成した。単なる犯罪組織ではなく、独立国家的性質を形成したがった痕跡《こんせき》がある」

「領土を求めるのも、なんらふしぎはないな」

「期限はきょう正午だ。もう四時間とない。在日米軍の戦力の一部を静岡近海に移動させるべきだろう」

きいていられない。斗蘭は発言した。「この脅迫文の要求には曖昧な点があります。日本の事情に精通するブロフェルドにしては、静岡全域の入手にこだわるのなら、境界線未確定地に触れていないのはおかしいです」

「なに？」オルブライトが眉《まゆ》をひそめた。「境界線未確定地？」

田中虎雄局長がいった。「富士山頂から東山麓の県境ははっきりしておらず、どちらの県でもないという解釈なのです」

オルブライトは反発した。「それでも脅迫文に山岳を含むとある以上、そこをも領土と主張する気だろう」

斗蘭は間髪をいれずに指摘した。「だとしてもどこを境界とするのですか。境界線未確定地の山梨県寄りぎりぎりですか。ならばそのように記してしかるべきと思います。つまりブロフェルドはそこまで本気ではないのだろうと推察できます」

大会議室がざわついた。オルブライトがむすっとした。ボンドは視線を落とし、斗蘭には目を向けないまま、両手で音を立てず拍手するしぐさをした。斗蘭は顔をしかめてみせたものの、思わず微笑が漏れた。

「静粛に」オルブライトが苛立《いらだ》ちをしめした。「スペクターは端《はな》から本気ではないというのか」

ボンドが小馬鹿にしたようにいった。「当然でしょう。正午までに二百九十万人を県外退去させる要求を、その日の朝に送りつける？　実現不可能が前提ですよ」

「なら」オルブライトがじれったそうにボンドを見つめた。「ブロフェルドの狙いはなんだ。退去が困難なことぐらい、われわれにもわかっとる。だが異常な要求も奴ならありうると解釈しとっただけだ。きみの意見では、スペクターは最初から大規模破壊とやらを起こすつもりだときこえるが？」

ウィーランがオルブライトに進言した。「可能性はある。そっちに本当の狙いがあるのかも」

苦い顔になったオルブライトがまた声をひそめた。「大規模破壊をおこなうのなら、大量の爆薬か、それに類する兵器類が必要になるはずだ」

カークランドがささやいた。「兵器とはかぎらない。建築現場などからTNT火薬などが調達されることもありうる」

「一理ある」ウィーランが語気を強めた。「在日米軍や自衛隊基地から奪うのでなければ、民間には兵器になりうる物資はほとんど存在しない。なにしろ市民が銃すら持てない国だからな」

オルブライトがうなずいた。「戦後は徹底して締めつけてやった。爆薬にしろ劇物にしろ、テロに使えそうなほど大量に調達すれば、その動きはめだちすぎるほどめだつ」

ウィーランが平然と警察関係者らを手で指ししめした。「日本人に調べさせよう」

「そうだな」オルブライトが列席者一同に告げた。「大規模破壊工作が可能な物資の供給など、テロの前段階とおぼしき事象の有無を、緊急に洗いだしてもらいたい」

警察関係者の大半は英語がわからない。オルブライトの演説は常に、田中虎雄局長が通訳することになっていた。だがいま虎雄は渋い顔でオルブライトに疑問を呈した。

「ブロフェルドは水中翼船を所有していました。偽札を国外に持ちだした帰りに、爆発物などを密輸していたかもしれません」

オルブライトは椅子の背に身をあずけた。「CIAを軽視せんでくれたまえ。ブロフェルドが偽札をばら撒《ま》いた第三国での動向は、すべて調べがついとる」

カークランドがきっぱりといった。「第三国での銃器類の調達はあったようだが、大規模破壊を可能にするほどの爆薬などは得ていない。裏取引もなかったと証明されている。奴らの船体に水中ハッチがあろうがなかろうが、そんな物はいっさい搬入されなかった」

虎雄はなおも不服そうだったが、CIAの調査自体は信頼が置ける、そう思うほかなかったのだろう。失礼を詫《わ》びるようにおじぎをしたのち、警察関係者らに日本語で声を張った。「大規模破壊工作が可能な物資の供給など、テロの前段階とおぼしき事象の有無を……」

斗蘭は小声で皮肉を口にしてみせた。「お父さんも可哀想。いつもどおりアメリカのいいなりになってる姿を、ボンドさんに見られちゃって」

隣の宮澤も浮かない顔でささやいた。「局長は陣頭指揮をとらざるをえないから、不本意でもきょうは大忙しだろうな。ＣＩＡは命令を発するだけ発して、あとは局長を小間使いにするだけだから」

戦後の日本には銃刀法がある。危険物も厳格に管理されている。すべてＧＨＱが終戦時にさだめた法律に基づく。徹底して日本に戦力を持たせない方針だったのだろう。アメリカは日本国民を骨抜きにした。大量の爆薬などが盗まれでもしたら、たちまち発覚すると高《たか》をくっている。事実にはちがいないが、ＣＩＡのいまだ戦勝国気分が鼻につく。

スライドの電源が落とされ、窓のカーテンが開いた。会議は解散になった。列席者らがざわめきながらそれぞれ席を立つ。虎雄は警察幹部らと熱心に立ち話をしていた。これから雑務に追われるばかりになり、父娘《おやこ》の対話もままならないだろう。田中虎雄局長は司令塔として、この本部を離れられなくなった。というよりいまの父は、ＣＩＡにとって使い勝手のいい通訳兼手下だ。

ボンドが歩み寄ってきた。「斗蘭。また九州にヘリを飛ばせないか」

「ヘリ？」斗蘭は立ちあがった。「無理です。予算が厳しく管理されてますから」

「それなら国内便で行くしかないな。福岡空港までのチケットの手配を頼む」

「羽田へ直接行ったほうが早いと思いますけど」斗蘭は小声できいた。「なぜまた福岡に……？」

平然とボンドがささやいた。「ブロフェルドがもともといた場所だ」

「でもその周辺に留《とど》まってるわけがないっていうのが、ＣＩＡの解釈です。だからこそ、ここと三大都市に極秘拠点を設け、それらを中心に捜査を……」

「福岡県警の刑事がスペクターに寝返ってた。元黒竜会も福岡を中心にした勢力だったんだろ。あの辺りとブロフェルドは密接な関係にある。悪いが安藤警視には連絡しないでくれ。彼は信用できると思うが、周りに悟られたくない」

斗蘭は困惑を深めた。「でもあなたにはＣＩＡの監視が……」

ボンドが斗蘭の腕をつかんだ。「だからこっそり行こう」

なんといますぐに抜けだす気らしい。宮澤は目を泳がせている。父は遠く離れた場所で、ＣＩＡと警察幹部らに釘付《くぎづ》けになっている。たしかにボンドと動けるのは斗蘭しかいないが……。

いちどでかけると決めてからは、ボンドはまさしく強引だった。力ずくで斗蘭を同行させ、後方のドアから通路にでた。がらんとした通路を歩きだしたものの、行く手でエレベーターの扉が開き、人がでてきた。ボンドは斗蘭の腕をつかんだまま、すばやく向きを変えると、階段を駆け下りだした。

斗蘭はボンドの手を振りほどいた。だがボンドはかまわず階段を下っていく。斗蘭は追いかけるしかなかった。

「ボンドさん」斗蘭はたずねた。「福岡に行ったとして、なにか見当がついてるんですか。大規模破壊の標的とか、そのための準備物資だとか」

「なにもない。わからないから行くんだ」

あきれるしかない。彼はこんなに行き当たりばったりな諜報《ちょうほう》活動で、いままで生き延びてきたのだろうか。

一階よりさらに下る階段は工事中だった。剝《む》きだしの内壁に鉄骨とウレタン発泡材が露出している。ボンドはなにを思ったか、いったん足をとめると、無造作にウレタン発泡材を引きちぎりだした。まだ硬化前の軟質で、まるで麩菓子《ふがし》のように軽く引き剝《は》がせる。断片を片手で握りつぶし、もう一方の手で工具箱からパティナイフを盗むと、さらに階段を駆け下りていった。

戸惑いとともに斗蘭はつづいた。地下一階の鉄扉を開けると、その向こうは地下駐車場だった。ボンドが足ばやに突き進みながらきいた。「免許証とキーはあるだろ?」

「ありますけど……。無許可で勝手に出発するつもりですか」

ボンドはシボレー・インパラのわきに立ちどまった。いかにもアメ車という風格の大型四ドアセダンだった。ボンドが給油口の蓋《ふた》の隙間にパティナイフを挿しこんだ。軽く力を加えただけで蓋が開いた。構造を知り尽くしているらしい。握り潰《つぶ》したウレタン発泡材の断片を、給油口に押しこんだのち、また蓋を閉じた。

斗蘭がキーを持つトヨペットクラウンを、ボンドは抜け目なく把握していたようだ。クラウンの助手席側ドアのわきにしれっと立つ。斗蘭はもやもやしながら歩み寄った。運転席側ドアの鍵穴《かぎあな》にキーを挿入し解錠した。

すると後方にあわただしい靴音がきこえた。CIAの監視要員ふたりが駆けだしてきた。ひとりが怒鳴った。「ボンド!　どこへでかける気だ。外出許可は?」

「乗れ」ボンドが鋭くいって、助手席のドアを開け、車内に乗りこんだ。

斗蘭もあわててボンドに倣った。運転席におさまり、ただちにエンジンをかける。CIA職員が追いつく前にクラウンを発進させた。

地上へのスロープをめざし猛然と走る。バックミラーのなかでCIA職員らが、大急ぎでシボレー・インパラに乗りこんだ。ヘッドライトを灯《とも》したシボレーが急発進する。けたたましいクラクションを発しつつ追いあげてくる。たちまちクラウンの後方へと迫ってきた。

ところがふいに弾《はじ》けるような音が響き、シボレーが推進力を失い減速した。壊れかけのポンコツ車のごとくヘッドライトが点滅する。ドライバーが泡を食いながらハンドルを切っているのがわかる。シボレーは蛇行したものの、亀の歩みに似た低速へと転じていき、やがて動かなくなった。

斗蘭は驚きながらもクラウンをスロープに駆け上らせた。東京湾に面した埠頭《ふとう》の道路を駆け抜けていく。つぶやきが斗蘭の口を衝《つ》いてでた。「いったい……」

助手席のボンドが悠然といった。「ウレタンはガソリンと接触すると途方もなく膨張して硬化するんだよ」

「給油口に砂糖をいれるってのはきいたことがあるんですけど」

「砂糖なんてだめさ。ガソリンタンクの底に沈殿するだけで、エンストなんか起きやしないよ。やったことない？」

「あるわけ……」斗蘭はいいかけて口をつぐんだ。

少年のように得意げにしているボンドが、半笑いで助手席におさまっている。いかにもドライブを楽しむような横顔だ。亡き妻との最後のドライブでも、悲劇の訪れまでは、彼もこんな顔をしていたのだろうか。そう思うとなにもいえなくなった。

いまのボンドはそんな悲劇を想起したようすもなく、ただ涼しげな表情をしている。斗蘭も心が軽くなるのを認めざるをえなかった。CIAの束縛を振りきって、ひさしぶりに解放感に浸っている。諜報員としてのこんな人生も、たまには悪くない。

24

斗蘭は羽田空港ロビーに足を踏みいれるのに戦々恐々としていた。スペクター対策であちこちに、私服警察官の目が光っている。身長百八十三センチのボンドが見つからずに済むわけがない。

しかしボンドは気にするようすもなく、外国人旅行客のようなさりげなさで、ぶらりとサービスカウンターに歩み寄った。伝票を渡すと、黒い革張りの横長バッグを受けとる。預けてあった荷物らしい。バッグの幅は五十センチほどもあった。重そうなそのバッグを、ボンドは右手に提げ、軽々と持ち運んでいる。

チケットの購入と搭乗手続きを済ませたものの、ボンドはなぜかまっすぐなかに向かわなかった。斗蘭がついていくと、世間にほとんど知られていない要人用ゲートに赴き、ボンドが警備員にパスケースをしめした。警備員はあっさりボンドを通した。斗蘭は面食らいながらつづいた。

立入禁止の看板がある非常階段を、人目を盗んで突破すると、一般旅客で賑《にぎ》わう搭乗口前にでた。

斗蘭は歩調を合わせつつ小声できいた。「どうやって……？」

「手癖が悪くてね」ボンドがパスケースを投げ渡してきた。

パスケースにおさまっているのは、なんとCIAのIDカードだった。ボンドの顔写真が貼ってある。スタンプや刻印も写真の端にかかっていた。

啞然《あぜん》とするしかない。手癖が悪いというのは、CIA職員からスリとったことを意味する。半年間のうちには何度もそんな機会があったのだろう。だがスタンプと刻印はどうしたのか。

ボンドは斗蘭の疑念を読んだようにいった。「スタンプは針で芋を彫って作った。写真にかかる一部分だけでよかった。刻印は粘土に凹凸を写しとって、固まったのちに裏から押しつければいい」

斗蘭は舌を巻きつつパスケースをかえした。「あなたがどうやって長生きしてるか、だんだんわかってきました」

「いちど死んでるからね。そういえばタイガーがいってたけど、俺の詠んだ俳句、きみがちゃんと字数を合わせてくれたって？」

「季語がないからだめですよ」斗蘭はあえてそういった。「縁起が悪いから、いまはもう詠まないでください」

斗蘭とボンドは無事に福岡行きの便に搭乗した。ボンドは幅五十センチのバッグを機内に持ちこんでいる。ほかの乗客の荷物も大きめだった。斗蘭は漠然と不安をおぼえた。いずれ荷物の大きさに制限を加えるべきではないのか。安心できない。とりわけボンドのような男が存在する以上は。

福岡に到着すると雨が降っていた。気温は関東よりいくらか高いが、温暖というほどでもなかった。空港でレンタカーを借りた。ツードアのスポーツカー、ダットサン・フェアレディだった。屋根は取り外し可能な幌《ほろ》になっているが、雨では被《かぶ》せっぱなしにするしかない。どちらにしても狙撃《そげき》の弾を受けやすいのではと斗蘭はうったえたが、ボンドは肩をすくめただけだった。ふつうのクルマの屋根もガラスも、ライフル弾に対しては遮蔽物《しゃへいぶつ》になりはしないよ。ボンドはそういった。

運転席と助手席の後ろには、いちおう三つめの座席が、めずらしいことに横向きに設置してあった。狭いスペースに無理やりもうひとり乗れるようにしてあるが、実質的には荷物置き場だった。ボンドはそこに黒革のバッグを載せた。

これからどうするのだろうと斗蘭は訝《いぶか》っていた。ボンドが英語可のカウンターできいたのは、西洋人のコックがいるレストランだった。慣れない福岡市内の道路を、斗蘭は地図を片手に走る羽目になった。

しかも国道を南下したうえ市外へでなければならない。目的地は久留米《くるめ》。たしかに着くころには昼食どきだが、のんびり食事をするつもりだろうか。ブロフェルドの指定してきた期限は正午だというのに。

たぶんボンドはあの期限など無意味ととらえている。スペクターがきょうじゅうに発生を予告している、大規模破壊にこそ警戒の目を向けるべきだと考えているようだ。だがそれにしてはこの悠長さはなんだろう。

助手席のボンドはにやにやしながらいった。「An army marches on its stomach に該当する日本の諺《ことわざ》があるとタイガーからきいたよ。日本でも〝腹が減っては戦はできぬ〟なんだろう？」

斗蘭はげんなりした。まったく父はつまらないことしか教えていない。

福岡空港から南へ四十キロほど、久留米は山々に囲まれた自然豊かな一帯だった。

筑後川《ちくごがわ》沿いに大きな教会があり、隣に煉瓦《れんが》造の洋館が建っていた。それがボンドの選んだレストランになる。

ドンケラリーという店名は、シーボルトがこの地から欧州に持ち帰った椿に由来するらしい。〝福〟ナンバーの高級車が店の前に数多く駐車している。市内に住む金持ちが贅沢《ぜいたく》な食事のため、少し足を延ばす場所のようだ。

レディススーツを着ている斗蘭と、スーツ姿のボンドは、ドレスコードにひっかかる心配はなさそうだった。しかしこんな高価そうな店で昼食をとる必要があるのだろうか。

ロココ調の優美な内装の店内に、客はごく少なかった。ふたり掛けのテーブルを挟んで座り、ボンドはメニューを開くと、ソムリエに注文した。「ドン・ペリニヨンの四六年があるのか。それにしてくれ」

斗蘭は愕然《がくぜん》とした。「飲む気ですか」

「いけないいか？　フェンネルも鴨のローストも、ドン・ペリニヨンに合うんだよ」

「お酒の種類じゃなくて……」斗蘭は声をひそめた。周りに目を向ける。ソムリエが引き下がり、近くには誰もいない。斗蘭はボンドを見つめてきいた。「敵が襲ってきたら？」

「スペクターの拠点がここにあると俺たちに教えるようなもんだ。だから襲ってこない」

「正午で脅迫文の期限切れなのに」

「福岡に落ち着いて、次にどうでるべきか思案しつつ、向こうの出方もみる。どこかに陣取っていなきゃいけないんだから、それがこういうレストランでもかまわないだろ？」

ボンドがかなり余裕を取り戻してきているのはあきらかだった。それ自体は歓迎できる。しかし今度は別の種類の不安が頭をもたげてくる。斗蘭と一緒にいるときのボンドはやけに嬉《うれ》しそうだ。色目に似た視線をいちいち投げかけてくるのはなんだろう。それも四十一歳にもかかわらず、さまになっているのが始末が悪い。

グラスが来てシャンパンが注がれた。乾杯にはつきあったものの、斗蘭はほとんど口をつけなかった。ボンドはかまわないようすで飲み干した。食事も次々に運ばれてくる。

斗蘭はいった。「ボンドさん。じつはうちの管共課が、ミス・マネーペニーという人の手記を入手しまして」

「マネーペニーの？　なにが書いてあったのかな」

「あのう……。あなたが女性をベッドに誘うことしか考えていないとか」

ボンドが苦笑した。「彼女の身に降りかかったことでもないのに、どうして自分のことみたいに書くんだろうな」

「あなたの上司であるMの秘書ですよね?」

「よほど私的な手記が流出したみたいだ。暗号で記載されてたのかな」ボンドははぐらかしてきた。「マジック44で解読したとか? あれは期待外れの機械だったな」

うまく話を逸《そ》らされた、そのことを痛感しつつも、斗蘭はたずねざるをえなかった。

「どう期待外れだったんですか」

「タイガーがソ連の極秘通信を解読してみせたときには、たしかに驚かざるをえなかったがね。あとからよく考えてみれば、あれは要するにわが国のエニグマ解読機の改良型だ。器用な日本人は西洋の発明を巧みに改良する。それさえわかればこっちでも作れるさ」

事実だった。ナチスが用いたローター式暗号機エニグマ。イギリスの天才アラン・チューリングが、戦時中に解読機を発明した。斗蘭の父はその解読機の設計図を盗んだが、日本の軍部は終戦までのあいだ、それをろくに活用できなかった。改良がおこなわれたのは戦後になる。

斗蘭はボンドに問いかけた。「アラン・チューリングをどう思いますか」

「どうって？　風変わりな天才だ」

「彼は四十一でこの世を去りました」

「いまの俺と同い年なわけだ」

「生前の彼は祖国のため、いっさい見返りを求めず、献身的に暗号解読に取り組みました。立派な人です」

「男色だった」

思わずむっとする。斗蘭はわずかに声を荒らげた。「そのせいで不当なあつかいを受けたというだけです。彼自身は業績の報酬として男性を求めたわけじゃないでしょう。あなたもそうなのかときいているのです」

「男と？」

「ちがいます。女性の身体という見返りを求めていないかどうかです」

「ずいぶんはっきりものをいうね」

ウェイターが皿を下げようと近くに立っていることに、斗蘭はようやく気づいた。たぶんウェイターは英語がわからないだろうが、それでも思わず顔が火照ってくる。うつむき黙ったまま、ウェイターが仕事を終え、離れていくのをまつ。

アラン・チューリングがいなかったら、ヨーロッパの戦争はもっと長引いたといわれている。コンピューター技術の発展も彼なしにはありえなかった。にもかかわらず彼は同性愛者であることを理由に、イギリス政府から迫害を受けた。同性愛は違法ゆえ、チューリングは裁判にかけられ、化学的去勢を強制された。若くして他界した理由は自殺とされる。

斗蘭は心に残るアラン・チューリングの名言をささやいた。「わたしたちに見える《ウイキャンオンリイシー》のは短い未来かもしれないが《アショートディスタンスアヘッド》、そのなかにはやらねばならないことがたくさんある《バットウイキャンシープレンティゼアザットニーズトウビーダン》」

ボンドが軽い口調できいた。「どういう意味かな?」

「茶化さないでください。近い将来までしか予測できなくても、それまでに成すべき課題が山ほどあるってことでしょう。これこそわたしたちが肝に銘じることじゃないですか?」

「そんなことを考えながら諜報《ちょうほう》の仕事を?」ボンドは肉を頬張りながら笑った。「硬いよ」

「真面目に考えるのは悪いことじゃないでしょう」

「結婚するなら日本の女性ってきいたが、最近はそうでもないのかな」

「五か月前に……」

「ソ連のワレンティナ・テレシコワが、世界初の女性宇宙飛行士となった」

「……なぜわかったんですか」

「いうと思ったよ」ボンドはフォークとナイフを持つ手を休めなかった。「もしきみが宇宙へ行ったら、将来の夫は誰に海苔巻《のりま》きを作ってもらえばいい？」

斗蘭はボンドの冗談めかすばかりの口ぶりに萎《な》えつつあった。「暖簾《のれん》に腕押し」

「ノレン？」

腕時計に目を走らせる。とっくに午後になっている。斗蘭は席を立った。「定時連絡をいれなきゃいけません」

「どうぞ」ボンドは平然と斗蘭を送りだした。

斗蘭は店の隅にある公衆電話へと歩きながら、いわゆる特殊通話硬貨をとりだした。

電電《でんでん》公社は日本電気と日立、沖《おき》電気、富士通《ふじつう》に公衆電話を製造させている。いずれの企業も政府および警察庁と提携し、長距離通話の料金が後日請求可能な、特殊通話硬貨に公衆電話を対応させていた。閣僚の秘書には特殊通話硬貨が支給されている。警察関係では公安と警視庁上層部にしか知らされていない。

公衆電話の受話器をとる。特殊通話硬貨は直径二十三・一ミリで、十円玉と百円玉の中間の大きさ、素材は銀六割、銅三割、亜鉛一割だった。

斗蘭は受話器をあげ、特殊通話硬貨を投入した。横浜の本部で応答した職員に、上司の宮澤を呼びだしてくれるよう頼む。

宮澤の声はうわずっていた。「困るよ。オルブライトさんがボンドはどこだときいてくる。田中局長もだ。きみの所在も確認したいって」

やれやれと斗蘭は思った。「じつはいま福岡県の久留米です」

「久留米だと？　なぜ？」

「ボンドさんが直感に基づき行動したがるので……。本部のほうはどうですか。正午を過ぎましたが」

「工事用ダイナマイトなど大量の爆薬については、建設省と運輸省がすべて保管箇所を把握していて、数時間で確認できた。在日米軍と自衛隊でもその種の盗難被害などない。本当に大規模破壊なんかありうるのかと、疑わしげな空気が濃厚になってきてる」

正午を過ぎてなにも起きないというだけで、たちまちこれだ。斗蘭はテーブルを振りかえりながらいった。「こっちでもボンドさんに根拠の有無を確認してみま……」

心臓がとまりそうになった。テーブルが空席になっている。ボンドがいない。

「もしもし」宮澤の声が問いかけた。「斗蘭。どうした？」

「あとで連絡します」斗蘭は受話器を叩《たた》きつけ、特殊通話硬貨を回収すると、テーブルに駆け戻った。周りに目を配る。こういうときにかぎってウェイターがいない。レストランの玄関へと斗蘭は走っていった。

ため息とともに歩が緩んだ。玄関ホールのレジにボンドが立っていた。会計を済ませたところのようだ。

斗蘭は抗議した。「ボンドさん」

釣り銭を受けとると、財布におさめながらボンドがいった。「テーブルで会計しない日本の習慣は好ましいね。ウェイターにテーブルごとの担当係がいないのも。パリあたりじゃ支払いのためだけに日が暮れそうになる」

「どうして勝手にテーブルを離れるんですか」

「食事は終わったよ。きみもだろう。店内に漂う豆の香りからすると、コーヒーには期待できなかった」

頭を掻《か》きむしりたくなる。斗蘭は憤然とドアを開け、先に外へでた。ボンドは妙にゆとりある歩調でつづいてくる。

雨はやんでいた。駐車場のフェアレディに近づきながらボンドがきいた。「電話ではなんて？」

「スペクターが日本国内で爆発物などを調達できた可能性はまずないって」

「たしかなのか」

「ええ。正午をまわってもなにも起きていないらしいですし、本部では大規模破壊なんか怪しいって見方が濃厚で」

「爆発物なしに大規模破壊。はて……」ボンドの顔がいきなり硬くなった。豹《ひょう》のようなまなざしが斗蘭をとらえた。「キーをくれないか」

斗蘭は面食らいつつもキーを手渡した。「どうかしたんですか」

「乗ってくれ」ボンドは運転席側へまわり、ドアを解錠するとただちに乗りこんだ。

当惑しながら斗蘭は助手席におさまった。「どこへ向かうつもりです？」

エンジンがかかった。ボンドはペダルを踏み、手早くギアを入れ替え、フェアレディを急発進させた。ステアリングを操りながらボンドはいった。「タイガーは俺の偽名を福岡炭坑夫組合員証に加えた。大柄な日本人か、帰化人と解釈されるように、日本人の偽名を名乗らせた。たしかそうだったな」

「ええ。そうきいてます」

「俺みたいな外国人が紛れられるぐらい、福岡には大勢の人間が炭鉱で働いてるのか？」

「そうです。筑豊《ちくほう》炭田がありますから」

「その筑豊炭田で最大規模の炭鉱は？」

「三井三池《みついみいけ》炭鉱が有名ですけど……」

　ボンドがダッシュボードの上の地図をつかみとり、斗蘭に押しつけてきた。「ここからいちばん近い炭坑口へ案内してくれ」

　地図を広げたものの斗蘭は戸惑った。「大牟田《おおむた》市の炭坑口なら四十キロ南です。空港からさっきのレストランとほぼ同じですけど、あくまで直線距離で……」

「どっちだ」

「方角的にはそっちです」

　ボンドがいきなりステアリングを切った。道路を外れ、山林の芝生に乗りいれる。車体が激しく弾んだ。だがボンドはかまわず加速させ、木立のなかの隙間に突っこんでいった。

　斗蘭は肝を冷やした。「無茶しないでください！　いったいどうしたっていうんですか」

「炭鉱なら炭塵《たんじん》爆発を起こせる」ボンドが低い声を響かせた。「爆発物なんかいらない。それでも数百人をまとめて殺せる」

25

ボンドは道なき道にダットサン・フェアレディを走らせていた。イギリスと同じ右ハンドルなのがありがたい。背の高い木々が自然の庇《ひさし》を形成している。斑《まだら》模様に落ちる木漏れ日を突っ切ると、視界がせわしなく明滅する。

斗蘭の話では北九州市を起点に、九州を縦に貫く高速道路が計画段階らしい。部分的に山道が切り拓《ひら》かれ、重機が走れるていどの未舗装道路ができているが、それらはあちこちで途切れている。トンネルについても、山腹に工事予定地らしき囲いがあるものの、まだ掘削されていない。

したがって初期工事用に開拓された未舗装道路を走っては、なにもない木立や荒れ地を突っ切り、また新たな未舗装道路を見つける、その繰りかえしになった。谷間の農地のために作られたとおぼしき、古くからの山道にもときおり乗りいれたが、おそらく牛車の通行ぐらいしか意図していなかったのだろう。極端に狭い山道では、片輪を崖《がけ》ぎりぎりに走らせ、もう片輪は側面の岩壁に半ば乗りあげた状態で、慎重に徐行せねばならなかった。

それでも直列四気筒、一・二リッターのエンジンは案外パワフルで、凹凸の激しい道も勢いで乗りきってくれる。全長十三フィート、幅四・五フィートぐらいの小ぶりなボディで、百四十ストーンほどしかない軽さゆえ、暴れ馬のごとく猛進していける。ロデオのような乗り心地だとボンドは思った。

助手席の斗蘭が唸《うな》るようにつぶやいた。「気分が悪い。お肉はやめときゃよかった」

気遣うようなひとことはかえって耳障りだろう。ボンドはきいた。「あとどれぐらい？」

斗蘭は青白い顔で地図を眺めた。「三マイルていどで山林を抜けて、筑後市の市街地にでます。田園地帯の平野です。あとは国道を延々と走っていくしかありません。有明海が見えてくる辺りに、三池炭鉱の三川《みかわ》坑があります」

市街地に近づいたからだろう、未舗装ながら平らな道が多くなってきた。腕時計に目を走らせる。午後一時四十三分。久留米からほんの六マイルていどのショートカットで、その先は国道を走破するしかないが、あるていどの時間短縮にはなった。

ボンドはいった。「きみは賢くて親切だね」

具合が悪そうな斗蘭がたずねた。「なにがですか」

「日本の地図表記では五キロだろうに、いちいち三マイルと告げてくれる」

斗蘭は微笑した。「ＣＩＡの人たちもみんなメートル法で伝えてくれますよ?」

「おかしなもんだ。アメリカ人がメートル法、日本人がヤード・ポンド法を口にするとは」

「そうですね。互いに気を遣いあってます。あなたにはイギリスの帝国単位系もきちんと踏まえなきゃ」

「よしてくれよ。そこまで配慮させちゃ申しわけない。こっちは物の数え方もわからないのに。クルマはイチダイ、木はイッポンであってたかな?」

ふふっと斗蘭が笑った。「そこまでおできになれば充分……」

斗蘭が口をつぐんだ理由はボンドにもわかった。表情がこわばるのを自覚する。フェアレディのエンジン音と走行音に、異質なノイズが混ざりあってきこえる。より大きな排気量と馬力を感じさせるエンジンの唸り。小枝を絶え間なく叩《たた》き折り、幹を裂くような音もともなう。

だしぬけに木々を薙《な》ぎ倒し、黄いろい巨体がフェアレディの背後に出現した。咆哮《ほうこう》に似た轟音《ごうおん》をともない追いあげてくる。ボンドはとっさにアクセルを踏み加速し、かろうじて追突を免れた。

「な」斗蘭が驚愕《きょうがく》の声をあげた。「なにあれ!?」

バックミラーにおさまりきらないほどのボディが、ブルドーザーの前部だとわかる。可動式排土板《ブレード》は地面を削りとりながら、フェアレディの小さな車体を撥《は》ね飛ばさんばかりに、真後ろに急接近する。形状はたしかにブルドーザーだが、サイズが異常なほど大きかった。バックミラーにはもうブレードしか映っていない。ボンドはミラーに指先を這《は》わせ、上方が見えるように角度を変えてみた。だが今度はフェアレディの幌《ほろ》屋根が邪魔になる。

斗蘭はそれを察したらしく、拳銃《けんじゅう》を抜きつつ身を乗りだした。「幌を外すべきでは？」

「同感だ」ボンドは運転席の右上にあるストッパーを引いた。フロントガラスの上端と幌にわずかな隙間ができた。

次いで斗蘭が左上のストッパーを外した。幌は車体から外れ、前方から凄《すさ》まじい風圧が吹きつけるなか、まっすぐ後方へ飛んだ。しかしすぐさまブルドーザーのブレードにぶつかり落下した。ブレードの下端が土を削りとるなかに幌は巻きこまれ、たちまち粉砕されるや、幅広のキャタピラーに踏み潰《つぶ》され消えていった。

ようやくブルドーザーの上部まで見えるようになった。ブルドーザーのあらゆる部位が巨大化したような車体だが、高所に位置する運転席だけは通常のサイズのようだ。そのためブレードに遮られ、ドライバーの姿はほとんど見えない。運転席の屋根とともに、ヘルメットをかぶった頭がわずかにのぞくのみだ。

斗蘭は助手席で後ろ向きになると、シートの背の上で拳銃を仰角に構え、運転席を銃撃した。矢継ぎ早にトリガーを引くが、ブルドーザーはブレードをわずかに上昇させ、運転席への被弾を回避した。

たちまち八発を撃ち尽くした。斗蘭はスライドの後退したM39を片手に表情を曇らせた。「スペクターの本拠がバレるから襲ってこないんじゃなかったんですか?」

ボンドは前方の下り勾配《こうばい》へとフェアレディを突進させた。「敵のテリトリーに踏みこんだと考えるべきだ。俺たちの進路は正解だよ」

山林を下った先に、もう市街地がひろがっているのが見える。あとわずかしかない。斜面の左手は切り立った岩壁が、徐々に面積を広げつつある。蛇行してブレードの追突を回避しようにも、左にステアリングを切るわけにいかなくなった。

ほとんど滑落するも同然のフェアレディにくらべ、巨大ブルドーザーのキャタピラーはしっかりと地面を踏みしめ、しかも凄まじい速度で稼働しつづけている。車体の推進力は津波が押し寄せるかのようだった。距離がさらに詰まってきた。このままでは数秒でブレードが接触する。

ボンドは運転席から腰を浮かせた。「運転しろ」

猛スピードで斜面を下降するフェアレディの車上で、ボンドは大胆にも後ろ向きに立ちあがり、横向きの後部座席に飛び移った。斗蘭は西洋人のような悪態などつかず、すばやく助手席から運転席に身を移し、ただちにステアリングを握った。アクセルをめいっぱいに踏みつけているのがわかる。ドライバーの交替にもかかわらず、フェアレディには一瞬の減速もなかった。

ボンドは狭い後部スペースに身を沈めると、黒革のバッグを開けた。なかから引っ張りだしたのはXM16E1自動小銃だった。ライフル型の銃尻《じゅうじり》をしっかり肩に密着させる。鋼鉄製のボルトをコッキングすると、ふたたび立ちあがり、銃を俯角《ふかく》に構えた。

仰角で運転席を狙ったところでブレードは撃ち抜けない。ボンドは迷わずブルドーザーの左キャタピラーに狙いをつけ、トリガーを引き絞った。

掃射を開始した。削岩機《ロックドリル》のように激しく振動する銃を、両腕のなかで強く固定し、けっして標的から着弾が逸《そ》れないようにする。左キャタピラーは猛烈に上から下へと流れながら、跳弾の火花をさかんに散らせた。まったく効き目がないように見えるが、むろんそんなはずはない。建設機械のキャタピラーは、第二次大戦時の戦車から変わらず金属製だが、履板の連結に合金製のピースやリンクを用いている。この自動小銃がAR15に威力で勝るのなら、それら接続部品を破断させられる。

左キャタピラーに狙いを定めた掃射は数秒つづいた。ふいにキャタピラーが吹き飛び、起動輪や転輪があらわになった。むろんそれらだけでは地面に対し車輪の役割を果たさない。左キャタピラーを失い、そちら側の駆動力を喪失したブルドーザーは、右キャタピラーのみの推力により、急激に左へスピンした。そちらには岩壁がそそり立っていた。

ブルドーザーは真正面から岩壁に突っこみ、勢いで車体が前後に潰れた。横向きになったブルドーザーの全長が半分ほどになったのがわかる。あらゆる部品の連結部分が破壊され、無数の破片となり辺りに飛び散った。と同時に運転席のフロントウィンドウが割れ、敵ドライバーが前方に投げだされた。人形のような身体が岩壁に叩きつけられ、首の関節が異常な方向に曲がる。舞いあがった土煙がすべての惨状を覆い隠した。

ボンドは自動小銃をバッグに投げこむと、また身体を起こした。「どいてくれ。運転席に戻る」

山林の下り勾配はあと少しで終わりを告げる。その先には舗装された道路が見えていた。斗蘭が助手席へ身を移しつつ、ぎりぎりまでステアリングを保持しつづける。ペダルから足を浮かせてもフェアレディは滑降していった。ボンドは前部座席ふたつの狭間《はざま》を軽く跳躍し、運転席に身を沈めた。

フェアレディが坂を下りきった。アスファルトの路面上に車体が飛びだした。近くを通行していたほかのクルマがタイヤをきしませ急停車する。ブーイングがわりのクラクションは鳴り響かない。

この国のドライバーはよほどのことがないかぎりクラクションを鳴らしたがらない。危険運転が日常のボンドにとっては好ましかった。

地方都市と呼ぶほど発達していない、素朴な田舎町だった。平野に民家が点在するほか、田畑も目につく。道路が敷かれたのは最近らしく、道幅が広くまっすぐだった。交通量もさして多くない。山中の巨大ブルドーザー事故にも、誰も気づいていないようだ。ボンドはステアリングを左右に切り、次々とクルマを追い越していった。

斗蘭が助手席で地図に目を落とした。「筑後市です。次の交差点を右折したら、ひたすら直進してください」

ボンドは腕時計を一瞥《いちべつ》した。午後二時をまわった。道路はところどころ混んでいる。

路面を外れて回避できる場合は、積極的にそうしたものの、脱輪しそうな田畑ではそうもいかない。ブレーキを踏まざるをえない頻度が増した。

それでも着実に前進をつづけている。ボンドはステアリングを操りながらいった。

「きみは有能だな。さすがタイガーの娘だ」

「訓練は全員が等しく受けます。特別に目をかけられたわけじゃありません」

「とはいえ身についてる動きが実戦的で機能的だよ。安心した。てっきり黒装束で手裏剣を投げる練習に明け暮れてるかと思ったら」

斗蘭が苦笑いを浮かべた。「さては父に指導を受けましたね」

「まあな。シャターハントの魔城への潜入を前にね」

「伝統武術は作法を学ぶ意味で習得させられますけど、それだけで窮地を凌《しの》げるとは思ってません。特に東京オリンピックがきまってから、職員の訓練内容は徹底して現代化されたんです」

以前タイガーはボンドにその作法の段階から教えこもうとしたらしい。いまにして思えば、アイルランドの陸軍部隊がバグパイプを練習させられるようなものだったか。年寄りの教えは堅苦しくて困る。

福岡県内の平野部をひたすら縦断し南下していく。筑後市から柳川《やながわ》市に入った。さっきの市街地よりも栄えているようだ。道幅が狭くなり、しかも細かくうねっている。斗蘭によれば城下町だった名残らしい。思うように進めなくなった。時間が刻一刻と過ぎていく。

正午を過ぎ午後になっている以上、いつでもスペクターが行動を起こす可能性がある。静岡県民の全員撤収に多少の猶予をあたえるため、数時間は報復を控えるスケジュールだったろうか。いや、脅迫文の要求自体が非現実的だ。奴らは大規模破壊を最初から起こすつもりでいる。日本政府も静岡になんの働きかけもしていない。

ブロフェルドが県警の刑事まで抱きこんだ福岡だ。爆発物がなくとも甚大な被害をあたえうる炭鉱がある。勘で可能性を絞りこまないことには対処にも動けない。だがブロフェルドという男の心理を考慮すれば、充分に論理的な判断だと思えた。あの男は社会の脆弱《ぜいじゃく》な盲点を抜け目なく狙ってくる。

市街地を抜けるとまた走りやすくなった。鹿児島本線に並行する山道を駆け抜けていく。斗蘭によれば残りあと五マイルの距離まできた。

後方にサイレンが湧いた。バックミラーに赤色灯の点滅が見えている。

斗蘭がいった。「速度違反をパトカーが追いかけてきます」

「ちょうどいい。連れていこう」ボンドは速度を緩めなかった。「現場に警察官がいてくれたほうが助かる」

そうはいっても途中で捕まるわけにいかない。行く手に遮るものがない道路で、ボンドはアクセルを完全に踏みきっていた。フェアレディが疾風のごとく走りつづける。また市街地に入った。今度は大牟田市だという。陽がもう傾きだしていた。腕時計を確認する。午後三時を過ぎていた。右手に海がひろがっている。前方には川の流れがあった。

斗蘭が人差し指で地図上をたどった。「諏訪川《すわがわ》です。その橋を渡ってください。もう見えてきます」

橋を渡ると、向こう側は湾岸の工業地帯だった。また未舗装の道路がめだつ荒野に、コークス炉らしき巨大な建物と櫓《やぐら》が見えていた。石炭の高温乾留に用いられる工業用炉だ。あれにちがいない。

フェアレディは金網の塀に沿って疾走していった。金網の向こうは広大な敷地で、ランプ付きヘルメットをかぶった炭坑夫らが、大勢立ち働いている。石炭を山積みした貨物列車がレールの上を徐行する。岩石廃棄物を集積したボタ山や、プール状の沈殿池が見える。煙突からは黒々と煙が立ち上っていた。

三井三池炭鉱、三川坑。ゲートをトラックが入っていく。ボンドもフェアレディをゲートに向かわせたが、目の前に遮断機が下りた。警備小屋から守衛の制服がでてくる。ボンドはいったん減速したものの、後方からパトカーがサイレンを鳴らし迫ってきた。守衛がぎょっとしている。

ボンドは迷わずアクセルを踏みこんだ。急加速し遮断機に衝突し叩《たた》き折る。フェアレディは炭鉱の敷地内を暴走した。炭坑夫があわてて左右に飛び退く。

斗蘭が緊迫の声を響かせた。「どこをめざしてるんですか?」

巻上げ塔を備える赤煉瓦《あかれんが》の建物が目に入った。坑木置き場もすぐ傍らにある。おそらくあれだ。炭坑の入口はあの辺りに……。

ふいに突きあげてくる衝撃が襲った。縦揺れにフェアレディのタイヤが浮き空転した。斗蘭が息を呑《の》んだのがわかる。車体はふたたび地面に叩きつけられたが、震動は大きくなるばかりだった。周りの炭坑夫らがどよめきとともにふらつく。誰もが立っていられないらしく続々と転倒する。剝《む》きだしの土に亀裂《きれつ》が走りだした。ボンドは強引にフェアレディを前進させていった。

次の瞬間、赤煉瓦が粉々に吹き飛び、噴煙が放射状に舞いあがった。轟音《ごうおん》はわずかに遅れ、ボンドの耳に届いた。次いで爆風と衝撃波が辺り一帯を覆い尽くした。フェアレディは土煙に呑みこまれた。斗蘭が悲鳴をあげている。ボンドはブレーキを踏みこんだが、液状化した地面の上でフェアレディは激しくスピンした。嵐のような突風が襲う。しかも高温の熱をはらんでいた。全身が焼き尽くされそうだ。

フェアレディが停車してからも、なおも熱風は広範囲に吹き荒れていた。激震が長くつづく。視野は真っ白で目を開けていられない。呼吸もならなかった。ボンドと斗蘭はむせて激しく咳《せ》きこんだ。

滞留する煙を風が少しずつ薄らがせていった。視界が戻りだした。斗蘭は泥まみれになっている。幌《ほろ》屋根のないフェアレディの車内も同様だった。すなわちボンド自身もかなり悲惨なありさまにちがいない。

だが見てくれなど気にしてはいられなかった。ボンドは赤煉瓦の建物があった方角に目を向けた。すでに原形を留めず、黒煙だけが太く空に立ち上っている。

斗蘭が愕然《がくぜん》とつぶやいた。「そんな……」

ボンドは無言で炭鉱の惨状を眺めていた。悪夢を許してしまった。ブロフェルドの含み笑いが通奏低音となり、辺り一帯に響くかのようだ。

26

日はとっくに暮れていた。闇のなか白色灯の光線が交差し、泥だらけの大地のそこかしこを照らしだす。

警察や消防が大勢詰めかけていた。どの動きも緩慢なのは、もう救える人間はすべて救いだした、そんな状況をしめしている。霧が漂っていた。遺体が全身に布をかぶせられ、等間隔に並べてある。敷地からの搬出が間に合わず、地面が仮置き場になっていた。ヘルメットがそれぞれの遺体に添えられている。あたかも墓標のようだった。

そんな墓地に似た光景がひろがる。遺体の数は二百を超えていた。坑内にはさらに二百以上の死者があると考えられている。生き埋め状態の炭坑夫が千人近くいるなか、一定数は一酸化炭素中毒死している、そういう見方が優勢だった。

救急車が続々と集結するものの、そのうち病院へ向かう車両はごくわずかだった。救助が遅々として進まないらしい。坑内の一酸化炭素は六パーセントの高濃度で、容易には救助に踏みこめない。

茫然《ぼうぜん》と立ち尽くす炭坑夫らのなかを、女性がクリップボード片手に駆けまわる。

「前田《まえだ》さん！　前田昭彦《あきひこ》さん」

炭坑夫組合員名簿を参考に、生者か死者かを区別しつつ、ロッカーにあった所持品を本人もしくは知人に渡す。女性はそんな役割らしい。さっきからさかんに、さまざまな氏名を呼んでいる。該当する炭坑夫は暗い面持ちで片手をあげるのみだった。

救助本部の白テントのわきで、斗蘭は椅子に腰掛け、毛布を羽織っていた。あまりの凄惨《せいさん》な光景に震えがとまらない。

ボンドが歩み寄ってきた。斗蘭と同じく泥まみれだが、ここではみな当たり前のありさまだった。鉄製のカップをふたつ手にしている。近くで身をかがめ、ボンドがひとつを勧めてきた。

飲み水が入っている。斗蘭は力なく受けとった。「ありがとう」

「間に合わなかった」ボンドが深刻な表情でつぶやいた。「もっと早く気づいていれば……」

「そうじゃありません。もうわかってるんでしょう？　スペクターはわたしたちが到達するまでまって、目の前で事故を起こしたんです」

でなければあんなタイミングで爆発が起きるわけがない。午後三時十五分。坑口から一・六キロメートルの第一斜坑内で、トロッコが脱線し暴走したという。積載物から大量の炭塵《たんじん》が坑内に撒《ま》き散らされたうえ、車輪から発する火花が炭塵に引火、大爆発につながった。

坑内で働いていた炭坑夫は約千四百人。爆死は二十人ていどに留《とど》まったとみられる。しかし海底の下へとつづく密閉された斜坑内に、高濃度の一酸化炭素が充満してしまった。運びだされてきた遺体の大半が一酸化炭素中毒死だった。

ボンドが唸《うな》った。「途中で追いかけてきたブルドーザーはむしろ……」

「わたしたちを急《せ》き立てるため」斗蘭はささやいた。「三池炭鉱をめざすわたしたちが、ほかの可能性にとらわれないようにした。ここでの惨劇に直面させるためです」

絶望感にとらわれる。スペクターはたしかに、なんの爆発物も用いず、大規模破壊と呼べる事態を引き起こした。脅迫文のかたちをとった犯行予告を受けとり、ボンドが真相を看破していたにもかかわらず、惨劇を回避できなかった。最終的には少なくとも五百人近い死者が確認されるだろう。

トロッコの暴走は遠隔操作だったのか。いや、スペクターはこれを事故にみせかけようとした。受信機器を現場に残させたはずがない。何者かが死を覚悟して犯行におよんだ。ブロフェルドに命を捧《ささ》げる部下がいたのか、あるいは誰かの家族を人質にとり強制したのか。いずれもありうる。スペクターはブロフェルドに忠誠を誓う、恐るべき狂信者の集まりだった。

ロングコートの一行が歩み寄ってきた。一見して福岡県警の捜査一課だとわかる。

安藤警視が眉《まゆ》をひそめ日本語でいった。「ボンドさん。田中斗蘭さんも。なぜここに？」

事情はもう所轄の警官からきいているだろう。安藤はただ事前になにも伝えられていないことを強調したがっているだけだ。

斗蘭は立ちあがった。「ブロフェルドの行方を追っていて、偶然こんな事態に遭遇しただけです」

「ブロフェルド？」安藤がいっそう怪訝《けげん》そうな表情になった。「まだ福岡にいるので？」

ボンドが冷めた目を向けてくる。斗蘭もボンドを見かえした。どう説明しようが、どうせ納得は得られない。安藤を説き伏せる必要もない。近いうちに斗蘭の父が手をまわし、福岡県警の捜査を断念させるだろう。ここで起きたすべては単なる悲惨な事故としてあつかわれる。

そのとき女性の声が耳に飛びこんできた。「轟さん！　轟太郎さん」

思わずはっと息を吞む。ボンドの顔もこわばっていた。斗蘭は女性に駆け寄った。

「すみません。いま轟太郎とおっしゃいましたか」

女性が振りかえった。「ええ。お知り合い？」

「身内のようなもので……」

「よかった。じゃ、これ」女性は折りたたまれた紙を斗蘭に押しつけると、クリップボードに目を走らせ、また別の氏名を周りに呼びかけた。「平林《ひらばやし》さん！　平林庸介《ようすけ》さん」

斗蘭は紙を開いた。英文の電報だった。目を通すだけでも寒気が襲ってくる。ただちにボンドに手渡した。

ボンドは文面を見るや尖《とが》った目つきになった。顔をあげ白テントの下を見つめる。

「電話は？」

「安藤さん」斗蘭は日本語でたずねた。「電話できるところはありませんか」

「警察専用の電話が何本か引いてあります」安藤警視は白テントを指さしたものの、不満げな態度をのぞかせた。「しかしいったいなにをご存じなので？」

27

夜九時四十五分。横浜の臨海ビル内にある大会議室は喧噪《けんそう》に包まれていた。黒電話がひっきりなしに鳴り、警察関係者らが対応に追われる。ＣＩＡのスーツもせわしなく出入りを繰りかえしていた。

オルブライトが受話器を片手に怒鳴っていた。「ちがう。Mike《マイク》じゃない、Miike《ミイケ》だ。M、I、I、K、E。三井三池炭鉱三川坑だ。記録をまちがえるなよ。漢数字の三が三つ並んでるのは偶然で、最初の三井は経営企業、三池は地名に由来……」

田中虎雄は重苦しい気分で席についていた。職員や警察関係者が、各省庁への調査や現地捜査に赴こうとするたび、申請書に署名捺印《なついん》する必要がある。責任者に任じられているため、この部屋を片時も離れられない。

ボンドや斗蘭はどこへ消えた。宮澤に問いただしても曖昧《あいまい》な返事しか得られない。けさオルブライトは部下を叱責《しっせき》していた。ボンドの無断外出を止めようとしたが、シボレーがエンストしてしまったらしい。その後ボンドの行方を追わせたのだろうか。いまはそのことを問いかけようにも、それどころではない慌ただしさだった。CIA三役の残りのふたり、カークランドとウィーランも血相を変え、部下たちを切りまわすのに忙しい。

炭鉱で数百人の死者がでた。スペクターの脅しは本物だった。痛恨の事態だと田中は思った。大規模破壊の宣言を受け、警戒の網を張っていたにもかかわらず、悲劇を防げなかった。しかもブロフェルドの膝《ひざ》もと、福岡での惨事ではないか。

宮澤が受話器を外した黒電話機をひっぱってきた。田中の目の前まで来ると、宮澤は緊張の面持ちでささやいた。「斗蘭です」

にわかに気分が昂《たか》ぶる。宮澤が小声で告げたのは、CIAに気づかせないためにちがいない。田中は受話器を受けとると、オルブライトらのいるほうに背を向けた。声をひそめ田中はいった。「私だ」

ずいぶん騒がしい場所にいるようだ。斗蘭の声が告げてきた。「いま三井三池炭鉱です」

「なに？　福岡にいるのか」田中は宮澤を横目に見た。宮澤がばつの悪そうな顔になる。

斗蘭の声が早口でまくしたてた。「経緯はあとで。ボンドさんに替わります」

「まて。……ボンドも一緒なのか？」

ボンドの英語が耳に届いた。「タイガー、黙ってきいてくれ。ここの組合事務所に轟太郎宛で英文電報が送られてきた。読むぞ。〝心臓に近い血管を断たせてもらうスペクター〟」

「なんだと」受話器を持つ手が震える。田中は問いただした。「ブロフェルドからのメッセージなのか？　血管や心臓というのは……？」

「鉄道網はよく血管に喩《たと》えられる。心臓に近い部分は東京周辺ってことだ。タイガー、該当しそうな線路をすべて封鎖しろ」

「人手が足りん。職員の多くが出払っとる」田中は自分の声が大きいことに気づいた。すぐにまた声をひそめ付け加えた。「だができるだけ手を打つ。きみと斗蘭もすぐこっちへ戻れ」

田中の声量はＣＩＡの注意を喚起してしまったらしい。オルブライトが声をかけてきた。「誰からの電話だ?」

アメリカ人らの視線が田中に集中する。カークランドとウィーランを引き連れ、オルブライトが歩み寄ってきた。「よこせ」

仕方なく受話器を差しだす。だがボンドは通話を切ったらしい。オルブライトが受話器を耳にあてたときには、もうビジー音がこだましているのが、田中の耳にもきこえていた。

面食らった顔のオルブライトを尻目《しりめ》に、田中は宮澤と職員たち、警視庁捜査一課に日本語でいった。「東京近郊の鉄道が狙われているらしい。炭鉱爆発に関する情報収集をいったん中止し、国鉄と私鉄へ人員を派遣し……」

いきなり雷鳴に似た轟音《ごうおん》がビルを揺さぶった。大会議室の全員が動きをとめる。蛍光灯の明かりがいったん消え、すぐにまた点灯した。

窓の外の暗がりに、小さく赤い火の手があがっている。田中は立ちあがり窓辺に駆け寄った。方角は北東、距離は二、三キロか。たしかあの辺りには、国鉄の東海道本線や横須賀線が通っている。

火柱が立ち上っていた。大会議室の面々はみな窓辺に詰めかけ、鈴なりの状態で火災を見守った。宮澤が双眼鏡を持ってきて田中に手渡した。田中はそれを遠方の炎に向けた。

背後でオルブライトが声を張った。「現場は近いぞ！　ウィーラン、三十人ほど連れてけ。武装を忘れるな」

ウィーランが当惑をしめした。「まず日本の警察にようすを見に行かせたほうが……」

「連中は当てにならん。スペクターの攻撃か否か、われわれの目で確認するんだ。周辺の警戒も怠るな。罠《わな》かもしれん」

田中の双眼鏡は現場の惨状をとらえていた。炎上が広範囲におよぶなか、横倒しになった貨物車両が見える。だがふたつ折りの無残な姿を晒《さら》すのは、あきらかに一般乗客を詰めこんだ旅客車両ではないか。地面に散らばるように累々と横たわる人影は、どれもぴくりともしていない。

ひたすら慄然《りつぜん》とし言葉を失う。田中は双眼鏡を下ろした。これは実力行使だ。爆発物にこだわった捜査関係者を、ブロフェルドは嘲笑《あざわら》っている。

28

ふたつの惨劇の発生から一週間が過ぎていた。

朝の大会議室に関係者らが集うのはひさしぶりだった。あの連続テロ発生以来、どの職員も各自の調査活動にかかりきりで、とても本部に留《とど》まれる状況になかった。CIAや警視庁も同じだったようだ。ようやく情報も出揃ってきて、列席者らの時間調整が可能になった。

斗蘭は宮澤とともに、また後方で隅の席についていた。正面にCIAのオルブライトら三人が陣取るものの、口数はきわめて少ない。そのわきに田中虎雄局長がただ神妙に着席している。

ボンドは例によって斗蘭のすぐそばにいた。脚を組んではいるが、さすがに硬い表情をしている。視線を落としたまま、なにか考えごとにふけっているようだった。

新聞は壁じゅうに貼りだされている。ふたつの惨劇が発生した十一月九日を、複数の紙面が〝血塗られた土曜日〟と呼んでいた。

三井三池炭鉱の死者は四百五十八名、一酸化炭素中毒患者が八百三十九名。死因は二十名が爆死、四百三十八名が一酸化炭素中毒死。

このビルの近くで発生したのは、貨物車両の脱線に始まる惨劇だった。国鉄東海道本線の鶴見《つるみ》駅と新子安《しんこやす》駅間で、貨物線を走行中の列車の後半が脱線。三両が編成から切り離され、並行して走る旅客線の上に倒れた。直後その脱線車両に、上りの旅客列車が衝突。ちょうど通りかかった下りの旅客列車も巻き添えにした。死者は百六十一名、重軽傷者百二十名。

いずれも公には事故というあつかいのため、原因をめぐり各所が紛糾している。事情を知らない所轄警察が空虚な事故調査を強いられていた。斗蘭は胸を痛めたものの、真実は明かせない。スペクターという組織の存在も脅迫文も極秘事項だった。

いま大会議室のカーテンは閉められ、室内は暗くなっている。スライドがまた新たな脅迫文を投映していた。

内閣総理大臣　池田勇人殿

衆院選投票を来週二十一日に控え、選挙活動に多忙であられると思う。だが六百十九人もの尊い犠牲を国民に強いた池田政権は、責任をもって我が機関との対話を最優先事項とせねばならない。

我が機関の新たな要求として、京都府全域の明け渡しを願う。条件は先の文書での静岡県割譲に関する付帯事項と同一である。なお京都府民は静岡県民と比較し頑固で、住居の手放しに応じにくいとの予測もある。選挙にともなう内閣閣僚の過密日程を考慮し、総選挙投票日の翌日、二十二日を期限とする。

期限に大幅な余裕をあたえるがゆえ、以下の要求も併せて実践していただきたい。

・新発行の伊藤博文千円紙幣を破棄、従来の聖徳太子千円紙幣の流通継続、並びに新一万円紙幣の検討中止

・本年六月設立、大鵬《たいほう》薬品工業の経営権の我が機関への譲渡

・同六月完成、関西電力黒部《くろべ》川第四発電所の我が機関への譲渡

なお愚かにも期限までに要求が果たされなかった場合、新聞各社の銘打つ〝血塗られた土曜日〟の再来となろう。日本人にとっての誇り高きバベルの塔は倒壊し、一万人が死亡するだろう。

スペクター――対敵情報活動、テロ、復讐《ふくしゅう》、恐喝のための特別機関

オルブライトが吐き捨てた。「明るくしろ」

窓のカーテンが開けられた。朝の陽射しが大会議室内を弱々しく照らす。スクリーンの投映はうっすらとしたものの、まだ充分に文面を読みとれる。

苛立《いらだ》ちを隠そうともせず、オルブライトが田中虎雄局長にがなり立てた。「きょうは十六日だ。期限まで一週間近くある。池田総理から蜷川虎三《にながわとらぞう》京都府知事に申しいれ、一時的にでも府内無人化の実現が可能か否か協議すべきだ」

カークランドが眼鏡をかけ直した。「賛成だ。それによりスペクターがどう動くか見極められる」

田中虎雄は渋い顔になった。「恐縮ですが、スペクターによる脅迫という事実を報じないかぎり、知事はおろか府民が要請に応じるとは思えません」

オルブライトが首を横に振った。「極秘事項だ。けっして明かせん」

「ならば不可能です」

ウィーランが身を乗りだした。「田中局長。一時的にもだ。京都府に大規模災害の危険が予測されるゆえ、全員府外への避難を要請するなどの方策は考えられないか」

「家の大黒柱にしがみついてでも避難を拒絶する住民は少なからずいるでしょう。それに大鵬薬品工業や黒部川第四発電所の件はどうなりますか」

「われわれの分析官が本国から間もなく到着するが、原則きみら日本人の裁量に委《ゆだ》ねる。偽の株式証券を譲渡する、あるいは譲渡契約書をでっちあげるなどして、敵をおびき寄せるのもひとつの手だ」

「お言葉ですが」虎雄は声を荒らげず忍耐強くいった。「前回の静岡県と同様、今回の要求も実現不可能を前提とした、なんの意味もない攪乱《かくらん》でしかないと考えられます。日本にとってはあまりに理不尽かつ無茶な要求でしかないのです」

「では」オルブライトがじれったそうにきいた。「きみはどうすべきと思うのかね」

虎雄が応じた。「やはりこれは脅迫文というより犯行予告とみなすべきでしょう。スペクターは大規模破壊の実行をすでに決定しているのです。その詳細を突きとめんとすることが最善の捜査方針かと」

「最善の捜査方針」オルブライトが大仰に顔をしかめた。「前回の悲劇は、きみらが足並みを揃えたがらなかったことに起因している、私はそう見とるがね。われわれは同盟国だろう。信頼関係こそ重要だ。イギリスからのゲストを抱きこもうとするのも好ましくない。判明したことはすぐにわれわれに報告したまえ。情報の共有は義務だ」

ボンドが口もとを歪《ゆが》めるのを斗蘭は見た。なんともふしぎな余裕の持ち主だと斗蘭は思った。彼は祖国を離れ一匹狼だ。CIAの監視もいっそう強化されている。この状況下でどう行動する気なのだろう。

オルブライトがスクリーンを仰ぎ見た。「〝日本人にとっての誇り高きバベルの塔は倒壊し、一万人が死亡するだろう〟……。どうにも抽象的だ。なぜノストラダムスを気取る?」

カークランドが眼鏡をかけ直した。「〝血塗られた土曜日〟とあるから、犯行は来週の土曜と予告していることになる」

「そんなものは当然だ」オルブライトはカークランドにまで当たり散らした。「衆院選の翌日が要求の期限だと書いとるんだ。さらにその翌日は二十三日の土曜日。自明の理だろう。当たり前のことをいちいちいうな」

しらけた空気が漂う。カークランドがむっとした。眼鏡の奥でオルブライトを見る目が険しさを増している。

虎雄がいった。「十一月二十三日は土曜のうえ祝日です。勤労感謝の日にあたります。翌日の日曜と連休になるため、観光地はどこも賑《にぎ》わうでしょう」

警察関係者のひとりが手を挙げた。「塔と呼べる建物で、一日の来場者数が一万人に達するのは、東京タワーしかないと考えられます。いちどに一万人全員が展望台に入れるわけではありませんが、下の商業施設や行列を含めてです」

虎雄の通訳をきいたうえで、オルブライトが腕を組んだ。「なるほど、ありうる」

カークランドが異を唱えた。「爆発物なしで東京タワーが破壊できるのか?」

ウィーランは可能性を感じているようだった。「展望台のなかでガソリンを撒《ま》き、放火するだけでも地獄絵図になる」

「しかし」虎雄が納得しかねる態度をしめした。「それは倒壊といえるでしょうか」

沈黙が訪れた。誰もが考える素振りをしている。そのうちオルブライトがきっぱりといった。「東京タワーに的を絞ろう。日本の捜査関係者はその方針で動くこと」

田中虎雄局長のしかめっ面をよそに、ウィーランがオルブライトに進言した。「本部により多くの職員を要請すべきじゃないか? 特に分析官が必要だ。各種テロ、領土侵攻、企業乗っ取り、発電所占拠時の対策チームも」

オルブライトがうなずいた。「京都府全員をカバーするのはもともと無理だが、調査のため動員する頭数は多いほどいいな。……日本人はあてにならん」

「いよいよもって本部の主力が丸ごと引っ越してくるも同然になるな。もともと日本支局は少人数体制だったのに」

「主力といえる分析官や職員は、みんなベトナムの問題にかかりきりだ。こっちに来たほうがむしろ現地に近くてやりやすい」

　アメリカがこれだけスペクター討伐に注力するのは、日本という地理的問題もあってのことだろう。斗蘭はそう思った。スペクターは東西両陣営いずれにも属さないが、その性質上、東側と結びつきやすいと考えられる。世界じゅうで反共工作を繰りひろげるＣＩＡにとって、日本がスペクターにより弱体化されるのは、なんとしても阻止したいにちがいない。これはアメリカの国策でもあった。

「作戦名は？」ウィーランが冗談めかした。「バベルの塔作戦なんてやめろよ、ブロフェルドにバレバレだ」

　さして面白くもなさそうな笑い声がアメリカ人らに渦巻く。オルブライトが鼻を鳴らした。「天を衝《つ》く塔とは真逆の、大地とかそういう意味がいい」

　ＣＩＡ職員のひとりが挙手した。「ニンフルサグはどうでしょう。シュメール神話における大地の女神です」

「そうしよう」オルブライトが宣言した。「コードネーム、ニンフルサグ作戦」

　ボンドがおどけたような顔で虚空を眺める。斗蘭は苦笑した。つくづくＣＩＡの考えることはろくな内容ではない。

　だがＣＩＡのオルブライトは、一週間前のできごとをまだ根に持っているらしく、ボンドに対し今回は意見すら求めなかった。

この大会議室の半分を占めていたアメリカ人の数は、いまや倍近くまで増えている。〝血塗られた土曜日〟の発生後、すでにオルブライトは本国に職員の増援を求めた。今後さらに多くの同僚と部下を呼び寄せようとしている。重要なことだが、CIAの日本活動の費用は、すべて日本の税金で賄われている。

会議はほどなく解散となった。職員らがざわつきながら腰を浮かせる。

ボンドが両手をズボンのポケットに突っこみ、ぶらりと近づいてきた。「斗蘭。ウレタン発泡材のほかにも、アメリカ人の尾行を撒く方法があるんだがね。知りたいかい？」

斗蘭は笑ってみせた。「ぜひ」

「まった」宮澤が中腰になり、前のめりに声をひそめた。「もし監視の目を逃れて行動するつもりなら、僕も加えてもらえないかな。ひとつ思いついたことがある」

29

田中虎雄は重い気分でビル内の通路に歩を進めた。

しばらくの休憩ののち、今度は東京タワーをテロの標的として仮想し、対策を協議せねばならない。日本の警察関係者らの不満はあきらかだった。東京タワーを攻撃目標とするのなら、それをブロフェルドがわざわざ示唆するのも気にいらない。おそらくスペクターは別の場所を狙っている。

通路の角を折れてきたカークランドが並んだ。「田中局長」

「ああ、どうも」

眼鏡の眉間《みけん》を指で押さえ、カークランドが歩調を合わせてきた。「あなたの危惧《きぐ》は正しい気がする。脅迫文を鵜《う》呑《の》みにしたがるオルブライトには、どうもついていけない」

田中は曖昧《あいまい》に苦笑するしかなかった。「CIAのなかでも議論がなされれば、きっと建設的な結果を得られるでしょう」

「あなたの意見を尊重するほうが早いように思える。なにか考えていることがあるなら提言してくれないか。前向きに検討するよ」

「ありがたいのですが、オルブライト管理官は一蹴《いっしゅう》なさるでしょう」

「そうはいかない。作戦工作指揮官の私の裁量で、動かせるものは動かすよ。だからきかせてくれ。東京タワーというのはまやかしに思えてならない。本当の攻撃目標はどこだろう？」

「いまはなんの情報も持っていません。警察関係者と吟味し、なにか絞りこめそうになったら、かならずご報告しますよ」

即答を得られなかったからだろう、カークランドが複雑な笑いを浮かべた。「そうしてくれると助かる。期待してるよ。それじゃ」

カークランドは通路を引きかえしていった。田中はその背を見送ったのち歩きだした。

CIAのなかにも慎重な姿勢の人間が現れてきたとすれば喜ばしい。相互理解を深める第一歩になりうる。問題はあまり時間がないことだった。たった一週間でなにができるだろう。

行く手のわきでドアが半開きになった。顔をのぞかせたのは斗蘭だった。声をひそめ斗蘭が呼んだ。「お父さん、ちょっと」

思わず足がとまる。周りを見まわさざるをえない。ほかに誰の目もないことを確認し、ドアへと近づいた。娘がこんなふうに声をかけてくるのは幼少のころ以来だ。

「どうしたんだ」田中も小声できいた。

「とにかく入って」斗蘭がそういって身を退かせた。

田中は当惑をおぼえつつもドアに滑りこんだ。狭い資料室だった。なんとボンドが書棚に寄りかかり腕組みをしていた。宮澤はファイルのページを繰っている。嫌な予感しかしない。田中はドアに向き直ろうとした。「密談なら遠慮する。発言は会議の席で……」

だがボンドがすばやく間合いを詰め、ドアノブを握ろうとする田中の手を握った。びくっとしボンドの顔を見つめる。

ボンドは凄《すご》むようにいった。「話ぐらいきいたほうがいい。あんたの娘と部下だろ」

間近に目が合うのはひさしぶりに思える。7777として日本に来たときのボンドとは、あきらかに異なるまなざしだった。シャターハントの暗殺に乗りだして以降とも大きくちがう。もっと鋭い。冷静に獲物を狙う野性の目だ。ただ人を殺す任務を委《ゆだ》ねられただけでは、けっして備わらなかった虹彩《こうさい》の輝き。諜報《ちょうほう》の世界で007として知られる男の顔を、いま初めてまのあたりにした、田中はそんなふうに感じた。

斗蘭がいった。「お父さん。宮澤課長がひとつの可能性をみいだしたの」

宮澤は開いたファイルを差しだしてきた。「まだたしかなことはいえませんが、これを考慮すべきではないかと」

写真は港に建つ真新しい塔だった。まるで鼓を縦に置いたように、真んなかがくびれた先進的なフォルムをしている。外側はパイプ構造で、下半分は細めの芯《しん》が透けて見えるが、上半分は中身もひろがっていて、特に上層階になるとパイプ構造内部いっぱいを占めている。たぶん細い芯はエレベーターが上下し、最上階には展望台があるのだろう。

宮澤が説明した。「神戸《こうべ》ポートタワー、高さは一〇八メートル。神戸港の突堤で長く建設工事中だったのですが、来週の二十日に完成します」

斗蘭がうなずいた。「翌二十一日から開業するけど、さらにその翌日、二十二日までは平日でしょう。最初の休日を迎えるのが二十三日、勤労感謝の日の土曜。一万人は優に詰めかけます」

なるほど、たしかに脅迫文の内容に合致する。だが腑《ふ》に落ちないこともある。田中は疑問を口にした。「爆発物なしで破壊できるのか?」

「タイガー」ボンドが告げてきた。「どんな破壊があるかわからないが、準備するのならその日の未明にちがいない。港だから船でこっそり乗りつけられる」

「すると」田中は腕組みをした。「二十三日の早朝、陽が昇る前から、現地で見張るのが妥当だというのか」

斗蘭が語気を強めた。「スペクターによる破壊準備工作はそのとき以外に考えられません。しかも神戸ポートタワーでは、設備の最終点検が午前二時半です。破壊準備工作はそれ以降でしょう」

あるていど納得はいくものの、やはりまだ猜疑心《さいぎしん》は捨てきれない。田中はボンドに目を向けた。「ブロフェルドのほのめかしに適合一致するのは認めよう。だがあの男はなぜ攻撃目標を謎めかして予告する？　われわれへの挑戦か？」

「真意はわからない。異常者だからな。爆発物なしで炭鉱と列車に大規模破壊を起こしたように、われわれの鼻を明かしたがっているのかもしれない。そこまで単純な男とはどうも思えないがね。ひとまずそう仮定して行動するしかない」

「局長」宮澤が見つめてきた。「日本の警察関係者からは遅かれ早かれ、神戸ポートタワーの名が挙がると思います。しかし事前に手を打ち、会議の席で誰にも発言させないよう、取り計らっていただけないでしょうか。CIAの耳にいれないように」

事情を知ればCIAは物量作戦にでるだろう。それではスペクターに察知される。テロの標的が別の場所に変更されてしまう公算が高い。

だがCIAに情報を伏せるとなると厄介だ。協力関係を無視することになるうえ、極秘のうちに人員を現地に派遣せねばならない。責任を問われるのは田中のみならず、当の派遣される職員も糾弾を免れない。田中はつぶやいた。「誰を行かせるのが適切なんだ……?」

斗蘭が人差し指をまわし、室内の四人をひととおり指さした。「わたしたちでいいでしょう」

田中は驚いた。絶句せざるをえない。局長とその娘、課長、そして英国海外情報部のスパイで、CIAに謀反《むほん》を起こそうというのか。

しかしボンドの不敵な微笑を見るうち、勇気と根性を試されているように思えてきた。たしかにこれ以上の責任のとりようはない。

日本はわが国だ。十八年前の敗戦以来、西側諸国の尖兵《せんぺい》として、中ソ共産圏の矢面に立たされながら、なにもかも忘れるよう仕向けられた国。けれども最後まで守り抜けるのは自分たちしかいない。昭和三十年代のいま、旧日本軍人はただ道を誤った悪鬼羅刹《らせつ》だったかのように、学校が子供たちに教えている。別の真実もあることを、たとえ誰にもわかってもらえずとも、己れの人生においては証明せねばならない。

「やろう」田中は決意とともにいった。「この四人で行こう。そして生きて帰ろう。みんなでな」

斗蘭の目がかすかに潤んでいた。宮澤は穏やかな微笑を浮かべている。

ボンドはひとり、彼ならではの斜に構えた態度をとっていた。いつもどおりニヒルな微笑とともにボンドがささやいた。「もう死人なんでね。誓いは遠慮するよ。迷信なんて信じてると、ろくなことがない」

30

二十三日、午前三時をまわっている。

冷たい夜気の向こう、神戸港は最低限のわずかな光源を残し、闇のなかに埋没していた。よく目を凝らせば、突堤の真んなかあたりに、高さ一〇八メートルの塔がうっすらと見てとれる。

真んなかのくびれた双曲面のパイプ構造。もう少し早い時間には塔全体が光り輝いていた。事前に写真で見た印象より大きい。いまは暗がりに溶けこんではいるものの、頂上には航空法に基づく赤い点滅があった。

タワーはあたかも巨大な灯台のごとく、なにもない突堤にぽつんと建っている。この殺風景な突堤も、日の出とともに大勢の客で賑《にぎ》わうのだろう。タワーへの入場をまつ列でいっぱいになるかもしれない。もしタワーがその上に倒れたら、ブロフェルドの犯行予告どおり、一万人の死も充分にありうる。

京都府からの府民全員退去は、結局不可能に終わった。知事から府警まで協力の意思がないことをしめしてきた。スペクターによる脅迫を知らない以上はやむをえない。もうテロ発生は必至となっていた。

神戸ポートタワーから先の突堤には、左側の東岸に中型貨物船、右側の西岸に大型貨物船が停泊している。どちらも日本国籍で、中型が〝あおなみ〟号、大型が〝おおしお〟号だった。二隻とも荷下ろしなどの作業はなく、乗員もいないのか完全に沈黙し、あらゆる照明を消している。

ボンドは突堤の手前、神戸港の埠頭《ふとう》に立っていた。潜入の任務なら通常、動きやすい黒ずくめに身を包むが、いまはあえて濃いいろのスーツだった。地元所轄警察に見つかった場合、外国人観光客を装うには無難な服装が重宝する。

トヨペットトセダンからでてきたタイガー田中や宮澤も同様だった。斗蘭も黒っぽいレディススーツ姿だが、靴のパンプスは引き剝《は》がし、ゴム製の靴底を露出させている。それが彼女なりの臨戦態勢らしい。刑事警察を超越する権限を持ちながら、交番に立つ警官の目も気にせざるをえない、公安査閲局の微妙な立場の表れに思える。

星がやたら明瞭《めいりよう》に見える寒空の下、宮澤は厚手のハーフコートを羽織っていた。同じコートを三着、クルマのトランクから運びだしてきて、田中父娘《おやこ》に勧める。「こんな夜は着ておいたほうがいいですよ」

虎雄と斗蘭はどちらも気が進まなそうだったが、それでもコートを受けとり、スーツの上に羽織った。前はボタンをとめない。当然だろうとボンドは思った。スーツの襟の下に隠したホルスターから、拳銃《けんじゅう》を抜くのに支障がでる。

宮澤はボンドにもコートを差しだした。ボンドは黙って首を横に振った。動作が鈍るのは避けたい。

ほかにもボンドはタバコとライターを、クラウンのなかに置いてきていた。持っていれば吸いたくなる。毒性植物園に潜入したとき、我慢できずに〝しんせい〟を吸ったのはまずかった。たぶん残ったにおいで気づかれたように思う。二度と同じ失態はしでかさない。

タイガーがささやいた。「変わったところはなにもないな」

「ええ」宮澤が寒そうに応じた。「午前二時半の最終点検が終わり、作業員と警備員が三時前に引き揚げました。いまは無人です」

ボンドはきいた。「停泊中の貨物船二隻は？　問題ないのか」

宮澤がうなずいた。「通常の手続きで入港しており、不審な点は見あたりません。乗員の下船も確認済みです。どちらも搭乗橋を外しているので、夜のうちに乗員が戻ることはまずないだろうと」

斗蘭が小声で報告してきた。「この近くに大部屋を有する宿がいくつもあって、乗員はそこで休むんです。今夜は二隻とも船長以下全員が陸上で宿泊しています。宮澤とふたりで、午前零時までにたしかめました」

タイガーが鼻を鳴らした。「私たちはどこの宿にも泊まれん。人目につくからな。クルマで休むぐらいで、あとは徹夜だ」

ボンドはタイガーに向き直った。「あんたはよく本部を抜けだせたな」

「カークランドの協力を得られた。書類を山ほど私に押しつけ、執務室に籠《こ》もりっきりになる状況を作りだしてくれた」

「行き先を知らせたか？」

「いいや。神戸ポートタワーのコの字もだしとらんよ。彼はただ、独自に調査したいという私の意思を尊重してくれた。ほかのCIA職員の目を盗むには充分だ」

公安査閲局職員や警察関係者にも誰ひとり知らせていない。情報の漏洩《ろうえい》を徹底的に防ぐべく、この四人だけで行動している。吉とでるか凶とでるかはこれからはっきりする。少なくともボンド自身に関しては、神戸までの旅に尾行が見あたらないことを、慎重に何度となくたしかめた。

停車中のセダンは神戸ポートタワーのほうをまっすぐ向いている。宮澤がトランクから工具箱サイズのケースを持ちだした。なかには暗視双眼鏡が入っていた。宮澤がそれをボンドに手渡しながらいった。「クルマのヘッドライトは消えてるように見えますが、じつは赤外線を照射する仕組みです」

ボンドは双眼鏡をのぞいた。目に見えない赤外線が照らす対象物が浮かびあがった。やや輪郭がぼやけているものの、神戸ポートタワーの根元が視認できた。

なるほど、ヘッドライトに仕込むとはよく考えた。ふつうは馬鹿でかい常設のサーチライトに、可視光線を遮る赤外線フィルターをつけ、辺りに投射せねばならない。そのため陣地防衛ぐらいにしか用途がなかった。クルマならバッテリーの持ち運びも心配なくなる。

かつてダーコ・ケリムが持っていたドイツ製赤外線照準器は、別途照射がなくとも暗闇を見通せたが、ここからタワーまでの距離となると難しい。ボンドの職場でもQ課が、赤外線の光源不要を謳《うた》い、星明かりを増幅する暗視装置を開発中だが、ケリムの照準器とそう変わらなかった。やはり応用と改良は日本人の得意技のようだ。

かすかな物音をききつけた。突堤の中間あたり、まさしく神戸ポートタワーの根元のわき。左手の東岸から人影があがってくる。ウェットスーツに身を包んでいた。三人、四人と次々に姿を現す。運びあげたアクアラングには推進器がつけてある。

ボンドはタイガーに双眼鏡を譲った。「来たぞ。海からだ」

タイガーが受けとった双眼鏡をタワーに向けた。「……ああ。いまのところ六人だ。潜水してきたのか」

「たぶん近くの別の埠頭から泳いできたんだろう」

「なにか設置してるぞ」

返された双眼鏡をボンドはふたたびのぞいた。ウェットスーツらの作業が逐一わかる。直径五フィートていどの円盤形の機材を、タワーを見上げるように仰角に据え、スタンドで固定している。

赤外線サーチライトだ。向こうも暗視双眼鏡を使うつもりでいる。奴らが手持ちの暗視装置をのぞいたとたん、こちらのクラウンの光源にも気づいてしまう。ボンドは宮澤にいった。「ヘッドライトの赤外線を消せ」

宮澤が大急ぎでクルマへと駆けていく。ボンドは双眼鏡で監視をつづけた。ウェットスーツのうちふたりが、サーチライトをバッテリーにつなごうとしている。間もなく電源が入る。

双眼鏡の視野が真っ暗になった。宮澤がクルマのヘッドライトを消したからだ。

タイガーがささやいた。「気づかれたか？」

「さあ」ボンドは双眼鏡を下ろした。

向こうの赤外線サーチライトは点灯前だったが、ウェットスーツらが暗視ゴーグルを装着していたかどうか、ここからではわからなかった。六人はこちらに目を向けず、黙々とサーチライトの設置に忙しかった、そう見えた。しかし気づかないふりをしていたのかもしれない。

また双眼鏡をのぞく。しばらくまったが、どういうわけか向こうの赤外線サーチライトはいっこうに点灯しない。視野は真っ暗なままだった。

時間は無駄にできない。ボンドは宮澤にささやき声で問いかけた。「ライフルはあるな？」

「ありますけど、赤外線照準器はここからじゃ……」

「あっちが赤外線サーチライトを灯《とも》せば、この双眼鏡で見えるようになる。ここでライフルを構えて待機していてくれ。いざとなったら援護射撃を頼む」

「ずっと真っ暗なままだったら？」

「そのときにはもう気づかれてるってことだ。俺たちは一巻の終わりだ。いつでもそうなる可能性はある」ボンドは双眼鏡を宮澤に投げ渡した。「ライフルを頼む」

宮澤がクラウンへと走っていく。ボンドは暗がりの突堤に目を戻した。航空障害灯のおかげでタワーの位置だけはよくわかる。奴らが破壊工作を開始しているのなら、どんな仕掛けを施したのか、それが判然とせねば阻止もできない。

ボンドは支給されたM39を引き抜こうと、胸もとのホルスターに手を伸ばした。するとタイガーがなにかを差しだしてきた。

受けとったとたん、てのひらに馴染《なじ》みの感触がひろがる。M39より小ぶりで、いくらか軽いが、ずっと頼り甲斐《がい》があった。ボンドはワルサーPPKのマガジンをリリースし装弾をたしかめた。ふたたびグリップの底に叩《たた》きこみ、スライドを引く。「ありがとう、タイガー。なによりの贈り物だ」

「きみにはそれがいいと思ってね。M39のほうはどうする?」

「念のために持っておくよ」ボンドはM39をいったん取りだし、PPKをホルスターに試してみた。かなり余裕があるがいちおうおさまる。ならばホルスターはPPKに使えばいい。腰の後ろのベルトにM39を挟み、スーツの裾《すそ》で隠しておく。いざというときの予備に使える。

田中父娘の手にはそれぞれM39があった。タイガーがきいた。「行くか」

ボンドは口もとを歪《ゆが》めてみせた。「いつでも」

すると斗蘭が率先し駆けだした。まっていられないといいたげな態度だった。ボンドはタイガーと顔を見合わせ、斗蘭のあとを追いかけた。

宮澤が背後からささやいた。「気をつけて」

闇に覆われた突堤を、足音を殺しながら小走りに進む。三人とも拳銃《けんじゅう》を肩の高さに構え、銃口をしっかりと前方に向けていた。敵が銃撃してきたら、ただちに伏せて反撃せねばならない。もし赤外線サーチライトが点灯していた場合、こちらが圧倒的に不利になるが、短所ばかりではない。宮澤のライフルによる援護射撃が始まる。その場合は突堤の左右の海に飛びこんで逃れるのが妥当だろう。

神戸ポートタワーのシルエットが徐々に大きくなってきた。距離が縮まると根元がぼんやり見えてくる。タワーの下に別棟の平屋などはなく、地面に生えた木の幹と同じように、突堤のコンクリート上に塔が建つのみだった。

タワーまで十ヤードほどに迫った。三人は自然に歩を緩め、慎重にゆっくりと近づいていった。物音がしない。敵が作業しているようすはなかった。ウェットスーツで動けば独特の擦れる音がするはずだが、それもきこえない。

東岸に赤外線サーチライトが立ててある。まだ濡《ぬ》れていて、雫《しずく》が滴り落ちている。防水仕様のようだ。配線とプラグが投げだされていた。バッテリーにはつながっていない。アクアラングも六人ぶん置かれたままになっていた。周りにひとけはない。

　ボンドと田中父娘は拳銃を構え、足を忍ばせつつタワーの周囲をまわった。頭上を仰ぎ見ても人影は目につかない。妙だ。奴らはどこへ消えた。

　タワーの根元には一方向のみにエントランスがあった。数段の階段を上った先に、ガラス製の観音開きの扉が存在する。一般客の出入口にちがいない。内部は消灯していた。しばらく観察したが、人影の蠢《うごめ》く気配すらなかった。ガラス扉が解錠されているかどうか、まだたしかめる気になれない。不用意に近づき、潜伏者に狙撃《そげき》される事態は避けたい。

　三人は何度かタワーを周回したが、なにも発見できずに終わった。ボンドはタイガーと背中合わせになった。辺りを警戒しつつタイガーがささやいた。「変だな、ボンドさん。敵はどこだ」

「わからん。埠頭《ふとう》からここまでの突堤にはいなかった」

　近くにいる斗蘭が小声でいった。「ならこの先でしょう」

　斗蘭が突堤をさらに進む。二隻の貨物船に挟まれた突堤がまっすぐに延びる。延々と歩いていけば、やがて当然ながら終点に到達するだろう。その先は海がひろがるだけだ。敵がそちらへ向かう必要があるだろうか。

ボンドの勘が嫌な予感を告げた。足をとめると、ボンドは声をひそめ呼びかけた。

「斗蘭、まて」

前方で斗蘭が振りかえった。その瞬間、眩《まばゆ》いばかりの光が辺りを包んだ。突堤が白昼のごとく照らしだされた。斗蘭が全身を凍りつかせた。

強烈な光量が目に突き刺さってくる。ボンドは大型貨物船を見上げた。光源は〝おしお〟号の甲板上に並んでいた。そこに無数の人影が連なって見える。いずれも自動小銃らしき武器を俯角《ふかく》に構えていた。凝視せずとも、すべての銃口がこちらに狙いをさだめている、そんな絶望的な状況が見てとれる。

「動くな！」訛《なま》りの強い英語が呼びかけた。「銃を捨てろ、ボンド。両手は高く上げておけよ。てのひらはこっちに向けろ」

タイガーが唸《うな》るようにつぶやいた。「畜生。やられたな」

三人はまだ銃を構えたままだった。ボンドはタイガーにきいた。「〝シマッタ〟っていうんじゃなかったか？　前のあんたはよくそう口にしてたが」

「この事態はそれどころじゃないんだよ」

真っ白な光を浴びた斗蘭が、動揺のまなざしをボンドに向けてくる。拳銃を持つ手が震えていた。「どうすれば……」

「落ち着け」ボンドは呼びかけた。「まだ銃を手放すな。敵陣は甲板上だ。突然距離を詰められたりはしない」

そうはいっても膠着《こうちゃく》状態とまではいかない。こちらの三丁の拳銃は、敵勢にとってほとんど脅威ではない。数発撃ったところで、敵のひとりやふたりに当たるかどうかさえ怪しかった。逆に向こうが一斉掃射すれば、三人はたちまち蜂の巣だろう。

ウェットスーツの人影が左右の岸からあがってきた。ずぶ濡れの六人が至近距離から拳銃を突きつけてくる。不利は完全に確定した。ボンドは渋々ながら拳銃を投げだしてみせた。田中父娘がそれを見て、浮かない顔で武器を放棄する。三人とも両手をあげざるをえなかった。

まだ腰の後ろにM39を隠している。いつ使うかが問題だった。むやみに抜こうとすれば、その動作だけで撃たれてしまう。とはいえほうっておけば、ほどなく身体検査を受け、唯一残る銃を奪われるのは必至だ。

クルマのエンジン音が耳に届いた。トヨペットクラウンが埠頭方面から突堤の上を徐行してくる。タワーの根元のわきを迂回《うかい》し、ごく近くまできた。

クラウンが停車した。運転していたのは宮澤だった。うろたえながらドアを開け、急ぎ車外に降り立つ。宮澤はただちに両手をあげた。助手席におさまった男が車内からライフルを向けている。

田中父娘が揃って肩を落とした。宮澤はおろおろとしつつも、申しわけなさそうな顔を向けてきた。

状況から察すると罠《わな》だったか。なぜこんな大規模な待ち伏せが可能だったのだろう。ボンドは訝《いぶか》った。推進器付きアクアラングを背負った敵勢が、無人の大型貨物船に乗りこむのは不可能ではない。問題はこれだけの兵力をここに集中できた理由だ。ボンドたちが来ることを予想済みだったのか。

クラウンの助手席から降車したのはアジア系の男だった。迷彩柄の戦闘服を身につけている。銃を宮澤に向けたまま、もう一方の手で後部ドアを開けた。

後部座席に乗っていた男がのっそりと降りてきた。フロックコートを身につけている。金の刺繡《ししゅう》を施したウエストコートがのぞき、襟から胸にかけてはジャボで飾っていた。

口髭《くちひげ》を剃《そ》った顔。かつて初めて会ったときの印象に近い。鼻がきれいに治っているのは、福岡でも見たとおりだが、金歯はのぞいていなかった。自然ないろの前歯に挿し替えたのだろう。銀髪は白髪が交じっても、さほどめだたないと考えられるが、顔はたった一年でずいぶん老けていた。五十代半ばのわりに、刻まれた皺《しわ》の数がタイガーよりも多く見える。

エルンスト・スタヴロ・ブロフェルドの黒い目がボンドを見つめた。「愚かしいな、ボンド君。祖国からはぐれて、いまや極東の飼い犬か」

31

あの毒性植物園や古城のなかで対面したときより、ブロフェルドは理知的な表情を保っていた。

ボンドは皮肉を口にした。「セラピーでも受けたのか、ブロフェルド。症状の軽減おめでとう。意味不明な甲冑《かっちゅう》よりは、憧《あこが》れの伯爵像に近づいたな」

ブロフェルドの目つきは冷めていた。「きみのほうはむしろ退化してないか。CIAと仲違《なかたが》いして、きみらが少人数行動をとることは予測できていたよ」

タイガーが険しい面持ちでいった。「あなたがブロフェルドか。シャターハントの偽名で違法に入国した時点で、ここにいる資格はまったくない。以降の犯罪行為の数々も厳罰に値する」

だがブロフェルドは平然とした表情を維持していた。「田中虎雄局長だな。Mでもないだろうに、いったいなんの権限があって、このイギリス人を鉄砲玉として私に差し向けたのかね？　あなたがロンドンの逆鱗《げきりん》を買ったことは私も知っとるよ」

斗蘭が軽蔑《けいべつ》のまなざしをブロフェルドに向けた。「わたしたちを神戸ポートタワーにおびき寄せるなんて、分の悪いギャンブルに勝てるはずがないと思いますけど」

ブロフェルドが斗蘭を振りかえった。死人のような目で斗蘭をじっと見つめ、ブロフェルドは静かにつぶやいた。「分の悪いギャンブルという表現は当たっているな、田中斗蘭。私は勘だけでここに伏兵を揃えたわけではないんだよ」

ボンドはきいた。「どこから情報を得たのかな」

「きみらの誰かだ」ブロフェルドはボンドを見つめた。次いでタイガーに目を移し、次に斗蘭、最後に宮澤を一瞥《いちべつ》した。「なんにせよ愚鈍なＣＩＡはいま、東京タワーの決死の包囲に忙しい。それにくらべれば、きみらはくだらぬ謎解きを追って、ここまで来ただけマシといえるだろう」

斗蘭が少なからずうろたえている。ボンドは不安をおぼえた。ブロフェルドの言葉に惑わされているのではないか。ボンドはいった。「斗蘭。四人を分断させるための攪乱《かくらん》だ。鵜呑《うの》みにするな」

「なあボンド君」ブロフェルドが学者のように片方の眉《まゆ》を吊《つ》りあげた。「思うんだがね。どうもこれまで、きみとこういう対面を果たすたび、私は喋《しゃべ》りすぎだったんじゃないかと思う。野心や野望について、ペーパーバックにして三、四ページにわたるほどの演説をぶつのは、正直饒舌《じょうぜつ》すぎたんじゃないかとね」

ボンドは苦笑してみせた。「そりゃ残念。いつもおまえの時事放談を楽しみにしてたのに」

ブロフェルドの表情が硬くなった。「饒舌のあまり、きみが生き延びるチャンスをあたえてしまう愚行を、もう二度と犯さんと誓った。すなわちきみの身柄を拘束したのち、勝ち誇った演説をぶつ欲求を抑え、ただちに処刑を下すべきと」

「そういきりたったりせずに、食事にでも招待してくれれば……」

ウェットスーツのひとりが宮澤を突き飛ばし、ボンドや田中父娘とひとかたまりにした。周囲から突きつけてくる銃口が、四人を横一列に並ばせる。

脈拍が亢進《こうしん》する。いちかばちか腰の後ろにあるM39を引き抜き、最後の抵抗を試みるべきか。ブロフェルドさえ仕留められればそれでいい。しかしタイガーや斗蘭、宮澤が犠牲になってしまう。

極度に張り詰めていく空気を、ボンドは肌身で感じていた。突堤と大型貨物船の甲板上、すべての銃口が狙い澄ましてくる。タイガーが唇を嚙《か》むのを視界の端にとらえた。

ブロフェルドが右手の人差し指を振りあげた。「処刑……」

突然、稲妻のような閃光《せんこう》が走った。大型貨物船の甲板上に火球が膨れあがり、敵兵の群れを空中へ吹き飛ばす。轟音《ごうおん》が海原を波立たせた。光源のいくつかが破壊されたが、爆発にともなう炎がそれ以上の光量を発する。辺りが真っ赤に照らしだされた。全身火だるまになった敵兵らが、絶叫しながら海へと落下していった。

ぎょっとしたブロフェルドが辺りを見まわす。突堤にいた処刑部隊も激しく取り乱していた。ボンドは腰の後ろからM39を引き抜き、間近にいたウェットスーツを三人、つづけざまに射殺した。

残りのウェットスーツらが息を呑《の》んで向き直ったとき、ボンドら四人はコンクリートの上に伏せた。どこからか機銃掃射の音が鳴り響いた。生存するウェットスーツ三人の頭部が瞬時に粉砕された。血飛沫《ちしぶき》の舞う突堤を這《は》いまわり、なんとか拳銃《けんじゅう》を拾う。ボンドの手にPPKが戻った。

掃射音がブローニングM2重機関銃であることにボンドは気づいていた。伏せながら頭上に目を向ける。大型貨物船の甲板に弾幕が走り、横並びの敵勢を一掃する。死体が海に落ちるたび、後ろから続々と新たな敵兵が繰りだし、どこか海上への応戦をつづける。船上にはあきれるほど多くの敵兵がいるようだ。だが襲撃には押されぎみだった。とうとう手をあげ降参する敵兵がめだちだした。

サイレンに似た甲高い汽笛が繰りかえし鳴り響く。洋上をアメリカの巡洋艦が突堤に接近してくる。砲撃はわざと大型貨物船を外しているらしい。船体の周囲に水柱があがった。火災の発生にパニックを起こす甲板上で、威嚇砲撃の連続にも肝を冷やしたのか、しだいに抵抗の銃火が鳴りを潜めていく。

米巡洋艦の甲板上には兵士らが居並び、絶えず銃火を閃《ひらめ》かせていた。突堤の表層に跳弾の火花が散り、コンクリートが弾《はじ》け飛んだ。ブロフェルドは部下のひとりとともに、手で両耳を塞《ふさ》ぎながらうずくまっていた。

埠頭《ふとう》に無数のヘッドライトが灯《とも》っているのをボンドは目にした。アメ車の群れが港湾全域を固めていた。一部が列をなし突堤を前進してくる。

巡洋艦は突堤の先端ぎりぎりに停止した。制圧状態に至ったらしく、砲撃と銃撃がやんだ。大型貨物船の甲板では、依然として燃え盛る炎を背に、敵兵らが両手をあげている。

車列が間近にきて停まった。続々と降り立つのはＣＩＡの面々だった。オルブライトにカークランド、ウィーランが先陣を切ってくる。

ボンドは辟易《へきえき》した気分で立ちあがった。田中父娘や宮澤も物憂げな表情を浮かべている。ＣＩＡと米海軍による包囲網。彼らは東京タワー周辺にいたのではなかったのか。

オルブライトが澄まし顔でボンドを一瞥した。その目がブロフェルドに向く。高慢な物言いでオルブライトが告げた。「立て」

ブロフェルドはまだしゃがんでいたが、神妙な顔でオルブライトを見かえすと、部下とともに立ちあがった。不満げに両手をあげる。

「ああ」オルブライトが微笑した。「なにかいいたそうだな、ブロフェルド。東京タワーは日本の警察が頑張って包囲しとるよ。われわれはボンドや田中局長らを泳がせておいた。局長が単独行動をとるとの情報を得て、しっかり行方を追ってきたんでな」

カークランドがいつものように眼鏡の眉間《みけん》を指で押さえた。ボンドはタイガーに視線を向けた。タイガーが納得いかなそうに唸《うな》った。マッカーサーの日本人観、十二歳の少年という見方は、案外正しいかもしれないとボンドは思った。タイガーはずいぶん純粋な男だ。わりと簡単に人を信じる。

宮澤も同様だった。右手に拳銃をぶら下げ、ＣＩＡのもとに歩み寄ると、宮澤はほっとしたように話しかけた。「なんだ。気づいているなら教えてくれてもよかったじゃないですか。私たちを囮《おとり》にするなんて……」

オルブライトがしかめっ面になった。「こっちへ来るな。田中局長のもとにいろ。私は局長としか話さん」

カークランドの眼鏡の奥で、やけに据わった目が宮澤をじっと見つめた。「経験不足だな。十二歳の少年」

斗蘭が間髪をいれず叫んだ。「課長、離れてください！」

宮澤ははっとしたが、カークランドの動きのほうがすばやかった。すかさず宮澤の手首をつかみ、M39をひったくる。宮澤を背後から羽交い締めにしつつ、銃口を顎《あご》の下に突きつけた。

ウィーランが制止にかかった。「なにをする、カークラ……」

カークランドの拳銃がウィーランに向いた。銃口が火を噴いた。胸部を銃撃され、ウィーランは血飛沫とともに後ずさった。目を剝《む》いたウィーランが、信じられないという顔でカークランドを凝視し、そのままつんのめった。

オルブライトは拳銃を持っていたが、とっさの事態に反応できず、銃口は下に垂れっぱなしだった。人質をとったカークランドを前に身じろぎすらできずにいる。カークランドはあらためて宮澤に拳銃を突きつけた。人質を盾にしながら、ブロフェルドの隣に立つ。

突堤のCIA職員らが拳銃で狙い澄ました。巡洋艦の甲板上からも兵士らが銃を向けている。しかし人質がいては撃てない。カークランドは追い詰められたようすもなく、淡々とした表情を保っていた。隣のブロフェルドもまたしかりだった。

タイガーが驚愕《きょうがく》のいろとともにいった。「カークランド。あんたが……」

ボンドは平然とつぶやいた。「当然だよ」

「……なぜだ、ボンドさん」

「CIAが俺の無事を古巣に知らせないのは、MI6にスペクターのスパイがいるからだ？　いや。ブロフェルドの犬がいるとすればCIAさ」

ブロフェルドがMI6から情報を得ていたのなら、そもそもボンドが日本に派遣されるのも知っていたはずだろう。だがボンドが毒性植物園に侵入したとき、ブロフェルドはあきらかに驚いていた。すなわち事前にはなにも察知できていなかった。ところがここ最近のボンドの行動はスペクターに筒抜けだった。情報漏れはMI6からではない。裏切り者の所在はCIA以外に考えられなかった。

オルブライトが憤怒をあらわにした。「カークランド！　この恥知らずな反逆者め。作戦工作指揮官の立場にありながら……」

カークランドが遮った。「スペクターのナンバー3だよ。今月はな」

無数の銃口に晒《さら》されながらも、ブロフェルドはまるで幾万の軍勢を背負っているかのようにいった。「やれやれ、オルブライト。CIAも墜《お》ちたものだ。私たちが推進器付きアクアラングを使うと知っていただろう。なのに私が福岡での水蒸気爆発に巻きこまれたと判断した。いちど私の死を確信したな。その低能さがあればこそ、わが機関の計画はいま成功裏に完了した」

「計画だと？」オルブライトが嚙みついた。「なんの計画があったというんだ」

ブロフェルドは人差し指を唇に這わせ、静かにするよう動作でしめした。その人差し指を高く掲げる。神戸ポートタワーの頂上を指ししめした。

いきなり神戸ポートタワーが点灯した。塔全体が光を放ち、幾百ものパイプの織り成す双曲面構造が、闇のなかに浮かびあがった。

「きこう」ブロフェルドはいった。「NHK国際放送《レディオジャパン》の臨時ニュースを」

塔に備え付けられた拡声器から、流暢《りゅうちょう》な英語の音声が流れだした。アナウンサーの声だとわかる。「繰りかえしお伝えしております。ついさきほど入りましたニュースです。現地時間二十二日金曜日、午後零時三十分、テキサス州を遊説中のジョン・F・ケネディ第三十五代アメリカ合衆国大統領が、ダラス市内をパレード中に銃撃され、死亡しました。四十六歳でした」

32

斗蘭のはっと息を呑《の》む声を、ボンドはまず真っ先に耳にした。それ以降は静まりかえっている。ＣＩＡたちはただ表情をこわばらせ、全身を硬直させていた。塔の拡声器による放送は巡洋艦まで届いている。甲板上で兵士らがひどく狼狽《ろうばい》していた。それにくらべ突堤はやけに静かだった。タイガーも硬い顔でひとことも発しない。

ボンドの胸のうちで衝撃が尾を引いていた。半ば茫然《ぼうぜん》とたたずむうち、英語放送から次々と情報がもたらされた。

ケネディ夫妻を乗せたオープン仕様のリムジンは徐行していた。数秒間立てつづけに銃声が轟《とどろ》き、ケネディは頭を撃たれた。同乗していたジャクリーン夫人に怪我はなかった。パレード見物の市民はパニックに陥り、一時は収拾のつかない混乱状態に陥った。ケネディは病院に運ばれたが、すでに即死状態だった。

ブロフェルドが大統領演説のような声を響かせた。「一九六三年十一月二十三日、午前三時三十分。現地時間二十二日午後零時三十分。ご苦労だった。ＣＩＡの精鋭が大挙して、よくも祖国を遠く離れ、きょうという日にＦＢＩとの連携もなく、極東に執着してくれた。スペクターによる大統領暗殺は完了した！」

すべての音が消え去ったかのような静寂がひろがる。自分の鼓動だけが内耳にこだまするのをボンドはきいた。誰もが凍りついている。世界全体が白い霧に覆われたかのようだ。なにが起きたかは理解している。だが現実か幻かの境界が極度に曖昧《あいまい》になっていた。

「馬鹿な」オルブライトが顔面を紅潮させていた。「そんな馬鹿なことがあるか！　大統領が暗殺されただと？　ペテンだ。苦しまぎれの欺瞞《ぎまん》工作はよせ！」

ブロフェルドは表情を変えなかった。「欺瞞かどうか、ホテルに帰ってテレビでも観たまえ。現在、日米間宇宙中継のテレビ伝送実験中だが、まずまちがいなくこのニュースが報じられるだろう」

「ありえん！　おまえは自殺者の戸籍を奪い、大勢の部下を日本に潜伏させた。貨物船の甲板にいる奴らがそうだろう。日本でテロを働くつもりだったんだ」

「わざわざ外国人犯罪者を潜伏させにくい国に、スペクターの本拠など築かんよ」

「大規模破壊活動の連続により大勢の命を奪った。国家転覆を謀っておったんだ！」

「いいや。すべてはきょうのためだ。日本へのこだわりなどない。CIAがわれわれの動きを分析したり、FBIが暗殺者の情報を入手したりするのを阻止できるのなら、それでよかった」

オルブライトの目がカークランドに移った。「おまえも知ってたのか」

カークランドは宮澤を羽交い締めにしたままだった。怯《おび》えきったようすの宮澤に、背後から無言で拳銃《けんじゅう》を突きつけている。

たまりかねたようにオルブライトが怒鳴った。「なにが狙いなんだ！　大統領を死なせて、貴様はなにを得るというんだ！」

ボンドはいった。「それでアメリカ株か」

汗だくのオルブライトが振りかえった。誰もが絶句しながらボンドを注視する。

ブロフェルドが鼻を鳴らした。「さすがだ、ボンド君。ほかの者よりは知性があるな」

「ベトナムだ」ボンドはブロフェルドを見つめた。「ケネディはベトナムへの軍事介入に慎重だった。死後は歯止めがきかなくなる。戦争はおそらく激化する」

「確実にな」ブロフェルドが声高にいった。「朝鮮戦争は中途半端に終わったが、今度はちがう。ベトナムは東西両陣営が延々と殺し合いをつづける、地獄の泥沼と化す」

「建築に航空機、石油、医療、食糧供給の企業の株価が、天井知らずに跳ねあがる。スペクターは巨万の富を手にいれる」

「そういうことだ。読書が趣味のケネディが、お気にいりに挙げていた本の著者にとっては不幸だ。にわか景気はこれで終わり。ベストセラーから陥落だな」ブロフェルドは大型貨物船のほうへ歩きだそうとして、ふとまた足をとめた。「私に銃を向けるのは勝手だが、トリガーを引くのはやめたまえ。世界の要人のうち、今度は誰が命を落とすかわからんぞ。責任を問われるのはアメリカだ」

動揺が目に見えてひろがった。ＣＩＡ職員らがひきつった顔で銃を下ろす。巡洋艦の甲板上にいる兵士らもそれに倣いだした。

ブロフェルドはいたって満足そうに歩きだした。「結構。では失礼する」

部下がブロフェルドにつづく。カークランドも宮澤を盾にしたまま連行していく。宮澤は身をよじっているが抵抗しきれていない。斗蘭が駆け寄ろうとしたものの、ブロフェルドの部下が振り向き、ライフルでさがれと威嚇する。斗蘭は忌々しげに静止した。

ボンドは声を張ってみせた。「はったりだ」

ブロフェルドと部下が立ちどまる。ライフルを手にした部下が睨《にら》みつけてくる一方、ブロフェルドは時間を置いて振り向いた。

「なにかね？」ブロフェルドがきいた。

「おまえの兵力はここにいる全員だけだ。海外には株購入の幹部四人のほか、ケネディを撃った暗殺犯ぐらいしかいない。たぶんその暗殺犯も口封じに始末する気だろう。そのための殺し屋がもうひとり。どっちも臨時雇いでしかない」

「きみになにがわかるんだね」

「すべてさ。スペクターは解散済みだ。おまえはケネディを殺すにあたり予算の都合上、アメリカでは物量作戦を立てられなかった。だから日本でスペクターを再建し、CIAを引き寄せておくしかなかった」

「……だからなんだ？」

「世界の要人を暗殺できる力なんかない。おまえたちをここから逃がさなければ、蛆虫《うじむし》が世界へでていくこともない」

ブロフェルドの表情が険しさを増した。沈黙が長引くうち、味方が徐々に状況を理解しだした。CIA職員らが拳銃を構え直す。

タイガー田中もM39をまっすぐブロフェルドに向けた。「日本の法律下で幾多の凶悪犯罪行為が認められた。投降しろ。これが最後の警告になる」

「ああ。田中局長」ブロフェルドが冷やかな目つきで見かえした。「あなたならわかってくれると思ったのに、そんなことをいうとはな」

「どういう意味だ」

「よく理解しとるはずだろう？　イギリスに受けた恩を仇《あだ》でかえした大日本帝国の手先であるおまえならな。寝返らせるのなんて簡単だ。金がものをいうからな」

ブロフェルドがパチンと指を鳴らした。巡洋艦の甲板上で不審な動きがあるのをボンドは目にとめた。無人になった重機関銃の銃座に、新たな兵士がおさまるや、銃口を甲板上の仲間たちに向けた。

重機関銃が火を噴いた。凄《すさ》まじい掃射音とともに兵士らの身体が粉砕されていく。甲板上に赤ペンキがぶちまけられたような惨状がひろがった。

オルブライトが叫んだ。「やめろ！」

ＣＩＡ職員がいっせいに銃撃を開始した。だが大半は巡洋艦の重機関銃の銃座を狙っていた。ブロフェルドと部下は逃走した。大型貨物船にいつしか渡せかけられた搭乗橋へと向かっていく。

ボンドはブロフェルドの背を銃撃しようとした。ところが大型貨物船の甲板上から一斉掃射が浴びせられる。ボンドは回避行動をとらざるをえなかった。田中父娘も弾幕から逃げまわっている。

カークランドは宮澤を盾にしたまま、ブロフェルドにつづこうとした。しかし斗蘭が気づいたらしく、背を向けたカークランドを銃撃した。カークランドが振り向きざま撃ちかえす。

大型貨物船をめざしたのでは、斗蘭に後ろ姿を晒《さら》すことになる、カークランドはそう気づいたらしい。宮澤に銃を突きつけ、羽交い締めを保ちつつ、カークランドはタワーのほうへ後ずさりしていった。そのまま短い階段を上り、エントランスのなかへと消えた。

斗蘭はタワーへ向かおうとしたが、大型貨物船からの一斉掃射に身を伏せた。タイガーも前進できずにいる。

ボンドは歯軋《はぎし》りした。大型貨物船からの銃撃を突破できない。巡洋艦に目を向けた。銃座にいた裏切り者の兵士はぐったりとのけぞり、身動きひとつしない。射殺されたのはあきらかだった。だが死体だらけの甲板上にはいまだ秩序が戻らない。混乱ばかりがひろがっているのが見てとれる。

突堤のＣＩＡ職員らは大型貨物船に標的を移していた。とはいえ自動小銃の群れに拳銃では太刀打ちできない。次々と弾切れを起こし撤退していく。逃走中に背中を撃たれる者も少なからずいた。

ボンドのPPKも撃ち尽くす寸前だった。じれったさが募る。少なくとも巡洋艦が持ち直してくれれば突破の道も開ける。だがこれでは一歩たりとも踏みだせない。

大型貨物船が汽笛を鳴らした。煙突から煙が噴きあがっている。もう係留してはいないらしい。船体が徐々に突堤を離れていく。このままでは遠く洋上へ逃亡されてしまう。

突然新たな雷鳴が頭上で轟《とどろ》いた。激しい銃火が周囲を明滅させる。ボンドは斜め上方を仰ぎ見た。

突堤の反対側の岸、中型貨物船〝あおなみ〟号の甲板に、別の勢力が鈴なりになっていた。向かいの大型貨物船に一斉射撃を食らわせている。猛然と拳銃《けんじゅう》を乱射するのは黒いウェットスーツの群れだった。しかもアジア人とは思えない巨漢揃いだ。

不意打ちにより大型貨物船の敵勢は次々と撃ち倒されていった。それでも敵勢は反撃に転じ、銃火が中型貨物船を狙いだした。二隻の船は突堤を挟み、甲板どうしで激しい撃ち合いになった。

中型貨物船から身を乗りだす、ウェットスーツがはちきれんばかりの中年男がいた。ボンドを見下ろしマルク＝アンジュ・ドラコが怒鳴った。「寝ている場合か！　奴を逃がすな」

ボンドは驚いた。「ユニオン・コルスがこんなところでなにしてる⁉」

「おまえを置いて帰って、コルシカに眠る娘に顔向けできるか！　ジェームズ、今度こそテレサの無念を晴らせ。ブロフェルドを仕留めろ！」

息苦しい憂鬱《ゆううつ》の昂《たか》ぶりに胸が詰まってくる。ドラコ。神戸に集結するＣＩＡの動きを追ってきたか。逆に追われる身だろうに、逮捕の危険を顧みず、ドラコは戻ってきてくれた。

銃弾が空気を切り裂き、間近を飛び交う音がこだまする。ボンドは猛然と走りだした。ＰＰＫをいったんホルスターにおさめ、Ｍ39を連射する。

斗蘭の声が耳に届いた。「ボンドさん！」

「宮澤を頼む」ボンドは斗蘭に呼びかけると、ひたすら大型貨物船をめざした。甲板からの銃撃にジグザグで駆け抜けていく。ユニオン・コルスの援護射撃により、弾幕のそこかしこに切れ目が生じた。すかさずそこに身を突っこませる。

搭乗橋が外されようとしていた。船体側面の通用口から身を乗りだす敵に、ボンドは走りながら銃撃を浴びせた。二発で確実に仕留めた。搭乗橋を全力疾走で渡る。真っ暗な通用口が眼前に迫ってくる。

ＰＰＫの最後の一発は、奴を殺すためにとっておく。新生スペクターを載せたノアの方舟《はこぶね》、あるいはトロイの木馬。けっして大海原に放たせない。

33

田中虎雄はタワーのエントランスへと駆けながらM39を撃ちまくった。観音開きのガラス扉は弾が命中したとたん粉々に割れた。内部の一階は蛍光灯の明かりに照らされている。見るかぎり人影はない。

拳銃のスライドが後退したまま固まった。田中は片膝《かたひざ》をついた。マガジンリリースのボタンを押し、予備のマガジンをポケットからだす。そのあいだ斗蘭がバックアップに入った。斗蘭は近くでしゃがみ、大型貨物船の甲板上を警戒している。

スペクターの戦闘部隊は、向かいの中型貨物船のユニオン・コルスと撃ち合っているが、ときおり俯角《ふかく》にこちらを狙ってくる。斗蘭は敵に銃撃の隙をあたえず、常に先制攻撃した。仕留められなくとも銃撃で時間が稼げれば、田中はマガジンの交換を完了できる。

今度は斗蘭が弾を撃ち尽くした。田中は娘をバックアップし、大型貨物船に銃口を向け、トリガープルを絶え間なく反復した。船体側面に散る跳弾の火花を目にし、狙いを微調整する。突堤を狙ってくる敵ひとりの頭部を撃ち抜いた。

大型貨物船に気をとられ、タワーのほうに注意が向かなかった。いつの間にかエントランスから駆けだしてきた迷彩服が、間近から自動小銃を乱射してくる。「死ね《チェート》！」

わずか二秒間、田中は向き直りきれなかった。斗蘭も同じようすだった。自動小銃の狙いがさだまってくる。田中は鳥肌が立つのをおぼえた。

だが耳もとで別の銃声がつづけざまに轟いた。迷彩服は首と胸部を撃ち抜かれ、苦《く》悶《もん》の表情で仰向《あおむ》けに倒れた。

はっとして田中は振りかえった。汗だくのオルブライトが近くにいた。手にした拳銃の銃口が白煙を立ち上らせている。

オルブライトが顔をひきつらせながらつぶやいた。「いまのは中国語か？」

「ベトナム語です」田中は応じた。

「……そうか」オルブライトが複雑な表情に転じた。息を切らしながらオルブライトがあらためて拳銃を周りに向けた。「タワーに突入する気か？」

斗蘭がうなずいた。「上司が人質に」

「妙だ」オルブライトが塔の頂上を仰いだ。「明かりが点《つ》いたからにはブロフェルドの部下らが潜んでる。こんなところに立て籠《こ》もってなんになる」

田中は腰を浮かせた。「大型貨物船の出航を助けようというのでしょう。行きます。援護してください」

「わかった。気をつけろ」

斗蘭がタワーへと先行する。田中は斜め後ろについた。ジグザグに走る斗蘭に対し、田中も常に反対側の横方向へとめまぐるしく位置を変えた。行く手からの銃撃を警戒したうえでの、相互バックアップに欠かせない動きだった。

足もとのコンクリートが跳弾に削られた。大型貨物船からの狙撃《そげき》だった。だが後方でオルブライトが反撃した。敵の弾を引きつけてくれている。田中は斗蘭とともに、短い階段を駆け上り、タワーのエントランスへ飛びこんだ。

だしぬけに緊張が走った。そこは一般客用のロビーで、正面にはエレベーターの扉があるが、その周辺に敵兵の迷彩服が数人群がっていた。上り階段にもふたりほどいる。

敵勢も驚きの反応をしめした。いっせいに向き直り、けたたましい掃射音を轟かせる。田中は丸柱の陰に隠れた。斗蘭は自販機の手前で姿勢を低くした。わずかに顔と拳銃をのぞかせては、敵に反撃を加える。

エレベーターの扉が開いた。迷彩服のひとりが大慌てで乗りこむ。ほかの迷彩服らは、そのひとりを上へ行かせようと、死にものぐるいで援護射撃してくる。扉が自動的に閉まる寸前、エレベーター内で迷彩服がトランシーバーにいった。「バッファロー」

訛《なま》りの強い英語だった。扉が閉じきった。一階に居残る敵勢はなおも猛然と銃撃を続行し、田中らをエレベーターに寄せつけまいとする。

斗蘭が遮蔽《しゃへい》物にする自販機が、被弾に原形を留《とど》めなくなってきている。金属製の外殻が大きく凹《へこ》んだうえ弾がめりこむ。そのうち貫通するだろう。斗蘭も危機を予期したらしく、自販機の陰から立ちあがると、田中の隠れる丸柱へと走ってきた。即座に田中は敵陣を銃撃し斗蘭を援護した。

丸柱の手前で斗蘭が田中に寄り添うように立った。銃声がけたたましく響き渡るなか、敵が怒鳴りあっているのがわかる。

田中は聞き耳を立てたのち、斗蘭に声を張った。「北ベトナムだ」

「ええ」斗蘭が息を切らしながらうなずいた。「ザ行の発音がきこえるから」

南ベトナムならザ行がヤ行の発音になる。以前の中国人につづき、スペクターは共産圏から兵力を調達しているようだ。

南北ベトナムの発音の区別だけは知っているものの、田中の知るベトナム語といえば、死ねとか殺せとかそのていどだった。言語を理解できるわけではない。敵がなにを喋《しゃべ》りあっているかはわからなかった。タワーに立て籠もろうとするのは、捨て身で大型貨物船を逃がすため、本当にそうだろうか。玉砕を覚悟しているわりには、エレベーター前の敵勢は浮き足立っているように思える。

斗蘭は片目を閉じていた。暗順応のためだろう。両目とも明るさに慣れきっていると、次に外へ飛びだしたとき、闇夜のなかではなにも見えなくなってしまう。田中も若いころにはよく試した。この歳になると明るい場所で遠近感を失うほうが厄介だ。

いきなりベトナム訛りの英語が耳に飛びこんできた。「タイガー」

ぎくっとして娘と顔を見合わせる。丸柱の陰からようすをうかがった。敵のひとりがまたエレベーターに乗りこみ、トランシーバーを片手にしている。田中を呼んだのではなく、なぜかトランシーバーにひとこと、タイガーと告げたらしい。その姿が閉じる扉の向こうに消えていく。居残る敵勢がなおもこちらを銃撃してきた。

どうやらひとりずつ上へ退避させているようだ。居残り組が援護しつづけるため、田中父娘はエレベーターへ進めず、丸柱の陰に釘付《くぎづ》けになっていた。

斗蘭が業を煮やしたようにいった。「埒《らち》があかない。突入するから援護してください」

「だいじょうぶか」

「平気」斗蘭は丸柱に背を這《は》わせ、深く息を吸いこむと、すばやく身を翻した。エレベーターへと駆けだしながら矢継ぎ早に発砲する。

田中も丸柱の逆側から身を乗りだし、斗蘭を援護しがてら敵勢に銃弾を浴びせていった。また斗蘭がジグザグに走るのにタイミングを合わせ、敵がまっすぐ視野に入ったときのみ、確実に頭もしくは胸部を撃ち抜いた。斗蘭の銃撃と合わせ、エレベーター前の敵勢がたちまち数を減らしていく。

トリガーを何度か引くうち弾がでなくなった。またスライドが後退した状態だと気づいた。床に排出済みの薬莢《やっきょう》が散らばり、硝煙のにおいが充満する。マガジンの予備はあとひとつしかない。

敵勢の銃声も途絶えていた。斗蘭が警戒しながらエレベーター前にたたずむ。階段にいたふたりを含め、すでに敵の全員を射殺していた。田中は丸柱の陰をでると娘のもとに向かった。歩を進めながらマガジンを交換する。

斗蘭もM39は残り一発になっていたらしい。薬室に弾丸を残したままマガジンを取り替えた。装弾八発のところが一時的に九発になっている。それでも弾数が足りないのはあきらかだった。斗蘭が拳銃《けんじゅう》の安全装置をかけ、いったん胸のホルスターに戻した。死体から自動小銃をとりあげる。

田中も娘に倣った。ライフル型の自動小銃はカラシニコフAKMだった。周りの死体からもマガジンを奪い、ポケットにねじこんでおく。予備はあればあるほどいい。

エレベーターの扉が開いた。田中はすばやくそちらに向き直った。斗蘭もエレベーター内を自動小銃で狙い澄ました。

なかは無人だった。トランシーバーだけが床に置いてある。斗蘭と顔を見合わせたのち、田中はふたりでエレベーターに乗りこんだ。

低層階のボタンを押してみたが機能しない。行き先は最上階の展望台しかないようだ。田中はトランシーバーを拾いあげた。

斗蘭がいった。「ひとりずつ上るにあたって合言葉を告げてた。英語だったのは……」

「ああ」田中はうなずいた。「英語圏の人間が最上階にいて、指揮官的立場にあるからだ」

「カークランドはあとから逃げこんだんだから、ほかに誰かがいる」

「そうだな」田中は合言葉について考えを口にした。「バッファローの次はタイガーだった」

「丑《うし》に寅《とら》。干支《えと》だよね。寅の次は……」

「わかっとる」田中はトランシーバーのボタンを押した。「猫《キャット》」

斗蘭が目を瞠《みは》ったが、トランシーバーからは応答の声がきこえた。「了解《ラジャー》」

田中は壁のボタンを押した。扉が自動的に閉まる。エレベーターが上昇しだした。まっすぐ最上階へと向かう。

「あー」斗蘭が気づいたようにつぶやいた。「丑といってもカウじゃなくバッファロー。水牛」

「そうだ」田中はうなずいてみせた。「水牛、虎とつづくのなら、日本でなくベトナムの干支だ。兎の代わりに猫が入る」

「さすが」斗蘭はにこりともせず、扉のわきのボタンに目を向けた。

沈黙が訪れた。一〇八メートルの塔を上昇するには多少の時間がかかる。田中は控えめに呼びかけた。「なあ、斗蘭。さっきブロフェルドがいったことだが……」

「気にしてない」斗蘭が見かえした。「イギリスに恩を仇《あだ》でかえした大日本帝国の手先？　なにもまちがってない。あのころ日英は敵対してた。イギリスのスパイだって、きっと大勢が日本に入りこんでた」

斗蘭がボタンに目を戻したため、田中はなにもいわずに済んだ。そのこと自体にかすかな安堵《あんど》をおぼえる。斗蘭が本当に割りきっているかどうかはさだかではない。おそらく父親に対する気遣いだろう。それでもありがたく受けとりたかった。斗蘭がこの種の気遣いをしめしてくれるのは、おそらく初めてにちがいない。

エレベーターが塔の半分を越え、どんどん最上階に近づいていく。田中は斗蘭とともに自動小銃を構え、銃口をまっすぐ扉に向けた。敵が合言葉を信じたのなら、エレベーターの到着にも油断している可能性がある。その隙を突き一気に銃撃し制圧する。奇襲以外には勝ち目がない。

この十八年間、当たり前のように戦後の平和が築かれてきた。むろん必然ではなかった。日本は何度となく危機的状況に陥った。そのたび公安外事査閲局は命懸けで対処してきた。アメリカが第三次大戦の主戦場に仮指定しながらも、反共政策のため発展に恵まれてきた島国。治安のよさは民間レベルのみでしかない。国家レベルではいつでもこんなふうに征野と化す。これが初めての事態でもない。

エレベーターが停止した。自動小銃のグリップを握るてのひらに汗が滲《にじ》む。扉が開いた。

ガラス張りの展望台、屋内の円形フロアだった。迷彩服が右往左往している。瞬時に合言葉が功を奏したとわかった。扉の開いた直後のエレベーターを誰も注視していない。ただひとり扉のすぐ前で、迷彩服のひとりがエレベーターの到着をまっていたが、まったくの無警戒だった。はっと気づいたようすで、あわてて銃を構えようとする。

田中は自動小銃の銃尻《じゅうじり》でその男の顔面を殴り飛ばした。斗蘭とともにフロアに繰りだす。向き直った敵勢に自動小銃の掃射を浴びせる。展望台内部が銃火に明滅し、にわかに騒然となった。敵はこちらに銃を向けきれないうちに、絶叫とともに薙《な》ぎ倒されていった。

展望台には上り階段があった。一般客立入禁止の階段の途中に、異質な存在が立っていた。ここを仕切る立場とおぼしき中年女、西洋人だった。

グレージュの巻き髪に縁どられた角張った顔。口のわきに日焼けの火ぶくれが残っている。防寒着をまとっていた。厚手のズボンにブーツなのは、高所作業かなにかを果たそうとしているように見える。

イルマ・ブントは目を剝《む》き、驚愕《きょうがく》と憤怒《ふんぬ》の混ざりあった英語を響かせた。「この馬鹿ども！　侵入者が見えないの!?　さっさと始末なさい！」

ベトナム人とおぼしき兵隊はほぼ全滅状態にある。イルマは誰に英語で呼びかけたのか。田中が訝《いぶか》る暇もなく、拳銃を握った右手が突きだされた。斗蘭を狙っている。とっさに田中はその腕にしがみつき、銃口を上に逸《そ》らせた。はずみでトリガーが引き絞られ、銃声が轟《とどろ》いた。弾は天井の梁《はり》に跳ねた。

はっとして斗蘭が振りかえった。田中はすでに絡みあう敵がカークランドだと認識していた。眼鏡が斜めにずれている。必死の形相のカークランドが、田中の胸倉をつかみかえそうと、さかんに手を伸ばしてくる。柔道の継ぎ足と歩み足で田中は翻弄《ほんろう》しつづけた。

斗蘭は自動小銃を構えたが、田中とカークランドが激しく揉《も》みあっているためだろう、いっこうに銃撃できずにいる。「お父さん、離れて！」

「私のことはいい。あの女を逃がすな！」

階段が目に入った。イルマは背を向け、慌てふためきながら階段を駆け上っていく。この最上階の展望台から、さらに上へ向かう階段だ。どこへつづいているかは判然としない。だがここには宮澤の姿がない。おそらく上り階段の行き着く先に連れ去られている。

斗蘭が躊躇《ちゅうちょ》をしめしたのは数秒だった。元軍人の父にあくまで助太刀するのは、かえって無礼だと気づいたようだ。自動小銃を周囲に乱射しつつ、斗蘭が階段を上りだした。

カークランドの気がそちらに逸れた。田中はすばやく投げ技を放った。大きく回転したカークランドの身体を床に叩《たた》きつける。眼鏡のみならず拳銃も遠くに飛んだ。

床に転がったカークランドがむきになって立ちあがる。憤りに満ちた目つきでボクシングの構えをとった。「この日本野郎《ジャップ》の死に損ないが。負け犬がいまさら刃向かうな」

「愛国心を否定される謂《いわ》れはない」

「ほざくな老いぼれ！」カークランドの踏みこみはすばやかった。もともと近視でもなかったのだろう。距離感を正確につかんだこぶしが、唸《うな》りをあげ田中の顔面を強打した。

一撃で耳鳴りがした。体重の乗ったパンチが連続して浴びせられる。カークランドは現場上がりの職員にちがいなかった。ボクシングの実戦的な訓練を積んでいる。スポーツとしての技ではない。街角でふいに標的を襲撃し、内臓破裂に至らしめるための、露骨な殺人技だった。

だが田中は顔を殴らせたものの、ボディへの攻撃は巧みに身を引き、常に回避しつづけた。パンチを浴びたのも間合いを詰めさせるためだ。カークランドに焦りのいろが浮かんだ。田中はぐいと敵の胸倉を引きつけ、巴投げを仕掛けた。短い叫びとともにカークランドが宙に舞い、またも床に仰向《あおむ》けに落下する。田中は一緒に倒れこみ、背後からカークランドの首に腕を絡ませ、絞め技の体勢をとった。カークランドは手足をじたばたさせたが、すでに技は深く入っていた。

まともな柔道の師範への道を歩んでいれば、頸動脈洞《けいどうみゃくどう》の圧迫により、せいぜい失神に至らしめるぐらいだろう。殺し屋なら窒息を狙うかもしれないが、気絶まで一分から四分かかる。年配の田中がアメリカ人の現役CIA職員を相手にするには不適切だ。体力の消耗により逆転を許してしまう公算が高くなる。

田中の人生においては、もっと効率的なやり方を習得していた。頸椎の上から二番目の骨に肩肘《かたひじ》をあてる。もう一方の腕でカークランドの首を抱えこみ、梃子《てこ》の力を借りつつ顎《あご》を瞬時に引きあげる。頸椎の折れる音とともに、カークランドの荒い息遣いが途絶えた。

脱力しきった死体は重くなる。倒れこんできたカークランドの下敷きになり、田中は突っ伏した。ただちに起きあがろうとしたが、さすがに呼吸が苦しい。

比喩《ひゆ》ではなく、これが人の死の重みだった。こんな死が日米で五百八十万回あったのが、つい十八年前のことだ。平和はほど遠い。銃の使い方を忘れた国民の代わりに、われわれはいつも殺し合っている。

34

斗蘭は階段を駆け上り、行く手のドアを蹴破《けやぶ》った。敵の待ち伏せがないと知るや、自動小銃を水平に構え、瞬時に戸口の外に飛びだす。

猛烈な突風が吹きつけた。甲高い風の音が絶えず響くなか、暗闇に神戸全域がひろがっているのを見た。ほぼ真っ黒な低い山々と海の狭間《はざま》の平地。明かりはまばらだった。

屋上はドーナツ形で、円周の低い手すりに囲まれている。ドーナツの中央には、塔の芯《しん》が円筒状に突きだしていて、窓の内部に灯台用の照明装置があった。いまそこに光は宿っていない。それゆえ屋上は暗かった。航空障害灯の点滅だけでは、なにひとつ明瞭《めいりよう》にならない。

だが斗蘭はタワーへの突入直後からずっと片目を閉じていた。屋上にでると同時に、これまで閉じていた目を開け、開いていたほうの目を閉じた。ただちに暗闇に順応し、人影をはっきりととらえた。

ドーナツの一か所に敵の群れが固まっている。そこからひとりずつ迷彩服が手すりを乗りこえ、塔の外へと身を躍らせる。斜め下方に張られたワイヤーにぶら下がり、滑車で滑降していく。

ワイヤーの先は大型貨物船のマストに結びついていた。カークランドがタワーに逃げこんだ理由がこれだ。周囲を監視する目的で居残っていた部隊のために、あらかじめワイヤーが張ってあった。いま大型貨物船は徐々に突堤を離れつつある。ワイヤーはだんだん張り詰めていき、やがて切断される。そうなる前に脱出を図ろうと焦っているからか、迷彩服の群れはいまだこちらに目を向けない。

斗蘭は自動小銃を水平に保ち、足音を最小限に留《とど》め、敵陣へと駆け寄っていった。敵の集団にできるだけ接近を図る。懐に飛びこんでしまえばむしろ勝機がある。

ところがあと数メートルというとき、カラシニコフの銃身が手すりに当たってしまった。わずかな金属音が響いただけで、手前にいた数人の敵が振りかえり、反射的に銃を構えようとする。

一瞬の躊躇が命取りになる。斗蘭はすかさずトリガーを引いた。銃口を向けかけた敵から順に手早く始末した。銃火の閃光《せんこう》が連続するなか、残る敵勢がいっせいに振りかえった。そのなかにイルマ・ブントがいた。眼球が飛びだしそうなほど目を瞠《みは》ったイルマが、ベトナム語でわめき散らした。「殺せ！《ジーノディ》」

斗蘭は先んじて攻撃を加えようと身構えたが、振り向いた敵のうちのひとり、巨漢の太い腕が宮澤の首を抱えこんでいるのが見えた。宮澤が逃れようと暴れているが、背後の巨漢はびくともしない。

これでは撃てない。斗蘭は姿勢を低くし、ひとまず手すりに隠れた。ドーナツ形の屋上の一か所、手すりは歪曲《わいきょく》しているため、前方からの銃撃に対し、角度的にぎりぎり遮蔽物《しゃへいぶつ》になりえた。だが敵が少しでも前進してくればそのかぎりではない。

敵の掃射音がふいにやんだ。唐突に静寂が訪れたそのとき、女の甲高い奇声を間近にきいた。斗蘭が仰ぎ見ると、イルマ・ブントが約二メートルもある鉄パイプを槍《やり》のごとく突きだし、猛然と襲いかかってきた。斗蘭は後方に飛び退き、かろうじて刺殺を免れた。

鬼の形相のイルマは奇声とともに間合いを詰め、両手で操る鉄パイプにより、矢継ぎ早に突きを放ってくる。斗蘭は仰向けになったまま、起きあがる隙もあたえられず、ただ縦横に避《よ》けながら必死に後退するだけでしかない。

とっさに斗蘭は両手で鉄パイプの先をつかんだ。イルマとの腕力勝負が一時的に拮《きっ》抗《こう》したが、敵勢が自動小銃の掃射を浴びせてきた。手すりに跳弾の火花が散るなか、斗蘭は鉄パイプから手を放さざるをえなかった。

掃射がやむと、なおもイルマの鉄パイプ攻撃が継続された。薙刀術《なぎなた》かそれに類する動作を習得したようだが、早くも息切れしている。斗蘭にとって鉄パイプの先端を両手でつかむのは容易《たやす》い。だが宮澤を人質にとられているうえ、イルマに自動小銃掃射の援護つきでは、反撃にでられない。胸のホルスターにM39があるが、抜けばおそらく宮澤が撃たれる。

手をだすのをためらっていると、イルマが調子づいたのか、突然の猛攻に転じた。鉄パイプが何度も振り下ろされ、斗蘭は身体じゅうに強烈な打撃を食らった。もはや薙刀術でもなんでもない。癇癪《かんしゃく》を起こした中年女の暴走だった。腹部への突きに息が詰まる。咳《せ》きこんだところに、さらなる突きと連打が浴びせられる。頭部への一撃を躱《かわ》しつづけるのがやっとだった。そのぶん身体が犠牲になった。背中はハーフコートに守られているが、前はボタンをかけていないため、スーツを通じダメージを食らう。鉄パイプの突きが斗蘭の服を裂き、地肌に血が滲《にじ》んだ。手荒な攻撃ばかりが反復され、あちこち切り刻まれた服が血まみれになった。いずれも回避が一瞬遅れれば、肉や骨ごと貫かれるほどの威力だった。

斗蘭は自分の動きが鈍りかけているのに気づいた。呼吸が荒くなっている。イルマはなぶり殺しにしようとしていた。この女にとってはこだわりの憂さ晴らしなのかもしれない。このままでは意図どおり八つ裂きにされる。

ふいに敵陣から絶叫が響き渡った。イルマが手をとめ、後方を振りかえった。斗蘭ははっとして目を凝らした。

巨漢が両手で目もとを押さえている。宮澤が隙を突き目潰《めつぶ》しを食らわせたらしい。その場に伏せることで、宮澤は巨漢の拘束から逃れた。だが周りの迷彩服らが宮澤を取り押さえようと即座に動きだした。

斗蘭の父、虎雄の怒鳴り声が響き渡った。「宮澤、伏せてろ!」

カラシニコフAKMの掃射が敵勢を襲った。迷彩服の群れがたちまち被弾し、断末魔の叫びとともに崩れ落ちた。

田中虎雄が階段口から姿を現していた。その手には煙を吐く自動小銃が握られていた。

愕然《がくぜん》としたイルマが動きをとめている。斗蘭は鉄パイプをつかんだ。イルマがこちらに目を向けたとき、鉄パイプの先端でイルマの腹を強烈に抉《えぐ》った。イルマが苦痛に表情を歪《ゆが》めると、斗蘭は跳ね起きるように立ちあがった。前屈姿勢になったイルマに、こぶしを何発も浴びせ、手刀で叩《たた》き伏せた。イルマはさも痛そうに顔をしかめたが、防寒着の下からナイフを抜いた。ヒルトにアンティークな装飾のついた、やけに洒落《しゃれ》たナイフだった。

身体を起こすやイルマが猛然と挑みかかってきた。斗蘭は頰を斬りつけられたものの、イルマの襟首をつかみ、身体ごと手すりに力いっぱい投げつけた。

手すりにぶつかったイルマは、その勢いのまま上半身が外に飛びだした。ナイフは屋上の床に落ちた。イルマが目を剝《む》き、口をぽっかり開けたのが一瞬わかった。手すりを軸に全身が回転し、逆さまになったイルマが、屋上から投げだされた。

悲鳴が急速に下方へ遠ざかっていく。一〇八メートルの垂直落下はわりと長かった。やがて水袋をコンクリートに叩きつけるような音が、かすかに耳に届いた。どよめきは突堤にいるCIAたちにちがいない。

風が吹きすさぶ。斗蘭はふらついた。駆け寄ってきた父が手を貸してくれた。斗蘭は顔をあげた。間近に見る父の顔は、半年前の斗蘭と同様、痣《あざ》と傷だらけになっていた。いやおそらく、いまの斗蘭もまた同じような顔だろう。だが皺《しわ》だらけの男の顔がじっと斗蘭を見つめる。斗蘭は自分の表情が和んでいくのを感じた。安堵《あんど》のため息をついてみせる。それが父への返答だった。

迷彩服の群れが死体の山となり折り重なっている。そこへ歩み寄った。宮澤がふらふらと立ちあがった。やはり血だらけだった。ただし負傷ではなく、ただ射殺された敵勢の血飛沫《ちしぶき》を浴びただけらしい。

虎雄が宮澤にきいた。「だいじょうぶか」

「へ……平気です」宮澤が頭を垂れた。「ご迷惑をおかけしました。斗蘭にも……」

汽笛が鳴った。大型貨物船が出航していく。ワイヤーが極度に張り詰めていた。もう切れる寸前だろう。斗蘭は大型貨物船の甲板を見下ろした。銃火があちこちに閃《ひらめ》いている。

斗蘭は振りかえった。「お父さん……」

憂いのいろが虎雄の顔にあった。唸《うな》るような声で虎雄がささやいた。「あとは彼の戦いだ」

「でも」斗蘭の胸のうちを感傷がかすめた。「ボンドさんは、あの船にたったひとりで……」

「やむをえない。彼の選んだ道だ」

大型貨物船が少しずつ突堤から遠ざかる。中型貨物船からの銃撃は継続していたが、ものともしないようだ。新生スペクターの兵隊で満たされた船内で、ボンドが孤立無援のまま、ブロフェルドと最後の戦いをめざす。

父が彼を送りこんだ毒性植物園と天守閣も、ブロフェルド一味の巣窟《そうくつ》だった。彼はいちど死んだ。だがそれはブロフェルドもだ。結果どちらも生き延びた。ボンドはまたも死に直面せねばならないのか。人生は始まりと終わりの二度で充分だというのに。

なにが彼を突き動かすのだろう。祖国イギリスのためか。それもあるにちがいない。けれども彼とあっておぼろにわかったことがある。二度めの人生を拒まなかったのはトレーシーのためだ。彼はいちどきりの本物の愛情を絶たれた。なにひとつ取り戻せないとわかっていながら、いま彼はすべてを終わらせようと、最後の命を投げだそうとしている。

父がつぶやくようにいった。「あとは生きるも死ぬも彼しだいだ。私たちとの人生の交差は終わった。彼が生き延びても、これから別々の道を行くだけだ」

大型貨物船はもう完全に突堤を離れていた。手すりに結わえつけられたワイヤーが、張り詰めた末に震えだした。いよいよ切断寸前に至った。

斗蘭は手すりのわきに置かれた箱を見下ろした。滑車のついたスティック状のハンドルがいくつも放りこまれている。降下していった迷彩服は、いずれもこれを一本ずつ手にし、ワイヤーに嚙《か》ませたとわかる。

いまにもワイヤーが切れそうだ。斗蘭の身体は衝動的に動いた。ハンドルを一本つかみとると、すばやく手すりを乗り越えた。自動小銃を持っていては両手でハンドルを握れない。武器を投げだし、滑車の溝にワイヤーを這《は》わせ、斗蘭は手すりを蹴《け》った。

「なっ」父の驚きの叫びを耳にした。「よせ、斗蘭!」

きこえたのはそこまでだった。猛烈な向かい風のなかを斗蘭は滑降しだした。身体が左右に揺れる。高さ一〇八メートルから大型貨物船のマストに張られたワイヤーは、出航後も依然として急角度だった。凄《すさ》まじい加速だった。眼下に突堤が見えたのは一瞬にすぎず、どす黒い海原ばかりがひろがった。行く手には早くも大型貨物船が迫ってきた。マストのかなり高い位置にワイヤーが結わえてある。だがその足場には複数の人影があった。すでに降り立った迷彩服らが仲間をまっている。

甲板の上空に差しかかった。終点まではいけない。斗蘭は落下地点をろくに確認できないまま、ハンドルから早めに手を放した。

なんの支えもなく重力に引かれ、身体が直下へと落ちていく。斗蘭は空中で背を丸め衝撃に備えた。次の瞬間、斗蘭は鉄板に叩きつけられた。関節を曲げることで、威力を多少和らげたものの、激痛は免れなかった。背中がハーフコートに覆われていても、痛いものは痛い。斗蘭は勢いのあまり転がった。コンテナの側面にぶつかり静止する。全身の麻痺《まひ》に耐え、嘔吐《おうと》感を堪《こら》えた。

銃声が断続的にきこえてくる。遠ざかる突堤からではない、船上のどこかで撃ち合っているようだ。斗蘭は歯を食いしばり、なんとか身体を起こそうと躍起になった。腕や脚が古綿でできているように頼りない。まだ感覚の戻らない片足をひきずり、斗蘭は歩きだした。

周りをコンテナに囲まれた谷間だった。銃声の響くほうへ向かうしかない。斗蘭はホルスターからM39を引き抜いた。もう予備のマガジンはない。装弾八発と薬室の一発。九発を撃ち尽くす前に新たな武器を入手せねば。

いきなりコンテナの角から迷彩服がでてきた。ただ移動しようと小走りに向かってきたらしい。斗蘭の顔を見るや、あわてて自動小銃を構えようとする。斗蘭は右手のみで銃撃した。トリガーを三回連続で引き絞った。銃火の赤い閃光《せんこう》の向こうで、胸部を撃ち抜かれた敵が、星空を仰ぐように倒れた。

人を射殺したあとの嫌な気分が、なぜか今度は長く尾を引いた。偶然でくわしただけで、敵がまだ撃とうともしていなかったからか。

頭上で鈍い音がした。仰ぎ見るとワイヤーがマストを離れ、海へ投げだされていっった。思ったより長くワイヤーが維持されたが、とうとう切断された。

斗蘭は死体に歩み寄った。顔を見ないように意識しながら、自動小銃を拾いにかかる。

だが視界を狭めたのは好ましくなかった。いきなり銃尻《じゅうじり》が斗蘭の頰を横殴りしてきた。斗蘭は死体のわきに倒れこんだ。

迷彩服ふたりが忍び寄ってきていた。ふたりの軍用ブーツが目の前にある。ベトナム語の悪態とともにふたりが斗蘭を蹴りこんできた。サッカーボールを奪いあうように、執拗《しつよう》にローキックを浴びせてくる。斗蘭は身体を横向きに丸め、背中で蹴りを受けたが、わざわざひとりがまわりこんできて、腹にキックをめりこませた。もう一発食らえば、おそらく肋骨《ろっこつ》が折れ、内臓も砕かれる。斗蘭は恐怖にすくみあがった。

ふいに背を蹴っていたほうの男が、濁った声を発した。斗蘭ははっとした。男は何者かに喉《のど》もとを搔《か》き切られていた。もうひとりの男が息を吞《の》み、突然の脅威に対峙《たいじ》しようと銃を向ける。だが人影はすでに間合いを詰め、迷彩服の胸に深々とナイフを突き立てた。

横たわる斗蘭の目の前に、敵の死体が倒れてきた。刺さったナイフのヒルトに見おぼえがある。さっきタワーの屋上で見たイルマ・ブントのナイフだった。

見上げると父が立っていた。渋みのある虎雄の顔が心配そうに見下ろしたのち、そっと手を差し伸べた。

斗蘭はため息とともにその手を握った。痛みを堪えつつも引き立てられるにまかせる。斗蘭は父にたずねた。「なぜ来たの」

「おまえに同じことをききたい」虎雄は死体ふたつから自動小銃をとりあげた。一丁を斗蘭に引き渡してくる。

互いに目配せしあった。なにをめざすかははっきりしている。ボンドを支援せねばならない。

ふたりは自動小銃を手に駆けだした。命を投げだす覚悟で臨む。ようやくその言葉の真意が理解できた、斗蘭はそう思った。この船がふたたび日本の港に接岸するとは考えにくい。だが後悔はしていない。

35

ボンドは甲板上にいた迷彩服三人に、カラシニコフＡＫＭの掃射を浴びせた。銃火に一瞬のみ照らしだされた視界で、三人がたちまち血飛沫《ちしぶき》を噴きあげ、ドミノ倒しのように突っ伏した。

ただちに周囲に警戒の目を向ける。盛大に銃声を轟《とどろ》かせるたび、新手が現れる事態を避けられない。だがいまは接近の靴音がきこえなかった。ボンドは三つの死体に駆け寄った。同じ自動小銃からマガジンのみを引き抜き、次々にスーツのポケットにおさめる。

途中で二度、弾切れを起こした自動小銃を放棄し、敵のカラシニコフを奪ったが、今度はそうしなかった。マガジンの回収のみに留《とど》める。いま手にしている自動小銃の調子が悪くないからだった。銃には個体差がある。とりわけカラシニコフは反動が強く、発射のたびいちいち銃身が跳ねあがる。この銃にかぎっては反動がそれなりに抑えられていた。XM16E1には到底およばないが使い勝手がいい。というより、この場にアメリカ製自動小銃があっても役に立たない。弾が補給できないからだ。

立ちあがったボンドは周囲に視線を配った。大型貨物船の甲板上は、いたるところにコンテナが積み上げられ、まるで迷路のように見通せない。ブロフェルドを捜さねばならない。銃撃がつづけばあの男はどこかに脱出を図る。福岡の毒性植物園でもそうだったように。

ボンドは駆けだした。ブロフェルドはまた推進器付きアクアラングを使うだろうか。

いや、あれは航続距離が極端に短い。もう仲間の船が近くにいるとも思えない。奴が退避するとすれば手段はほかにある。

コンテナの谷間を抜けていく。潮風が吹きつけてくる。行く手に海が見えた。船体の左舷《さげん》に到達した。

ところがコンテナの陰からふいに人影が飛びだした。ベトナム系らしき迷彩服が、片手でボンドの自動小銃をつかんで逸《そ》らし、もう一方の手でナイフを振りかざした。自動小銃を奪われまいと必死になれば、そのあいだにナイフでひと突きを食らう。ボンドは瞬時に自動小銃を手放した。迷彩服は勝ち誇ったような顔になったが、すぐさまボンドは懐からＰＰＫを抜いた。ぎょっとする男の額に弾丸を食らわす。ナイフを握ったまま男は仰向《あおむ》けに転がった。

ため息とともにＰＰＫに目を落とす。マガジンを抜いた。暗がりでも空っぽだとわかる。だがスライドが後退していないということは、一発だけ薬室に残っていた。あと一発のみか。ボンドはマガジンを放りだした。それだけでも少しは軽くなる。拳銃《けんじゆう》に安全装置をかけ、ホルスターに戻す。

死体を一瞥《いちべつ》した。この男はなぜナイフで襲ってきたのか。自動小銃も拳銃も持っていない。

銃声がきこえた。まだ距離がある。なぜか甲板上のどこかで撃ち合う音がする。迷彩服どもが相手を見誤り、同士討ちでも始めたのだろうか。この男もどこかで弾を撃ち尽くした可能性が高い。

なんにせよ別の場所で銃撃が発生するのは歓迎できる。ボンドは船体の左舷を走りだした。海原のはるか後方、日本の陸地がうっすら見えている。もうほぼ完全に海に囲まれた。孤立無援を恐怖には感じない。むしろ邪魔が入らなくていい。

左舷の船体外側を見下ろす。外壁に沿って海面まで、鉄製の下り階段が設けてあった。喫水ぎりぎりに小ぶりなモーターボートが係留してある。

さっき右舷でも同じ設備を見た。目を凝らせばこの暗がりでも、燃料タンクが外されているのがわかる。ホースだけが船内に投げだされていた。

この種のモーターボートでは、操縦者がカバンの大きさの携帯用燃料タンクを提げてきて、みずからホースにつなぐ。その燃料タンクがない。理由は単純明快だった。ほかの誰にも勝手にモーターボートを使わせないためだ。

ブロフェルドはたぶんここから脱出を図る気だ。しかし右舷と左舷に二隻係留している以上、奴がどちらのモーターボートを使うかわからない。ここで待ち伏せはできない。

携帯用燃料タンクだ。いよいよ退避というときが来れば、奴はそれを用意させる。危険物だけに常時手もとに置いておくとは思えない。おそらく船倉にある。

ボンドは近くの下り階段に駆けこんだ。船内を走りまわる複数の靴音や怒鳴り声がこだまする。大半がベトナム語か中国語の響きだった。侵入者を捕らえるべく躍起になっているようだ。位置を絞りこまれる前にすばやく行動せねばならない。

階段を延々と駆け下りていった。四層下、船底とおぼしき通路にでた。エンジン音がゴンゴンと大きく反響しつづけ、オイルのにおいが漂う。ボンドは自動小銃を構え、足ばやに歩を進めていった。各種液体の保存庫は、火災発生時を懸念し、ふつう船首方面にある。

船首が近づくと通路が細くなってきた。壁沿いのドアを次々に開けていく。そのうち火気厳禁の看板があるドアに行き着いた。液体をおさめた大瓶が並ぶ棚が目に入った。あった。ボンドは室内に滑りこんだ。

室内の照明を灯《とも》す。カバン大のポリ容器はすぐ見つかった。ホースとの接続口も付いている。携帯用燃料タンクがふたつ並んでいた。

どちらも海に捨ててしまえば、ブロフェルドは脱出できなくなる。だがボンドは一計を案じた。ブロフェルドの部下がこれを取りに来れば、そいつが向かう先に奴がい思いつくが早いか、ボンドは携帯用燃料タンクの蓋《ふた》を開け、中身を床にぶちまけた。もう一個も同じようにする。これらを空っぽにした時点で、奴はもうモーターボートで逃げられない。まずは脱出手段を封じたことになる。

敵が踏みこんできて発砲しても、それだけで床の燃料に引火はしづらい。跳弾の火花で軽油が燃えひろがるのは稀《まれ》だ。狙ってできることではない。もし満杯のタンクを撃ち抜いたとしても、弾は火の玉ではないのだから、それだけで爆発するはずもない。クルマの金属製ガソリンタンクをライフル弾で撃ち抜いたときとはちがう。ポリ容器では弾の貫通時、摩擦の静電気も火花も生じない。

携帯用燃料タンクは二個とも空になったが、このままではブロフェルドの部下が来ても、途方に暮れてひきかえすだけだ。タンクのうちひとつは液体をいれておかねばならない。ボンドは棚を見渡した。大瓶ばかりのなかにポリ製の容器がある。ラベルにＨＦとあった。唯一ポリ容器に入っているのはガラスを溶かすからだ。同じポリ容器の携帯用燃料タンクに移し替えても支障はない。ボンドは中身の無色透明な液体を、携帯用燃料タンクに注ぎこんだ。水滴が手に飛び散らないよう充分に注意する。

液体を注ぎこんだ燃料タンクの蓋を閉じた。ブロフェルドの部下が来るのを悠長にまってはいられない。ただちに飛んでこさせるには火災を起こせばいい。だがあいにくライターを持ってきていなかった。火気厳禁の部屋のためマッチ一本置いていない。

ボンドはなんら迷うことなく、壁の懐中電灯を外した。カバーを取り除き、豆電球を柱に叩《たた》きつけて割ると、二本の銅線の先を紙縒《こよ》り状にひねってまとめる。スーツの袖《そで》を破り、小さな布きれをそこに巻きつけた。床に近づけ、布きれを軽油に浸す。懐中電灯のスイッチをいれた。

青白い閃光《せんこう》が走り、布きれが燃えだした。引火しづらい軽油の海にあっても、さすがに火種として申しぶんない。炎が舐《な》めるようにひろがっていった。

ボンドは通路へと駆けだした。配管の陰に身を潜める。黒煙が立ちこめるなか、火災報知器のベルが鳴り響いた。

遠くからあわただしく靴音が迫ってくる。ベトナム語が飛び交っていた。ボンドは物陰からのぞき見た。迷彩服らが壁の消火ホースをひっぱりだしている。

混乱のなか、あきらかに異なる動作をしめす迷彩服がひとりいた。燃え盛る室内に飛びこんでいくと、ただちに携帯式燃料タンクを提げ、また通路に飛びだしてきた。そのまま船尾方面へと走り去る。

それだけ視認できれば充分だった。ボンドは物陰から躍りでた。消火活動に追われていた迷彩服らが、焦燥に駆られつつ銃を構えようとする。ボンドは自動小銃の掃射で敵勢を蜂の巣にした。火災をあとにし、ボンドは通路を駆けだした。

携帯用燃料タンクを提げた迷彩服が、通路を走っていく。その後ろ姿を追った。ときおり通路の角から敵が飛びだしてくる。ボンドは自動小銃を単発で撃ち、立ち塞《ふさ》がる邪魔者を排除していった。くだんの迷彩服は、さっきボンドが下りてきたのとは別の階段を、大急ぎで上っていく。ボンドも全力疾走で階段に接近した。

急勾配《きゅうこうばい》の階段を上るのはただでさえ危険だった。だが躊躇《ちゅうちょ》している時間はない。自動小銃を仰角に維持しつつ、ボンドは階段を駆け上った。大型貨物船の甲板から下は四層あるが、それぞれの通路にひとけはなかった。一階ずつ警戒しながら上りつづける。

最後の階段を上り、甲板にでるはずが、そこはまだ屋内だった。妙に広い部屋は艦橋内、おそらく操舵《そうだ》室の一階下にちがいない。

がらんとした室内に人影がふたつあった。さっきの迷彩服が携帯用燃料タンクを引き渡そうとしている。受けとったのはまさしくブロフェルドだった。荷物を渡し終えたばかりの迷彩服が、はっとしたようすでこちらに向き直り、銃口でボンドを狙いにかかる。ボンドの自動小銃が先に火を噴いた。

迷彩服が被弾した腹部を手で押さえ、呻《うめ》きながら床につんのめった。そのわきにブロフェルドが無表情でたたずむ。ボンドはふたりともまとめて片付けるつもりだった。だが自動小銃が沈黙した。

弾を撃ち尽くした。ボンドは自動小銃を投げ捨てた。ブロフェルドは片手に携帯式燃料タンクを提げ、もう一方の手で拳銃《けんじゅう》をボンドに向けていた。

ブロフェルドが片方の頬筋をひきつらせた。「執拗《しつよう》だな。亡き妻のためか？　それとも海女《あま》の鈴木きすのためか。きみはキッシーと呼んでるんだったな」

いまＰＰＫを抜こうとしても先に撃たれる。ボンドは両腕を身体のわきに垂らしていた。「今度はおまえの脈をしっかりとる。心肺停止をたしかめてやる」

「なあボンド。カークランドが田中局長に関する雑談をきかせてくれたよ。きみをネズミ年生まれだといったが、本当は戌年《いぬどし》生まれだった」

「俺の国に干支《えと》はない」

「ネズミ年生まれは子孫繁栄の象徴だそうだ。戌年生まれは忠誠と献身。どっちがきみの適性か、おのずからわかるな。鈴木きすの腹のなかにいた子を見殺しにしたきみが、ネズミ年はありえん」

ボンドは冷静さを保っていた。「おまえの干支は？」

「私か。申年《さるどし》だ。利口と好奇心の象徴。干支はなかなか的を射ている。きみとは犬猿の仲なわけだが」

「星占いの好きな女は厄介者と相場がきまってる。干支好きの男も同じだろうな」

ブロフェルドが真剣な表情になった。「きみは愚か者だ。人類が成り行きで結成した国家なる枠組みにとらわれ、ただそこで生まれたというだけで、忠誠と献身を祖国に回帰させんとする。私は戦前、連合国と枢軸国のどちらにも属さぬ道を選んだ。いま東西両陣営についてもまたしかりだ。きみは永遠に私に勝てんのだよ」

「はぐれ者の立場が勝者の証《あかし》なら、このところ俺もずっとそうだった。ブロフェルド。人類は苦労のすえ各国の均衡に行き着いた。それこそが発展だ。おまえはその均衡を壊そうとするだけの存在、現代には求められていない異端者だ」

「均衡だ？　核ミサイルの駒を盤上に並べて睨《にら》みあうだけの対局がか？」

「ああ。おまえは幼児のように癇癪《かんしゃく》を起こし、横から盤をひっくりかえそうとする。俺はその盤を手で押さえる。そんなもんだろう。東西がぶつかりあう場外で争う諜報《ちようほう》戦は」

「やはり戌年だな、ボンド。客観視を自覚しているようだが、とんだ思いちがいだ。

やはりきみは死ぬしかないようだ。妻を失って絶望し、酒に明け暮れた日々はどうだった？　すぐにあとを追わせてやる」

自分でも驚いたことに、ボンドは口を歪《ゆが》めてみせた。自発的にそうする余裕が生じた。「あいにく独身に戻った以上、俺がやることはひとつしかなくてね。猟犬としての務めを果たす。畑を荒らす山猿は殺す」

「二度めの人生に目覚めた結果がそれか。前世と同じ運命を選んだようだな、ボンド君。思い知るがいい」

ブロフェルドがトリガーを引き絞らんとしている。ボンドはいざとなればＰＰＫを抜く決意を固めていた。ブロフェルドの銃撃のほうが早かろうとも、頭や心臓を撃ち抜かれないかぎり、発射態勢にある拳銃のトリガーを引くぐらいはできる。たとえ右腕一本しか残らずとも、この男は仕留める。

だが銃声が轟《とどろ》くことはなかった。ボンドは銀いろの刃《やいば》の反射を視界の端にとらえた。とっさに身を引いたとき、水平に振られた刃がボンドの右肩を斬り裂いた。

あえて足を滑らせ床に倒れることで、二度めの刃のスイングから逃れた。襲いかかってきたのは背の高い痩身《そうしん》で、黒シャツに迷彩ズボンの男だった。ベトナムか中国か、湾曲した剣を両手に握った男が、独特の武術で襲いかかってくる。ボンドは倒れたまま転がったが、刃が身体を縦横にかすめた。裂けたワイシャツに血が滲《にじ》みだす。ぴりっと電流のような痛みが走った。

後方に回転し逃れようとしたものの、そこにはもうひとりの敵が待ち構えていた。今度の男は長い槍《やり》を手にしている。両手で棒術のごとく槍を巧みに操り、速射砲さながらの連続突きを繰りだしてくる。ボンドはかろうじて躱《かわ》しつづけたが、後退するや二本の剣が振り下ろされた。ボンドは横っ跳びに逃れた。

ふたりがじりじりと距離を詰めてくる。ブロフェルドは悠然とたたずんでいた。最期の瞬間を見物すべく、好奇心に満ちた目を輝かせている。やはり中年だとボンドはブロフェルドについて思った。

刃と槍が同時に襲ってきた。どう回避や防御を試みようとも、串刺《くしざ》しにされること必至と思えたそのときだった。ブロフェルドのぎょっとした顔をボンドは目にとらえた。

階段からふたつの人影が飛びだした。田中父娘はただちに室内の左右に展開し、M39で銃撃した。斗蘭が槍の男を仕留めた。タイガーは二刀流の胸部を撃ち抜いた。屈強な敵ふたりが苦悶《くもん》の呻きとともに、その場にくずおれた。

動揺するブロフェルドの拳銃は、まだボンドに向けられてはいた。しかし田中父娘の拳銃はいずれもブロフェルドを狙い澄ましている。ボンドを撃ったとたん射殺される、ブロフェルドは瞬時にそう判断したのだろう、身を翻すや鉄扉の外へ飛びだしていく。タイガーが銃撃したが、鉄扉に火花が散っただけだった。

タイガーと目が合った。ボンドは次いで斗蘭に向き直った。斗蘭も鉄扉を警戒しつつ、無言のうちにボンドをうながした。

すぐさまボンドは駆けだし、鉄扉を開け放った。潮風の吹きすさぶ甲板にでた。もう銃声はきこえない。逃げる靴音が耳に届いた。ブロフェルドだ。左舷《さげん》に向かっている。ボンドは追跡に転じた。

コンテナの谷間を走るうち、そこかしこに横たわる死体を見かけた。迷彩服ばかりだった。ボンドが始末した敵もいれば、それ以外も目についた。田中父娘が片付けたのだろう。ふたりの援護あればこそ、ブロフェルドにあと一歩まで迫った。今度こそ逃がすわけにいかない。

視界が開けた。船体の左舷にでた。黒々と波立つ海面が見渡せる。二十ヤードほど離れた先で、ブロフェルドが手すりの外にでようとしていた。船外階段を下ろうとしている。

ボンドはＰＰＫを引き抜くと同時に、親指で安全装置を解除した。「ブロフェルド！」

はっと息を吞《の》んだブロフェルドが、携帯用燃料タンクを顔の前に掲げた。軽油は撃たれても引火しない、その原則を知っているのだろう。ポリ容器では遮蔽物《しゃへい》にはならないものの、脳や心臓の位置が正確に見抜かれないよう、タンクの陰で前屈姿勢をとった。致命傷を免れ、ほんの数秒を凌《しの》げれば、奴は下り階段へと姿を消せる。

だがボンドはこの瞬間を予測済みだった。かまわずトリガーを引いた。PKに特有の反動、後退したまま固まるスライドから、最後の薬莢《やっきょう》が宙に舞った。銃火とともに銃声が轟く。ポリ製のタンクが破裂し、中身の液体が飛び散った。

ブロフェルドは凍りついた。一瞬のちには絶叫を響かせた。身体じゅうから煙が立ち上り、たちまち肌が醜く爛《ただ》れていく。

ボンドは拳銃を持つ手を下ろした。化学式HF、工業用フッ化水素酸。肌に触れたとたん、体内のカルシウムと結合しフッ化カルシウムを形成、人体を腐食する。衣服など容易に透過し、肌から肉、骨まで浸透する。

叫びつづけるブロフェルドは文字どおり溶けかけていた。肉体が原形を留《とど》めず、服の下で半固形へと変わり、雫《しずく》の形を帯びだした。底部となる膨れあがった下半身に対し、頭頂が尖《とが》るように細っていく。目を剝《む》いたまま眼球が飛びだし、視神経の先に垂れさがった。ばらけた銀髪を残し、半分溶解した醜悪な容姿をひきずり、息も絶えだえに手すりに寄りかかる。

悪臭が漂っていた。ボンドは溶けかけのブロフェルドに歩み寄ると、勢いよく蹴《け》り飛ばした。服を着たチーズの塊に似た物体が、獣の吠声《ほえごえ》さながらの叫びを発し、船外へと転落していった。海面に叩《たた》きつけられるや、チーズはいくつもの半固体にちぎれ、ほどなく波間に消えていった。

ボンドは真っ暗な海原を眺めていた。海の藻屑《もくず》となった奴の最期を、トレーシーにも見せてやりたかった。あの世でブロフェルドはトレーシーに会ったりしないだろうか。いや、それゆえに天国と地獄がある。もしくはどちらもありはしない。あの世に思いを馳《は》せずとも、この世だけで充分にふしぎだ。

靴音をききつける。顔をあげると田中父娘が甲板上に姿を現していた。斗蘭がなおも周囲をうろつき、警戒を怠らない。右舷《うげん》も巡回しようとしている。タイガーのほうはボンドに近づいてきた。

海を見下ろしたのちタイガーがいった。「終わったな」

「ああ」ボンドはつぶやきを漏らした。「終わった」

復讐《ふくしゅう》は虚《むな》しいというが、そうばかりではない。確信に近い実感がボンドのなかにあった。達成感とはちがう。それでも区切りがついた。生きて死に、また生きた。そこまではブロフェルドと同じだった。だが奴はもういちど死んだ。ボンドはもういちど生をつかんだ。

タイガーがため息まじりに告げてきた。「操舵室《そうだ》の奴らは海に飛びこんで逃げた。もう生き残りはいないと思う。じきに海上保安庁の船が来る」

まだ生きている、ボンドはあらためてその事実を悟った。こういう感慨は初めてかもしれない、心の片隅でそう思った。冥界《めいかい》のような極東の島国で、ずっと死神に憑《つ》かれていたように感じる。いま暗雲が払拭《ふっしょく》された。

タイガーの顔にも安堵《あんど》のいろがあった。ようやくイギリスへの借りを返せた、そういいたげな表情だった。

「帰るか」タイガーが穏やかなまなざしを向けてきた。「なあボンドさん。今度のことは私ときみの国に……」

だしぬけに悲鳴がきこえた。斗蘭の声だった。タイガーがびくっとした。ボンドも反射的に振りかえった。

甲板上にソ連海軍の制服がいくつも並んでいた。屈強そうな水兵三人が、斗蘭の身柄を拘束し、油断なく銃を突きつけている。

一見して将官とわかる制服の男が、ロシア訛《なま》りの英語を響かせた。「ようやく会えたな。私はクラグジー・スミルノフ大佐だ。KGBからは逃げられんぞ、ボンド」

36

斗蘭は唇を噛《か》んだ。一瞬の不意を突かれた。

さっき甲板上を警戒しながら巡回し、右舷のモーターボート係留位置を見下ろしたとき、どういうわけか別の小型艇をまのあたりにした。モーター付きの大ぶりなゴムボートが、階段直下の海面に漂着していた。

海原に目を向けると、さらに衝撃的な光景があった。潜水艦のシルエットが至近距離に浮かんでいた。形状からすると日本の〝おやしお〟や〝ちはや〟〝はやしお〟ではなかった。米軍第七艦隊の潜水艦とも異なっていた。

急ぎ左舷に駆け戻ろうとした瞬間、いくつもの銃口が斗蘭に突きつけられた。ソ連海軍の制服が七人も乗艦していた。

いま斗蘭はロシア人兵士らに囚《とら》われの身だった。左右から両腕をつかまれ、複数の銃が狙い澄ます。罪悪感のみがこみあげてくる。父とボンドは少し離れた左舷に立ち尽くしていた。斗蘭のせいでふたりは釘付《くぎづ》けになっている。

ボンドが険しい面持ちでソ連軍人に告げた。「彼女を放せ」

スミルノフ大佐が拒絶した。「そうはいかん、ボンド。きみを無事に連れ帰るまでの人質だからな」

虎雄が拳銃《けんじゅう》を構えようとした。だがスミルノフを狙うより早く、兵士が銃口を斗蘭の頬に押しつけた。拳銃を捨てろと兵士が目で指図する。虎雄が苦い顔で武器を投げだした。

大尉の制服が高慢にいった。「ロシア語はあるていどわかるんだろう？　ルキヴェルフ！」

手をあげろといっている。ボンドと虎雄が指示にしたがった。どちらも肘《ひじ》は軽く曲げている。いざというとき両手で頭部を覆えるようにしておくのは基本だった。

兵士のひとりがつかつかとふたりに歩み寄る。虎雄のスーツに触れ、武器がないことをたしかめる。ボンドに対しても同じようにしたが、ふいに兵士が警戒をしめした。ホルスターからＰＰＫを引き抜く。兵士がスミルノフ大佐のもとに駆け戻り、ＰＰＫを渡した。

スミルノフは手のなかでＰＰＫをもてあそんだ。「なんの冗談かな。マガジンがなく弾もこめてない」

ボンドが淡々と応じた。「あくまでファッションでね」

「ききたいことが山ほどある、ボンド」

「よくここがわかったもんだ」

「アメリカの巡洋艦が神戸に移り、CIAが大挙して陸を移動した。われわれの目は節穴ではない」

つくづくCIAは疫病神だと斗蘭は思った。けれどもボンドは依然として飄々《ひょうひょう》とした態度をのぞかせている。

スミルノフ大佐が詰問した。「ボンド。わが同志アキム・アバーエフを殺害したか」

「冴《さ》えないな」ボンドが皮肉っぽくいった。「スペクターが乗っ取った船で尋問か」

「お望みとあらばすぐにでも、わが潜水艦にご案内しよう」

「招待を断ったら?」

「この女を殺す」

沈黙があった。斗蘭はあわてて首を横に振った。「だめ。ボンドさん。わたしのことなんかにかまわないで」

ボンドは不屈の表情でスミルノフを見かえした。その視線が斗蘭に移る。まだ険しいまなざしが留まっていた。いちどうつむき甲板を眺める。次いでボンドが顔をあげたとき、斗蘭は言葉を失った。ボンドは妙に穏やかな面持ちに転じていた。

「仕方がない」ボンドはいつもの微笑とともにいった。「そこまで熱烈歓迎されちゃ、断るのも無粋ってもんだな」

斗蘭は愕然《がくぜん》とした。全身から体温が奪われていくように感じた。代わりに絶望が支配し始める。

虎雄が悲痛にうったえた。「よせ、ボンドさん。私が身代わりになる」

「馬鹿をいうな、タイガー。あんたはこの国に必要だよ。斗蘭もだ。俺のことなら心配ない。スメルシュに捕まったのはいちどや二度じゃないんだ」

スミルノフ大佐の顔に微笑はなかった。「潔さは評価できるが、策を弄《ろう》するなよ、ボンド。きみを捕らえておきながら、スメルシュ本部にジェームズ・ボンドの名を問い合わせることを怠った、赤毛の肥満体とはちがうのだよ。私が直々に迎えに来たのだからな」

ボンドはひとりごとのようにつぶやいた。「ゴールドフィンガー氏もそこそこ健闘はしたさ」

兵士が油断なく銃を向けつつ、ふたたびボンドに近づく。歩きだすよう無言のうちに強制する。ボンドは指示にしたがった。両手をあげたまま歩を進める。

虎雄が呼びかけた。「ボンドさん……」

斗蘭の胸のうちに哀感がこみあげてきた。視野が涙に波立つのをまのあたりにした。人質にとられた自分のせいだ。斗蘭は切実にいった。「やめて。行かないでください、ボンドさん」

ボンドは足をとめた。涼しい目を斗蘭に向けてくる。復讐《ふくしゅう》を遂げたからか、ボンドの顔はいつになく柔和に見えた。落ち着いた声をボンドは響かせた。「斗蘭。俺たちに見えるのは短い未来だが、やらなきゃならないこともたくさんある」

思いがけなかった寂寥《せきりょう》が胸のうちに押し寄せる。アラン・チューリングの言葉。見返りを求めない。それがこの人の本心だったのか。

兵士がボンドの背を押した。ボンドはもういちど斗蘭に微笑みかけると、虎雄を振りかえった。悲哀にとらわれた面持ちの虎雄にも、ボンドは穏やかな別離のまなざしを向けた。

しばし静寂があった。ボンドは立ちどまったまま、スミルノフ大佐をじっと見つめた。目でなにかをうったえる。スミルノフは要求を察したように顎《あご》をしゃくった。大尉がロシア語で兵士らになにごとか命じる。

斗蘭は突き飛ばされるように解放された。よろめきながら小走りに父のもとに駆け寄った。父が斗蘭を抱きとめた。

ボンドが右舷《うげん》方面へと歩きだした。三人の兵士が銃を水平に構え、油断なくついていく。後ろ姿がコンテナの向こうに消えていった。

まだ甲板上にはスミルノフ大佐と大尉、ふたりの兵士が残っていた。兵士らは自動小銃を構え、銃口を田中父娘に向けている。

「さて」スミルノフ大佐がさばさばした態度をとった。「われわれは引き揚げるが、余計な真似をしないでもらいたい。じきにきみらの国の船が迎えに来るだろう。それまでおとなしくしていてくれないか。手をあげて海のほうを向け。振りかえろうとしたら、この者たちが撃つ。わかったな」

父が渋々といったようすで指示にしたがう。やむをえない状況だった。斗蘭も父と同じように、両手をあげ海に向き直った。

背中に冷たいものが走る。靴音が遠ざかっていく。ひとり、またひとり。歩調からすると大佐と大尉だろう。自動小銃を構える兵士ふたりは、まだ背後に立っている。

海原のはるか彼方《かなた》にサーチライトの光が走った。かすかなサイレンとともに、点のごとき小さな船体が近づいてくる。海上保安庁のようだ。

ふたりのソ連兵はいつまでここに居残るつもりだろう。右舷方面からモーターの音がきこえだした。ゴムボートが潜水艦へ戻ろうとしている。兵士たちはなおも父と斗蘭を見張りつづける気か。もう引き揚げなければゴムボートに乗れないのでは……。

そう思ったとき、けたたましい掃射音が鳴り響いた。背後からふたりの兵士が自動小銃を撃ってきた。背中に無数の弾を受け、父が苦痛の呻《うめ》きとともにのけぞった。斗蘭も身を裂かれるような途方もない激痛を感じた。ふたりは手すりに寄りかかるように突っ伏した。全身の力が抜け、意識が喪失していく。斗蘭の視界は暗転した。

37

ボンドは椅子に座り、暗く狭い部屋の真んなかにいた。後ろ手に手錠を嵌《は》められている。

尋問室があるあたりが、いかにもソ連の潜水艦だ、ボンドはそう思った。ゴムボートから乗り移る前、暗がりにうっすら見えた艦体は、察するに全長三〇〇フィートを超えていた。幅は三〇フィートぐらいか。ソ連海軍のいわゆるホテル型に分類される、原子力機関搭載の潜水艦に相違なかった。

壁際には自動小銃で武装した兵士が居並ぶ。スミルノフ大佐がボンドの目の前に立った。「当艦はこれからヨーロッパに向かう」

「へえ」ボンドは鼻で笑ってみせた。「サウサンプトンの埠頭《ふとう》にでも横付けしてくれるのかな」

スミルノフの返答は意外なものだった。「さよう。きみを祖国に送り届ける。それもロンドンにだ」

不穏な空気を感じる。ボンドは表情が凍りつくのを自覚した。「ソ連に向かうんじゃないのか」

「いいや。まっすぐイギリスをめざす。喜べ。今月下旬のうちには着く。十一月中にな」

「……旅費の代わりになにを請求するつもりだ？」

「いい勘をしている、ボンド。私はきみを尋問する気でいたが、ケネディ暗殺を知ったモスクワから、新たな指示が届いた。きみの類《たぐ》い希《まれ》な才能を生かし、われわれのために要人暗殺を働いてもらいたい」

ボンドは小馬鹿にした気分できいた。「わが国のアレック・ダグラス＝ヒューム首相を？」

「いや。あんな不人気で影響力のない首相など、殺したところでたいして意味がない。きみが直接会う機会もないだろうしな。Mだ。きみの上司、イギリス海外情報部の長。Mを殺害するのなら、われわれにとっておおいに意味がある」

「おまえたちの国でいう、蟹《かに》が山で口笛を吹くってやつだな。まったくありえない」

「イギリスではたしか、豚が空を飛ぶというんだったな。ところが飛ぶんだよ、わが国ではな」

鉄扉が重々しい音とともに開いた。白衣の男が兵士とともに入ってきた。軍医にしては無愛想な研究者タイプだった。カバンを開け、とりだした薬品の瓶を、ワゴンの上に並べる。

スミルノフ大佐がいった。「米軍兵士が朝鮮戦争で中国の捕虜となり、収容所から帰されたときには、すっかりわが同志になっていた話を知っているだろう」

「洗脳なんかナンセンスだね。私にはやるだけ無駄さ」

「ところがわれわれのいうプロマヴァーニエ・マズゴーフという技術は、きみらの解釈より、ずっと研究が進んでいてね。きみがいかに鋼《はがね》のような意思の持ち主でも関係ないんだ。従来の価値観は完全に喪失し、ただ確実に目的だけを遂げる人格に変貌《へんぼう》する」

ボンドのなかでじわりと焦燥感が募りだした。「Mの暗殺なんか不可能だ。あらゆる対処法がなされている」

「だがきみの暗殺者の直感が、それらの妨害を排除し、標的であるMに絶対的な死をもたらすんだよ。万が一、失敗したとしても、きみが死ぬまで殺意は失《う》せない。生あるうちはMへの殺害の衝動だけが脳に機能しつづける」

胸もとのむかつきがおさまらなくなる。ボンドはたしかにMの暗殺防止策に精通していた。Q課に知らされた方法のみならず、独自に気づいたこともある。本部の改装工事中、Mのオフィスが立入禁止になったが、天井板の張り替えを受け持ったのはQ課の技術者だった。たぶん防弾ガラスかなにかが下りる仕掛けが施されている。

スミルノフのいうソ連版洗脳がなんであるにせよ、催眠暗示的なものであるのなら、表層のみ従順になるにまかせればいい。ボンドはさっきまでそんなふうに高《たか》をくくっていた。条件反射的行動でMを撃とうとするだけであれば、防弾ガラスに遮られて終わりだろう。そういう無意識の安心感があるからこそ、逆に凶行とも思える暗示にも、抵抗なく身を委《ゆだ》ねられる。

だが洗脳の威力がそれを超えてきたらどうなるのか。暗示の影響が理性の範囲に留《とど》まらず、生得的な領域まで踏みこんできたら。防弾ガラスの存在までも考慮し、それを回避する手段により、暗殺を謀ろうとするかもしれない。自分の能力を利用される恐ろしさを、ボンドは意識せずにはいられなかった。心の根幹が操作されるに至れば危険だ。

スミルノフ大佐が冷静につぶやいた。「ようやくわかったようだな。この洗脳はきみの生きているうちは解けん。きみが私の暗殺を命じられたとすれば、かならず成し遂げるのと同様、洗脳後のきみはＭの暗殺に全身全霊を傾ける。きみを急ぎロンドンに送り届ける理由はそこだよ。あまり遅いとＣＩＡから情報が漏れる」

兵士がボンドの腕をつかみ、袖《そで》をまくりあげた。ボンドは身をよじり抵抗した。だがほかの兵士らも加わり、三人がかりで動作を封じてくる。白衣の男が注射器を用意した。注射針を小瓶に挿しいれ、プランジャを引き、液体を吸いあげる。

ボンドは小瓶のラベル表記を見た。〝скополамин〟とある。スコポラミンだ……。

心の奥底で亢進《こうしん》する気分がある。奴らの洗脳の決め手はスコポラミンか。運命にはまだ見放されていなかった。

なおもボンドはひとしきり激しく抵抗してみせた。兵士らが必死に取り押さえるなか、白衣の男がボンドの上腕に注射針を這《は》わせる。ちくりとした痛みが生じた。ほどなく注射は終わり、兵士たちが離れていった。

眠気が襲ってくる。ボンドは項垂《うなだ》れた。

ぼんやりした意識のなか、スミルノフ大佐の声がきこえてきた。「ウラジオストクへ行きたがっていたきみの情報が、北海道への旅路の途中にいくつも残ってる。だからそれと矛盾がない記憶を植えつける。きみは……ウラジオストクの海岸で警官に捕まった。どうしてそこへ行ったのか、自分でもわからない」

スミルノフの暗示はつづいた。内容はずいぶん具体的だった。警察から連れて行かれたのは、駅近くの港に面した、モルスカ台地の大きな灰いろの建物だ。そこはKGBの支部のひとつだった。きみの指紋がモスクワに照会された。ウトラヤ・レチカの町の北、軍用飛行場からモスクワに送られ、何週間も尋問される。レニングラードにも病院があり、脳の専門家がきみを……。

ボンドは眠っていなかった。意識が朦朧《もうろう》としてくるものの、夢を見ているように、これは夢だという自覚が常に残る。

これが耐性か。奴らの洗脳は強烈ではある。たしかに抗《あらが》いきれないほどに感じられる。とはいえスコポラミンに耐性がついている。二度と元の人格に返れないことはない。蛮行は自制できないかもしれないが、無意識のうちにも抑制は働かせられる。M

があらゆる暗殺の手段に備えている。ボンド自身に衝動的行動が生じようとも、その範囲に留《とど》めればいい。Mを殺すなとボンドは自分にいいきかせた。暗殺への欲求に歯止めをかけられなくなろうとも、ボンドがとるべき手段は、Mの側が自衛できるレベルに限定される。

どれぐらい時間が過ぎたのだろう。スミルノフ大佐は催眠術師がよくやるように、変な抑揚をつけた言葉で、Mへの憎しみを必死で植え付けようとしていた。ボンドは醒《さ》めた気分で聞き流していた。

やがてスミルノフ大佐の声がいった。「これから深い眠りにつく。目が覚めたら、きみはすべてを忘れてしまう。だが確実にいわれたことを実行する。Mを殺すんだ、いいな。さあ眠れ。すべてから解き放たれたと信じて」

意識が遠のいていく。どうやら薬が効いてきたらしい。しかし奴らのいいなりにはならない。Mはなんらかの対策を施す。いちど暗殺に失敗すればきっと正気に戻る。耐性のついたボンドに対し、スコポラミンの効きぐあいなどそのていどだ。スミルノフ大佐のいう廃人にはけっしてならない。

恐れなどなかった。極東での日々により成長できたからだ。そもそも廃人といえば、日本に来る前のボンドこそ、まさしくそんな体たらくだった。だがタイガーや斗蘭、日本人の多くに学んだ。死からふたたび生を得ることの意味を。復讐《ふくしゅう》を果たした。なんのために生きているのか理由を悟った。この世は生あるうちに見る幻などではない。

トレーシーが間近で微笑みかけてくれている。手をそっと握りあった。以前と変わらない温《ぬく》もりを感じた。幸せはいつもここにある。

意識が途切れる寸前、ボンドはタイガーのいった言葉の意味を噛《か》み締めた。負けて勝つ。まさしくこの瞬間にちがいない。明日の勝利と栄光があればいい。

38

銀座和光《わこう》の鐘の音がきこえてくる。正午すぎだった。法務省所管の新たなビルの八階、公安外事査閲局の臨時オフィスも、昼どきには職員が出払う。

がらんとしたオフィス内で、斗蘭は事務机についていたものの、着席の姿勢は崩しっぱなしだった。絶えず頬杖《ほおづえ》をつき、椅子の背もたれから身体を浮かす。うっかり身をあずけるたび、電気椅子の処刑さながらの激痛が走る。

木製のエグゼクティブデスクにおさまる父も同じありさまだった。もっと酷《ひど》いかもしれない。無理がたたったせいか、首と右腕をギプスで固め、包帯まで巻いている。やはり椅子の背に身を委《ゆだ》ねられず、常に前かがみになっていた。そのだらしなさが悄《しょ》気《げ》ているようにも見えるせいで、前よりずっと老けこんだ顔つきになっていた。

部外者は元気そのものだった。オーストラリア外交官のヘンダーソンは、空いたデスクで椅子にふんぞりかえり、ラム肉を頰張っていた。「MI6からせっつかれるばかりでよ。なにがあったか教えろと矢のような催促だ。どう返事すればいいんだか」

宮澤は近くに立っていた。「ディッコ。是々非々でうまく立ちまわってくださいよ。CIAの説明と食いちがうと、またこっちが非難されてしまいますから」

斗蘭は思わず宮澤にぼやいた。「是々非々とおっしゃるのなら、ハーフコートの防弾板ももっと強化してくれますか。分厚くて重かったわりに、終わってみれば凸凹になってました。おかげで背骨にヒビが入ってるんです」

ヘンダーソンが苦笑する傍ら、宮澤は不服そうに反論した。「知ってるだろう。ふつう防弾服の中身は、コバルトとクロム合金の針金を編んだ繊維だ。せいぜい小口径の弾を防げるていどでしかない。装甲板を鱗《うろこ》状に縫いこんだハーフコートでなきゃ、きみはもう死んでた」

父の虎雄が顔をしかめた。「私もな。感謝はしてるが脊椎《せきつい》の神経が広範囲にやられた。予算をかけたわりに装甲板の強度頼みとは安手だ」

宮澤が局長席に歩み寄った。「そもそも自動小銃の掃射なんて想定していませんよ。カラシニコフでまだよかった。アメリカのXM16E1なら貫通されてました」

あれから三日になるが、身体じゅうの痛みは減るどころか、かえって増加の一途をたどっている。医者によれば炎症のピークは一週間後らしい。それまで痛み止めの服用は欠かせない。こんな憂鬱《ゆううつ》な日々を送りつつも特別手当はでない。正式な事件として記録に残されていないからだ。

池田勇人首相はケネディ大統領の葬儀出席のため渡米している。CIAはそれより早く、泡を食って本土に引き揚げていった。

オルブライトの報告を受け、CIA本部は不祥事の隠蔽《いんぺい》を決定したようだ。ケネディ大統領の暗殺を許してしまったなど、断じて認められはしない、そんなスタンスだった。日本国内でスペクターを追っていたこと自体、NATO同盟国にすらひた隠しにしつづける始末だ。

むろんボンドのこともMI6には報告しない。彼は半年も前にウラジオストクへ向かったんだ、オルブライトは最後にそう力説していった。

これからCIAは繁忙期を迎えるだろう。スペクターは壊滅しても、まるで怨念《おんねん》のように、ベトナム戦争に暗雲が漂いだしている。たしかにケネディ政権の下でも、アメリカのベトナムへの関与は拡大していたものの、まだ平和への模索があった。キューバ危機に学んだがゆえの政策だったにちがいない。けれどもケネディ亡き今後はどうなるかわからない。噂によればアメリカは近日中にも、初めて戦闘部隊の派遣に踏みきるという。ブロフェルドの思惑どおりになってやしないか。

オフィスのテレビに昼のニュース番組が映っていた。夢の超特急、東海道新幹線の工事が最終段階。そんな報道が終わるとCMに切り替わった。

ヘンダーソンがCMのフレーズを同時に口にした。「当たり前田のクラッカー。はん。呑気《のんき》なもんだ。西側陣営の最前線にいることを、日本人はみんな忘れちまってる。神戸でなにがあったかなんて知りもしねえ」

あの日、未明の神戸港での喧噪《けんそう》について、付近住民から所轄警察への通報が相次いだ。だが勤労感謝の日にあたり、神戸ポートタワーの開場セレモニーの予行演習が、予定より早く始まったと公表された。銃火や銃声のように受けとられたのは、神戸南《なん》京町《きんまち》の協力による爆竹の披露だった。新聞各紙が人騒がせだと非難したものの、それ以上の議論の拡大はなかった。公安内事査閲局の工作のおかげでもある。

日本で殉職とされながら、生存していたイギリスのスパイについて、アメリカが彼の本国に通達せず、あくまで秘匿しつづける。ありえないと一笑に付す日本人がいれば、ただ戦後教育に毒されているだけだ。アメリカはずっと日本を囲いこんできた。同盟国に対しても睨《にら》みをきかせつづけた。一九六三年の現在もなお、ヨーロッパにとって極東は遠い国だ。日本の警察官が共産圏への渡航を制限されているように、ＭＩ6の諜報《ちょうほう》員はアメリカの縄張りに関し、不可侵の原則がある。諜報の世界においてはどの国家間も、心を許しあう仲間どうしにはなりえない。世知辛くてもそれが現実だった。

虎雄がおっくうそうに腰を浮かせ、バルコニーへとでていく。斗蘭も痛みを堪《こら》えながら立ちあがった。安静を義務づけられていない以上、動いたほうが身体にいいと解釈できる。

バルコニーに吹きつける風は冷たかったが、空は晴れ渡っていた。陽射しは脆《もろ》く粒立ちつつも、淡い黄金いろを帯び、低層ビルの外壁に柔らかな陰影をあたえる。師走《しわす》に近い銀座はせわしなく感じられた。防寒着に身を包んだ人々が足ばやに行き交う。混雑のわりに静けさが漂っていた。

斗蘭は父とふたりきりで街並みを眺めた。思いが斗蘭の口を衝《つ》いてでた。「戦後十八年しか経ってないのに、もう世界は核兵器だらけ。次の戦争の準備をしてる」

　父の目は遠くに向いていた。「仕方ないんだ。朝鮮半島にベトナム。極東が代理戦争の舞台になってきとる。対共産圏の最前線に位置する国で、平和を維持していくには、私たちが働きつづけねば」

「ボンドさんは……。どうなったんでしょうか。潜水艦がどこへ消えたかまったくわかってない。ソ連で囚《とら》われの身かも」

「彼のことだ。無事でいると信じたい」

「MI6はまだ事実を知らされていないんですか。CIAがいくら伏せても……」

「ああ。いずれ知るところになるだろう。もしボンドが生還できれば、さすがにCIAも、MI6に事情を明かすはずだ。とりわけ彼が五体満足ならば、00《ダブルオー》としての復職をMに勧めるにちがいない。そのときは私たちも賛同の声をあげねば。私たちが会った彼は、まぎれもなく優秀このうえない諜報員だったのだから」

「なにごともなくソ連領内から脱出できるでしょうか……」

　日本側からMI6へは、同じ西側陣営として探りをいれる、それ以上のことは無理だった。相互に縄張りを侵害できないからだ。したがって現在のイギリス側の事情すら不明になる。CIAが許す範囲内で友好関係を築こうにも、父のような人間にMが本気で心を開くとは考えにくい。Mは直接の対話に応じないだろう。戦時中に生じた深い溝は、十八年後のいまも尾を引いている。

それでも斗蘭のなかには変化があった。「お母さんはいまを喜んでくれてる気がする」

父は黙っていた。皺《しわ》を増やした父の顔は、明るいところで見れば、いまだ治りきらない傷だらけだった。喉《のど》に絡みつつも自然な低音で父がささやいた。「どう正当化しようと、過ちは過ちとしてれっきとして存在した。そのことを認めないわけにはいかない。国も私もだ。今後の人生で償っていくしかない」

こんな感傷はきっと不要という人もいるだろう。けれども味わわないより味わえるほうが幸せに思える。父も変わった気がする。己れの非を受容できるような人ではなかった。

短い未来しか見えずとも、その未来が訪れる前に、やらねばならないことはたくさんある。また見知らぬ誰かと命の奪いあいになろうとも、それが未来につながるのなら。

斗蘭は胸が詰まる思いだった。「あの人が……。わたしたちの目を世界に向けさせてくれた」

「そうとも。彼だよ」タイガー田中こと田中虎雄局長、斗蘭の父の澄んだ瞳《ひとみ》のなかに、いつになく希望のいろが宿っていた。「彼は永遠に生きる。きっと無事で古巣に戻り、また遠くへ旅立つだろう。彼の生きざまが私たちの規範だ。二度もの人生を送った男なのだからな」

「……あんな人はほかにいない」

「そうとも。きわめて非凡な男だ」

ツグミが空を舞っていた。風に乗りつつ優雅に羽ばたいている。だが旋回をつづけるうち、一枚の羽根だけを宙に残し、陽の射す彼方《かなた》へと消えていった。

追記

イアン・フレミング著『007は二度死ぬ』終盤の死亡記事にある「一九四一年、十九歳になった彼は」の一節に基づき、ジェームズ・ボンドの生年は一九二二年となる。同書ではタイガー田中が、ボンドをネズミ年生まれ（一九二四年生まれになる）だといっているが、タイムズに明記された経歴のほうが優先する。

同書にタイガー田中も寅年《とらどし》生まれとあるが、神風特攻隊に志願した際「私は四十近かった」と打ち明けている。しかし特攻隊が編制されたのは一九四四年十月から終戦までの十か月間であり、タイガーが一九四四年に志願したとしても、一九〇二年生まれの四十二歳になってしまう。大西瀧治郎が作戦を初めて模索しだした一九四三年六月下旬の段階だとしても、タイガーは四十一歳以降である。

仮に一九四四年にタイガーが四十歳とすると、一九〇四年生まれの辰年《たつどし》になる。タイガーが二歳サバを読んでいたとすれば、一九六三年の彼は実年齢六十一歳で、五十九歳を自称していたことになる。

なお一九八五年まで、公務員の定年を定めた法律は存在しなかった。役職や地位にもよるが、五十五歳を過ぎたころから、肩たたきと呼ばれる退職勧告があったとされる。

同書にキッシー鈴木は一九六二年（後述）時点で二十三歳、ハリウッド映画に出演したのが十七歳のときと明記されている。

同著者『サンダーボール作戦』において、ブロフェルドは一九〇八年五月二十八日生まれと明記されている。中年《さる》になる。『007は二度死ぬ』において「六フィート三インチ」とあるため、身長一九〇・五センチである。同著者『女王陛下の007』で体重を二十ストーンから十二ストーン以下に減量したとある。一九六一年（後述）以前の体重は百二十七キロあったが、同年十二月には七十六・二キロまで痩《や》せたことになる。その後『007は二度死ぬ』では「屈強そうな体格を持つ大男」とあるため、一九六二年終盤の時点で、ふたたび痩せ型ではなくなっている。

同著者『カジノ・ロワイヤル』にフェリックス・ライターは「三十五歳ぐらい」とある。同著者『ゴールドフィンガー』でジュリアス・デュポンがボンドに「一九五一年、フランスのロワイヤル・レゾー」におけるできごとだったと明言しているため、一九六三年には四十七歳ぐらいだと考えられる。

『００７は二度死ぬ』で一九五〇年以来、イギリスが日本に情報部の支局を置いていない旨を、Ｍがボンドに告げている。日本の情報はすべてアメリカ経由であり、日本自体が完全にアメリカの縄張《フィーフ》りであるともいっている。

同書で日本の公安調査庁は「内務省」の管轄下にあるとされているが、内務省は一九四七年末日、ＧＨＱの指導により解体済みである。実際の公安調査庁は法務省の外局である。

『女王陛下の００７』において、スイスの法律事務所の手紙に「一九六一年四月」とある。ボンドが偽名で、アルプスにあるブロフェルドの山荘ピッツ・グロリアに潜入したのが、一九六一年十二月となる。

『007は二度死ぬ』の死亡記事内には「一九六二年、トレーシーと短い結婚生活を送る」とある。ボンドがMのオフィスで00課から外される辞令を受けとる日、「今年の休暇はとうに浪費しきった。トレーシーを失ったのちの、あの辛いひと月だ」とあることからも、トレーシーが死んだ結婚式の日は、一九六二年内と断定される。同書終盤、ブロフェルドがボンドについて「忘れているな、イルマ。この一月以降、こいつはもう猛獣ではなくなっている。こいつの惚《ほ》れた女に、少しばかりの衝撃的な運命をあたえてやっただけで、すっかりただの人間に落ちぶれたのだ」といっている。トレーシーの死亡は一九六二年一月である。

同書でタイガー田中は、シャターハント博士夫妻が「今年の一月」に日本に来たといっている。トレーシー殺害直後にブロフェルドは日本に逃亡したとわかる。

ボンドの主治医サー・ジェームズ・モロニーと協議したMが、ボンドに日本行きの任務をあたえるのを決定したのは「九月一日の前日」とある。一九六二年八月三十一日である。この決定は『007は二度死ぬ』の冒頭、ボンドとタイガーがお座敷ジャンケンで興遊する「ひと月前」とある。ヘンダーソンがボンドをタイガーのもとに初めて案内するとき、「夏の終わりの東京として典型的な日だった」とあることから、ボンドが日本に派遣されたのが九月上旬ごろであり、十月一日前後にはもうタイガーと親交を深めている。

同書終盤でボンドが記憶喪失に陥り、キッシー鈴木と暮らしだして以降、「いつの間にか冬から春になり」とあるため、翌年一九六三年の春を迎えたとわかる。

同著者『黄金の銃を持つ男』の冒頭で、電話交換台の女性がボンドらしき男からの連絡を受ける際、「十一月のある晴れた寒い朝」「一年前に、日本での任務でジェームズ・ボンドが死んだという記事が新聞に掲載されて以来」とある。このことからボンドがふたたびロンドンに現れたのは、一九六三年十一月中である。

これらを踏まえ、本書『タイガー田中』の舞台となる時期を、一九六三年四月から十一月までとした。『007は二度死ぬ』によれば、タイガー田中は何度も結婚しているが、子供が寅年だとすれば一九二六年か一九三八年の生まれで、それぞれタイガーが二十四歳、三十六歳のころに生まれたことになる。ここから斗蘭を一九三八年生まれとし、一九六三年時点で二十五歳とした。

チ－37号事件は一九六一年から一九六三年にかけ発生した、戦後最大の偽札事件であり、一九七三年に未解決のまま公訴時効を迎えた。

一九六三年十一月九日、福岡県の三井三池炭鉱三川坑で粉塵爆発事故、神奈川県横浜市で列車脱線多重衝突事故が発生。〝血塗られた土曜日〟といわれた。同二十三日、神戸ポートタワー開業後、最初の休日。これも土曜日だった。

現代の視点ではあきらかに差別的であったり、倫理観に問題があったりする表現が含まれるが、パスティーシュという性質上、原著の記述方針や登場人物の設定、時代背景を重視し、あえて当時の習慣や常識に合わせている点、平にご容赦願いたい。なおあまりにわかりにくい表現については、一部現代語訳も交えている。

解説

吉野《よしの》　仁《じん》（書評家）

タイガー田中《たなか》が帰ってきた。

もしかすると、最初にこのタイトルが目に入り「それはいったい誰だ」と分からなかった人も少なからずいるだろう。逆にすぐ反応したのならば間違いなく007のマニアだ。そう、タイガー田中とは、世界的な人気をほこるスパイアクションヒーロー、007シリーズの登場人物なのである。長編第十一作、日本を舞台とした『007は二度死ぬ』で活躍したのが、我らのタイガー田中だ。ジェームズ・ボンドが英国秘密情報部員なら、タイガー田中は日本の秘密情報機関、公安調査庁の責任者だった。ショーン・コネリー主演の映画版（監督ルイス・ギルバート、脚本ロアルド・ダール、一九六七年公開）でタイガー田中の役を演じたのが丹波哲郎《たんばてつろう》だったといえば思いだす人も多いだろう。寅年生《とらどし》まれの田中虎雄《とらお》、それでタイガー田中と呼ばれたのだ。

松岡圭祐《まつおかけいすけ》『タイガー田中』は、題名どおり、タイガー田中を主人公にしたスパイアクションの小説であるばかりか、きわめて本格的なパスティーシュのスタイルをとっているため、新たな007シリーズの一作といってもおかしくない。パスティーシュとは先行する作品の設定、主人公、登場人物、文体などを模倣し、新たな作品をつくりあげたものを指す。作者は、原典といえるイアン・フレミング『007は二度死ぬ』をはじめとしたシリーズの設定を忠実に引き継いだだけにとどまらず、新たな物語をつくりあげた。まず驚嘆したのは、その徹底したこだわりだ。

映画の007は見ているが、原作には疎いという人のために、もうすこし詳しく説明しておくと、英国作家イアン・フレミングが第一作『カジノ・ロワイヤル』を発表したのは、一九五三年のことだ。大ヒットしたのは、アメリカのケネディ大統領が第五作『ロシアから愛をこめて』を愛読書リストに入れていたことがきっかけとされている。フレミングが残した長編は全部で十二作、短編集が二巻のみである。興味のあるかたはぜひ原作を手にとってほしい。その際、かならずしも刊行の順番どおりに読む必要はないが、第十作『女王陛下の007』、第十一作『007は二度死ぬ』、そして掉尾《とうび》をかざる第十二作『007／黄金の銃をもつ男』はできれば順番に読んだほうがいい。物語のラストが次の冒頭につながっているからだ。『女王陛下の007』でボンドは宿敵ブロフェルドと対決したものの、大いなる悲劇がボンドを襲う。そのせいで『007は二度死ぬ』の冒頭は傷心の日々を送る弱り切ったボンドが描かれている。案じたMが日本へ送り込み、その任務の果てに「二度死ぬ」目にあうわけだ。『黄金の銃をもつ男』の冒頭は、死んだはずのボンドが英国に帰還し、思いもしない行動に出る場面が語られ、驚かされる。

なによりこの『タイガー田中』は、『007は二度死ぬ』の後日談および『黄金の銃をもつ男』の前日談、すなわちこの二作の間に何が起こったのか、その空白期間の謎と事件が語られていくのである。

『タイガー田中』は、北海道の稚内《わっかない》からはじまる。まず登場するのは、タイガー田中の部下、宮澤邦彦《みやざわくにひこ》だ。埠頭《ふとう》で連絡船を注視していた。そして同行したオーストラリア大使館の二等書記官ヘンダーソンと待機した車のなかで語り合う。ディッコというあだ名で呼ばれるヘンダーソンは、『007は二度死ぬ』でも登場した外交官だ。そこへ現れたのが、タイガー田中の娘、田中斗蘭《とらん》だ。作中現在の日付は一九六三年四月十八日。宮澤、ヘンダーソン、斗蘭の三人は、ある男が現れるのを待っていた。行方不明となり、一時は死亡したとされていたジェームズ・ボンドその人である。

物語は、北海道・稚内の場面から舞台を北九州・福岡の黒島《くろしま》へ移し、そこでいよいよ公安外事査閲局長タイガー田中が登場する。彼がこの島へ訪れたのは、キッシーこと鈴木《すずき》きすに会うためだ。『007は二度死ぬ』でボンドの潜伏先としてこの島が選ばれ、キッシーは彼と過ごしただけでなく、ブロフェルドとの対決を終えて海に流されたボンドの運命に関わった過去がある。その話を聞くために田中は島にやってきたのだ。

本作は、死んだとされたジェームズ・ボンドをめぐる攻防のみならず、ブロフェルド率いるスペクターのたくらむ悪事を阻止せんとタイガー田中たちが奮闘するアクション大作だ。田中と彼の部下たちを中心に物語は展開し、公園内、船上などさまざまな場所における派手な銃撃戦や格闘劇が繰り広げられる。そのなかでひときわ目立つのが田中の娘の斗蘭だ。映画版とちがって、セクシーなボンドガールが登場しない分、彼女のアクションがじつに派手で華々しい。題名こそ『タイガー田中』だが、真の主役は、田中斗蘭ではあるまいか。

一方、脇役勢もにぎやかだ。『女王陛下の007』で登場した〈ユニオン・コルス〉の首領カピューことマルク＝アンジュ・ドラコが姿を見せているほか、フレミングによる第一作『カジノ・ロワイヤル』から準レギュラーのごとく登場している元CIAのフェリックス・ライターも活躍を見せている。また、黒竜会《こくりゅうかい》の残党以外に、スメルシュの殺し屋、ロシア人のアキム・アバーエフ、そしてスペクターの元メンバーで偽札製造の達人、ディートリヒ・クンツェンドルフらが密《ひそ》かに日本で活動を行っており、やがてタイガー田中や斗蘭らは彼らの襲撃に立ち向かうこととなる。

そのほか、一九六三年十一月から発行された伊藤博文《いとうひろぶみ》の肖像画が入った新千円札の話題をはじめ、この時期に起きた出来事や事件が、単に盛りこまれているだけでなく、物語のなかで効果的に使われている点も印象深い。

フレミングの小説にあった登場人物の干支《えと》に関する誤認などについて、作者の松岡圭祐自身が「追記」で指摘し、それを本作ではちゃんと訂正している。フレミングによる原典を徹底して精査したうえで書きあげられたのがよく分かり、その読み込みの深さに恐れ入るばかりだ。

じつは、なにをかくそう松岡圭祐が書いた007に関する本は、これがはじめてではない。ファンならご存じのとおり、二〇一四年に『ジェームズ・ボンドは来ない』を発表している。これは、実話をもとにしたノンフィクション・ノヴェルである。

007シリーズの小説は、作者イアン・フレミングがなくなったあと、別の書き手による新作が多く発表されている。そのうちの一作、レイモンド・ベンスンの手による『007／赤い刺青の男』（原書は二〇〇二年刊行）は、舞台が日本であり、なんとここでもタイガー田中が登場している。この作品が出たことから、作中に舞台として選ばれた瀬戸内海の小さな島・直島《なおしま》においてその映画化とロケ誘致活動がはじまった。いわゆる島おこしの一環だ。署名運動、ボンドガール・コンテスト、記念館設立などが実際に行われたのである。その顛末《てんまつ》の一部始終を松岡圭祐が小説のかたちで発表したのが、『ジェームズ・ボンドは来ない』なのだ。角川文庫版の「まえがきにかえて」によると、松岡氏は六年間にわたって直島へ何度も足を運び、映画制作会社のある虎ノ門《とらのもん》、果てはイギリス・ロンドンへも赴き、情報を集め、直島の関係者に直接インタビューしたとある。007への情熱は、原作を読み込むだけではなかった。おそらく映画化作品を含め、すべての007を愛し、自分のものとしているのではないだろうか。だからこそ『タイガー田中』が生まれたのであり、原典に勝るとも劣らない内容をそなえているのだ。

そればかりか、なんと『007／黄金の銃をもつ男』の後日談を描いた『続タイガー田中』が二〇二四年十二月に刊行予定だというではないか。ジェームズ・ボンドがまた来るのだ。どこまで我々を驚かせてくれるのだろう。愉《たの》しみでしかたない。

本書は書き下ろしです。

タイガー田中《たなか》

松岡圭祐《まつおかけいすけ》

令和6年 11月25日　初版発行

発行者●山下直久

発行●株式会社KADOKAWA
〒102-8177　東京都千代田区富士見2-13-3
電話　0570-002-301（ナビダイヤル）

角川文庫 24412

印刷所●株式会社暁印刷
製本所●本間製本株式会社

表紙画●和田三造

●お問い合わせ
https://www.kadokawa.co.jp/（「お問い合わせ」へお進みください）
※内容によっては、お答えできない場合があります。
※サポートは日本国内のみとさせていただきます。
※Japanese text only

ISBN 978-4-04-115694-0　C0193

◇◇◇

角川文庫発刊に際して

角　川　源　義

第二次世界大戦の敗北は、軍事力の敗北であった以上に、私たちの若い文化力の敗退であった。私たちの文化が戦争に対して如何に無力であり、単なるあだ花に過ぎなかったかを、私たちは身を以て体験し痛感した。西洋近代文化の摂取にとって、明治以後八十年の歳月は決して短かすぎたとは言えない。にもかかわらず、近代文化の伝統を確立し、自由な批判と柔軟な良識に富む文化層として自らを形成することに私たちは失敗して来た。そしてこれは、各層への文化の普及滲透を任務とする出版人の責任でもあった。

一九四五年以来、私たちは再び振出しに戻り、第一歩から踏み出すことを余儀なくされた。これは大きな不幸ではあるが、反面、これまでの混沌・未熟・歪曲の中にあった我が国の文化に秩序と確たる基礎を齎らすためには絶好の機会でもある。角川書店は、このような祖国の文化的危機にあたり、微力をも顧みず再建の礎石たるべき抱負と決意とをもって出発したが、ここに創立以来の念願を果すべく角川文庫を発刊する。これまで刊行されたあらゆる全集叢書文庫類の長所と短所とを検討し、古今東西の不朽の典籍を、良心的編集のもとに、廉価に、そして書架にふさわしい美本として、多くのひとびとに提供しようとする。しかし私たちは徒らに百科全書的な知識のジレッタントを作ることを目的とせず、あくまで祖国の文化に秩序と再建への道を示し、この文庫を角川書店の栄ある事業として、今後永久に継続発展せしめ、学芸と教養との殿堂として大成せんことを期したい。多くの読書子の愛情ある忠言と支持とによって、この希望と抱負とを完遂せしめられんことを願う。

一九四九年五月三日

新刊予告

「黄金の銃を持つ男」後日譚——

『続タイガー田中』

松岡圭祐

2024年12月25日発売予定

発売日は予告なく変更されることがあります。

角川文庫

全米ベストセラー
待望の続編！

好評発売中

『続シャーロック・ホームズ対伊藤博文』

著：松岡圭祐

シャーロック・ホームズに伊藤博文が満州で暗殺されたという報せが届く。ホームズのもとに怪しい女が現れ、「伊藤博文を殺した真犯人の存在」をほのめかす文章が彫られた仏像を渡して姿を消していった——。

角川文庫

好評既刊

高校事変 1～22／松岡圭祐

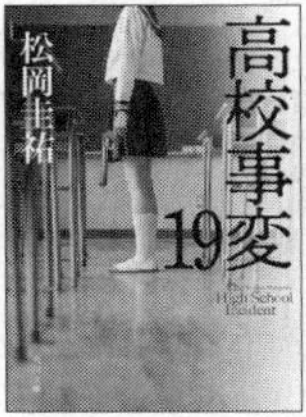

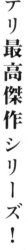

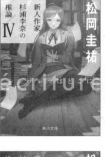

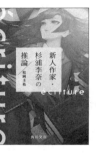

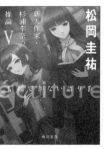

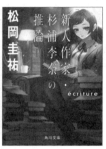

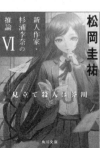

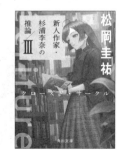

好評既刊

écriture《エクリチュール》 新人作家・杉浦李奈の推論 Ⅰ〜Ⅺ／松岡圭祐

角川文庫ベストセラー

万能鑑定士Qの事件簿（全12巻）　松岡圭祐

23歳、凜田莉子の事務所の看板に刻まれるのは「万能鑑定士Q」。喜怒哀楽を伴う記憶術で広範囲な知識を有す莉子は、瞬時に万物の真価・真贋・真相を見破る！　日本を変える頭脳派新ヒロイン誕生!!

万能鑑定士Qの推理劇 I　松岡圭祐

天然少女だった凜田莉子は、その感受性を役立てるすべを知り、わずか5年で驚異の頭脳派に成長する。次々と難事件を解決する莉子に謎の招待状が……面白くて知恵がつく、人の死なないミステリの決定版。

万能鑑定士Qの推理劇 II　松岡圭祐

ホームズの未発表原稿と『不思議の国のアリス』史上初の和訳本。2つの古書が莉子に「万能鑑定士Q」閉店を決意させる。オークションハウスに転職した莉子が2冊の秘密に出会った時、過去最大の衝撃が襲う!!

万能鑑定士Qの推理劇 III　松岡圭祐

「あなたの過去を帳消しにします」。全国の腕利き贋作師に届いた、謎のツアー招待状。凜田莉子に更生を約束した錦織英樹も参加を決める。不可解な旅程に潜む巧妙なる罠を、莉子は暴けるのか!?

万能鑑定士Qの推理劇 IV　松岡圭祐

「万能鑑定士Q」に不審者が侵入した。変わり果てた事務所には、かつて東京23区を覆った〝因縁のシール〟が何百何千も貼られていた！　公私ともに凜田莉子を激震が襲う中、小笠原悠斗は彼女を守れるのか!?

角川文庫ベストセラー

万能鑑定士Qの探偵譚　松岡圭祐

波照間に戻った凜田莉子と小笠原悠斗を待ち受ける新たな事件。悠斗への想いと自らの進む道を確かめるため、莉子は再び「万能鑑定士Q」として事件に立ち向かい、羽ばたくことができるのか？

万能鑑定士Qの謎解き　松岡圭祐

幾多の人の死なないミステリに挑んできた凜田莉子。彼女が直面した最大の謎は大陸からの複製品の山だった。しかもその製造元、首謀者は不明。仏像、陶器、絵画にまつわる新たな不可解を莉子は解明できるか。

被疑者04の神託　煙完全版　松岡圭祐

愛知県の布施宮諸肌祭りでは、厄落としの神＝神人が一人だけ選出される。今年は榎木康之だった。彼には神人にならなければいけない理由があった！　二転三転する驚愕の物語。松岡ワールド初期傑作!!

万能鑑定士Qの短編集　I　松岡圭祐

一つのエピソードでは物足りない方へ、そしてシリーズ初読の貴方へ送る傑作群！　第1話 凜田莉子登場／第2話 水晶に秘めし詭計／第3話 バスケットの長い旅／第4話 絵画泥棒と添乗員／第5話 長いお別れ。

万能鑑定士Qの短編集　II　松岡圭祐

「面白くて知恵がつく人の死なないミステリ」、夢中で楽しめる至福の読書！　第1話 物理的不可能／第2話 雨森華蓮の出所／第3話 見えない人間／第4話 賢者の贈り物／第5話 チェリー・ブロッサムの憂鬱。